LA CIBLE

DU MÊME AUTEUR
CHEZ LE MÊME ÉDITEUR

La Fiancée du vent
La Fiancée de la Jamaïque
La Fiancée de l'ombre
L'Héritage des Wyndham
Le Tueur à la corde

Catherine Coulter

LA CIBLE

Traduction de Catherine Moran

Roman

PRESSES DE LA CITÉ

Titre original : *The Target*

Edition originale : G. P. Putnam's Sons, New York

ISBN 2-258-05036-7

A Anton Pogany, dont j'ai apprécié l'instinct,
la patience et la délicatesse. Autrement dit :
l'extrême compétence. Voyons ce que j'en ai fait.

Prologue

L'homme lui apparut clairement : grand, vêtu de sombre, silhouette austère contre le ciel brumeux. Il le vit pénétrer dans l'immeuble de granit, laid et sans aucun relief, dont les nombreuses fenêtres n'offraient une vue sur la ville qu'aux derniers étages. Puis, brusquement, il fut juste derrière l'homme, lui emboîta le pas, le regarda tandis qu'il prenait l'ascenseur et montait au dix-neuvième étage. Il se trouva pratiquement à côté de lui dans le long couloir qui menait à un bureau spacieux. Quand l'homme ouvrit la porte, la réceptionniste lui sourit et répondit par un éclat de rire aux quelques mots qu'il lui adressa. Il salua deux autres personnes, un jeune homme et une jeune femme, élégants et visiblement à ses ordres. Puis l'homme entra dans un grand bureau où l'on voyait un drapeau des Etats-Unis, des étagères croulant sous les livres entre des fenêtres latérales, et un ordinateur, qu'il mit en marche aussitôt. Il fut soudain juste derrière lui, si près qu'il aurait pu l'aider à passer sa longue robe noire. Il l'observa pendant que l'homme, le regard froid, le visage sombre, ouvrait la porte d'une vaste salle, sans aucune trace de la bonne humeur des instants précédents. Quand l'homme pénétra dans la salle, le bourdonnement fit place à un silence de mort.

Soudain, la pièce se mit à tournoyer, les visages se confondirent, l'air lui-même s'obscurcit, puis trois individus firent irruption, armés de fusils d'assaut, probablement des Ak 47 russes. Les balles partirent, les gens crièrent, du sang gicla partout. Le visage de l'homme refléta un sentiment d'horreur et de rage. Il le vit sauter par-dessus la barre qui le séparait de l'assistance, sa robe noire volant autour de lui. Une jambe levée, il pivota sur lui-même, avec tant de rapidité que son mouvement parut flou. Quelqu'un hurla.

Il se tenait de nouveau juste derrière l'homme, entendait sa respiration, le sentait vibrer de tension, de fureur, de détermination.

Brusquement, l'homme pivota de nouveau sur lui-même et, cette fois-ci, lui fit face. Il reconnut son propre visage avant de plonger son regard dans les yeux de l'un des tueurs. Il sentit l'écume lui monter aux lèvres, la contraction de ses muscles, son bras qui se tendait pour frapper le tueur à la gorge.

Il sursauta. Ses bras auraient battu l'air s'il n'avait été enveloppé dans un drap, comme dans un suaire. Un cri mourut sur ses lèvres. Trempé de sueur, les cheveux collés au crâne, le cœur battant à se rompre, il venait encore d'être victime de ce maudit cauchemar. Cela devenait insupportable.

Une heure plus tard, il quitta son domicile, verrouillant soigneusement la porte derrière lui. Il se dirigeait vers sa voiture quand un homme jaillit d'une haie et l'aveugla en le mitraillant de flashes. C'en était trop.

Soulevant le photographe par le col, il lui hurla au visage :

— Tu dépasses les bornes, ordure !

Il attrapa l'appareil photo, arracha la pellicule, jeta l'homme par terre, puis lui lança son appareil.

Renversé sur le dos, incrédule, le photographe répliqua :

— Vous n'avez pas le droit de faire ça !

— Eh bien, tu vois, je ne me suis pas gêné. Allez, dégage !

Le photographe s'empressa de se relever, l'appareil photo serré contre lui, avant de s'écrier :

— Je vais porter plainte ! Le public a le droit d'être informé !

Il eut une telle envie de massacrer ce photographe qu'il en trembla. A ce moment-là, il comprit qu'il devait disparaître dans la nature. Il risquait de devenir fou et de cogner sauvagement. Mais peut-être ces crétins lui avaient-ils déjà fait perdre la tête ?

1

Les Rocheuses.
Au printemps.

Il était là, au pied de la montagne dont le flanc nu glissait vers des corniches boisées avant de se couvrir de fleurs sauvages entre ses arêtes aux fissures béantes. A près de deux mille mètres d'altitude, l'air vif, pourtant adouci depuis la veille, lui brûlait encore les poumons ; mais bientôt il s'y accoutumerait, comme il s'était déjà habitué à l'absence de téléphone, de télévision, de radio, de fax. Au silence, même après le tintamarre de tous ces gens qui le tiraient par la manche et le harcelaient de questions dans des explosions de flashes aveuglants. Il commençait enfin à laisser le passé derrière lui.

Il se tourna vers les montagnes qui, par-delà la vallée, dessinaient sur l'horizon des kilomètres de crêtes profondément dentelées. A Dillinger, M. Goudge, le propriétaire de la pompe à essence, lui avait dit que les gens du coin appelaient ces sommets la chaîne Ferengi. Le plus haut, qui culminait à trois mille cinq cents mètres et s'inclinait légèrement vers le sud, ressemblait à un phallus tordu. Il n'avait aucune envie d'escalader cette montagne, dont la forme manquait de subtilité et que les villageois raillaient en été quand, de son extrémité, la neige se mettait à goutter sur la vallée.

Comme cela lui arrivait souvent, il se sentait complètement seul. A cette altitude, bouleaux, sapins, pins sylvestres abondaient, mêlés de trembles. Aucune entreprise forestière ne s'était encore attaquée à la nature. De l'autre côté de la vallée, les pics étaient dépourvus d'arbres et de fleurs, et l'on voyait seulement de la neige et de la roche : beauté sauvage et toujours vierge.

Son regard se porta vers la petite ville de Dillinger, à l'extrémité de la vallée orientée est-ouest, qui revendiquait mille cinq cent trois âmes. A la fin du dix-neuvième siècle, la découverte de mines d'argent en avait fait une ville-champignon de plus de trente mille habitants, composés de mineurs, de prostituées, de commerçants, d'escrocs, de quelques familles et, à l'occasion, d'un shérif et d'un prêtre. Les descendants de ceux qui étaient restés après la fermeture des mines vivaient désormais du passage, en été, d'un petit nombre de touristes amateurs de trekking. A côté de quelques maigres troupeaux qui paissaient dans la vallée, on voyait des chèvres sauvages, des cerfs et, un peu plus haut, à flanc de montagne, quelques coyotes.

Depuis qu'il était ici, il n'était descendu qu'une fois à Dillinger, avec sa Jeep, afin de se ravitailler chez M. Clement. Il avait notamment acheté des petits pois surgelés, en oubliant qu'il n'avait pas de congélateur, mais simplement un réfrigérateur — dernier modèle cependant — alimenté par un générateur installé à l'extérieur du chalet. Finalement, cela n'avait eu aucune importance, puisque, assis près du lampadaire fonctionnant lui aussi grâce au générateur, il avait mangé tous ses petits pois d'un coup, après les avoir fait cuire sur le fourneau bourré de bûches.

Il s'étira, aperçut deux faucons qui volaient bas à la recherche d'une proie et, une hache à la main, se dirigea vers la souche dans laquelle il taillait des bûches, non loin du chalet. Il retira d'abord son anorak, puis sa chemise de flanelle, et enfin son maillot de corps. Mais il n'en continua pas moins à transpirer. Son rythme s'accéléra sous le grand soleil dont la chaleur le transperçait jusqu'aux os. Même s'il avait déjà une réserve de bois d'une semaine, il aimait être actif, se sentir sain et vigoureux, se laisser guider par le travail de ses muscles.

Il fit une pause, le temps d'essuyer avec la manche de sa chemise la sueur qui coulait sur son visage. Même sa transpiration sentait la fraîcheur, comme si l'air pur de la montagne parvenait à nettoyer l'intérieur de son corps.

Soudain, il perçut un bruit. Un bruit feutré. Ce devait être un animal. Il savait maintenant reconnaître la présence d'un hibou, d'un faucon, d'un tamia ou d'une mouffette, mais il ne s'agissait d'aucun d'eux. Il redouta de voir apparaître quelqu'un, bien qu'il n'y eût pas d'autre chalet à moins de sept cents mètres et qu'à la mi-avril la saison touristique n'eût pas encore commencé. Il souleva de nouveau sa hache, et il s'apprêtait à l'abattre sur la souche quand le bruit recommença.

Il se figea. C'était une sorte de gémissement. Peut-être un chat? Non, c'était idiot. Intrigué, il remit sa chemise et son anorak, se pencha, prit sa hache et se sentit rassuré par son poids. Qui avait pu venir jusque-là?

Il attendit, immobile, fusionnant avec le silence, tandis que la brise fraîche de l'après-midi soufflait dans ses cheveux. Puis le bruit recommença, plus faible cette fois-ci : un gémissement étouffé, en deux temps, comme déchiré, que semblait émettre une créature moribonde.

Il se précipita à travers la prairie alpine vers la forêt, mais dut ralentir dans le sous-bois. N'entendant plus que son propre souffle, il s'arrêta et tendit l'oreille sous la ramure où le soleil avait du mal à filtrer. Rien, sinon, quelques secondes plus tard, le glissement d'un petit serpent sous une roche moussue.

Aussi silencieux que les arbres alentour, il attendit, sentit une crampe dans son bras droit et posa lentement la hache sur le sol.

Soudain, le bruit revint sur sa gauche, à proximité de lui, étouffé et faible; un bruit qui semblait être l'écho de lui-même, un souvenir de ce qu'il avait été.

Lentement il avança, à longues enjambées, les yeux rivés devant lui, jusqu'à une clairière où le soleil brillait. La brise agitait l'herbe haute et dense. L'ancolie bleue — emblème du Colorado — fleurissait partout, tendre et délicate. Il n'était jamais passé par ce merveilleux petit endroit au cours de ses randonnées quotidiennes.

Le visage tourné vers la lumière déclinante du soleil, il recommença à tendre l'oreille. Un écureuil s'enfuit en grimpant à un arbre avec un bruit qu'il avait rapidement appris à identifier. L'animal s'engagea ensuite sur une jeune branche, que son poids et sa course firent frémir.

Il n'y avait rien d'autre, sinon le silence.

Le crépuscule ne tarderait plus, maintenant. Les ombres s'épaississaient et s'allongeaient. Bientôt la forêt serait aussi sombre que la chevelure de Susan. Ah non, il ne voulait pas penser à elle ! Cela faisait longtemps qu'il n'avait pas évoqué son souvenir, et c'était mieux ainsi. Il était temps de rentrer au chalet et de faire un bon feu. Les bûches entassées dans la matinée près de la cheminée n'attendaient plus qu'une allumette. Il était devenu expert en la matière, parvenant à faire du feu dans l'âtre comme dans le poêle. Il avait aussi préparé des tomates fraîches et de la laitue, achetées chez Clement deux jours plus tôt, et il allait se faire une bonne salade. Et un potage de légumes. Il fit demi-tour en s'enfonçant dans le sous-bois.

De nouveau il entendit quelque chose. Mais quoi ? La nuit tombait. Il dut marcher avec précaution. Sa manche s'accrocha à une branche de pin. Il s'arrêta et posa sa hache le temps de se libérer.

C'est alors qu'il aperçut, sur sa droite, une tache jaune dans la pénombre. Pendant quelques secondes, il se figea, le regard braqué dans cette direction. Puis il ramassa prestement sa hache et s'approcha, faisant une halte à chaque pas, les yeux plissés, rivés sur ce qui l'intriguait.

C'était, à première vue, un amas de vêtements. Mais, quand il fut à moins de deux mètres, il comprit que c'était une enfant, immobile, allongée sur le ventre, le visage dissimulé, ses longs cheveux bruns tout emmêlés dans son dos.

Il s'agenouilla près d'elle, n'osant la toucher, puis posa une main légère sur son épaule, qu'il secoua doucement. L'enfant ne réagit pas. A la base de son cou, le pouls battait, lent mais régulier. Elle n'était pas morte, seulement inconsciente. Il palpa ses bras et ses jambes : rien de cassé. Toutefois, elle pouvait avoir une blessure interne et, si c'était le cas, il n'aurait aucun moyen de l'aider. Il la retourna délicatement.

Sa joue portait deux griffures profondes dont le sang avait séché. Il chercha de nouveau les pulsations de l'aorte et constata qu'elles restaient lentes mais régulières.

Il prit doucement la petite fille dans ses bras, ramassa sa hache et se dirigea vers son chalet, serrant le petit corps contre lui afin de le protéger des branches d'arbres et des buissons épineux. D'après sa taille, elle ne devait pas avoir plus de cinq ou six ans. Elle n'était que légèrement vêtue d'un petit tee-shirt jaune et d'un pantalon sali, de la même couleur. Les lacets de l'une de ses baskets blanches étaient dénoués et pendaient. Que faisait-elle, seule, par ici? Que lui était-il arrivé?

Il s'immobilisa, persuadé d'avoir entendu le bruit d'un pas lourd, écrasant feuilles et brindilles. Mais non, son imagination le trahissait! Pourtant, le bruit suspect sembla le suivre tandis qu'il accélérait l'allure, tenant la fillette toujours étroitement serrée contre lui.

Il faisait nuit noire lorsqu'il franchit le seuil du chalet. Il posa la petite fille sur le canapé et la couvrit d'un vieux plaid à carreaux rouges et blancs. Il alluma toutes les lampes avant d'aller fermer la porte à clef et tirer le verrou de sûreté. Puis il alluma le feu dans la cheminée. En dix minutes, le chalet, constitué d'une seule mais vaste pièce, fut réchauffé.

L'enfant restait inconsciente. Il lui tapota doucement les joues, s'adossa au canapé et attendit.

Quelle étonnante fin de journée que rien, ce matin-là, n'aurait permis de prévoir...

— Qui es-tu? demanda-t-il à l'enfant.

Il ne voyait que sa joue, la peau à vif à l'endroit des griffures. Il se leva, alla remplir un bol avec de l'eau qui, après une journée passée sur le poêle, était tiède, prit une paire de chaussettes propres et du savon. Se servant d'une chaussette comme d'un gant de toilette, il lava le sang sur le visage de la petite fille. Puis il alla chercher l'un de ses maillots de corps blancs, chaud et assoupli par de multiples lavages, et se mit à déshabiller l'enfant, soucieux de l'examiner au mieux.

Ce qu'il découvrit l'écœura.

Le petit corps était couvert d'hématomes et de zébrures, dont certaines avaient saigné et faisaient des croûtes. Il y avait du sang entre ses jambes. Révolté, il ferma les yeux un instant.

Puis il lava soigneusement la fillette et la retourna sur le ventre. Des épaules aux chevilles, elle était couverte de zébrures régulières, laissées par une main qui avait voulu marquer méthodiquement cette chair d'enfant afin d'obtenir un certain résultat, un certain effet. Maigre, elle avait la peau aussi blanche que le maillot de corps qu'il lui enfila. Le sous-vêtement lui arrivait aux chevilles. Il remit le plaid sur elle et étala ses cheveux sur l'oreiller, les démêlant de ses doigts avec une infinie douceur. Puis il s'appuya contre le dossier du canapé et regarda l'enfant qui gisait au fond d'un silence absolu.

Soudain il s'aperçut qu'il tremblait de fureur. Quel monstre avait pu faire une chose pareille ? Il savait, par expérience, qu'il y en avait beaucoup en liberté, mais être confronté à un tel spectacle lui donnait envie de vomir et de tuer en même temps.

Il essaya de la réveiller. En vain. Devait-il la conduire à l'hôpital ? Sans téléphone et parti en laissant son portable chez lui, il ne pouvait appeler personne. Il était tard. Il ignorait de plus où trouver un hôpital. Tout comme il ignorait qui avait violé et frappé cette enfant. Demain, il la conduirait dans la vallée, irait voir le shérif et resterait avec elle. En attendant, il s'occuperait d'elle lui-même. Si elle se réveillait, si elle souffrait, oui, dans ce cas, il la conduirait à l'hôpital, à n'importe quelle heure de la nuit. Mais pas maintenant.

S'était-elle échappée et enfuie dans la forêt ? Avait-elle glissé sur une racine ou une roche ? S'était-elle heurté la tête ? Ou, après l'avoir martyrisée, le monstre avait-il voulu la laisser mourir dans les bois ? Penché vers elle, il lui tâta le crâne. Aucune bosse. L'aorte battait toujours au même rythme, lent mais régulier.

Il poursuivit ses réflexions. Si elle avait échappé à son bourreau, celui-ci devait évidemment la rechercher, et c'était bien pour cette raison qu'il avait pris la précaution de verrouiller sa porte. Il se leva pour vérifier que son fusil, un Browning Savage 99, était chargé. Quant à son Magnum 357 Smith & Wesson, il était posé sur la table, à côté du canapé. Il aimait cette arme que son père lui avait offerte pour ses quatorze ans et dont il lui avait appris à se servir. Mais jusque-là il n'avait pas encore eu l'occasion de l'utiliser sur une cible humaine.

Il le prit. Comme toujours, le Magnum était chargé. Il le pointa en direction de la porte.

Quel individu avait pu commettre un tel crime ?

Il se prépara une salade, qu'il mangea sans quitter la petite fille des yeux. Puis il fit chauffer du potage, et agita sa cuillère sous le nez de la fillette.

— Tu n'as pas envie d'y goûter ? C'est chaud et délicieux. Je l'ai réchauffé sur un bon vieux fourneau plein de bûches. Allez, mon ange, réveille-toi.

Constatant que la petite fille remuait les lèvres, il alla prendre une cuillère à dessert, la trempa dans le potage et l'approcha doucement du visage de l'enfant.

Agréablement surpris de la voir ouvrir la bouche et avaler la cuillerée, il recommença.

Elle mangea ainsi la moitié du bol, puis tourna enfin son visage vers lui et le regarda, hébétée.

— Bonjour. N'aie pas peur. Je m'appelle Ramsey. Je t'ai trouvée dans la forêt. Tu es en sécurité maintenant.

La petite fille ouvrit la bouche et laissa échapper ce bruit étrange qui l'avait alerté, ce gémissement feutré qui trahissait une frayeur et une impuissance terribles.

— Ne t'inquiète pas. Personne ne te fera de mal. Avec moi, tu ne risques rien.

Elle rouvrit la bouche mais, cette fois-ci, aucun son n'en sortit.

Elle dégagea ses bras du plaid et les agita pour repousser Ramsey, se plaignant de nouveau comme un animal blessé. Il aurait voulu prendre dans ses bras ce petit être et le serrer très fort contre lui.

S'empressant de reposer le bol qu'elle avait renversé, il lui prit doucement les poignets. Les paupières de la fillette battirent puis se refermèrent. Mais il avait eu le temps de saisir la douleur dans son regard. Il la relâcha. Ses poignets étaient à vif. On l'avait ligotée.

— Je comprends, mon ange. Mais je t'en prie, n'aie pas peur. Je ne te ferai aucun mal.

Elle se recroquevilla sur elle-même, lui tourna le dos, se prit la tête entre les bras et resta immobile.

Que faire? Elle était terrifiée. Lui aussi lui faisait peur et c'était normal.

Mais pourquoi n'avait-elle pas hurlé? De ses lèvres ne s'était échappée que cette drôle de plainte. Etait-elle muette?

Espérant qu'elle l'entendait, il observa calmement :

— Tu as les poignets et les chevilles en bien mauvais état. Tu me laisses les bander ? Ça te soulagera.

Avait-elle entendu ? Elle ne bougea pas. De la pile de vêtements qu'il avait apportée, il tira un vieux tee-shirt, qu'il déchira. Il put sentir toute la frayeur qui habitait la fillette tandis qu'il lui appliquait un peu de pommade et enroulait délicatement les bandes de tissu autour de ses chevilles et de ses poignets. Il ne pouvait rien faire de plus pour l'instant. Il se leva lentement, sachant qu'il devait éviter tout mouvement brusque, et la regarda. Toujours lovée sur elle-même, elle avait caché ses mains sous le plaid.

Au moins, elle ne risquait pas de mourir de faim après les cuillerées de potage qu'elle avait avalées. Et puis elle était désormais au chaud et propre. Il se tourna vers les fenêtres, alla les verrouiller, baissa les stores, tira les rideaux et, pour plus de sûreté, coinça une chaise sous la poignée de la porte. Si quelqu'un tentait d'entrer, ce ne serait pas sans faire de bruit.

Il regarda l'enfant encore une fois.

— Si tu te réveilles, appelle-moi. Mon nom est Ramsey. Tu n'as rien à craindre avec moi. D'accord ? Si tu veux aller aux toilettes, c'est juste après la cuisine, derrière toi. C'est propre. J'ai tout lavé aujourd'hui.

Il sut qu'elle l'avait entendu en voyant le plaid bouger légèrement. Mais elle n'émit aucun son. Pas même ce gémissement qui faisait mal au ventre.

Le lit se trouvait à l'extrémité de la pièce. Il garda ses vêtements, posa ses armes sur la table de nuit, à côté de la lampe, et, après avoir marqué la page de son roman policier, abandonna le livre sur le plancher. Puis, pensant qu'elle aurait peur si elle se réveillait dans le noir, il laissa la lampe de chevet allumée.

Il eut du mal à s'endormir. Quand il y parvint, il rêva qu'un homme regardait la fillette à travers la fenêtre. Il sortit de son rêve, titubant de panique, pour aller vérifier qu'il n'y avait personne, et ne vit en effet que les rideaux soigneusement tirés.

A l'aube, ce fut la plainte déchirante de la petite fille qui le réveilla.

2

L'enfant était blême. Elle le regardait fixement, les yeux ronds, et sa terreur était si palpable qu'il la sentit s'insinuer dans son propre corps.

— Non, dit-il sans bouger. Tu n'as rien à craindre. C'est moi. Ramsey. Que se passe-t-il? Tu as fait un cauchemar?

Elle resta allongée, immobile, le regard toujours braqué sur lui. Puis, lentement, elle secoua la tête. Il vit ses bras remuer sous le plaid et ses petites mains se poser sur la couverture, les poings serrés, leur bandage rappelant son calvaire.

— Je t'en prie, ne crains rien.

Elle avait les traits fins, de grands yeux bleu pâle, des sourcils et des cils bruns, un petit nez droit, un menton rond et deux charmantes fossettes. Elle devait être très belle quand un sourire les creusait.

— Tu as mal?

Elle fit un signe de tête négatif qui le rassura.

— Tu peux me dire ton nom?

Figée, tendue, elle ne répondit pas. Elle semblait attendre la première occasion pour se sauver.

— Tu veux aller aux toilettes?

Il lut la réponse dans ses yeux et sourit. Ses reins fonctionnaient. Tout semblait marcher chez elle, sauf la parole. Il voulut l'aider à se lever, mais s'abstint de s'approcher d'elle. Prenant le ton et la distance d'un réceptionniste envers un client, il la renseigna :

— Les toilettes sont de l'autre côté de la cuisine. Derrière toi. Tu veux que je t'aide ?

Elle secoua la tête. Il attendit. Elle resta immobile. Il comprit alors que sa pudeur d'enfant l'empêchait de se lever devant lui.

— Je vais faire du café, lui dit-il en souriant. Et je vais regarder si j'ai quelque chose qu'une petite fille puisse avoir envie de manger le matin. D'accord ?

Sachant qu'elle ne lui répondrait pas, il se dirigea sans attendre vers le coin cuisine et entendit bientôt la porte de la salle de bains se refermer, puis le bruit du verrou.

Il versa des céréales dans l'un des deux grands bols bleus dont le chalet était pourvu et posa à côté le lait écrémé — bon pour les artères. Il regarda ensuite dans sa réserve de fruits frais : sur le kilo de pêches qu'il avait acheté, il n'en restait que deux. Il en découpa une en quartiers, qu'il ajouta aux céréales.

Quand la petite fille eut tiré la chasse d'eau, il attendit, intrigué, s'interdisant de frapper à la porte de la salle de bains de peur de l'effrayer. Finalement, comme le silence semblait s'éterniser, il cogna légèrement sur le panneau de pin.

— Ça va, mon ange ?

Aucune réaction, pas le moindre bruit. Elle devait se dire que, derrière la porte close, elle lui échappait enfin ; aussi ne ressortirait-elle probablement jamais de son plein gré.

Il se versa une bonne tasse de café, s'assit par terre, près de la salle de bains, et, allongeant ses jambes, s'adossa à la cloison. Il semblait aussi à l'aise dans ses bottes que dans de vieilles pantoufles.

— J'aimerais beaucoup connaître ton nom, dit-il alors à l'enfant. « Mon ange », c'est bien, mais un vrai prénom, c'est encore mieux. Si tu ne peux pas parler, je te donne une feuille de papier, un crayon, et tu m'écris ton prénom. C'est une bonne idée, tu ne crois pas ?

Le silence se prolongea.

Il but un peu de café, décontracta ses épaules, puis s'adossa de nouveau à la cloison.

— J'imagine que ta maman doit se faire beaucoup de souci. Mais je ne peux pas t'aider, je ne peux pas l'appeler si tu ne viens pas m'écrire ton nom et celui de la ville où tu habites.

Soudain, elle émit ce gémissement si poignant. Il prit une autre gorgée de café.

— Oh oui, je suis sûr que ta maman est très inquiète. Mais peut-être qu'à ton âge on ne sait pas écrire. Je ne peux pas savoir, je n'ai pas d'enfants.

Ce fut de nouveau le silence.

— Bon, écoute. Sors tout de même de là pour manger quelque chose. J'ai préparé des céréales avec des quartiers de pêche. Je n'ai que du lait écrémé. On dirait de l'eau, mais, tu verras, c'est très bon. La pêche aussi est délicieuse. C'est la dernière. J'ai mangé toutes les autres tellement elles étaient bonnes. Je peux aussi te faire des tartines grillées, si tu veux. Allez, viens prendre un petit déjeuner. Tu dois avoir faim.

Il s'interrompit un instant avant de reprendre :

— Je ne te ferai aucun mal. Est-ce que je t'en ai fait hier ? cette nuit ? ce matin ? Tu peux me croire. J'ai été boy-scout autrefois, et un vrai bon boy-scout. Si l'homme qui t'a fait du mal s'approchait d'ici, je le tuerais. Et puis je lui extirperais toute sa merde... Enfin, je ne devrais pas dire des choses pareilles à une enfant, j'imagine. Tu sais, je n'ai pas l'habitude. Je ne connais que mes trois nièces et mes deux neveux, les enfants de mes frères. Je ne les vois pas très souvent, mais je les aime beaucoup. J'ai appris aux filles à jouer au foot, l'an dernier, à Noël. Tu aimes le foot?

Le silence persista.

— Je vais essayer de surveiller mon langage. Mais je peux te dire que si ce monstre vient traîner par ici, il le regrettera. Je te le promets! Allez, sors de là. Je vais tirer les rideaux et tu pourras voir le soleil se lever. Dans quelques minutes, le ciel sera plein de couleurs; du rose, de l'orange, du rouge...

Il l'entendit tirer le verrou. La porte s'ouvrit doucement. Elle nageait dans le grand tee-shirt blanc qui lui tombait sur les pieds et menaçait de glisser aux épaules.

Il ne bougea pas un muscle.

— Salut! Tu veux des céréales?

Elle acquiesça d'un signe de tête.

— Tu peux m'aider à me relever? demanda-t-il en lui tendant le bras.

Il lut la panique dans ses yeux tandis qu'elle regardait sa main comme un serpent sur le point de la mordre. Elle s'écarta de lui et courut vers la cuisine. A l'évidence, il était encore trop tôt pour qu'elle lui fasse confiance.

— Le lait est sur le comptoir! lui cria-t-il. Tu arrives à l'attraper?

Lentement, il alla la rejoindre. Assise dans un coin, le dos collé au mur, elle serrait le bol de céréales sous son menton, le visage caché par ses cheveux emmêlés.

Sans mot dire, il se servit une nouvelle tasse de café,

puis glissa deux tranches de pain sur un gril à long manche qu'il posa sur le fourneau. En deux minutes, les tartines grillées furent prêtes. Il s'assit sur la seule chaise de cuisine disponible, l'autre étant toujours coincée sous la poignée de la porte d'entrée.

Le regard posé sur elle, il comprit tout à coup qu'il ne la remettrait jamais à des étrangers. Elle était sous sa responsabilité, et cette responsabilité-là, il l'assumait volontiers. Il refusait de la laisser à l'hôpital entre les mains d'experts qui l'examineraient sous toutes les coutures et la terroriseraient, de psychologues qui lui montreraient des poupées en lui demandant ce que l'homme lui avait fait, de médecins qui ne comprendraient pas et la traiteraient comme n'importe quelle autre petite fille, ce qu'elle n'était pas. Non, il ne pouvait être question de ce genre de choses. Pas maintenant. Et puis le shérif interviendrait. Certes, il devrait lui parler, mais plus tard. Il fallait laisser à l'enfant le temps de se remettre un peu. De retrouver un rien de confiance.

— Tu veux une tartine grillée? J'ai appris à me servir de ce genre de gril. Ça fait une semaine que je n'ai rien brûlé.

L'enfant secoua sa petite tête.

— Bon. Je mange les deux, mais, si tu changes d'avis, j'en ferai d'autres pour toi. J'ai acheté une confiture de fraises extra, faite par une certaine Mme Harper qui a toujours vécu à Dillinger. Ça fait soixante-quatre ans qu'elle y est. Moi, je ne suis ici que depuis quinze jours. Je viens de San Francisco. Le chalet appartient à l'un de mes amis. Il a été construit par son grand-père. Plus tard, tu me diras peut-être d'où tu viens, toi. Je voulais être seul, tu vois, isolé du reste du monde. Tu comprends ce que je veux dire ? Non, je ne pense pas que tu puisses comprendre, pas vrai ?

Il attendit un instant, puis poursuivit :

— La vie nous en fait voir de toutes les couleurs, tu sais. Quand on est grand, il nous arrive beaucoup de choses, et on est censé savoir se débrouiller. Mais toi, tu n'es encore qu'une petite fille. On n'aurait jamais dû te faire de mal. Je vais arranger ça, si je peux.

Il voyait ses bandages, il pensait à ce petit corps martyrisé, violé.

— Tu sais, continua-t-il d'une voix douce, je pense que l'on devrait voir un médecin. Peut-être dans deux jours. Et puis le shérif. Il doit bien y en avoir un à Dillinger.

Un douloureux gémissement lui répondit. La petite fille posa le bol vide sur le plancher, releva le menton et se mit à secouer la tête comme un automate, en laissant échapper sa plainte rauque, terrible, qui venait du fond de la gorge.

Il en eut la chair de poule.

— Tu ne veux pas voir un médecin ?

Elle se colla au mur, les jambes repliées, la tête enfouie dans le tee-shirt qui faisait comme une tente autour de son corps, et se balança d'avant en arrière.

— D'accord, on ne va nulle part. On reste ici, bien à l'abri dans notre cocon. J'ai des provisions. Comme je t'ai dit, je suis allé à Dillinger, il y a deux jours. J'ai de quoi faire des hot dogs, des beignets... J'ai aussi des haricots tout préparés. Je pourrais ajouter des oignons, un peu de moutarde ou de ketchup, et les réchauffer sur le fourneau. Ça promet d'être délicieux, tu ne crois pas ?

La petite fille cessa de se balancer et tourna lentement la tête vers lui.

— Tu aimes les hot dogs? lui demanda-t-il.

Elle hocha la tête.

— Bon. Moi aussi, dit-il. J'ai également de vraies chips paysannes. Tu sais, des chips bien grasses qui te laissent les mains tout huileuses. Tu aimes ça?

De nouveau, elle hocha la tête. Il se réjouit de la voir se décontracter un peu.

— Tu n'as pas aimé le lait écrémé?

Elle fit un signe de tête négatif.

Que lui dire maintenant? se demanda Ramsey.

— Ça t'ennuie si je mange mes tartines? Elles refroidissent...

Sans attendre sa réponse, il lui sourit, se mit à beurrer l'une des tartines et y ajouta une couche de confiture à la fraise. Puis il la lui tendit.

— Tu veux goûter?

Elle regarda la tartine couverte de confiture qui menaçait de couler.

— Je vais la mettre sur une serviette en papier. Heureusement, je n'ai pas oublié d'en acheter, ajouta-t-il.

Il lui offrit de nouveau la tartine. Elle l'accepta et mordit dedans trois fois de suite. Puis elle soupira avant de recommencer à manger, plus lentement cette fois-ci. Quand elle lécha la confiture sur ses lèvres, elle eut pour la première fois un air heureux.

— Tu n'avais pas mangé depuis longtemps?

Tout en mâchant, elle réfléchit puis hocha la tête.

— Je constate que je dois seulement te poser des questions auxquelles tu puisses répondre par oui ou par non. Tu te sens mieux ce matin?

Il la vit blêmir, le regard posé sur son poignet bandé.

— Je te remettrai de la pommade quand tu auras fini ton petit déjeuner.

Il se mit à manger la deuxième tartine, en songeant

aux autres blessures de la fillette. Mais il n'était pas question de l'examiner et de panser ses plaies tant qu'elle était éveillée et susceptible de prendre peur.

Lorsqu'ils eurent terminé, il se leva et, tout en s'éloignant d'elle afin de ne pas l'effaroucher, lui demanda si elle voulait prendre un bain.

— Je peux faire chauffer de l'eau sur le fourneau. J'ai de grandes casseroles faites pour ça.

Il n'avait pas besoin d'être tourné vers elle pour savoir qu'elle secouait probablement la tête, le dos collé au mur de la cuisine.

— Tu es une grande fille. Tu peux prendre un bain toute seule, n'est-ce pas ?

Il se retourna en souriant et la vit se lever lentement, puis acquiescer.

— Il y a du champooing dans la salle de bains. Tu peux te laver les cheveux sans que je t'aide ? Bon. Ensuite, je te remettrai de la pommade. Et puis, il faudra te trouver des vêtements. Je vais voir ce que j'ai. En attendant, tu garderas le tee-shirt.

Habitué au silence après ces deux dernières semaines de solitude, il s'étonnait de parler autant. Sa voix résonnait à l'intérieur de son corps.

Quand il y eut suffisamment d'eau pour le bain, il en mit d'autre à chauffer pour le shampooing, qu'il versa ensuite dans deux récipients à côté de la baignoire. Puis, laissant la petite fille dans la salle de bains, il s'assit devant la vieille Olivetti qui avait appartenu à sa mère ; il en aimait les bonnes grosses touches, comme un artisan aime son marteau. Les lunettes sur le nez, il relut ce qu'il avait tapé la veille.

Il n'aurait su dire combien de temps il avait été accaparé par sa lecture. Mais, lorsqu'il releva les yeux, elle était là, debout à côté de son bureau, silencieuse, les cheveux mouillés, en broussaille, les poignets à vif, le visage marqué par les griffures, mais si propre qu'il en brillait.

Il enleva ses lunettes.

— Hé ! Tu es là ! Désolé, je ne t'ai pas entendue sortir de la salle de bains. Quand je travaille, j'oublie où je suis. Viens t'asseoir sur le canapé.

Il prit son peigne, le lava, puis passa dix minutes à démêler les cheveux de l'enfant. Ensuite, il lui remit de la pommade sur les poignets et les chevilles, et les rebanda. Il eût été nécessaire d'examiner ses autres blessures, mais il devait respecter sa pudeur s'il ne voulait pas qu'elle se referme sur elle-même. Il se leva.

— Maintenant, je vais chercher de quoi t'habiller, dit-il.

Il était hors de question de lui faire porter les vêtements qui lui rappelleraient d'horribles souvenirs. Il trouva un pull à manches longues, en laine, très doux. Il lui tiendrait aussi chaud que possible en l'absence de sous-vêtements, de pantalon et de chaussures.

— Tiens. Avec ça, tu vas ressembler à un mannequin de Ralph Lauren.

Elle disparut dans la salle de bains mais, cette fois-ci, réapparut au bout de cinq minutes. Il gagnait du terrain, se dit-il. Le pull lui arrivait aux chevilles et les manches avaient trente centimètres de trop. Il les roula jusqu'à ses coudes. Elle était aussi ridicule qu'attendrissante.

Que pouvait-il faire maintenant ?

— Tu connais la capitale du Colorado ?

Elle hocha la tête. Alors il sortit une carte, se demanda tout à coup si elle savait lire, puis se dit que c'était sans importance. Elle lui montra Denver, marqué d'une étoile rouge. Ainsi elle devait vivre dans le Colorado.

— Très bien! Tu vois, je ne crois pas que mes nièces et neveux connaissent les capitales des Etats. Pas même celle de Pennsylvanie, où ils vivent. Tu sais où l'on est, ici?

La voyant se figer, paralysée par la peur, il lui expliqua d'un ton léger :

— Nous sommes dans les Rocheuses, à deux heures environ de Denver. Il n'y a pas de station de ski dans le coin, bien que ce soit très joli. Tu as déjà vu *Star Trek*?

Elle acquiesça d'un signe de tête. Son visage avait retrouvé quelques couleurs.

— J'ai entendu dire que les gens d'ici appellent les montagnes d'en face la chaîne Ferengi.

La petite fille ouvrit la bouche et frotta un doigt sur ses dents.

— Oui, c'est ça! dit-il en riant. La ligne de crête est dentelée. Ce sont les dents Ferengi.

Les manches du pull tombaient de nouveau sur le plancher. Il se pencha vers elle pour les remonter, mais aussitôt elle émit sa plainte rauque et lugubre, courut se réfugier contre le mur, à côté de la cheminée, et se recroquevilla comme elle l'avait fait dans la cuisine.

Il l'avait effrayée. Alors, il se leva lentement et alla s'asseoir sur le canapé.

— Excuse-moi. Je t'ai fait peur. Mais je voulais simplement relever tes manches, tu n'as pas encore les bras aussi longs que les miens. J'aurais dû te prévenir. Je peux le faire maintenant? Je crois que j'ai des épingles de sûreté dans un des tiroirs de la cuisine. Je pourrais m'en servir pour fixer les manches. Tu serais plus à l'aise.

Elle se leva, fit un pas vers lui puis s'immobilisa. Un

deuxième pas fut suivi d'une autre pause. Elle l'étudia, se demandant si elle pouvait lui faire confiance. Finalement, elle franchit la distance qui les séparait et leva les yeux vers lui. Souriant, il roula lentement les manches puis lui proposa de natter ses cheveux.

— En tout cas, je peux essayer, précisa-t-il. Ce ne sera sûrement pas merveilleux, mais au moins tu n'auras plus les cheveux dans la figure.

Plutôt satisfait du résultat, il attacha la natte à l'aide de l'élastique qui avait fermé le sac contenant les pêches.

— Il y a un grand soleil aujourd'hui, observa-t-il. Il ne doit pas faire trop froid dehors. Si j'arrivais à te trouver des vêtements, tu aimerais sortir un peu?

En un éclair, elle se précipita vers la cuisine. Comment avait-il pu imaginer une autre réaction? Il n'eut pas besoin de se retourner pour vérifier qu'elle s'était encore collée au mur. Du moins ne s'était-elle pas enfermée dans la salle de bains.

Que faire? Il savait qu'il devait éviter la moindre précipitation, la moindre brusquerie dans ses gestes.

— Tu aimerais regarder les photos de ces revues? lui demanda-t-il en désignant quelques vieux magazines. Si tu veux, on les regarde ensemble, et je te lis ce qu'il y a écrit dessous.

Au bout de quelques secondes, elle accepta.

— Mais je vais d'abord épingler tes manches.

Quand ce fut fait, elle le suivit et s'assit sur le canapé, à une certaine distance de lui. Il posa un magazine entre eux, lui demanda de s'envelopper dans le plaid, puis la regarda.

— Ça m'ennuie que tu restes pieds nus. Tu veux bien essayer des chaussettes? Elles vont te monter jusqu'au menton, mais ce sera l'occasion de faire le clown, non? D'accord? Tu essaies une de mes paires de chaussettes pour voir si tu me fais rire?

A défaut de faire le clown, elle esquissa un sourire en tirant les chaussettes au-dessus de ses genoux.

Feuilleter le magazine leur prit presque une heure. Quand il releva les yeux, il constata que la petite fille s'était endormie, la tête sur le bras du canapé, la joue appuyée sur ses mains jointes. Il remonta le plaid sur ses épaules et retourna à sa machine à écrire.

Ses lunettes faillirent tomber lorsqu'il se leva d'un bond en entendant de nouveau le gémissement de l'enfant, accentué cette fois-ci par un cauchemar. Elle se tordait sous le plaid, son petit visage crispé par la terreur.

Il fut obligé de la toucher, de la secouer doucement par l'épaule.

— Réveille-toi, mon ange. Allez, réveille-toi.

Elle ouvrit des yeux emplis de larmes.

— Oh non!

Sans réfléchir, il s'assit et la prit dans ses bras.

— Calme-toi, mon bébé. Je t'en prie, calme-toi.

Il resserra son étreinte, appuya la joue de la petite fille contre son torse, l'enveloppa plus étroitement dans le plaid. Il lui remit une chaussette qui pendait sur le plancher, puis la serra de nouveau très fort contre lui.

— C'est fini. Ne t'inquiète pas. Je te promets que plus personne ne te fera du mal.

Il se rendit compte qu'elle s'était figée dans ses bras. Il l'avait effrayée. Cependant, il ne la relâcha pas. Elle avait terriblement besoin d'aide et il était le seul, pour le moment, à pouvoir s'occuper d'elle. Il continua de lui parler doucement, en lui répétant qu'elle était en sécurité, qu'il ne laisserait personne la martyriser de nouveau. Peu à peu elle se détendit, puis elle finit par pousser un long soupir et, miraculeusement, se rendormit.

L'après-midi commençait. La faim le rongeait, mais il ne pouvait se résoudre à bouger. Elle s'était blottie contre lui, la tête presque cachée sous son aisselle. Il la redressa légèrement, puis attrapa son livre. Quand il l'entendit gémir doucement, il la serra bien fort dans ses bras. Elle avait la douce, l'inimitable odeur des jeunes enfants. Tournant vers la fenêtre un regard meurtrier, il marmonna :

— Essaie de t'approcher, salaud, et je te fais sauter la cervelle.

3

Ce matin-là, portée par des rafales de vent, la pluie tambourinait sur les fenêtres du chalet. Assis avec la petite fille sur le canapé, Ramsey lisait à haute voix, comme il le faisait depuis trois jours, l'un des nombreux romans qu'il avait emportés avec lui. La fillette semblait maintenant plus confiante. Bien sûr, elle se tenait toujours à distance et, parfois, il la faisait encore sursauter, mais elle avait cessé de le fuir.

— « M. Phipps ne savait pas ce qu'il devait faire. Il hésitait entre retourner vers sa femme, s'arranger avec elle, ou bien la laisser aux hommes riches qui lui offriraient tout ce qu'elle convoitait. En tout cas, il n'était pas du genre à baisser les bras. »

Ramsey fit une pause. La suite était facile à deviner et ne pouvait convenir à une enfant. Surtout pas à cette petite, qui n'avait nul besoin d'entendre parler d'un homme envisageant de tuer sa femme. Jamais il n'aurait dû commencer à lire ce roman. Il s'éclaircit la voix et laissa les mots se brouiller sur la page tandis qu'il poursuivait l'histoire à sa manière :

— « Cependant, il envisagea une autre solution en pensant à sa petite fille qui l'attendait à la maison. Il l'aimait plus qu'il ne s'aimait lui-même, et ce n'était pas peu dire. En fait, il aimait son enfant plus que tout au monde. »

Toujours assise à ses côtés, la petite fille semblait très calme. Etait-elle attentive ? Il n'aurait su le dire mais, au moins, elle était bien au chaud dans l'un de ses tee-shirts, un pull par-dessus, et le plaid remonté jusqu'au menton. Il lui nattait les cheveux un peu plus habilement chaque jour. Si elle n'avait été aussi silencieuse et si un petit sourire avait éclairé son visage, on aurait pu la prendre pour n'importe quelle fillette écoutant son père lui raconter une histoire.

Il fit mine de se replonger dans le livre et laissa s'exprimer ce qui soudain lui venait du cœur.

— « Le papa voulait que sa petite fille sache qu'il était là pour la protéger et l'aimer aussi longtemps qu'il vivrait. Elle était douce et tendre, et il savait qu'elle l'aimait aussi. Mais il comprenait sa peur. Elle avait eu beaucoup de malheurs, trop de peine pour une enfant. Oh, elle s'en était sortie, elle était courageuse ! Mais elle avait besoin de lui. Il pensa à un petit chalet dans les Rocheuses, entouré de fleurs. Il savait qu'elle aimerait cet endroit. Elle serait libre et il pourrait l'entendre rire de nouveau. Il y avait si longtemps qu'elle n'avait pas ri de bon cœur ! Il entra dans la maison, vit son enfant près de la porte de la cuisine, un singe en peluche serré contre sa poitrine. La fillette lui sourit et lui tendit les bras. »

Ramsey se tourna vers la petite inconnue qu'il avait recueillie et lentement, d'une main légère, effleura ses cheveux.

— Tu as un animal en peluche, toi aussi ?

Gardant le regard fixé sur l'une des fenêtres ruisselantes de pluie, la fillette hocha la tête.

— C'est un singe ?

Elle fit non de la tête.

— Un chien?

Cette fois-ci, elle se tourna vers lui, les larmes aux yeux.

— Ne pleure pas. Tu vas le revoir. Mais peut-être que ce n'est pas une peluche... C'est ça? Je te promets que tu vas bientôt le retrouver. De quelle race est-il?

Elle prit la feuille de papier et le crayon qu'il avait posés sur la table, la veille. C'était la première fois qu'elle y prêtait attention, et il s'en réjouit. Le chien qu'elle dessina était tacheté.

— C'est un dalmatien?

Elle acquiesça, esquissa un sourire et, miracle, lui toucha le bras.

— Tu veux que je continue à te raconter l'histoire? lui demanda-t-il.

Oui, elle le voulait, et elle se rapprocha un peu de lui avant d'enfoncer ses mains sous le plaid.

— « La petite fille avait envie d'avoir un chien. » Tiens, comme toi! s'exclama-t-il. « Pourtant, elle aimait son singe en peluche de tout son cœur. Il s'appelait Geek. Il avait de très longs bras et une face rigolote, toute pleine de poils bruns. Elle l'emmenait partout avec elle. Un jour, alors qu'ils se promenaient dans la prairie, près du chalet, la petite fille et son père entendirent un grand bruit : c'était la camionnette du livreur de lait. "Pourquoi est-ce qu'il vient jusqu'ici?" demanda l'enfant à son papa. "Il nous apporte le lait pour la semaine", répondit le père. Oh, certes, la camionnette était pleine de bouteilles de lait, mais l'homme venait aussi avec une portée de chiots blancs comme neige. Bientôt, les six petits chiens firent la course dans la prairie, jappèrent joyeusement, se cachèrent parmi les fleurs, roulèrent sur le dos, s'amusèrent comme des fous. Mais Geek était triste. Assis sur la terrasse, ses longs bras pendant jusqu'à ses pattes, il regardait les chiots accaparer l'attention de sa petite maîtresse. Il l'entendait rire tandis qu'elle jouait avec les chiens qui grimpaient sur elle et lui léchaient le visage. La tête du singe tomba sur sa poitrine tant il était malheureux. Mais, tout à coup, la petite fille retourna sur la terrasse, prit son singe dans ses bras et lui donna un gros baiser. "Viens jouer avec les bébés, Geek, lui dit-elle. Ils vont bientôt devoir retourner chez eux. Le livreur de lait les a amenés seulement pour qu'on puisse jouer un moment avec eux." Plus tard, quand Geek repensa à tout ça, il se rendit compte qu'il avait finalement beaucoup aimé les chiots, tous plus mignons les uns que les autres. Il espéra même en trouver un pour le donner à la petite fille. Le soir, il s'endormit dans les bras de sa maîtresse et rêva d'un petit chien tout blanc qui, en grandissant, aurait des taches noires, comme de gros confettis, sur son pelage de neige. »

Ramsey acheva ainsi l'histoire qu'il avait inventée et referma le livre d'un geste théâtral.

— Alors, que penses-tu de Geek, le singe ?

La petite fille prit le crayon et la feuille de papier, dessina rapidement, puis se rassit. Ramsey découvrit un dessin rudimentaire représentant une fillette qui serrait dans ses bras quelque chose. Probablement le singe. Le trait concave au bas du visage de l'enfant indiquait qu'elle souriait, heureuse.

— Oh, super ! s'exclama Ramsey.

Il constata avec ravissement que la petite fille le frôlait. Oui, elle s'était rapprochée de lui !

Un moment plus tard, il dormait, la tête renversée sur le dossier du canapé. Quand il se réveilla, au bout de plusieurs heures, la fillette était lovée contre lui, la tête sur son torse, tout amollie comme le sont les enfants lorsqu'ils sont entièrement détendus. Humant le parfum délicat de la peau de la petite fille mêlé à l'odeur agréable du shampooing, il l'écarta avec douceur, l'enveloppa soigneusement dans le plaid et alla se faire du café, qu'il but, attablé dans la cuisine, en écoutant la pluie tomber sur le toit du chalet.

La fillette était avec lui depuis maintenant quatre jours. Personne ne s'était manifesté aux alentours du chalet et, au fond, il le regrettait. Il n'attendait qu'une occasion de tuer le monstre. Mais celui-ci devait être loin à présent. Quant à lui, pendant combien de temps encore pourrait-il soustraire la petite au monde extérieur? Heureusement, il n'avait pas à se soucier de sa santé. Le deuxième jour, après lui avoir donné un petit somnifère, il avait remis de la pommade sur ses plaies et renouvelé ses bandages. Ses blessures guérissaient bien, et elle ne s'était pas agitée dans son sommeil pendant qu'il l'examinait.

Il se demanda si elle avait réellement un dalmatien. Puis il s'aperçut qu'il s'était glissé dans la peau de son père. Certes, tant qu'elle était avec lui, il pouvait se le permettre, mais il ne devait pas oublier qu'elle avait probablement des parents. Avaient-ils assisté à son enlèvement? Qui étaient-ils? S'il n'était pas urgent de le savoir, la question n'en était pas moins cruciale.

Il se sentait bien. Enfin elle s'était abandonnée contre lui, sans crainte. Bien sûr, il avait fallu qu'il s'endorme d'abord, mais c'était tout de même un début.

En souriant, il regarda le fourneau, se leva et ouvrit une brique de potage au poulet et aux vermicelles. Elle aimait en manger, avec un sandwich au fromage.

Ce soir-là, après avoir mangé les deux derniers hot dogs, le reste de haricots et de la gelée de fraise, il la regarda attentivement.

— Ecoute, tu sais ce qui me ferait plaisir? J'aimerais essayer de deviner ton prénom. Je vais t'en citer plusieurs, et, si je dis le tien, tu hoches trois fois la tête, ou tu me tires par la manche, ou bien tu me donnes un coup dans la jambe. D'accord?

Elle resta immobile et impassible. Son manque d'enthousiasme ne laissait rien présager de positif.

— Bon, on essaie un petit peu. Est-ce que tu t'appellerais... Jennifer? C'est un joli prénom. C'est le tien?

Elle n'eut aucune réaction.

— Lindsey?

Rien.

— Morgan?

Brusquement elle lui tourna le dos. A l'évidence, elle refusait son jeu. Mais pourquoi?

— Tu veux bien me dessiner ta maman?

Elle se retourna aussitôt, prit la feuille et le crayon, et dessina une silhouette filiforme, avec une jupe, des cheveux bouclés et quelque chose qui ressemblait à une boîte, munie d'un bouton, entre les mains.

— C'est très bien, mon ange. Ses cheveux sont bruns, comme les tiens?

Elle secoua la tête.

— Roux?

Un grand sourire illumina le visage de la fillette, qui acquiesça. Puis elle augmenta le volume de la chevelure.

— J'ai dit « roux », expliqua-t-il, parce que c'est ma couleur préférée. Elle a vraiment les cheveux bouclés? Ils sont longs?

L'enfant haussa les épaules.

— Ah, je vois! Ils sont mi-longs. Et que fait-elle? Elle porte une boîte?

La petite hocha la tête, montra du doigt la couverture du magazine posé sur la table basse, puis fit claquer plusieurs fois de suite son index contre son pouce.

— Tu fais comme un appareil photo, c'est ça? Ta maman est photographe?

La fillette acquiesça et montra de nouveau la couverture du journal.

— Elle photographie des gens?

La petite fille hocha joyeusement la tête. Mais, la seconde suivante, ses traits s'affaissèrent. Sa mère lui manquait, elle se demandait où elle était, et Ramsey éprouva un terrible sentiment d'impuissance.

— Tu me dessines ton papa, maintenant?

Bizarrement, la fillette attrapa le crayon comme on saisit un poignard, et sa plainte rauque se fit entendre.

— Oh, mon ange, calme-toi! Je suis ici, avec toi. Tu ne dois pas avoir peur.

Elle s'apaisa et se mit à dessiner un homme jouant de la guitare, la bouche ouverte. Son père était-il chanteur? Mais, la voyant soudain planter le crayon dans la feuille avec une force qui cassa la mine, il se posa une autre question : était-ce son père qui l'avait frappée? qui l'avait violée? Non, un homme ne pouvait faire une chose pareille à son enfant. Non? Il avait eu l'occasion d'observer tant d'horreurs, il avait entendu parler de tant de choses qu'il savait bien que c'était possible. Devant la réaction de la petite fille, il remit à plus tard les questions concernant son père.

Soudain, elle froissa nerveusement la feuille de papier puis se recroquevilla sur elle-même, plaquée contre le dossier du canapé.

Il la regarda sans bouger. Combien de temps lui faudrait-il encore avant de réussir à l'apprivoiser complètement ?

— Je ne veux pas te laisser seule dans la Jeep, dit Ramsey à la fillette. Ce ne serait pas prudent. Tu vas m'accompagner. Tiens, prends ma main. Ça ne t'ennuie pas ? lui demanda-t-il en effleurant sa joue. Ne t'inquiète pas, mon ange. Je sais que c'est un moment difficile, mais personne ne te fera de mal. Je te protège maintenant. Je suis grand et fort, et aussi bon en karaté que Chuck Norris. Tu as entendu parler de lui ? Il est meilleur que Godzilla.

La petite fille fit mine plusieurs fois de suite d'arrêter un adversaire du tranchant de la main.

— Oui. Tu as compris ! C'est exactement ça. Tu sais, je me doutais que tu ne voulais pas remettre ces vêtements, mais ce n'est que le temps d'en acheter d'autres. Dès que ce sera fait, on les jettera à la poubelle.

Il avait lavé le pantalon et le tee-shirt jaunes dans la baignoire, en même temps que ses propres tee-shirts. Lui remettre les vêtements qu'elle portait lors de son agression ne l'avait pas réjoui, mais il n'avait pas pu faire autrement. Il ne pouvait pas l'emmener au supermarché de M. Peete, pieds nus et noyée dans l'un de ses pulls.

— Allez, on y va. Dis-toi que je suis ton singe en peluche, en plus grand. Tu imagines ce que Geek ferait si quelqu'un s'en prenait à toi? Oh oui, j'en suis sûr! Geek et moi, nous sommes des singes gentils, sympathiques. Tu es prête?

Un bref sourire éclaira le visage de la fillette, sans pour autant signifier qu'elle consentait à sortir de la voiture. Mais il était hors de question qu'il la laisse seule, même avec les portières fermées.

— Ecoute, plus vite on fera nos courses, plus vite on repartira. D'accord?

Elle finit par hocher la tête. Alors il la souleva, la posa sur le trottoir, puis ferma la Jeep et lui tendit la main. Après quelques secondes d'hésitation, elle lui fit confiance.

— Bien, dit-il en serrant sa petite main dans la sienne. Allons faire une razzia!

Quant ils entrèrent dans le Luchy General Store, la petite se serra contre sa jambe. Il la regarda en souriant.

— Je vois que je peux compter sur toi, lui dit-il. Commençons par les jeans, ensuite on verra pour les tee-shirts. Oui, c'est par là. Tu me dis quand quelque chose te plaît.

Comme elle tremblait contre sa jambe, il la prit dans ses bras, et aussitôt la sentit se détendre.

Au rayon des vêtements pour enfants, la vendeuse, nommée Mildred, était avenante. Charnue, jolie, elle leur sourit.

— Ma petite fille a besoin de renouveler sa garde-robe, annonça Ramsey en lui rendant son sourire.

Mildred regarda l'enfant et commença à choisir des vêtements. La fillette montra elle-même du doigt un tee-shirt jaune citron. Ils choisirent finalement deux pantalons, l'un rouge, l'autre bleu, quatre tee-shirts, également de couleurs vives, et des chaussettes, vertes, rouges et bleues. La petite opta aussi pour un coupe-vent orange et vert. Ramsey éprouva des sentiments mitigés. Adieu la discrétion ! se dit-il. Mais, en revanche, il voyait dans ce choix de couleurs soutenues un signe positif. Au moins, sa « petite fille » ne broyait pas du noir.

Mildred eut un sourire ravi quand l'enfant eut passé ses nouveaux vêtements.

— Tu es superbe ! s'exclama-t-elle. Comment t'appelles-tu ?

Ramsey intervint sur un ton détendu :

— Elle est muette, mais elle entend. Elle est ravissante, pas vrai ?

— Le vert et l'orange te vont à ravir. Quel âge as-tu ? demanda Mildred à l'enfant.

La petite fille montra six doigts.

— Six ans ? Je vois. Tu es très jolie. Ta maman va être heureuse de te voir comme ça.

L'enfant se figea. Ramsey s'empressa de détourner la conversation en attrapant un anorak bleu roi qui semblait correspondre à la taille de la fillette.

— On va aussi prendre ça, dit-il. Il peut encore faire très froid, nous ne sommes qu'à la mi-avril.

— Absolument, observa Mildred. On aura encore sûrement droit à des tempêtes de neige avant que ça se réchauffe.

— Oui. Il vaut mieux être prudent, ajouta Ramsey.

Il aida l'enfant à enfiler l'anorak, puis recula de quelques pas pour la regarder.

— Ça te va très bien. Tu es contente ? Les manches sont un peu trop longues, mais dans quelque temps ce sera parfait.

La petite fille souriait. Elle tâta une manche entre ses doigts et hocha la tête.

— Vous êtes venus en famille pour le week-end? demanda Mildred.

— Oui, nous apprécions beaucoup le coin.

— J'habite ici depuis ma naissance. Et, croyez-moi, je peux parier qu'on aura encore deux tempêtes avant le beau temps. Mais peut-être après votre départ, ça, on ne peut pas savoir.

Ramsey sourit sans chercher à relancer la conversation et demanda à la fillette de dire au revoir à Mildred d'un signe de la main. Il estimait qu'il était grand temps de la ramener au chalet.

L'enfant préféra faire un signe de tête.

— Je peux te porter, maintenant? lui demanda Ramsey à voix basse en s'accroupissant devant elle.

Il fut heureux de la voir lui tendre les bras. Avant de passer à la caisse, il mit un shampooing pour bébés dans le chariot. Ils avaient croisé une dizaine de personnes, et aucune n'avait semblé intriguée de les voir ensemble. Au contraire, Ramsey n'avait remarqué que des visages ouverts et des regards amicaux.

Le propriétaire, M. Peete, tenait la caisse.

— Eh bien, petite, tu seras la plus chic de la région avec tous ces beaux vêtements! Tiens, je t'offre une sucette. Je peux bien faire ça, ton père vient de payer tous mes frais de la semaine!

Trente-cinq minutes venaient de s'écouler quand Ramsey mit ses paquets dans la Jeep.

— Maintenant, je vais te faire une surprise. Tu vois cette librairie? Je t'y emmène.

Elle se laissa porter sans aucune résistance.

Ils passèrent encore une bonne demi-heure à choisir des livres, puis retournèrent à la voiture. Ramsey ouvrit la portière, installa l'enfant, mais se redressa vite et se figea, persuadé que quelqu'un l'observait.

4

Sur la défensive, il se retourna prudemment mais ne vit personne. Il crut cependant percevoir à l'angle de la rue, juste à côté de la station-service, un mouvement furtif. Immobile, tandis qu'un vent léger passait dans ses cheveux, il attendit quelques instants, le regard fixé sur le coin de la rue. En vain.

Mais il éprouvait une sensation déplaisante et, sachant que son instinct ne le trompait jamais, il s'empressa de monter dans la Jeep. Par bonheur, la petite fille n'avait rien remarqué. Le visage à demi enfoui dans le plaid qu'il avait eu le réflexe d'emporter, elle semblait tomber de sommeil. Etait-elle vraiment fatiguée ou cherchait-elle à oublier sa peur en dormant?

Il regarda dans la direction du bureau du shérif, un peu plus bas dans Boulder Street. La police recherchait peut-être cette enfant; il ne pouvait pas la garder indéfiniment avec lui, elle avait des parents. Elle aimait sa mère — il l'avait compris en voyant son sourire lorsqu'il lui avait demandé si sa maman était jolie —, et cette femme devait se faire un sang d'encre. Son père? Il finirait bien par en savoir un peu plus sur son compte. Que s'était-il donc passé? Au cours des six derniers jours, il n'avait cessé de se poser la question sans trouver de réponse. Bientôt, il devrait prendre une décision, c'était inévitable. Mais, pour l'instant, l'idée de remettre la petite fille à des étrangers et de voir la peur crisper son visage lui était intolérable. Plus elle resterait avec lui, plus elle reprendrait des forces. En fait, c'était la vulnérabilité même de l'enfant qui le freinait.

Il posa son regard sur elle. Elle s'était endormie. Ses joues avaient retrouvé un peu de couleurs, et la tension qui marquait son visage jusque dans son sommeil avait enfin disparu. Elle avait l'air d'une petite fille normale. Il repensa cependant à la soirée précédente : lorsque, prêt à lui faire la lecture, il avait reparlé du shérif, elle avait pris sa main et s'était accrochée à lui, les yeux emplis de terreur. « D'accord, avait-il dit. On va attendre encore un peu. Mais tes parents doivent être fous d'inquiétude... » Baissant la tête, elle s'était mise à pleurer, et il avait une nouvelle fois refréner une terrible envie de jurer. Depuis quatre jours, il avait réussi à ne proférer que des jurons silencieux.

Pourquoi semblait-elle redouter d'être de nouveau martyrisée, y compris par ses parents, puisqu'elle refusait que quiconque sache où la trouver? Dans quelles circonstances son bourreau l'avait-il enlevée? Ses parents avaient-ils négligé de la surveiller? S'était-elle perdue dans une galerie marchande? Avait-il suffi à l'agresseur d'entrer dans son jardin pour l'enlever?

Il irait peut-être voir le shérif dans deux jours, pensa-t-il. Mais aussitôt il secoua la tête. Non, elle ne serait pas encore prête à lui faire totalement confiance. Et puis, une fois rendue à ses parents, elle échapperait à sa protection. Or, si ce drame était arrivé, n'était-il pas susceptible de se renouveler? Néanmoins, elle n'était pas sa fille et ne le serait jamais. Que devait-il faire?

Renonçant à trouver une réponse, il appuya sur l'accélérateur. Il adorait cette Jeep. Un vrai cheval de labour. Bien que la température ne dépassât pas dix-huit degrés, le soleil brillait dans un ciel pur; la journée était belle. Il avait croisé du monde dans les rues de Dillinger, mais personne n'avait semblé lui prêter attention. A moins que quelqu'un ne l'ait observé à son insu?

La plainte rauque l'avertit que la fillette faisait encore un cauchemar. Il se pencha vers elle et effleura son visage. Elle bougea un instant sa joue contre sa paume, puis s'immobilisa. Prenant le menton de sa petite protégée au creux de sa main, il la vit ouvrir ses beaux yeux bleus et battre des paupières. La peur disparut lentement et son regard s'anima. A ce moment précis, il sut qu'il ne la remettrait à personne s'il devait craindre pour sa sécurité.

— Oui, oui, c'est moi. Personne d'autre. Et tu sais quoi? Tu n'es pas seulement la petite fille la mieux habillée de toute la région, tu es aussi la plus mignonne.

Le lendemain après-midi, alors qu'il entrait dans le chalet, les bras chargés de bûches, il la vit tressaillir et se réfugier derrière le canapé.

— Que se passe-t-il, mon ange? Dis-moi.

Elle se releva, tentant vainement de sourire.

— Je t'ai surprise?

Elle hocha la tête, soulagée d'entendre Ramsey formuler ce qu'elle ne pouvait lui expliquer.

— La prochaine fois, je m'annoncerai. Ce n'est rien. Regarde, j'ai coupé du bois pour le fourneau et la cheminée. Quand le feu sera bien reparti, ça te dirait d'aller faire un tour dans la prairie? J'ai un cadeau pour toi. Je l'ai acheté pendant que tu essayais tes pantalons.

Il s'était dit qu'il devait trouver un moyen de lui faire prendre un peu l'air. Depuis leur retour de Dillinger, elle n'avait même pas voulu mettre un pied sur le balcon. Il était temps qu'elle respire de l'air frais.

Mais elle restait à l'écart, le visage blafard, l'air préoccupée.

— Tu verras, c'est vraiment chouette ce que j'ai pour toi. Tu devras mettre ton anorak. Il ne fait pas très chaud.

Elle était adorable dans son nouveau pantalon encore raide, ses baskets lumineuses comme des néons et son petit tee-shirt orange parsemé de pommes vertes. Sa natte était un peu plus réussie chaque jour, et, en dépit de la peur qui ne cessait de l'habiter, elle était douce et jolie comme un cœur.

L'homme l'avait-il enlevée facilement parce qu'elle était muette et donc incapable de crier?

— C'est vraiment une belle surprise qui t'attend. Hé, tu crois que je te mentirais? Allez, mets ton anorak. Tu l'enlèveras dès que tu auras trop chaud.

Voyant qu'elle hésitait, il s'occupa du feu, puis attendit, le dos appuyé contre le manteau de la cheminée.

Finalement elle acquiesça et courut chercher l'anorak suspendu à côté du sien. Comme elle ne pouvait l'atteindre, il le décrocha pour elle et l'aida à l'enfiler. Il lui allait parfaitement, à l'exception des manches trop longues, qu'il remonta sur ses bras.

— Ta surprise va t'obliger à courir. N'oublie pas d'enlever cet anorak au bout d'un moment...

Il l'entraîna au milieu de la prairie, où l'attendait un magnifique cerf-volant en forme de dragon, étalé sur le sol. Un instant interdite, elle ne tarda pas à sourire. Ses jolies fossettes se creusèrent. C'était la première fois qu'il la voyait ainsi.

— Est-ce que tu sais faire voler un cerf-volant? lui demanda-t-il.

Avant même d'entendre ses petits cris ravis, il avait compris qu'il venait de marquer des points. Elle était tellement heureuse qu'elle ne tenait plus en place. Il lui tendit alors la bobine, puis attendit qu'elle soulève la tête du dragon pour déployer la queue. Elle déroula un peu de ficelle.

— Tu sais très bien t'y prendre, observa-t-il.

Elle sourit et laissa un peu plus de jeu à la ficelle.

— C'est bon! Vas-y! dit-il.

La petite fille se mit à courir à travers la prairie, dévidant ainsi la ficelle. Ramsey lança le cerf-volant dès qu'il le sentit frémir dans le vent.

— C'est parti! cria-t-il.

L'enfant cessa de courir, tira légèrement sur la ficelle et inclina la bobine sur la gauche. La longue queue multicolore décrivit un grand cercle.

— Parfait! Continue!

Il admira les mouvements de sa main, les secousses qu'elle imprimait à son poignet. La queue du dragon ondulait dans l'air, formait des arabesques, tournait sur elle-même, recommençait à serpenter, longue empreinte aux couleurs vives dans le ciel. Il en restait perplexe. A l'évidence, quelqu'un lui avait appris à faire voler un cerf-volant.

Bien qu'elle restât silencieuse, elle n'en donnait pas moins l'impression de s'amuser follement. Jamais il n'avait investi douze dollars plus judicieusement.

Au bout d'un moment, il alla s'asseoir sur le perron du chalet, tout en ne la quittant pas des yeux. Accaparé par le spectacle de l'enfant jouant avec son cerf-volant au milieu des ancolies, il sursauta lorsqu'un coup de feu éclata. Le dragon plongea vers le sol et tomba dans un buisson. Sans prendre le temps de regarder autour d'elle, la petite fille se mit à courir à toutes jambes vers le chalet.

Il se précipita vers elle, l'attrapa en pleine course et la porta jusque dans la maison. Un deuxième coup de feu se fit entendre, et la balle atterrit juste derrière lui, à l'instant où il refermait la porte d'un coup de pied. Il déposa l'enfant derrière le canapé.

— Reste ici. Ne bouge surtout pas.

Il mit son revolver à sa ceinture, prit son fusil, alla s'accroupir près de la fenêtre et scruta la lisière du bois. Deux autres détonations retentirent. Un homme cria quelque chose et un autre lui répondit. Ils devaient se trouver juste à l'orée du bois. Aucune autre voix ne s'éleva; il n'y avait que deux hommes.

— Reste derrière le canapé, mon ange. Souviens-toi de ce que je t'ai dit : je suis grand et fort, et je peux être très méchant si je le veux. Personne ne te fera de mal.

Se retournant vers la fenêtre, il eut la surprise de voir les deux individus sortir l'un derrière l'autre du bois, un fusil à la main. Il avait le plus proche de lui dans sa ligne de mire lorsqu'il constata que celui-ci hurlait de rire. Le deuxième, hilare lui aussi, le fusil traînant sur le sol, se rapprocha de son acolyte et s'appuya contre son épaule. Ramsey ne put retenir un juron. Ces crétins étaient ivres et étaient venus chasser sur une zone protégée!

Le premier homme, coiffé d'une casquette de chasseur écossaise et vêtu d'un épais pantalon en velours côtelé et d'un anorak volumineux, était grand et mince. Il se mit à faire des signes en direction du chalet.

— Hé ! Il y a quelqu'un ? On s'excuse ! dit-il. On ne voulait pas vous faire décamper !

Il ricana en regardant son compère, un petit homme aux jambes arquées, chaussé de bottes de cow-boy.

— On vous a pris pour des cerfs, expliqua ce dernier: Mais je savais bien, comme je l'ai dit à Tommy, que les cerfs n'ont pas de cerfs-volants !

Ramsey posa son fusil, mais s'empara de son revolver pour sortir sur la terrasse. Il tremblait de fureur et dut se retenir pour ne pas tirer sur les deux énergumènes.

— Qu'est-ce qui vous prend de venir chasser par ici ? hurla-t-il. Vous n'aviez pas vu ma petite fille ?

Ils lui firent signe. Oui, ces deux crétins lui firent signe comme s'il les avait invités à boire une bière.

— Ecoute, vieux, cria le plus grand, c'est un accident ! Qui es-tu ? On croyait qu'il n'y avait personne par ici. On est désolés, vieux !

Le type aux jambes arquées se contentait d'approcher, sans un mot, le regard fixé sur ses bottes.

— Tu es ici depuis longtemps ? demanda le plus grand.

Au moment où Ramsey s'apprêtait à répondre, le deuxième homme leva son fusil et le mit en joue. Instinctivement, Ramsey tira, juste à l'instant où une sensation de froid intense envahissait sa cuisse gauche. L'autre, le grand à la casquette, le visa à son tour mais, cette fois-ci, Ramsey fut plus rapide. Il l'atteignit à l'épaule, et l'impact fut si violent que l'homme tituba en arrière avant de s'écrouler en lâchant son arme.

Ramsey regarda ses deux agresseurs puis, sentant sa jambe fléchir, s'aperçut qu'il était touché.

— Qu'est-ce que vous voulez, bon Dieu? Qui êtes-vous? hurla-t-il.

Les deux individus, blessés, juraient comme des diables. Le plus grand, encore à terre, parvint à se relever et décampa en direction de la forêt, suivi de près par son complice. Ramsey leva son revolver et les visa. Le premier coup de feu fit voler en éclats un morceau d'écorce. Le second atteignit l'un des fuyards, qui poussa un hurlement. Mais les deux hommes disparurent sous les arbres. Ramsey renonça à se lancer à leur poursuite; sa blessure saignait à travers le jean, la douleur était vive.

Aussi rapidement qu'il le put, il courut en boitant vers le chalet. L'un de ses agresseurs avait encore son fusil et, à l'abri derrière un arbre, il pouvait recommencer à le viser. Soudain, alors qu'il n'était plus qu'à quelques pas du chalet, il aperçut la petite fille sur la terrasse, pétrifiée, le regard fixé sur lui. Il s'empressa de gravir les marches, la prit dans ses bras et se précipita à l'intérieur en faisant claquer la porte derrière lui. La douleur dans sa cuisse s'intensifiait. Le sang coulait le long de son jean. Il posa doucement l'enfant par terre, mais aussitôt elle s'agrippa à lui, et le gémissement rauque et déchirant recommença.

Redoutant la réaction de la fillette à la vue du sang, il la serra contre lui du côté de sa jambe valide. Bien qu'elle eût surmonté sa peur pour sortir, soucieuse de savoir s'il ne lui était rien arrivé, elle était encore très fragile. Il s'empressa de la rassurer :

— Je vais bien, mon ange. Ne t'inquiète pas. Ces méchants hommes sont partis. Tu as été très courageuse, tu sais, je suis fier de toi. J'ai vu que tu savais courir vite, c'est très bien. Tu vois, je ne t'avais pas menti quand je t'avais dit que j'étais fort et que je te protégerais.

Cependant, en dépit de ses douces paroles, il s'interrogeait. Que voulaient ces individus? Qui étaient-ils? Certes, ils avaient disparu; mais pour combien de temps?

Assis sur la seule chaise du séjour, il baissa son jean afin d'examiner sa blessure. Comment faire autrement? Comment dissimuler plus longtemps qu'il avait été touché? Heureusement, c'était sans gravité. N'ayant pas pénétré dans la chair, la balle avait simplement arraché de la peau et un peu de muscle sur la partie externe de la cuisse gauche. Il avait eu de la chance.

Il versa de la vodka sur la plaie. Malgré l'intensité de la brûlure, il se retint de crier. Debout près de lui, la petite fille observait la scène, le visage livide. Il serra les dents tandis qu'il continuait à nettoyer la blessure de son mieux. Il aurait fallu recoudre la plaie, mais, sans aiguille et sans fil stériles, c'était impossible. Risquer une infection était bien la dernière chose dont il avait besoin. Après avoir rapproché au maximum les bords de la blessure, il appliqua une compresse de gaze, qu'il fixa avec du sparadrap. La douleur le fit grincer des dents. Une petite plainte échappa à l'enfant, qui posa sa main sur le genou droit de Ramsey.

— Ça va, tu sais. Si j'ai mal, c'est parce que j'ai appuyé pour coller le pansement, lui dit-il.

Il rajouta du sparadrap, en l'appliquant de plus en plus soigneusement. Puis il se leva, se tourna légèrement et remonta son jean.

— Maintenant, mon ange, je vais prendre de l'aspirine.

Il avala quatre comprimés avec un verre de jus d'orange.

— La vitamine C, c'est toujours très bon. Ça peut aider à cicatriser ce genre de blessure.

La fillette l'observait, toujours aussi blême. Il alla verrouiller la porte. Plus tard, il irait peut-être ramasser le fusil qui gisait en bordure de la prairie, devant le chalet. Les deux types ne reviendraient pas ; ignorant que Ramsey ne disposait d'aucun moyen de communication avec le monde extérieur, ils devaient s'imaginer qu'il avait averti la police. Et puis, étant tous les deux blessés, ils avaient de toute façon besoin d'aller chercher du renfort. Au moins, il avait gagné un peu de temps.

Il regarda la petite fille qui ne s'écartait plus de lui, et il lui parut évident qu'il fallait faire quelque chose au plus vite.

— Allons nous asseoir, proposa-t-il.

En lui tendant la main, il remarqua qu'il y restait encore quelques traces de sang et espéra qu'elle n'y ferait pas attention.

Lentement, elle répondit à son geste. A peine assis à côté d'elle, il fit glisser le bol rempli de vodka sanguinolente vers l'extrémité de la table basse, puis la regarda dans les yeux, bien décidé à faire disparaître la frayeur sur son visage.

— J'ignore qui sont ces hommes, dit-il. Et toi, est-ce que tu les connais ?

Elle pencha la tête sur son épaule et se mit à réfléchir. Quand elle fit signe que non, il sentit que sa réponse était incertaine. Mais il préféra ne pas insister davantage pour le moment.

Peut-être y avait-il eu deux ravisseurs et non un seul? Peut-être s'agissait-il de ces deux individus qui avaient fait semblant d'être ivres pour pouvoir s'approcher du chalet et tirer sur lui? Peut-être aussi étaient-ils masqués lors de l'enlèvement? Ce qui signifierait qu'ils n'avaient pas eu l'intention de la tuer, mais de la retenir prisonnière et d'abuser d'elle jusqu'à ce qu'ils se lassent de leur jeu ignoble.

Tandis que cette idée lui faisait monter le sang à la tête, il se demanda s'ils avaient voulu le tuer pour la récupérer. A moins qu'ils ne soient venus à visage découvert, bien décidés, cette fois-ci, à la tuer elle aussi.

Il chercha vainement à se rappeler si la première balle lui avait été destinée. Plus tard, il repasserait dans sa tête le film de l'agression. Seconde par seconde. Pour le moment tout cela lui paraissait très bizarre. Que se passait-il? Comment avait-on réussi à le localiser?

Il avait fait preuve d'une rare stupidité. Jamais il n'aurait dû faire sortir la fillette de la Jeep. Mais voilà, c'était fait, et l'erreur ne pouvait s'effacer. Ils l'avaient probablement vu avec elle dans le village; ils l'avaient vu la tenir par la main, la porter, lui acheter des vêtements, et puis, après ça, ils étaient venus pour tuer.

— On doit faire vraiment très attention maintenant, d'accord? dit-il en prenant la main de la fillette. Tu dois en permanence rester près de moi.

Elle acquiesça, l'air grave.

— On va s'en sortir, mon ange. Je te le promets, dit Ramsey.

Elle hocha de nouveau la tête avec tant de sérieux, le visage si pâle, si crispé, qu'il eut envie de pleurer.

5

L'aspirine n'avait pas fait de miracle. Des élancements violents lui traversaient la cuisse. Il se sentait légèrement fiévreux et, comprenant qu'il n'arriverait pas à se rendormir, il se leva bien qu'il fût à peine deux heures du matin.

Habitué à la respiration de la petite fille, il constata qu'elle dormait profondément. Puis, après s'être muni d'une torche électrique, il alla sur la pointe des pieds s'asseoir à la table de la cuisine. Il devait retirer son pansement afin d'examiner la blessure. Si elle s'était infectée, il sauterait dans sa Jeep et se rendrait à l'hôpital. Mais alors, à cause de cette blessure par balle, il aurait inévitablement affaire à la police ; ce qui signifierait qu'il serait tenu de remettre l'enfant aux autorités, et devrait donc renoncer à la protéger.

Il baissa le pantalon de jogging qu'il avait mis pour la nuit. Sa cuisse était chaude, ce qui était normal étant donné les circonstances.

Il dut avaler une grande rasade de vodka avant d'arracher l'adhésif et la gaze qui s'était collée à la plaie. Les chairs étaient enflées et chaudes, mais il n'y avait ni rougeur ni pus. Quand il aspergea la blessure d'alcool, ses mâchoires serrées laissèrent échapper un sifflement de douleur.

C'est alors qu'il sentit sa présence, puis sa main sur son épaule. Lentement il se tourna vers elle, espérant avoir meilleure mine que sa plaie.

— Bonjour, mon ange. Je suis désolé de t'avoir réveillée. Il fallait que j'examine ma cuisse. C'est un peu enflé, un peu chaud, mais il n'y a rien d'inquiétant. Je suis juste prudent. Maintenant je peux refaire le pansement.

L'enfant prit une compresse de gaze et attendit pendant qu'il rapprochait, des deux mains, les bords de la plaie. Lorsqu'il lui fit signe, elle posa la gaze sur la blessure. Puis, comme elle l'avait vu faire, elle déchira un morceau de sparadrap avec ses dents et acheva l'opération avec autant de doigté que lui.

— Tu seras peut-être médecin, un jour, dit-il.

Il aurait pu hurler de douleur. Son visage, couvert de sueur, devait être aussi gris que les vieux tee-shirts qu'il portait la nuit. Il inspira rapidement plusieurs fois.

— Je te remercie, mon ange. Ça ira. On va simplement mettre davantage de sparadrap pour être certains que ça tienne bien.

Tandis qu'il en ajoutait quatre bouts, elle lui tapota plusieurs fois l'épaule. Qu'elle se souciât de l'encourager, de le réconforter si gentiment, lui fit chaud au cœur.

Dès qu'il eut terminé, il remonta son pantalon.

— Je pense que demain soir j'aurai la cuisse toute noir et bleu. Mais elle devrait être moins gonflée. Bon, maintenant, je vais reprendre de l'aspirine.

Cette fois-ci, il prit trois comprimés.

— Tu veux retourner te coucher? lui demanda-t-il.

La fillette fit non de la tête.

— Moi non plus. Tu aimerais que je te lise une histoire ?

Elle fit de nouveau un signe de tête négatif et remua les lèvres, comme si elle voulait parler.

— Tu préférerais que j'en invente une ?

Elle acquiesça, puis le surprit agréablement en prenant sa main. Il s'installa avec elle sur le canapé, disposant deux couvertures et le plaid sur eux, et laissa son revolver à ses pieds. Il sentit la chaleur de l'enfant qui se serrait contre lui, la joue au creux de son cou.

— Il était une fois une petite princesse, appelée Sonya, qui savait faire voler les cerfs-volants mieux que quiconque au royaume de son père. Une année, son père décida d'organiser un concours. Il savait que personne ne pourrait la battre. Sonya avait un cerf-volant spécial, un dragon avec une très longue queue qui pouvait voler très haut et faire plus de figures dans le ciel qu'un patineur sur la glace. Le roi était tout de même un peu inquiet ; même s'il avait confiance en sa fille, il redoutait la concurrence du prince Luther, qui habitait le royaume voisin. Il n'aimait pas beaucoup ce garçon qui n'était qu'une petite brute et un vantard. Et sais-tu ce qui arriva ?

La fillette ronflait doucement. Se penchant vers elle, il déposa un baiser sur ses cheveux. Il se rendit alors compte qu'il avait réussi à oublier sa blessure, mais aussi que son histoire n'était pas fameuse ; sans doute à cause de la fatigue. En s'endormant, la petite avait échappé à un terrible ennui !

Ce jour-là, il évita le plus possible de rester debout. Assis près d'une fenêtre à l'intérieur du chalet, il scruta la prairie et la lisière de la forêt. Il ne perçut rien de suspect. Cette tranquillité lui permettrait au moins de récupérer des forces avant de prendre une décision.

Il savait que la petite fille était habitée par la peur et il se sentait impuissant à l'apaiser. Il lui raconta des histoires dont l'héroïne était la princesse Sonya. Sonya qui remportait le concours avec son cerf-volant, au détriment de ce sale gamin de Luther, puis sauvait son père de la mort avant de cuisiner merveilleusement un plat de champignons... Pour la suite, il trouverait bien encore quelque chose. L'inspiration lui venait plus facilement s'il se contentait d'ouvrir la bouche et de laisser parler son imagination.

Assise sur le plancher à côté de lui, la fillette dessinait. Dehors, les ombres commençaient à s'allonger. Il regarda la feuille de papier sur laquelle l'enfant avait dessiné une femme filiforme aux cheveux bouclés et une petite fille. Toutes les deux avaient le même sourire et tenaient un cerf-volant. C'était donc probablement sa mère qui lui avait appris à les faire voler.

Les dessins d'un enfant étant toujours riches d'informations, il se dit qu'il devrait peut-être l'inciter à dessiner l'homme — ou les hommes — qui l'avait enlevée. De cette manière, elle pourrait peut-être aussi lui donner une idée de l'endroit où elle avait été enlevée. Mais non, il n'était pas psy ! Pour rien au monde il ne voulait aggraver la situation par des maladresses.

— Il est temps de préparer le dîner, annonça-t-il. Tu as faim ?

Elle acquiesça avec enthousiasme d'un signe de tête, ramassa les feuilles et les crayons, et alla les poser soigneusement sur la table basse. Il remarqua qu'elle avait des gestes semblables aux siens. Ensuite, elle lui tendit la main et Ramsey, mimant de grandes difficultés, lui fit comprendre que son aide lui était précieuse.

Evidemment, sa jambe le faisait toujours souffrir. La blessure était encore gonflée et chaude au toucher. Autour de la déchirure, les chairs étaient légèrement bleu et noir. Il décida de ne pas refaire le pansement, de laisser sa jambe guérir seule. Au moins pour le reste de la journée et de la nuit.

Le garde-manger se vidait. Dès le lendemain, il descendrait se ravitailler à Dillinger. Mais encore une fois la petite se trouverait exposée. Ne ferait-il pas mieux de plier bagage dès l'aube et d'abandonner le chalet? Ils étaient repérés, et même si les deux individus, blessés, étaient hors circuit, ceux qui les avaient envoyés savaient désormais où il se trouvait. Quant à se rendre chez le shérif, il hésitait encore, craignant que l'enfant ne s'affole. Il ne voulait plus entendre ses gémissements rauques, déchirants.

En attendant, l'endroit était devenu dangereux. Il devait partir. Il songea à demander conseil à son ami Dillon Savich. Bien sûr, celui-ci lui conseillerait de prévenir le FBI, dont il était lui-même un agent. S'il s'agissait bien d'un enlèvement, il pouvait même déjà être sur l'affaire. Depuis le kidnapping du bébé des Lindbergh, dans les années 1930, et sa tragique issue, tout enlèvement était du ressort du FBI. Cependant, tant qu'il n'aurait pas joint Savich, il devrait assurer la protection de la fillette en la gardant avec lui.

Demain, se dit-il, demain, à la première heure, ils quitteraient le chalet.

Tout en ouvrant une brique de potage, il observa l'enfant qui coupait des feuilles de laitue dans un saladier avec une formidable concentration.

— Tu veux de la vinaigrette française ou italienne?

Elle prit la bouteille de vinaigrette française.

— Ah, je te comprends! C'est aussi celle que je préférais à ton âge.

Il lui parlerait de leur départ plus tard.

La petite fille pencha la tête sur son épaule. Une fois de plus, il remarqua qu'il faisait lui aussi ce genre de mouvement. L'avait-il à ce point influencée en l'espace d'une semaine? Il secoua la tête en lui souriant.

— Eh oui, j'ai eu ton âge! Il y a longtemps. Ne te moque pas d'un vieux monsieur.

Elle eut ce sourire insolent qu'ont souvent les enfants.

Ils dînèrent devant la cheminée. La température avait considérablement baissé depuis le crépuscule, et il ne devait pas faire plus de huit degrés.

Un coyote hurla dans la nuit.

L'aube à peine levée, Ramsey ouvrit le verrou de la porte et sortit à pas de loup. Le silence régnait au-dehors et il faisait si froid qu'un petit nuage se formait devant sa bouche lorsqu'il respirait. Il avait besoin de bois pour la cheminée et le fourneau. Immobile, il regarda autour de lui, à la recherche d'un signe suspect. Rien. Il posa son Browning Savage à ses pieds et scruta de nouveau les parages : tout semblait décidément comme à l'ordinaire.

Quand il eut coupé une demi-douzaine de bûches, sa jambe lui faisait si mal qu'il dut s'interrompre. Comme il avait assez de bois pour tenir sa promesse de laisser le chalet dans l'état où il l'avait trouvé, il ramassa son arme, prit les bûches et les rapporta à l'intérieur.

Dans la lumière grise de l'aube, l'orée de la forêt

était floue. Rien ne bougeait. Il n'y avait même pas un petit écureuil pour s'enfuir dans un bruissement de feuilles. Mais, alors qu'il franchissait le seuil du chalet, il vit la petite fille se redresser brusquement, le visage livide, en émettant sa plainte rauque. En un éclair, il posa les bûches et son fusil à côté de la cheminée, se précipita vers elle et s'assit à son côté sur le canapé. Ayant désormais appris à éviter tout mouvement brusque, il la serra lentement contre lui et embrassa ses cheveux.

— Tout va bien, mon ange. Je ne suis sorti que pour chercher du bois. Reste sous la couverture pendant que je ranime le feu.

Il l'incita à s'allonger et remonta le plaid sous son menton.

— Ne la touchez pas, salaud! Ecartez-vous d'elle! Allez, plus vite que ça! hurla soudain une voix féminine.

Tout comme la fillette, Ramsey se figea en entendant cette femme qui venait de surgir dans le chalet. Quel idiot! Comment avait-il pu laisser la porte ouverte? Il jeta un coup d'œil à son Smith & Wesson, posé sur la table à côté du canapé.

Une détonation retentit. Son arme vola, puis ripa sur le plancher jusqu'à l'un des tapis indiens.

— Faites le moindre geste et je vous fais sauter la cervelle! Allez, reculez! Tout de suite!

Il obtempéra puis, se retournant, découvrit une femme debout dans l'encadrement de la porte. Elle portait un anorak, un jean et des bottes noirs, et était coiffée d'une casquette en lainage de la même couleur. Dans son visage blême, ses yeux sombres semblaient immenses. Elle était armée d'un Detonics 45 ACP, un petit pistolet qui pouvait effectivement, à cette distance, lui faire sauter la cervelle.

Tendue à l'extrême, elle semblait prête à tuer. Bien que posée, sa voix vibrait de haine froide :

— Vous êtes encore trop près d'elle. Ecartez-vous! Et je n'ai pas l'intention de vous le répéter une deuxième fois! Si je dois vous abattre, je le ferai. Bon Dieu, vous avez entendu ce que je vous ai dit?

— Il y a erreur sur la personne, tenta d'expliquer Ramsey. Ce n'est pas moi qui ai enlevé votre fille. Je vous le jure.

— Taisez-vous, ordure! Je vous ai vu la toucher. Que lui auriez-vous fait si je n'étais pas arrivée à temps? Allez, avancez par ici!

Sous la menace de l'arme pointée sur lui, il fit un pas de plus dans sa direction.

La femme se tourna vers la petite fille.

— Ça va, ma chérie?

Ainsi c'était sa mère! Mais comment les avait-elle trouvés?

— Vous devriez me croire, dit-il. Je ne suis pas celui qui lui a fait du mal.

— Fermez-la! Em, ça va?

— Je l'ai trouvée dans la forêt, près d'ici, il y a une semaine, continua-t-il. Je ne l'ai pas enlevée.

— La ferme, je vous dis! Em? Qu'as-tu, ma chérie? Ecoute-moi, il ne peut plus te faire de mal. J'ai mon pistolet braqué sur lui. Viens retrouver maman.

L'enfant gémissait. Elle rejeta la couverture, regardant tour à tour Ramsey et sa mère.

— Eloigne-toi de lui, Em. Viens ici. Je vais le ligoter et le livrer au shérif. Après, il ne pourra plus jamais nous faire peur. Je sais que tu comprends. Viens, ma chérie.

La femme leva son arme.

— Vous êtes grand et costaud, je sais, dit-elle en s'adressant plus à elle-même qu'à Ramsey. Vous n'allez pas me laisser approcher, n'est-ce pas ? Non, dès que j'essaierai de vous ligoter, vous allez m'attaquer. Si je ne vous tue pas, on n'en finira jamais. Vous ne me laissez pas le choix.

— Mais si, vous avez le choix ! Ce n'est pas moi que vous voulez tuer. Moi, je n'ai pas enlevé votre fille, je l'ai sauvée.

— La ferme ! Non, je ne vous donnerai pas l'occasion de rester à l'affût, de faire encore peser sur nous une menace. Je vais tirer. Je m'en sens parfaitement capable. Vous êtes un monstre. Oh, mon Dieu, vous l'avez violée, n'est-ce pas ? J'avais prié le Ciel de lui épargner cela, mais c'est arrivé, c'est ça ? Vous ne méritez pas de vivre. Em, viens vers moi. Qu'est-ce que tu as ? Viens que je te protège.

La femme visait Ramsey en plein cœur. Alors, soudain, la petite fille se jeta devant lui, agrippa ses genoux et hurla :

— Non, maman, c'est Ramsey ! Il m'a sauvée ! Ne lui fais pas de mal !

Ramsey et la mère de l'enfant se regardèrent dans les yeux. Ce fut elle qui parla la première :

— Ecoute, Em, tu sais bien que cet homme t'a enlevée. Il se sert de toi, il est...

— Arrêtez. Je ne suis pas son ravisseur. Je ne lui ai fait aucun mal... Et c'est la première fois que je l'entends parler depuis que je l'ai trouvée dans le bois.

Lentement, en dépit de la douleur aiguë de sa blessure, Ramsey s'accroupit devant la petite fille.

— Dis-moi, mon ange, Em, c'est le diminutif d'Emily ?

— Non. Je m'appelle Emma, murmura la fillette.

Elle portait l'un des tee-shirts gris de Ramsey, si souvent lavé qu'il était aussi doux qu'une peau de chamois. Elle se tourna vers sa mère.

— Maman, je t'assure que Ramsey ne m'a pas fait de mal.

La main sur l'épaule de son sauveur, la fillette répéta d'une petite voix lasse :

— Il m'a sauvée, maman. Et il m'a protégée, ajouta-t-elle. Il ne veut plus qu'on me fasse du mal. Il devient fou quand il pense à tout ça.

Malgré elle, la mère de l'enfant baissa lentement son arme.

— Qui êtes-vous? demanda-t-elle à Ramsey.

Ramsey prit la fillette dans ses bras et se releva, la jambe flageolante.

— Pardonnez-moi, dit-il, mais j'ai besoin de m'asseoir. Ma jambe me fait horriblement mal.

— Restez où vous êtes! hurla la mère d'Emma en relevant aussitôt son arme. Et lâchez ma fille!

6

Ramsey ignora l'ordre que la jeune femme venait de lui lancer. La petite dans les bras, il ne risquait rien. Il alla s'asseoir avec elle sur le canapé.

— J'ai beaucoup de choses à vous dire, madame. Je m'appelle Ramsey Hunt. Faites-moi confiance, je vous en prie.

— Rendez-moi d'abord ma fille.

Il lâcha la fillette, qui courut immédiatement vers sa mère. Celle-ci s'agenouilla devant elle, la serra dans ses bras et couvrit son visage de baisers. Puis, en larmes, elle lui caressa les cheveux, fit courir ses mains sur son corps, la serra si fort que la petite sembla étouffer. Alors l'enfant se dégagea des bras de sa mère et lui passa doucement la main sur la tête.

— Je vais bien, maman, je t'assure. Ramsey m'a sauvée, il m'a soignée. Tu ressembles à un soldat avec tes gants noirs.

La mère enleva ses gants en riant.

— Non, ma chérie, je ne suis pas un soldat.

Ramsey regarda Emma croiser ses doigts avec ceux de la jeune femme. Des doigts aux ongles courts, dont certains étaient cassés. Le dos des mains était rouge et irrité par le froid.

Soudain il ressentit en même temps un incroyable

soulagement et une grande fatigue. S'adossant au canapé, il allongea ses jambes et regarda la mère d'Emma s'asseoir en face de lui, avec sur ses genoux la fillette qu'elle serrait contre sa poitrine.

— Merci, dit-elle finalement. J'ai failli vous tuer. Pardonnez-moi. Je comprends maintenant que j'aurais commis une erreur.

Elle ne semblait pas désolée outre mesure. Mais peu importait, Ramsey imaginait facilement ce qu'elle avait dû endurer.

— Oui, dit-il, une lourde erreur. Croyez bien que je suis doublement heureux qu'Emma ne soit pas muette. Mais, vous savez, on avait réussi à communiquer. Elle dessine très bien.

— Pourquoi n'as-tu pas parlé, Emma?

La fillette secoua la tête, fronça les sourcils puis murmura :

— Rien ne voulait sortir. Rien. Sauf quand j'ai eu peur que tu tires sur Ramsey. Je ne pouvais pas te laisser le tuer. Mais, comme je ne savais pas quoi faire, j'ai réussi à parler. Ramsey voulait que j'écrive mon nom, mais c'était pareil : je n'y arrivais pas. Il a cru que je ne savais pas écrire. Tu sais, maman, tout ce que je pouvais faire, c'était dessiner.

— Mais c'était bien, Emma, très bien, répondit la jeune femme en couvrant la petite fille de baisers. Oh, ma chérie, je t'aime tant!

— Je suis heureuse de te retrouver, maman. Je croyais que je ne te verrais plus jamais avant que Ramsey me trouve. C'était horrible, maman. J'avais si peur...

Emma passa ses bras autour du cou de sa mère. Elle ne gémissait plus, mais ses sanglots déchiraient le silence.

— Ne pleure plus, mon bébé. On est de nouveau ensemble, plus personne ne nous séparera, je te le promets. Oh, Emma, je t'aime! Mon Dieu, dire que j'avais presque perdu espoir!

Par discrétion, Ramsey tourna la tête, mais les entendit pleurer dans les bras l'une de l'autre. Curieusement, les sanglots de la fillette étaient les plus forts. Quand elles se furent calmées, il offrit à la mère une couverture, dans laquelle elle s'enveloppa avec sa fille.

— Emma porte un tee-shirt d'homme, remarqua-t-elle brusquement.

— Eh oui, j'ai oublié de lui acheter un pyjama!

Ramsey se leva, la jambe douloureuse.

— Je vais fermer la porte, dit-il. Mieux vaut être prudent.

La mère d'Emma le laissa faire, mais il se sentit étroitement surveillé tandis qu'il regardait par la fenêtre, puis fermait le verrou de sûreté. Quand il se retourna, la jeune femme enlevait sa casquette, libérant ainsi une chevelure rousse, bouclée, nattée dans le dos, mais toute vaporeuse autour du visage. Un visage fin, joli, qui se décrispa sous ses yeux et prit quelques couleurs. Alors, tandis que ses yeux sombres s'éclairaient, un sourire se dessina sur ses lèvres.

Il y avait tant de questions à poser, tant de choses à dire, que Ramsey commença par proposer du café.

— J'en ai pour une minute. Mais, je vous préviens, ce sera du café bouilli.

— Ça ne fait rien, je le boirai avec plaisir. Je suis gelée.

Il alla dans la cuisine et sentit soudain sur son genou la main d'Emma. Elle l'avait suivi dans son grand tee-shirt gris qui balayait presque le plancher, les pieds noyés dans de grosses chaussettes blanches. Il la regarda s'avancer vers la table et verser quelques cuillères de café en poudre dans la casserole réservée à cet usage. Il fit alors couler l'eau sur le café et mit le récipient sur le fourneau. Cette routine s'était instituée entre eux depuis quatre jours.

La mère d'Emma s'était approchée et les observait, effarée. Ramsey ne connaissait même pas le nom de cette femme, mais il importait pour le moment de créer une atmosphère détendue.

— Emma et moi avons déjà nos habitudes. Avant toute autre chose, nous faisons le café. Voilà, il est prêt ! Alors, Emma, qui tient la tête d'affiche ?

— Je ne sais pas ce que ça veut dire, Ramsey.

— Est-ce que je passe avant toi ou non ?

— Je suis la plus jeune, ça devrait être moi.

Il lui ébouriffa les cheveux en riant, puis regarda sa mère. Visiblement, celle-ci cherchait à comprendre le lien qui s'était établi entre sa fille et cet inconnu, tout en ayant du mal à réaliser que sa petite Emma était là, devant ses yeux, saine et sauve.

Elle observait la scène silencieusement, les traits tendus, exténuée.

— Vous craignez peut-être que mon café ne vous torde les boyaux, dit Ramsey pour détendre l'atmosphère. C'est bien possible, mais il a le mérite de ne pas avoir trop mauvais goût et de donner un bon coup de fouet. Comme vous le constatez, tout est rudimentaire ici. Il y a un petit réfrigérateur et l'éclairage grâce à un générateur. Mais le fourneau marche au bois et il faut faire chauffer de l'eau pour prendre un bain.

— Le grille-pain est drôle, il a un long manche, ajouta Emma.

Sa mère secoua la tête, toujours ébahie.

— Je crois que je pourrais avaler n'importe quoi, pourvu que ça ressemble à du café. J'ai passé des heures dehors à attendre que vous sortiez. Et puis, quand c'est arrivé, vous aviez votre fusil, et moi, j'étais trop loin pour me servir de mon Detonics.

— J'aurais dû remettre le verrou tout de suite, j'ai été idiot. Heureusement que j'ai eu affaire à vous et pas à ces deux types.

— Je n'ai vu personne dans les parages. De qui parlez-vous ?

— Je vous expliquerai plus tard, répondit Ramsey en désignant Emma d'un signe de tête.

Il lui versa une tasse de café encore frémissant.

— Asseyez-vous et essayez de boire cette mixture. Ça vous donnera au moins du nerf jusqu'à midi. Ensuite, je pense que vous vous écroulerez. Emma, je te prépare tes céréales. Tu les veux avec de la pêche ou de la banane ?

— De la banane. Je n'aime pas beaucoup les pêches.

— Tu en as pourtant mangé sans rien dire.

La petite lui prit le paquet de céréales des mains et en versa dans son bol.

— Je ne voulais pas être mal élevée.

Ramsey coupa une banane en rondelles pendant que la fillette sortait le lait du réfrigérateur.

— Regarde, maman, dit-elle, il n'y a pas de freezer. On n'a mangé que des choses fraîches, comme à la maison.

— C'est la première fois que je vois un réfrigérateur de ce genre. Il est drôlement bien, répondit sa mère.

Elle s'étonna d'avoir pu formuler des paroles aussi banales dans une telle situation. L'incrédulité succédait à la stupéfaction. Elle qui était venue pour arracher sa fille à son kidnappeur, réconforter son enfant terrifiée, se retrouvait en train de boire du café bouilli, d'admirer un réfrigérateur et de regarder Emma manger des céréales! Elle se tourna vers l'étranger à la haute stature qui avait besoin de se raser. Cet homme avait sauvé sa fille et l'avait protégée au risque de se faire tuer. Tout ceci lui semblait irréel.

Quand Emma avala sa dernière cuillerée, elle reprit la parole :

— J'ai cherché ma fille pendant deux semaines, expliqua-t-elle alors. Quand j'ai montré sa photo dans Dillinger, je me suis entendu dire qu'elle était l'enfant d'un certain Ramsey. Je ne savais plus que penser. Depuis hier, je vous observe, mais je n'ai pas eu l'occasion de vous neutraliser sans risquer de blesser Emma. Ni l'un ni l'autre n'êtes sortis du chalet.

— Qui êtes-vous?

— Molly Santera.

Emma leva les yeux, avala sa dernière rondelle de banane et remarqua :

— Maman dit que notre nom de famille fait penser à un groupe de rock. Mais c'est un vrai nom. Celui de mon père.

Molly sourit à sa fille, se pencha vers elle et lui caressa le bras.

— Elle a raison. Je dis toujours ça. Mais il y a probablement un tas de Santera dans l'annuaire de New York.

— Je ne suis jamais allée à New York, marmonna Emma.

— On t'y emmènera quand tu seras un peu plus grande, ma chérie. On s'amusera beaucoup : on descendra au Plaza et on fera plein de courses!

Santera. Ramsey connaissait vaguement ce nom. Il

se souvint qu'Emma avait dessiné un homme, avec une guitare, qui semblait chanter.

— Santera... Louey Santera? La star du rock?

— Lui-même, répondit Molly, le ton cassant, la voix plus froide qu'une brise de printemps.

Ramsey aurait voulu lui poser des questions précises. Demander, par exemple, pourquoi Santera n'était pas parti avec sa femme à la recherche de son enfant. Mais il devinait que Molly n'avait pas envie d'en dire plus à son sujet pour l'instant. Ce n'était pas grave, il l'interrogerait plus tard. Emma avait vidé son bol et les regardait en souriant, comme n'importe quelle enfant sans problème.

— Je vois qui vous êtes, maintenant, dit Molly.

— Ah?

— Votre prénom me disait quelque chose. Je vous reconnais, vous êtes le célèbre Ramsey Hunt, n'est-ce pas?

— Le trop célèbre Ramsey Hunt...

— Préféreriez-vous laisser la célébrité aux voyous en tout genre? Lesquels ne demandent pas mieux, non?

— Effectivement!

Molly soupira, haussa les épaules et détourna le regard.

— Quand je pense que c'est vous, un juge fédéral de San Francisco, qui avez trouvé Emma! Je n'arrive pas à y croire.

— C'est pourtant bien ce qui est arrivé.

— Si je me fie à votre réputation, Emma ne pouvait pas être plus en sécurité qu'avec vous.

Ramsey but une gorgée de café sans faire de commentaire.

Qu'un juge fédéral aussi renommé — un héros, pour dire vrai, bien qu'il semblât s'en défendre — se fît leur protecteur, en pleine montagne, quelque part dans le Colorado, avait évidemment de quoi stupéfier Molly; même si, depuis deux semaines, elle avait déjà eu son compte de surprises renversantes. Elle regarda sa fille.

— Tu es ravissante, Emma. Comment te sens-tu, ma chérie?

La petite garda la tête baissée. Molly regrettait déjà le sérieux de son ton, sa voix trop stridente. Elle se sentit harassée et stupide. Quand Ramsey Hunt intervint, sur un ton calme et léger, apparemment sans se soucier de ce qui se passait entre elle et sa fille, elle aurait pu l'embrasser pour le remercier.

— Comme Emma n'avait rien à se mettre, nous avons dû aller, au bout de quelques jours, faire des achats à Dillinger. C'est pour cette raison que vous avez pu nous trouver.

— Comme je vous l'ai expliqué, quand j'ai montré sa photo, tout le monde a dit qu'il s'agissait de votre petite fille. Je vous avouerai que je n'avais pas prévu d'aller au-delà de Dillinger. C'était ma dernière étape. Ensuite je m'en serais remise aux polices locales et au FBI. Bien sûr, ils sont déjà tous chargés de l'enquête, mais n'ont obtenu aucun résultat. J'ai attendu quarante-huit heures avant de me mettre en route. Je crois savoir que la chasse à l'homme a été suspendue au bout de quatre jours.

— Où habitez-vous?

— A Denver.

Molly joua avec sa cuillère à café, les yeux fixés sur la nappe à petits carreaux blancs et rouges.

— Son père est en tournée en Europe. Il n'a pas pu annuler ses concerts, mais il sera bientôt de retour.

Elle se tourna vers sa fille et prit sa petite main dans la sienne.

— On se téléphone pratiquement tous les jours, Emma. Il se fait beaucoup de souci pour toi.

L'enfant regarda le fond de son bol où un petit morceau de banane flottait dans le reste du lait.

— Je ne sais pas pourquoi il viendrait, bougonna-t-elle sans relever les yeux. Je ne l'ai pas vu depuis deux ans.

— Ah, je comprends! Vous êtes divorcés, s'empressa de dire Ramsey, en voyant Molly désarçonnée.

Elle se ressaisit.

— Oui, dit-elle. (Elle s'adressa de nouveau à sa fille :) Emma, ton père t'aime. Notre divorce ne change rien à ça. S'il n'est pas encore de retour, c'est parce qu'il est très, très occupé.

— Oui, maman.

Ramsey jugea qu'il était temps de recentrer la conversation.

— Donc, vous avez donné deux jours à la police et puis vous avez décidé d'agir vous-même?

— Oui. J'étais incapable de rester chez moi plus longtemps, à attendre sans rien faire. Ça me rendait folle.

Avait-elle songé que les kidnappeurs chercheraient peut-être à la joindre? Ramsey s'abstint de l'interrompre pour lui poser la question. Emma ouvrait grand ses oreilles.

— Je suis allée d'Aspen à Keystone en passant par Vail et en m'arrêtant dans chaque agglomération. Et puis j'ai voulu aller jusqu'à Dillinger. Mais je me serais arrêtée là.

— Vous avez eu de la chance! Si Emma n'avait pas eu besoin de vêtements, comme je vous l'ai expliqué, je ne serais pas encore descendu. J'étais déjà ici depuis quinze jours quand j'ai découvert Emma.

— Je peux vous demander pourquoi vous êtes ici?

Ramsey baissa les yeux sur sa tasse.

— J'étais à bout. La presse et les paparazzi me harcelaient. Il en sortait de partout.

Il se mit à jurer. Puis, se rendant compte qu'Emma le regardait, il se calma.

— Je me suis mis en congé pour trois mois. Je devais m'éloigner des gens, des téléphones, des télévisions, de tout. Et puis j'ai trouvé Emma.

Il se pencha vers la petite et lui prit le menton. Ses joues avaient retrouvé leur couleur. Elle était adorable et semblait en pleine santé.

— Tu devrais aller faire ta toilette, mettre ton jean et un tee-shirt pendant que je discute avec ta maman, suggéra-t-il.

— Maman, tu n'essaieras pas encore de tirer sur Ramsey, n'est-ce pas? demanda l'enfant, anxieuse.

— Je n'aurais pas l'idée de tirer sur quelqu'un qui m'a offert un café, ma chérie. Vraiment, ça ne se fait pas.

Emma eut un sourire éclatant.

— Maman, tu blagues.

— Oui, fit Ramsey. Et la plaisanterie de ta maman me plaît. Allez, va te laver et t'habiller.

Ramsey s'appuya au dossier de sa chaise et regarda la femme assise en face de lui.

— Emma a fait plusieurs dessins de vous. Et toujours avec un grand sourire.

Cependant, pour l'instant, Molly ne souriait pas. Pâle, très mince, elle avait les cheveux les plus flamboyants que Ramsey eût jamais vus. Des cheveux très bouclés, comme sur les dessins d'Emma. Ses yeux gris-vert, un peu relevés vers les tempes, lui donnaient un certain exotisme. Il n'y avait aucune ressemblance entre elle et Emma.

— J'ai appelé votre fille mon ange, à défaut de connaître son prénom. Emma, c'est joli, et ça lui va bien.

— C'était le prénom de ma grand-mère.

Soudain Molly se leva et se mit à arpenter la petite cuisine, visiblement ragaillardie par le café et prête à entendre des choses douloureuses.

— Comment avez-vous trouvé Emma?

— Je coupais du bois dehors quand j'ai entendu un bruit inhabituel. Il provenait du sous-bois. Je suis allé voir et j'ai fini par la repérer, grâce à son tee-shirt jaune. Elle était inconsciente. Je l'ai amenée au chalet et je l'ai soignée. Quand elle vous a crié de ne pas tirer, c'était la première fois que j'entendais sa voix.

Il devina la question que les yeux de la jeune femme lui posaient et hocha lentement la tête.

— Oui, on l'a frappée et violée. A mon avis, il n'y a pas eu d'acte de sodomie, mais je ne suis pas médecin. Elle va beaucoup mieux maintenant, bien qu'elle ait encore fait un cauchemar cette nuit. Il m'a fallu plus de quatre jours pour gagner sa confiance. C'est une enfant formidable.

Les larmes roulèrent sur le visage de Molly. Elle renifla. Ramsey lui tendit une serviette en papier.

— Elle n'a que six ans, et si elle a été kidnappée, c'est par ma faute. Si seulement...

— Non. Arrêtez. Arrêtez. Je ne vous connais que depuis une heure mais je suis sûr que vous ne l'avez jamais négligée, que vous êtes incapable de faire quoi que ce soit qui puisse lui porter préjudice. Alors, ne vous culpabilisez pas. Je ne veux pas entendre ce genre de discours.

Il soupira, certain, au fond de lui-même, qu'elle ne cesserait de s'en vouloir jusqu'à la fin de ses jours.

— Croyez-moi, je n'avais jamais éprouvé un tel sentiment d'impuissance, dit-il. C'est une petite fille si gentille. Si je l'ai terrifiée, simplement parce que je suis un homme, je le comprends très bien. Mais jusqu'à ce matin je l'ai vraiment crue muette.

Parlant afin de lui laisser le temps de se ressaisir, il fut satisfait de voir la jeune femme carrer les épaules.

— Peut-être ne pouvait-elle pas s'exprimer, poursuivit-il, parce qu'elle était sous le choc. Peut-être pensait-elle qu'il était plus prudent de ne rien dire. De ne pas écrire son nom. Ou bien, elle a été réellement incapable d'articuler le moindre mot jusqu'à ce que ce fût une question de vie ou de mort. Auriez-vous vraiment tiré sur moi ?

— Sans hésiter. Il aurait suffi que vous remuiez le petit doigt.

— Eh bien, je peux dire qu'Emma a retrouvé sa voix au bon moment... Vous n'auriez pas dû vous lancer ainsi, à l'aveuglette, d'une ville à l'autre, la photo de votre fille à la main.

— Je dois avouer que les gens ont été très gentils. A l'exception des policiers. Dans le genre macho, ils se posent là. J'ai été traitée comme une hystérique. J'ai eu droit à leur paternalisme : ils m'ont tapoté le dos en me disant de les laisser faire. Il y en a un, à Rutland, qui a failli recevoir mon poing dans la figure. Quand je suis arrivée ici, et que j'ai vu le chalet, j'ai préparé mon plan. Je connais suffisamment le système judiciaire pour savoir que si je me contentais de livrer le kidnappeur de ma fille à la police, il aurait toutes les chances d'être remis en liberté sous caution. Et Emma serait de nouveau en danger. De toute façon, même s'ils le maintenaient sous les verrous, même s'il était jugé et condamné, il sortirait tôt ou tard et recommencerait à menacer la vie d'Emma. Ou alors il s'en prendrait à un autre enfant. Un kidnappeur, un violeur de petites filles, un monstre de cette espèce ne mérite pas de vivre.

Elle regarda Ramsey au fond des yeux avant d'ajouter :

— Si vous aviez été ce monstre, je vous aurais au moins blessé. De cette façon, il ne vous aurait pas suffi de payer pour être libre. Vous auriez été hospitalisé, et à l'hôpital peut-être y aurait-il eu quelqu'un capable de vous administrer un poison mortel.

Ramsey vida sa tasse, le sourcil levé.

— Je vois que vous n'avez guère confiance en la justice de ce pays.

— Je n'y crois pas du tout. Même si elle n'était pas pervertie, le système de marchandage des peines favorise la libération des criminels et les incite à récidiver. Mais à vous qui vivez ça tous les jours, je n'apprends rien, n'est-ce pas ?

Elle ne lui laissa pas le temps de répondre et poursuivit :

— Vous savez très bien que même si ce type est arrêté, en plaidant coupable il en prendra pour sept ans, et sera libéré trois ans plus tard. Et les avocats sont là pour maintenir ce genre de pratiques ! Ils se foutent de la justice. Tout ce qu'ils veulent c'est se remplir les poches. Ils font des criminels des gens traumatisés par leur enfance, ce qui excuse, pour ne pas dire justifie, leur violence. C'est parfaitement injuste. Et vous qui faites fonctionner tout ça, vous le savez pertinemment.

— Vous vous trompez, répondit calmement Ramsey. Personne ne veut que des criminels se baladent en liberté. Nous faisons en sorte qu'ils restent sous les verrous. (Il haussa les épaules.) Mais il arrive que des erreurs soient commises.

— Si vous le dites...

— J'ajouterai que personne n'est infaillible.

Elle esquissa un sourire résigné et reprit :

— Vous m'avez dit que vous étiez venu chercher refuge ici...

— Oui. J'avais besoin de me retrouver et de donner aux gens le temps d'oublier. Ce qui ne devrait pas tarder à arriver.

— En tant que juge fédéral, vous devez connaître un tas de monde, et croire au système. Pourquoi n'avez-vous pas remis Emma à la police ? Pourquoi ne l'avez-vous pas emmenée à l'hôpital ?

— Je n'en ai pas eu la force. Elle était terrifiée, et je ne supportais pas l'idée de la livrer aux mains d'étrangers. (Il baissa les yeux.) Je craignais aussi qu'elle ne soit de nouveau kidnappée si elle retournait chez elle.

Molly regarda longuement Ramsey sans un mot, puis hocha la tête.

— A votre place, j'aurais fait la même chose. Merci de l'avoir protégée. Elle est pour moi la personne la plus importante au monde. Si elle était morte, je ne lui aurais peut-être pas survécu.

Il crut qu'elle allait pleurer, mais elle se ressaisit, se leva et annonça :

— Je ne retournerai pas à Denver tant que le danger persistera.

7

« A votre place, j'aurais fait la même chose. »

Ramsey se pencha en avant, les coudes sur la table, en repensant à la phrase de Molly.

— Avez-vous rencontré le shérif à Dillinger? demanda-t-il à la jeune femme.

— Non. A mi-parcours, j'ai cessé d'aller voir la police. J'ai montré la photo d'Emma et j'ai posé mille fois la même question. Je sentais qu'elle avait été emmenée vers l'ouest, et plus exactement ici, dans les Rocheuses.

— Pourquoi?

— La police de Denver avait reçu un appel d'une vieille dame qui avait vu une petite fille dans une fourgonnette blanche se dirigeant vers l'ouest. Mais ils ne l'ont pas crue; ils l'ont prise pour une vieille dame sénile. J'ai tout de même tenu à la rencontrer. Elle vit à deux pas de chez moi. C'est une femme pleine d'arthrose qui passe ses journées assise près de sa fenêtre. Si quelqu'un avait pu apercevoir quelque chose, c'était bien elle.

— Comment savait-elle que la fourgonnette allait vers l'ouest?

— Nous habitons sur une colline d'où l'on voit les voitures s'engager sur l'autoroute de l'ouest. Et elle était absolument persuadée d'avoir vu une enfant dans cette fourgonnette blanche.

— Il n'y a pas eu de demande de rançon?

— Non. En tout cas, hier matin, il n'y avait toujours rien. Depuis, je n'ai pas vérifié. Le FBI comptait là-dessus. On ne cessait de me répéter que je devais rester près du téléphone. J'ai attendu deux jours puis j'ai craqué et j'ai décidé d'agir. Je les ai appelés tous les jours sans tenir compte de leurs engueulades. Ah, j'en ai fait des villes! Je ne sais même plus combien. Mais je ne serais pas allée au-delà de Dillinger. Et puis ce fut la surprise : en voyant la photo d'Emma, tout le monde me disait que c'était la fille de Ramsey. Si vous aviez été à portée de tir, tout à l'heure, quand je vous ai vu seul, j'aurais déchargé mon Detonics sur vous.

— Vous seriez allée en prison...

— Oui. C'est ça la justice.

— Certainement. Et j'aurais prié pour que vous n'ayez aucune réduction de peine, sinon j'aurais été sérieusement en danger.

Il la vit se hérisser à l'idée de ce qui aurait pu lui arriver. Mais là n'était pas la question. Il avait envie de lui demander comment Emma avait été enlevée, lui poser des questions au sujet de son père, et beaucoup d'autres encore. Mais la petite revenait, toute fraîche, toute belle, une brosse à cheveux à la main. Il entendit sa mère étouffer une exclamation tandis qu'il prenait la brosse, attirait l'enfant plus près de lui et commença à lui démêler les cheveux avant de les natter.

— Maman, tu apprendras à Ramsey à me faire une natte comme toi?

— Oui, mais je trouve qu'il se débrouille déjà pas mal.

— Si tu avais vu la première natte! Elle était tordue,

pleine d'épis, et comme cassée au milieu, lança Emma en tendant un caoutchouc à Ramsey.

— Voilà, c'est fait, annonça celui-ci en tournant la fillette vers lui, les mains sur ses épaules. Tu sais, je crois que tu auras du mal à trouver meilleur coiffeur que moi.

— Oui, c'est très réussi, remarqua Molly d'une voix calme.

Mais il semblait dur pour elle de constater qu'Emma accordait à quelqu'un d'autre, quelqu'un qu'elle connaissait depuis si peu de temps, une affection et une confiance absolues.

Ramsey se pencha vers la petite et lui prit les mains.

— Tu vas rassembler tous tes vêtements, Emma, et les mettre dans une taie d'oreiller. N'oublie rien, c'est très important. Au cas où ces hommes reviendraient, nous ne devons pas laisser de traces. Nous partons tous les trois dans un quart d'heure, d'accord?

La petite le regarda dans les yeux puis acquiesça.

Tandis qu'elle s'affairait dans le séjour, Ramsey donna quelques explications à Molly :

— Comme je vous l'ai dit, nous avons eu de la visite : deux types armés sont venus traîner par ici.

Emma les rejoignit dans la cuisine, un oreiller à moitié rempli à la main.

— Tu vas regarder ta jambe, Ramsey? demanda-t-elle.

Il avait oublié sa blessure, mais, effectivement, il devait s'assurer qu'elle ne s'infectait pas.

— Je vais chercher le sparadrap! lui cria Emma.

— Que s'est-il passé? s'inquiéta alors Molly.

— Deux types ont fait irruption dans la prairie, hier, armés de fusils. Ils faisaient semblant d'être soûls. Après avoir mis Emma à l'abri, je suis ressorti avec mon revolver. J'ai été touché à la jambe, mais j'ai réussi à les atteindre tous les deux. Ils se sont sauvés en abandonnant une de leurs armes : elle sera peut-être utile à la police. J'ignore qui sont ces individus et pourquoi ils sont venus ici, mais j'ai eu l'impression qu'ils en voulaient à Emma...

La petite réapparaissant, il s'interrompit.

— Emma, apporte-moi aussi de la gaze, s'il te plaît.

Il se leva, baissa son pantalon, entendit Molly retenir une exclamation et se rassit.

— Allez, j'arrache tout, dit-il. Oh, ça ne se passe pas trop mal... Ça vire au bleu-noir mais c'est normal. Et puis c'est moins enflé, il me semble. Donne-moi la gaze, Emma.

La petite s'approcha.

— Il n'y a pas de mauvaise odeur, c'est bon signe, dit-elle.

Molly les observa tandis que sa fille tendait le pansement à Ramsey puis l'aidait à rapprocher fermement les bords de la blessure.

— Comment sais-tu ce genre de chose, ma chérie?

— Je sais beaucoup de choses, maman. J'ai vu un film sur l'histoire d'un phara...

— D'un pharaon?

— Oui. Il avait reçu une flèche dans la jambe. Sa jambe a pourri et il est mort.

— Tu parles de gangrène?

— C'est ça, oui. Je ne vois aucune rougeur, Ramsey.

— Moi non plus.

— C'est encore chaud?

Sans attendre de réponse, elle posa sa main sur sa peau, à proximité du pansement.

— Ah, si, je sens que c'est chaud! Ça va durer encore longtemps?

— Je ne crois pas. Je cicatrise vite.

— Mais ça va mieux, n'est-ce pas?

Ramsey perçut l'inquiétude que trahissait la petite voix de l'enfant; il s'empressa de lui sourire et frotta son poing sur sa joue.

— Je serai bientôt prêt à chausser des skis, mon ange. Tu aimerais aller à Vail?

— Maman adore skier là-bas. Moi, j'apprends encore.

— Tu seras ma mascotte, je te porterai sur mes épaules. Et si je tombe, je t'enverrai dans un talus de neige et tu seras toute blanche, comme un ange.

L'enfant restait soucieuse. Elle posa sa main de l'autre côté du pansement.

— Je t'assure que ça va, Emma, sinon je serais déjà à l'hôpital.

— Il a dit qu'il n'y avait pas d'hôpital par ici, seulement une grande église.

Molly et Ramsey retinrent leur souffle. L'air de la cuisine sembla très sec, tout à coup. Ramsey se pencha vers la petite. Depuis le début il avait eu envie de l'interroger au sujet de son bourreau, mais il s'en était abstenu par crainte de l'effrayer.

— Qui a dit ça, Emma? demanda-t-il prudemment, d'un ton neutre.

La fillette se mit à agiter la tête d'avant en arrière, avec tant de violence que sa natte lui fouetta la joue.

— Personne, personne, personne, personne! s'écria-t-elle, prise de panique.

— Je t'en prie, ma chérie, calme-toi.

Molly s'agenouilla près de sa fille et l'attira contre elle.

— Je t'aime, Emma. N'aie pas peur.

Ramsey rencontra le regard de Molly : un regard meurtrier. Il pria pour que Molly n'ait pas l'occasion d'abattre le monstre avant de l'avoir fait parler. Même s'il se voyait très bien la devancer...

— Emma, tu as tout préparé ?

La petite s'écarta de sa mère pour se tourner vers lui. Elle était toute pâle, les traits tellement tirés que ses pommettes saillaient.

— Presque, Ramsey. Il ne manque plus qu'une chaussette rouge.

— Chaussette rouge ou pas, on sort d'ici dans cinq minutes. Emporte le sparadrap, on refera un pansement dans deux jours. Allez, les filles, préparez-vous à monter dans la Jeep.

Personne ne se manifesta. Mais, n'importe qui pouvant être embusqué à l'abri des arbres, Ramsey installa rapidement la petite et sa mère dans la Jeep.

— Où est votre voiture ? demanda-t-il à Molly tandis qu'il s'installait au volant et mettait le contact.

— Un peu plus bas, en bordure de la route. C'est une Chevrolet.

Fixant le rétroviseur, elle ajouta avec le plus grand calme :

— Ecoutez, Ramsey. Vous êtes un juge fédéral, et vous faites partie d'un système auquel je ne crois pas. Je n'ai pas l'intention d'aller voir la police, ni de retourner à Denver. Vous devriez me laisser avec Emma et reprendre le cours de votre vie.

— Qu'est-ce que ça signifie ?

L'étonnement et la colère lui firent donner un coup de volant si brusque qu'ils faillirent sortir de la route étroite, semée d'ornières.

— On ne se connaît pas, Ramsey. Nous sommes des étrangers. Maintenant que je suis ici, je suis responsable de ma fille. Je prends le relais.

— Et vous allez à la police?

— Non.

— Ça, j'approuve, pour le moment. Mais pas le reste.

Il sentait qu'elle lui cachait quelque chose. De toute façon, elle ne lui avait pratiquement rien dit.

— Peu importe, dit-elle. A partir de maintenant, et en ce qui concerne ma fille, je prends les choses en main.

— Maman, tu ne veux pas que Ramsey reste avec nous?

Molly embrassa sa fille.

— Ramsey n'a rien à voir dans toute cette histoire, ma chérie.

— Ah? Et comment êtes-vous arrivée à cette brillante conclusion?

La Jeep cahota sur des pierres et fut déportée sur le côté de la route.

— Les types qui m'ont tiré dessus cherchaient probablement à m'éliminer. A part ça, je ne suis pas concerné?

— Vous n'allez tout de même pas me dire que c'est vous qui les intéressiez!

Ramsey se sentit une envie de tordre le volant.

— Emma, n'écoute plus, ordonna-t-il gentiment. Bouche-toi les oreilles. Oui, comme ça. Maintenant je vais dire ce que je pense à ta mère.

— Non, protesta la jeune femme, j'en ai assez entendu. Vous avez été très bien, vous avez même été blessé en voulant protéger ma fille. Je crois que ça suffit amplement. A partir de maintenant, vous sortez de notre vie. Je vais faire très attention à ne pas être suivie. Je commence à savoir comment m'y prendre. Ne vous en faites pas pour Emma, je ne retourne pas à Denver. Oh, certes, je vais prévenir la police et le FBI, leur dire que c'est fini, et leur expliquer où vous avez trouvé Emma ; cela leur permettra peut-être de localiser l'endroit où le kidnappeur retenait ma fille. Et je ne manquerai pas de les féliciter pour l'excellent travail qu'ils ont fait !

Assise sur les genoux de sa mère, la petite restait immobile, les mains sur les oreilles. Mais la plainte rauque, au fond de sa gorge, recommença.

On eût dit que Molly venait de recevoir un coup de poing dans le ventre. Elle serra l'enfant contre elle, la berça.

— Ce n'est rien, mon bébé. Ce n'est rien. Je t'en prie, aie confiance. Je te promets de prendre bien soin de toi. C'est ma faute si on t'a enlevée mais, tu sais, on ne retourne pas là-bas. Tu es en sécurité maintenant. Et puis je cesse de m'énerver contre Ramsey.

Celui-ci arrêta la voiture et se tourna vers la petite.

— Enlève tes mains, Emma, et écoute-moi bien. Il ne faut plus gémir, d'accord ? Si tu as quelque chose à dire, dis-le, au lieu de me faire peur comme ça. J'en tremble jusqu'aux orteils et ma jambe me fait encore plus mal. Sois tranquille, je reste avec vous. Ta mère peut s'énerver, s'en prendre à moi, c'est sans importance. Moi aussi je peux élever la voix. En tout cas, il n'est pas question que je vous quitte toutes les deux. Tu as bien entendu ?

Il y eut un lourd silence, puis l'enfant demanda :

— C'est vrai, Ramsey ? Tu me promets de ne pas partir ?

— Je te le promets. Et je tiens toujours mes promesses. Ta mère s'habituera à moi, comme tu l'as fait. Elle ne parviendra pas à me décourager. S'il le faut, j'irai où elle veut. Alors, à partir de maintenant, tu cesses de gémir au lieu de parler, d'accord?

— Oui, mais je n'aime pas t'entendre crier.

— Tu crois que ça me plaît? Mais ça pourra arriver encore; il y aura peut-être des disputes, alors tu nous diras de nous taire, c'est tout. Et maintenant, assez de discours.

Molly restait silencieuse, visiblement au bord de l'effondrement. Ramsey lui tapota doucement l'épaule.

— Ça va aller, Molly. Vous avez besoin d'aide, rien de plus normal, et vous pouvez compter sur moi. On repart maintenant. Surveille la vitre arrière, Emma. Si tu vois une voiture derrière nous, tu me préviens.

— Oui, Ramsey.

— Ouvre l'œil. Je compte sur toi.

— Pas de problème.

— A propos de ces types, dit Molly, vous pourriez être leur cible, et non Emma, vous ne croyez pas?

— Je n'en sais rien.

— Vous vous êtes fait des ennemis, n'est-ce pas? J'ai lu que vous aviez reçu des menaces. En particulier de cette femme dont le mari est mort en plein tribunal.

— C'est exact. Mais entre les menaces et le passage à l'acte...

— Ce qui voudrait dire alors qu'il y avait deux hommes avec Emma.

— Oui. Vous pourriez me donner une tasse de café, s'il vous plaît?

Elle savait que Ramsey refusait de parler de l'enlèvement devant Emma. Elle-même tenait à ne pas effrayer la petite. Elle avait cependant du mal à contenir les questions, la rage et la haine qui l'habitaient depuis quinze jours. Elle prit le thermos, remplit une tasse qu'elle tendit à Ramsey Hunt, un homme dont la presse avait beaucoup parlé, et qui avait intrigué la plupart des gens du pays. Même elle. Jusqu'à ce que son univers vole en éclats.

Elle serra la petite contre elle.

— Non, maman, laisse-moi. Je dois regarder derrière nous. La Jeep est sale, Ramsey, il faudra qu'on s'arrête pour la faire laver.

— Bonne idée. Qui penserait à chercher une Jeep propre comme un sou neuf?

Après avoir récupéré les papiers dans la boîte à gants, ils laissèrent la voiture de location là où elle se trouvait.

— Je téléphonerai à l'agence pour qu'ils viennent la chercher, dit Molly. Je pense qu'ils ne rechigneront pas, si je leur dis de se payer leurs frais supplémentaires sur ma carte de crédit.

Ils firent laver la Jeep quand ils s'arrêtèrent pour déjeuner à Rappahoe, une petite ville aux abords de la 70. Apparemment, personne ne les avait suivis.

— Comment va votre jambe? demanda Molly.

— Je la sens se raidir.

Il mordit dans son hamburger, ferma les yeux en mâchant puis eut un grognement de plaisir.

— Ah, un peu de graisse! C'est le meilleur de la vie...

— J'ai entendu mon papa dire que c'est le sexe, remarqua Emma avant de tremper une frite dans le ketchup.

— Je crois plutôt qu'il n'y a rien de mieux que les chatons et les petites filles, s'empressa d'observer Molly d'un ton léger.

Ramsey admira sa maîtrise, alors que pour sa part il était resté bouche bée.

— Tu as emmené mon cerf-volant, Ramsey?

— Bien sûr. Cette petite sait manœuvrer un cerf-volant comme personne, ajouta-t-il à l'adresse de Molly. C'est vous qui le lui avez appris, n'est-ce pas?

La jeune femme hocha la tête, tout en tournant sa cuillère dans le potage aux légumes recouvert d'une pellicule de graisse. Elle renonça finalement à y toucher pour se faire une tartine de beurre et de confiture.

— Ramsey, deux types viennent d'entrer. Ils regardent dans notre direction. L'un d'eux a un fusil.

Melissa Shaker suivait du regard les mouvements lents mais réguliers de son père sur le rameur. Elle avait envie de lui dire combien elle le trouvait en forme pour un homme de son âge et de lui conseiller de se promener en bermuda et tee-shirt plutôt que dans ces complets qu'il faisait venir de Savile Row et qui lui donnait une allure un rien ridicule. En fait, il avait tout d'un truand. Plus il s'habillait chic, plus il avait l'air d'un mafioso, sorti tout droit d'un film hollywoodien.

— J'ai remarqué que tu ne vois plus Eleanor, dit-elle.

— Elle a tellement de classe que je passe pour son garde du corps, maugréa-t-il tout en continuant à garder le rythme.

Melissa fut doublement surprise. Son père s'était donc regardé dans la glace? Quant à la classe d'Eleanor, cela restait à prouver.

— Plus elles sont jeunes et belles, et plus elles me font ressembler à une gargouille, ajouta Shaker, le ton calme et fluide malgré l'effort physique.

Melissa éclata de rire.

— Ecoute, je t'ai vu avec une ravissante créature, l'autre jour, près de la piscine. Vous êtiez tous les deux en maillot de bain. Eh bien, tu vois, c'est toi qui étais le plus beau. Tu devrais sortir en bermuda, papa.

Shaker marmonna en ralentissant doucement son rythme. Il ramait depuis quarante minutes et dégoulinait de sueur, les muscles gonflés et luisants. Melissa se dit qu'elle aurait sûrement été attirée par lui s'il n'avait pas été son père.

Le téléphone sonna.

— Décroche, fit Shaker, mais ne parle pas.

Melissa décrocha, tendit l'appareil à son père qui était arrivé au bout de ses exercices, légèrement essoufflé.

Il écouta puis demanda :

— Où en sommes-nous ?

Melissa, qui aurait aimé écouter la conversation sur un autre appareil, alla prendre des haltères de cinq kilos et se mit à faire travailler ses biceps.

Elle attendit que son père eût reposé le combiné pour se retourner.

— L'affaire sera bientôt conclue, annonça Shaker.

— J'aurais préféré que ça se passe autrement.

Shaker regarda sa fille tirer sur ses biceps comme il le lui avait appris.

— Ne t'inquiète pas. Je t'ai promis que tu serais satisfaite, et je tiens toujours mes promesses.

Melissa rangea les haltères, s'avança vers son père et, bien qu'il fût dégoulinant de sueur, le serra dans ses bras.

— Merci, papa. Je le sais, et je t'en suis reconnaissante.

Shaker l'écarta doucement de lui afin de s'essuyer.

— Tu es une gentille fille, Mellie, mais tu as parfois de drôles d'idées. (Il leva la main.) Ce n'est pas grave, ça pimente la vie.

Rule Shaker sifflait joyeusement lorsqu'il pénétra dans la salle de bains en marbre attenante à son gymnase personnel.

8

— Emma, baisse les yeux et mange tes frites. Molly, ne touchez pas à votre arme. Ecoutez-moi. Vous allez faire semblant d'aller aux toilettes avec Emma : s'il y a une sortie, vous irez rejoindre la Jeep et vous vous enfermerez dedans ; sinon, vous restez cachées dans les toilettes. Ayez l'air le plus naturel possible. Surtout ne regardez pas en arrière.

Molly ne bougea pas.

— Em, tu as vu les deux hommes qui sont venus au chalet ?

— Pas vraiment.

— Alors tu ne pourrais pas les reconnaître ?

— Non, maman. Mais Ramsey, lui, peut le faire.

— Exact, admit ce dernier, mais on n'a pas le temps de discuter. Si ce sont les mêmes types, je vous rejoins au pas de course.

Molly le regarda longuement avant d'attraper son sac et d'entraîner sa fille vers l'arrière du restaurant. Ramsey se retourna en faisant signe à la serveuse. Il vit les deux hommes de dos : l'un était grand et mince, l'autre petit; mais impossible de voir s'il avait les jambes arquées. Apparemment, ce n'étaient pas les mêmes individus. D'ailleurs, comment seraient-ils ici, alors qu'ils devaient traîner leurs blessures ? Il avait laissé son arme dans la Jeep. Le restaurant était plein. Il pria pour que ces types s'abstiennent de commettre un acte irresponsable.

La serveuse s'approcha en souriant.

— Il y a une sortie par-derrière? lui demanda-t-il sans la regarder.

— Oui. Juste à côté des toilettes pour hommes.

— Bon. Combien je vous dois?

Il la vit écrire quelque chose, les sourcils froncés, avant de lui tendre la note.

— Vous n'avez pas mangé grand-chose. Je vous ai fait une réduction, expliqua-t-elle.

— Merci. C'est gentil. Ma femme ne se sentait pas très bien, elle est enceinte.

— Oh, félicitations! Et vous savez, pour les petits malaises, on en passe toutes par là.

— Hé, jeune fille, on a faim!

Le type était du genre cow-boy musclé, mais Ramsey ne pouvait voir son visage, masqué par les cheveux bouffants de la serveuse. Toutefois, il aurait pu jurer que ce n'était pas l'un de ses agresseurs. Devait-il s'en réjouir ou se méfier, en se disant que ce type incarnait une nouvelle menace?

— Vous en faites pas, l'encouragea la serveuse en se retournant vers son interlocuteur. Vous êtes nouveaux dans le coin, pas vrai? lança-t-elle alors aux deux hommes.

— Ouais, moi et mon copain, on vient du Wyoming.

— Si vous voulez déjeuner, asseyez-vous dans ce box.

La serveuse pointa son stylo vers une table, puis le recala derrière son oreille.

— Hé, monsieur, où est passée la jolie petite fille à

qui j'ai fait un sourire ? demanda l'un des deux types à Ramsey.

Ce dernier se leva lentement. Sentant le danger, la serveuse s'écarta aussitôt. Ramsey toisa l'homme qui l'avait interpellé. La cinquantaine, gagné par l'embonpoint, il avait l'air aussi sincère et aimable qu'un truand en cavale.

— Hé, vieux, c'est ta gosse ?

— Oui, c'est ma gosse. Mais en quoi ça vous regarde ?

— Oh, je disais ça comme ça ! Je trouve qu'elle ressemble à l'une de mes petites-filles.

Ramsey paya la serveuse.

— Au revoir et bonne journée, lança-t-il à la cantonade.

Puis, tout en se dirigeant vers la sortie, il chercha du regard le deuxième type. Il avait disparu. Où était passé ce salaud ? Et pourquoi l'autre s'était-il intéressé à Emma ?

Une voiture donna un brusque coup de frein sur le parking. En un éclair, il sortit et vit Molly manœuvrer pour dégager la Jeep en frôlant un pick-up. Un homme courait dans sa direction. Elle appuya sur l'accélérateur. L'homme hurla puis plongea dans la haie qui bordait le mur du restaurant.

— Molly !

Ramsey attrapa la poignée de la portière, réussit à ouvrir et sauta dans la Jeep.

En se retournant, il vit l'homme secouer la poussière de son pantalon, le regard braqué sur la Jeep. Puis celui qui lui avait parlé dans le restaurant apparut. Les deux individus se concertèrent, penchés l'un vers l'autre. Il les perdit de vue quand Molly s'engagea sur la 70, dans un crissement de pneus.

— Ramsey...

La petite était recroquevillée sur le plancher, à ses pieds.

— Viens, mon ange. Ça va, maintenant. Ta maman est formidable, elle nous a sauvés. Allez, viens me serrer dans tes bras, et donne-moi un bisou. J'ai l'estomac retourné et le cœur qui cogne.

Emma se releva et laissa Ramsey l'installer sur ses genoux. Elle l'embrassa.

— Ouf, ça va mieux! Merci. (Il se tourna alors vers sa mère.) Ralentissez, Molly, et prenez la première sortie.

— Mais... Ah, d'accord! Vous avez raison. Vous voulez voir s'ils nous suivent.

— Ralentissez. Il ne faut pas attirer l'attention. Mettez-vous sur la droite en sortant et allez vous garer derrière la station-service. Emma, serre-moi bien fort. Voilà, c'est bien.

— Si je les vois, je reprends l'autoroute. On pourra peut-être relever le numéro de leur voiture. J'imagine que vous avez les moyens de savoir à qui elle appartient.

Ramsey acquiesça d'un signe de tête. Molly gardait suffisamment de sang-froid pour conduire avec maîtrise. L'enfant s'accrochait à lui comme une sangsue. C'était bon de sentir ses petits bras l'étrangler à demi. La petite avait du cran.

En l'espace de vingt secondes, ils se retrouvèrent derrière la station-service.

— Bravo, Molly! Maintenant, mon ange, on va observer tous les deux l'autoroute.

— J'aurais dû attendre un peu pour savoir ce que ces types ont comme véhicule. (Molly frappa du poing sur le volant.) Je n'ai pas réfléchi. Je ne pensais qu'à bouger le plus vite possible.

— Ce n'est pas grave. On va bien arriver à les reconnaître.

Une Corolla verte passa avec deux femmes à bord. Puis une camionnette, avec son conducteur et un gros berger allemand, le nez au vent, la langue pendante. Au bout de cinq battements de cœur apparut un pick-up noir, couvert de poussière et de boue, vide à l'arrière, mais avec deux hommes dans la cabine.

— C'est eux, affirma Ramsey. OK, Molly, reprenez l'autoroute, en laissant au minimum trois véhicules entre eux et nous.

Molly était déjà repartie. Une petite Honda blanche l'obligea à ralentir. Elle se retint pour ne pas klaxonner, écraser l'obstacle, insulter la vieille dame qui était au volant. Mais elle marmonna entre ses dents :

— Avance, avance, avance...

Ramsey regarda Emma.

— Ça va?

— J'ai peur, Ramsey.

Il la serra contre lui et posa un baiser sur ses cheveux.

— J'aimerais pouvoir faire passer ta peur, toutes tes peurs, mon ange. Mais, tu sais, la peur n'est pas une mauvaise chose, tant qu'elle ne te paralyse pas. Tu as réussi à t'échapper, à courir dans les bois, parce que tu avais peur, et cela m'a permis de te trouver. Tu as été très courageuse. Tu as fait ce qu'il fallait. Si on continue à penser, si on réagit, on a toujours une chance de s'en sortir. N'oublie jamais ça, Emma.

— Je n'oublierai pas, Ramsey. Regarde, voilà le pick-up.

— Tu vois la plaque d'immatriculation?

— Elle est sale mais je la vois.

— Tu la vois, dit Ramsey en riant, mais tu ne peux pas lire ce qui est inscrit dessus. Demain, je commencerai à t'apprendre à lire, d'accord?

— Maman m'a déjà un peu appris. Elle me fait tout le temps la lecture et elle me montre les mots. Tu crois que je vais y arriver en un jour?

— Avec toi, une demi-journée suffira peut-être. (Il s'adressa à Molly :) J'ai l'impression qu'il y a un B puis un L, les deux autres lettres disparaissent sous la boue. Je vois un espace, puis 3-8-8 et quelque chose. Le dernier chiffre est impossible à lire.

— J'ai un portable dans mon sac. En tant que juge fédéral, vous devez pouvoir contacter quelqu'un. Dès qu'on aura le renseignement, j'appellerai la police de Denver. Vous, vous n'avez pas besoin de raconter toute l'histoire. Je reste derrière eux tant qu'on n'a pas le renseignement.

Un portable. Elle avait un téléphone et n'avait rien dit. Il aurait pu l'insulter... Il sortit l'appareil, commença à composer le numéro de Virginia Trolley à San Francisco puis s'arrêta. Ce n'était pas la peine : elle ne pourrait rien faire immédiatement. Il décida alors d'appeler son ami Dillon Savich, responsable du service d'investigations criminelles, au QG du FBI, à Washington.

Il ne lui fallut que deux minutes pour être mis en contact avec Savich.

— Et mon e-mail, Ramsey? Qu'est-ce que tu attends pour l'utiliser? Tu sais que je déteste le téléphone. J'ai certainement failli être étranglé par le cordon de l'un de ces fichus machins quand j'étais môme.

— Désolé, mais je n'ai pas d'ordinateur avec moi.

C'est une longue histoire. J'ai besoin que tu m'aides, Savich.

Il donna à son ami le numéro de la plaque d'immatriculation ainsi que celui du portable, sourit puis raccrocha.

— Qui avez-vous appelé? demanda Molly. La police de San Francisco?

— Non. Un ami, à Washington.

— Un ami qui ne vous a pas posé de questions.

— Un véritable ami... Nous nous sommes rencontrés il y a quatre ans, à une conférence sur les méthodes d'application de la loi. Savich est un bon karatéka. Il s'offre une exhibition publique de temps à autre. Il y a six mois, il a épousé un autre agent. Une nommée Sherlock. Attention, Molly, ne gagnez pas trop de terrain.

— Non, je sais.

Le pick-up était en train de ralentir. Le passager regardait en arrière.

— Ils commencent à se rendre compte qu'on ne peut pas être devant eux. Ralentissez encore, Molly. Oui, c'est ça, laissez passer la Chevrolet.

Ramsey serra Emma contre lui.

— Il ne faut pas qu'ils te voient, mon ange. Baisse-toi.

— Regardez, ils vont prendre la prochaine sortie.

Ramsey aurait voulu les suivre, mais c'eût été mettre la petite en danger.

— Allez, Molly, on file! On saura bientôt à qui appartient le pick-up. C'est l'essentiel.

Molly ne se fit pas prier. Elle appuya à fond sur l'accélérateur. La Jeep roulait à cent cinquante à l'heure. Ils laissèrent deux sorties derrière eux. Molly se glissait dans la circulation comme une pro. A l'approche de la troisième sortie, elle ralentit et quitta l'autoroute pour aller vers le sud.

Le premier panneau annonça qu'ils étaient à cinq kilomètres de Paulson.

— Bien, dit Ramsey. On se rapproche de la ville, puis on attend un moment sur une route secondaire. Je pense que tout le monde a soif; nous devons acheter une bouteille d'eau.

— J'ai envie de faire pipi.

— Moi aussi, remarqua Ramsey. Essaie d'attendre encore quelques minutes, Emma.

La sonnerie aigrelette du portable se fit entendre.

— Savich?

— Oui. Il y a trois possibilités, étant donné tes imprécisions.

— Attends, je prends de quoi écrire.

Molly regarda Ramsey sortir un calepin de la boîte à gants et écrire trois noms et adresses.

— Merci, Savich. Je te revaudrai ça. (Il y eut un long silence.) Je te raconte tout dès que possible. Salue Sherlock pour moi.

Ramsey ferma le portable.

— Bon, pour l'instant, j'ai l'impression qu'on a réussi à les semer. On devrait maintenant prévenir la police, Molly.

— Non. Pas encore. Je vous en prie.

Ramsey soupira. Il tenait plus que tout à l'empêcher de disparaître avec la petite. Et, pour cela, il se sentait obligé de jouer le jeu selon ses règles à elle. En outre, il était convaincu qu'à la méfiance de la jeune femme envers la police s'ajoutait autre chose.

— Bon, bon, d'accord, on va mettre le cap sur Aspen. On descendra au Jerome Hotel, et on s'offrira un super repas mexicain.

Une minute plus tard, Molly s'arrêta et emmena Emma derrière des buissons. Par-dessus les mûriers sauvages, son regard rencontra celui de Ramsey. Il avait des yeux presque aussi noirs que ses cheveux. Des cheveux qui avaient un peu trop poussé pendant ces trois semaines en marge de la civilisation. Son visage, mal rasé, était volontaire, avec des pommettes hautes et un teint olivâtre. Elle se demanda s'il n'avait pas du sang italien dans les veines. C'était la première fois qu'elle le regardait vraiment et elle lui trouva beaucoup de charme. Oh, bien sûr, ce n'était pas une star, on ne tombait pas à la renverse en le voyant ! Mais il émanait de lui une certaine force et une grande assurance qui ajoutaient à sa beauté et ne laissaient pas indifférent. Elle devait lui dire l'entière vérité et elle le ferait bientôt.

Tout en aidant Emma à se rhabiller, elle eut un sentiment étrange : elle ne se sentait plus seule. Comment cet homme, rencontré la veille, pouvait-il lui sembler si familier ? Certes, elle n'était pas sans connaître sa réputation, mais il ne s'agissait que d'une image et non de l'homme lui-même. Cependant, elle savait déjà qu'elle vouerait une gratitude éternelle au sauveur de sa fille.

Elle lui sourit.

Pensant à autre chose, il lui rendit machinalement son sourire. Il regrettait de ne pas avoir vu la tête du deuxième individu au restaurant. Avaient-ils désormais affaire à deux hommes différents ? Probablement. Ni l'un ni l'autre n'avait l'air d'être blessé. Mais alors, si ces deux-là avaient pris le relais, l'affaire était beaucoup plus compliquée qu'il n'avait pu le croire. Molly lui cachait très certainement quelque chose.

Dès qu'elle revint avec Emma, il lui tendit le portable.

— Il est temps de prévenir la police de Denver, leur dire au moins qu'Emma est saine et sauve.

Molly sortit un petit carnet de son sac, rechercha un numéro de téléphone et le composa. Ramsey lui mit sous les yeux le papier portant les noms et adresses communiqués par Savich, puis s'installa derrière le volant tandis que la petite se serrait contre sa mère.

— J'ai retrouvé ma fille, inspecteur Mecklin, annonça-t-elle sans préambule.

— Madame Santera ? Que dites-vous ? Ça va ? Vous n'êtes pas blessée ?

— Non. Vous avez entendu? Ma fille est près de moi.

Elle avait l'impression de le voir plisser ses yeux bleus en se demandant si elle n'avait pas perdu la tête. Mais elle s'en moquait. La seule chose qui l'ennuyait c'était de parler à ce personnage qui lui avait semblé croire qu'elle était responsable du kidnapping d'Emma. Elle éprouvait maintenant de la haine pour ce crétin qui n'avait fait que renforcer un sentiment de culpabilité déjà étouffant.

Il y eut un long silence, puis Mecklin ajouta :

— Je ne comprends pas. Comment avez-vous fait? C'est impossible.

L'atmosphère commençait à se détendre ; Molly éclata de rire. Ce con sexiste n'en ratait pas une.

— Et pourtant...

— Ecoutez. On a reçu une demande de rançon, hier soir. Ils réclament cinq cent mille dollars.

— Que personne ne paie, surtout. Ma fille est ici, à côté de moi. Emma, dis bonjour à l'inspecteur.

— Bonjour, monsieur. Je suis avec ma maman et

Ramsey. Ramsey m'a sauvée et puis ma maman nous a trouvés. On va bien.

— Ramsey? Quel Ramsey?

Molly reprit l'appareil.

— On en parlera plus tard, inspecteur. Ecoutez-moi : j'ai trois noms et adresses pour un numéro minéralogique incomplet. Je vous donne tout ça. Vous pouvez être sûr qu'un des noms est celui du kidnappeur.

— Vous devez venir ici, je ne comprends rien. Et puis votre fille a besoin de voir un médecin et un psy. C'est vraiment Emma que j'ai entendue? Vous allez bien, madame Santera? Où êtes-vous?

— Alors, je vous donne les informations que je possède ou on continue à perdre du temps?

Il y eut un autre silence pendant lequel Mecklin tenta de se contrôler.

— OK. Allez-y.

Molly lui lut les notes de Ramsey.

— Je ne connais aucun de ces noms, précisa-t-elle, mais, croyez-moi, la piste est bonne. Quant à ma fille, ne vous inquiétez pas pour elle, elle n'a pas besoin de psy. Faites votre travail, coincez ces types. Ah, attendez! Emma a été séquestrée dans un chalet, quelque part à proximité de Dillinger. Vous ne trouverez certainement plus personne, mais des indices, peut-être.

— Etes-vous à Dillinger?

— Non. Ce n'est pas la peine de me faire rechercher par la police locale.

— Bon sang, vous pourriez me dire ce qui se passe? Les agents du FBI viennent d'entrer mon bureau. Ils veulent vous parler. Ils ne croient pas...

Elle l'interrompit :

— La plaque d'immatriculation appartient à un

pick-up noir, couvert de boue, mais qui semble neuf. Un Chevy. Vous notez?

— Oui, oui, attendez, ne raccrochez pas. Vous avez besoin de nous. Je vous passe l'agent Anchor.

— Non, merci. Faites plutôt circuler l'information. Ça va leur plaire, s'ils consentent à y croire.

— Moi, je vous crois, madame Santera, intervint l'agent Anchor qui venait de se substituer à Mecklin. Mais vous ne respectez pas les règles.

L'agent Anchor était spécialisé dans les kidnappings. Mais cet homme d'expérience était aussi un dictateur persuadé que tout le monde, à part lui, avait un petit pois à la place du cerveau.

— Pas de mais, agent Anchor. Arrêtez les types qui ont enlevé ma fille.

— Qui nous dit que vos informations concernent le kidnappeur? Je ne comprends rien à toute cette histoire. Où êtes-vous? Vous m'entendez, madame Santera? Où avez-vous trouvé Emma? Vous ne pouvez pas nous donner des ordres comme ça, et...

— Agent Anchor, mettez-vous au travail. Ah oui! Ce pick-up a été vu pour la dernière fois à l'ouest de Rappahoe, sur la 70.

Molly éteignit le portable en souriant.

— Je sais que je viens de lui dire où nous sommes, mais je ne pouvais pas faire autrement. Je devais leur donner une chance de les attraper. J'espère qu'ils vont localiser rapidement le chalet et trouver quelque chose qui leur sera utile.

— Vous avez bien fait, la rassura Ramsey. De toute façon, le temps qu'ils se mettent en mouvement, nous serons en sécurité à Aspen. Ils ne devraient pas s'acharner à nous retrouver... Les fédéraux sont vraiment pénibles?

— A la place des locaux, je serais mortifiée. Ils les traitent comme de simples coursiers. Mecklin, lui, n'est pas le roi des crétins, mais je dirais qu'il a des œillères. C'est un type rigide. Il faut le voir avec sa grosse moustache noire, en guidon de vélo, qui lui donne l'air d'un basset. Il est aussi très enveloppé ; j'espère qu'il ne va pas faire une crise cardiaque. (Elle secoua la tête.) Il ne voulait pas croire qu'Emma était avec moi. Il m'a même demandé si c'était bien elle que je lui avais passée. Quant à l'agent Anchor, il se prend pour Dieu.

C'était le cas de la plupart des agents fédéraux. Pourtant, on pouvait noter une certaine amélioration, surtout chez des gens comme Dillon Savich. Ramsey se dit qu'il se ferait un plaisir, quand tout serait fini, de remettre l'agent Anchor à sa place.

— Vous avez été très bien, Molly. Maintenant, on file sur Aspen. On rappellera Mecklin demain pour voir s'il a du nouveau.

— Il y a eu une demande de rançon, hier soir. D'un demi-million de dollars.

— Ils ont tenté leur chance...

Ramsey jeta un coup d'œil à Emma, la vit à moitié endormie, mais ne fut pas dupe.

— Je me demande combien de personnes sont impliquées dans cette affaire, continua-t-il malgré tout. Et pourquoi ? Ce n'est pas un simple kidnapping.

— Je n'aime pas ça, fit Emma en se blottissant contre sa mère. Oh, non, je n'aime pas tout ça !

Molly regarda sa fille.

— Nous non plus, ma chérie.

Ramsey regagna l'autoroute. Grâce à Dieu, le pick-up noir avait disparu.

9

Quand Molly lui eut montré un paquet de billets de cent dollars, en lui assurant qu'elle en avait encore autant dans son soutien-gorge, Ramsey loua une grande chambre au Jerome Hotel sous un faux nom et paya cash. La pièce était spacieuse, les meubles victoriens, les lampes ornées de franges rouges ou or, la moquette fleurie d'énormes roses parmi des rinceaux entrelacés. Un papier rouge vif tapissait les murs de la salle de bains, refaite dans un marbre d'un rose soutenu. L'ancien et le nouveau s'alliaient à merveille. A l'une des extrémités de la chambre se trouvait un espace salon. Les hautes fenêtres étaient habillées de tentures en velours épais.

— J'ai toujours eu envie de descendre dans cet hôtel, avoua Ramsey en regardant autour de lui. La première fois que je l'ai vu, j'étais encore gamin. J'étais venu faire du ski avec mes parents. C'est superbe, non?

— Oui. Mais il n'y avait pas de chambres à deux lits?

— N'oubliez pas que nous sommes mariés... Ah, ne vous faites pas de bile, j'ai demandé un lit de camp!

— C'est quoi la bile? demanda Emma.

— C'est quelque chose d'amer que fabrique notre foie quand il est malade.

Ramsey vit la petite répéter plusieurs fois ce mot nouveau en silence. Puis il sourit tandis que Molly s'agenouillait près de sa fille pour la serrer dans ses bras. Quand l'enfant poussa un cri, Molly la relâcha, et toutes deux éclatèrent de rire.

— C'est un jeu, expliqua la jeune femme. Si Emma me laisse l'étreindre pendant une minute sans rien dire, elle a droit à une glace. Généralement, elle gagne. Qu'est-ce qu'il y a aujourd'hui, ma chérie? Tu ne voulais pas me faire de peine?

— Je voulais que tu aies un grand sourire, maman.

— Eh bien, tu a gagné, mon amour!

Leurs bagages se résumaient à un sac marin pour Molly, des vêtements dans une taie d'oreiller pour Emma, et deux valises pour Ramsey. La vieille Olivetti de sa mère, les feuillets qu'il avait réussi à remplir avant de trouver Emma, la documentation et les romans qu'il avait emportés étaient restés dans la Jeep. L'hôtel lui fit monter un lit de camp, visiblement trop petit pour lui. Mais il fit signe à Molly de ne rien dire quand il la vit sur le point d'intervenir.

Il coucherait sur la moquette. Sa jambe lui faisait très mal, il avait des maux de tête, comme s'il s'était cogné dans un mur, et un lit douillet n'aurait pas changé grand-chose à tout ça. Molly, quant à elle, semblait s'être heurtée au même mur. Debout au milieu de la chambre, elle fourrageait dans sa chevelure flamboyante.

Il lui sourit.

— Vous voulez que je baigne Emma? Oh! se reprit-il immédiatement, c'est vrai qu'elle est capable de le faire toute seule.

— Elle ne s'en sort pas encore très bien, corrigea Molly, mais elle essaie.

La jeune femme attrapa Emma par le bras et renifla son cou, derrière l'oreille.

— Ça sent bon, tu as fait du bon travail. Tu veux quand même que je t'aide, cette fois-ci, ma chérie?

La petite hocha joyeusement la tête.

Molly se tourna vers Ramsey qui semblait prêt à s'écrouler.

— Allongez-vous. Je vous apporte de l'aspirine. Vous avez appliqué de la glace sur votre cuisse?

— Non, je vais le faire.

— Je reviens tout de suite, Ramsey.

Quand il eut avalé trois cachets et enveloppé sa cuisse dans une serviette pleine de glace, Molly lui demanda :

— Ça vous ennuie si on ne descend pas au restaurant?

— Non, pas du tout, je vais demander s'ils servent dans les chambres.

Pour cinquante dollars, on leur monta leur dîner. A Aspen, tout est possible, se dit Ramsey en mangeant un taco à dix dollars.

Après une bonne demi-douzaine de tacos à eux trois et assez de chips et de salsa pour nourrir une équipe de football, ce fut le coup de barre. La petite avait du guacamole sur le menton, mais elle était radieuse. Dix minutes plus tard, après s'être lavé les dents, elle s'endormit à côté de sa mère.

Elle n'eut sur Ramsey et Molly que cinq minutes d'avance.

A minuit, Molly se réveilla tandis qu'une vieille horloge de grand-mère sonnait le douzième coup dans le corridor. Par la fenêtre ouverte, un croissant de lune glissait dans la chambre un rai de lumière. Il ne faisait pas chaud, mais il suffisait de remonter les couvertures jusqu'au menton pour respirer sans danger le bon air de la montagne.

C'était la première fois depuis l'enlèvement d'Emma que Molly réussissait à dormir plus de trois heures. La première fois en seize jours, se dit-elle en se redressant brusquement pour regarder sa fille, lovée sur elle-même, l'oreiller entre les bras, ses beaux cheveux dénoués auréolant son visage. Oui, Emma était là, près d'elle, saine et sauve.

Les larmes lui montèrent aux yeux puis lentement roulèrent sur ses joues. Elles avaient eu beaucoup de chance. Ramsey Hunt n'avait pas seulement trouvé Emma, il l'avait protégée et aurait continué à le faire jusqu'à ce qu'il se fût assuré de sa sécurité.

Les larmes jaillirent de plus belle. Elle sanglota. Oh non, c'était humiliant ! Elle enfonça son poing dans sa bouche.

— Molly ? Tout va bien.

Comment avait-il pu l'entendre ? Emma n'avait pas bougé.

— Après tout, c'est bon de pleurer, dit finalement Ramsey. Je suis sûr que c'est la première fois depuis l'enlèvement.

Molly laissa ses larmes couler tandis que Ramsey continuait à parler, de tout, de rien, de n'importe quoi.

Puis Emma se réveilla.

— Maman, qu'est-ce qu'il y a ? demanda-t-elle, terrifiée.

— Ne t'inquiète pas, Emma la rassura aussitôt Ramsey. Retourne-toi simplement et serre ta maman dans tes bras. Elle pleure de soulagement parce qu'elle t'a retrouvée. Tu sais, elle a eu si peur pour toi!

L'enfant noua ses bras autour de sa mère qui parvint à mêler un éclat de rire à ses sanglots et ses hoquets.

— Merci, ma chérie, ça va mieux.

Molly embrassa sa fille dans le cou. Jamais elle n'avait connu de tels instants de bonheur. Elle se souvint cependant d'autres instants, appartenant à un passé lointain, où elle avait cru éprouver une joie inégalable. Une erreur... Un mensonge.

Tous les trois se rendormirent. Ramsey avait les pieds dans le vide, sur son lit de camp trop petit. Trois heures plus tard, il se réveilla de nouveau.

Avait-il entendu quelque chose? Il venait de faire un rêve pour le moins étrange : il avait vu Susan, en uniforme, souriante, le saluant puis s'amusant à lui donner un coup dans le ventre. Tandis que le rêve s'éloignait, les souvenirs doux-amers remontaient déjà la surface. Il ne voulait plus rêver de Susan.

Il entendit encore un bruit. Avaient-ils été repérés? Avaient-ils affaire à de tels pros?

Lentement, il se leva. Emma et Molly dormaient, confiantes, et il s'en félicita.

Sa jambe était raide; il dut agripper le dossier d'une chaise. Immobile, il tendit l'oreille.

Il perçut un bruit de pas lents, prudents, provenant du corridor, juste devant leur porte. Ramsey attrapa son revolver sur la petite table ronde, à côté du lit de camp. Forçant sa jambe raide à avancer, il s'approcha de la porte, sur le qui-vive.

Il entendit des voix. Mais non, c'était impossible qu'ils les aient retrouvés! L'hôtel n'avait pas demandé de papier d'identité. Personne ne pouvait les savoir ici. Certes, les deux hommes avaient vu la Jeep, sa plaque d'immatriculation, et ils avaient même pu apercevoir le véhicule entrant dans Aspen. Quel crétin! A la première heure il se procurerait un autre véhicule.

Les voix se firent de nouveau entendre, mais trop basses pour qu'il pût saisir leurs propos. Il leva son revolver, colla l'oreille à la porte.

— Ecoute, Doris, disait une voix masculine, sourde et agacée. Si tu veux retourner dans cette chambre, fais-le. Mais ton mari est peut-être réveillé. Je ne tiens pas à ce qu'il me fasse sauter la cervelle. Attends d'abord que je m'en aille.

Soulagé, Ramsey appuya sa tête contre le panneau. Ce n'était qu'une femme adultère et son amant.

La femme répondit, nerveuse, avec une voix de tête. Ramsey lui aurait volontiers conseillé de ne pas regagner sa chambre, mais il n'avait rien à voir dans cette histoire. Sans bruit, il vérifia que la porte était bien verrouillée et la chaîne en place.

Il se retourna, posa son Smith & Wesson sur la petite table... et découvrit Molly assise sur son lit, le regard anxieux.

— Ce n'est rien, murmura Ramsey. Juste une femme qui trompe son mari.

— Ce n'était pas lui? s'inquiéta soudain Emma d'une petite voix lourde de sommeil. Il ne voit pas bien et il ne porte pas toujours ses lunettes. C'est comme ça que j'ai réussi à me sauver. J'ai mis mon oreiller dans le lit, à ma place, pendant qu'il fumait une cigarette dehors. Quand il est revenu, il a cru que c'était moi, et je me suis glissée dehors pendant qu'il buvait un verre de whisky. Il disait tout le temps que c'était pas bon pour son âme, mais il buvait beaucoup, beaucoup.

— Oh, Seigneur! Em, ma chérie, tu connais son nom?

Emma ne répondit pas. Elle se replia sur elle-même et, le souffle lent et régulier, retomba dans le sommeil.

— Que vais-je faire? demanda Molly.

— Qu'allons-nous faire? corrigea Ramsey. Ecoutez, je crois que pour l'instant on a encore besoin de récupérer un peu. Attendons demain pour prendre une décision.

Il la vit secouer d'avant en arrière sa tête auréolée de cheveux flamboyants.

— Je ne peux pas retourner à Denver. Je n'y retournerai jamais. Je n'y comprends rien. Combien de gens sont impliqués dans cette histoire? Qui sont-ils? Comment, pourquoi pourrait-il s'agir d'un complot?

— Un complot? Qu'est-ce qui vous fait penser à ça?

Elle eut un mouvement de lassitude qui fit glisser son long tee-shirt sur son épaule.

— On ne peut parler de complot que si les parents sont eux-mêmes impliqués dans le rapt, reprit alors Ramsey. Ce n'est pas ce que vous avez voulu dire, j'imagine.

— Non, le mot m'est venu à l'esprit comme ça, en pensant qu'on a déjà eu affaire à cinq individus.

— Disons qu'on peut parler d'un enlèvement bien organisé. Mais un complot serait quelque chose de plus obscur, qui demanderait l'implication de votre entourage.

Molly resta silencieuse, et Ramsey la regarda remettre son tee-shirt en place. Des mèches tire-bouchonnées et en désordre encadraient son visage blême. Elle paraissait extrêmement préoccupée, mais sans que sa beauté en fût altérée. Oui, elle était belle, et c'était à cet instant-là, en pleine nuit, qu'il s'en rendait compte! Contrairement à lui, elle avait une peau d'albâtre. Il faillit poser sa main sur la sienne afin de comparer la différence. N'était-il pas en train de perdre pied?

— Essayons de nous rendormir, dit-il. On part demain.

Il revint à l'hôtel à midi. Assises en tailleur l'une en face de l'autre, Molly et Emma jouaient à la bataille.

— Non, restez assises. Nous sommes désormais propriétaires d'une nouvelle 4x4 : une Runner Toyota, 1989. Elle a quatre portes et est plutôt cabossée, mais on s'en fiche. Je la trouve presque aussi confortable que la Jeep.

Il avait tiré un maximum d'argent et payé la voiture en liquide.

— Le temps qu'ils repèrent la Jeep sur le parking, nous serons loin, ajouta-t-il.

Cependant, Ramsey savait qu'ils ne seraient pas pour autant hors de danger.

— Il est temps de quitter cette chambre, dit-il. Je vous laisse un quart d'heure, d'accord? Après on se ravitaille et on met le cap vers l'ouest.

Il avait rapidement discuté avec Molly lorsqu'ils s'étaient réveillés.

« On va se rapprocher de chez moi et de ce qui est ma juridiction, avait-il dit.

— Où nous arrêterons-nous? avait demandé Molly à voix basse pour ne pas réveiller la petite.

— A Truckee. Je connais bien la région. J'ai un ancien camarade d'université qui vit au bord du lac Tahoe. Nous devons disparaître un certain temps », avait expliqué Ramsey.

Molly l'entraîna dans la salle de bains pendant

qu'Emma rangeait ses affaires. Elle ne souhaitait pas que la petite participe à leur conversation.

— Mon retrait d'argent va leur permettre de nous repérer rapidement, dit Ramsey. Nous ne devons pas traîner. Vous connaissez la région du lac Tahoe ?

— Je n'y suis jamais allée.

— C'est joli. L'hiver, on fait du ski, l'été, de la randonnée. C'est un coin qui plaira à Emma.

— Et votre jambe ? Comment va-t-elle ?

— Mieux. Déjà hier vous avez pu voir que la plaie cicatrisait bien. La cuisse a désenflé, et la peau est rose. Si c'est encore douloureux, c'est normal.

— Vous ne me mentiriez pas.

— Si. Mais pas à ce sujet.

— Bien. Allons-y.

La main sur la poignée de la porte, elle se retourna.

— Vous n'êtes pas obligé de faire tout ça, j'ai de l'argent. Et pas seulement ce que je porte sur moi. Je suis d'une famille riche et j'ai une pension alimentaire conséquente. Je peux emmener Emma dans un endroit sûr.

— Non, Molly, je n'aurais pas l'esprit tranquille.

En enroulant autour de son index une mèche de cheveux, elle soupira :

— Je sais.

Elle ouvrit la porte de la salle de bains.

— Em, ma chérie, tu es prête ? Tu sais quoi ? Je vais t'acheter un sac marin comme le mien.

— Oh non, il ressemble à un sac de soldat ; j'en préférerais un différent.

— Comme tu veux, ma chérie.

Ils roulèrent non-stop en se relayant au volant et atteignirent Truckee le lendemain soir, un peu après dix-huit heures. Ils passèrent la nuit au Best Western Hotel.

Le lendemain matin, Ramsey emmena ses deux protégées chez un agent immobilier, afin de chercher une maison isolée à louer. Il expliqua qu'il voulait être au calme avec sa famille et qu'ayant sur lui l'argent économisé pour leurs vacances, il pouvait payer en liquide.

Si la femme le trouva imprudent, elle s'abstint de tout commentaire et leur montra ce qu'elle avait de disponible. Emma eut un coup de cœur pour la troisième offre : une petite maison entre la forêt et un torrent, entourée de montagnes boisées, à six kilomètres du lac Tahoe. Molly et Ramsey tombèrent aussitôt d'accord avec elle.

Ils payèrent pour la semaine cinq cents dollars, dépôt de garantie inclus, puis se rendirent au supermarché pour y faire quelques provisions.

En fin d'après-midi, quand ils retournèrent à Nathan's Creek, Emma s'était endormie dans les bras de sa mère. Ramsey la porta dans l'une des deux chambres, au premier étage.

Molly l'attendait dans la cuisine. Elle lui tendit un verre d'eau minérale glacée.

— Venez dans le séjour, dit-il, il est temps que vous m'expliquiez certaines choses.

— Vous avez raison. Il est grand temps. Et puis, nous devons aussi envisager la suite.

Il attendit qu'elle s'installe sur le grand fauteuil muni d'un repose-pieds. Un bon gros fauteuil d'homme.

— Maintenant, finies les cachotteries. Qui êtes-vous, Molly ? Que se passe-t-il ?

— Je ne suis sûre que d'une chose : le kidnapping d'Emma n'a rien à voir avec ce que je vous ai caché.

— Je sens que je vais vous lancer ce verre d'eau à la figure...

— Mon nom de jeune fille est Margaret Lord.

Il la regarda, puis expira bruyamment. Sa jambe recommença à lui faire mal.

— Merde ! Vous êtes la fille de Mason Lord ?

Joe Elders aimait ces instants magiques qui précédaient l'apparition du soleil au-dessus des collines pelées, à proximité de sa ferme. Il les contempla, respirant à pleins poumons autant l'air frais que le silence du matin.

Ebloui par le soleil, il ferma les yeux en souriant. Millie meugla, bientôt accompagnée par une demi-douzaine de ses cousines. Comme toujours, Joe Elders allait commencer sa journée par la traite des vaches. Il se dirigea vers l'étable en sifflotant, une étable toute neuve, terminée à peine un mois auparavant, et équipée de cet appareillage ultramoderne qui, lui avait-on promis, lui permettrait d'assurer sa place sur le marché laitier. Il s'était débrouillé pour trouver l'argent nécessaire aux travaux, et puis, surtout, il avait su éviter les arnaques.

Il s'immobilisa un instant, intrigué par une odeur inhabituelle. Il aurait juré que c'était celle de la marijuana. Il donna un coup de pied dans la luzerne de la chèvre. Oh non ! Nancy recommençait à fumer après avoir promis à lui et à sa mère d'arrêter. A seize ans, elle était très populaire dans son école. Trop, beaucoup trop. Bien sûr, à son âge, elle pouvait avoir des amourettes avec les garçons ! Mais il y avait ces foutus joints !

Il ouvrit la porte de l'étable et fut accueilli par un

chœur de mugissements, heureux dans l'ensemble, à deux exceptions près, lui sembla-t-il. La traite électrique ne faisait pas l'unanimité complète.

Shirley, en particulier, détestait ce système. Comme elle était l'une des vétérantes, il avait décidé, la semaine précédente, de continuer à la traire à la main. Ça lui plaisait, et elle tournait volontiers la tête vers lui pour le regarder pendant qu'il tirait sur ses pis.

Il ajusta d'abord les trayeuses électriques aux autres vaches, ce qui lui demanda un certain temps. Mais il ne doutait pas d'être bientôt beaucoup plus habile et rapide. Puis, son tabouret à la main, il s'approcha de Shirley qui l'observait, calme et regorgeante de lait.

— Bonjour, ma vieille, lui dit-il avec un clin d'œil, comme chaque matin depuis sept ans.

En sifflotant, il installa le tabouret à côté de la vache.

— Allez. Je vais t'alléger d'un bon kilo !

Soudain il perçut un déplacement d'air tout près de lui. Il pivota sur son tabouret. Un homme le dominait de toute sa taille. Un grand Noir, chauve, les yeux immenses, le regard très dur. Joe n'eut pas le temps de lui demander qui il était.

Il sentit une main énorme s'abattre sur son épaule et vit un marteau fendre l'air. Le choc l'ébranla de la tête aux pieds mais provoqua une sorte d'engourdissement plutôt qu'une intense douleur. Il battit des paupières sous l'effet de la surprise tandis que l'énorme main relâchait son épaule.

Joe Elders s'écroula à côté de son tabouret, les yeux fixés sur les pis de Shirley.

10

— Je viens d'entendre Emma bouger là-haut. Il ne nous reste que quelques minutes avant qu'elle descende. On parlera de votre père plus tard. Pour l'instant, revenons à ceux qui nous traquent : si nous avons à nos trousses des gens très bien organisés, ce qui est plus que probable, ils peuvent nous tomber dessus rapidement si nous utilisons une carte de crédit. Alors, en entendant que l'on sorte de cette merde, nous devons nous débrouiller avec les cinq cents dollars qu'il nous reste.

Molly songea qu'elle n'avait connu, en tout et pour tout, que treize mois de frugalité dans sa vie : entre le moment où elle avait quitté un milieu familial fortuné et celui où elle avait épousé un homme riche. Depuis son divorce, si elle était seule, elle ne manquait de rien, et cette liberté sans souci d'argent lui plaisait énormément.

Un large sourire éclaira son visage pour la première fois depuis très longtemps.

— S'il le faut, je deviendrai une dame pipi.

— Tu blagues, maman.

Emma venait de descendre, frémissante d'énergie. Molly la prit dans ses bras et déposa un baiser sur sa petite oreille.

— Non, ma chérie, cette fois-ci, je ne plaisante pas. Enfin, si, peut-être. Tu sais par quoi je vais commencer? Par battre Ramsey au poker. Et alors c'est lui qui ira nettoyer les toilettes. Qu'en dis-tu?

Emma pencha la tête sur son épaule, sérieuse comme un pape.

— Tu devrais plutôt jouer à la bataille avec lui. La dernière fois qu'on a joué au poker ensemble, je t'ai battue.

— Merci de ta confiance, ma chérie! Mais, bon, je vais réfléchir. Je peux au moins essayer de faire partie nulle avec lui.

— Si tu joues aux échecs, maman...

— Je vais chercher un moyen de faire partie nulle au poker. Dis-moi, tu veux des hot dogs pour le dîner?

— Oh oui! Ramsey sait très bien les faire. Même dans la cheminée. Il les suspend au-dessus du feu.

Ramsey était assis dans le grand fauteuil, les mains croisées sur l'estomac, un coussin sous sa jambe.

— C'est vrai, en matière de hot dogs, je suis imbattable, Molly.

— Moi, j'ai la recette d'une sauce italienne que je tiens de ma famille maternelle. Emma en oubliera vos hot dogs!

— On verra. J'ai aussi d'autres secrets culinaires, vous savez. Celui d'une délicieuse moutarde, par exemple. (Ramsey se tourna vers Emma.) Dis-moi, comment se fait-il que tu connaisses les échecs?

— C'est mon petit ami qui m'a appris.

— Tu as un petit ami?

— Un qui est très savant.

— Et pas de petit ami très sportif?

— Oh, non, Ramsey. Les sportifs sont bêtes.

— Dis donc! J'ai été un fana de sport sans être un

idiot! Enfin, si, peut-être pendant un certain temps, quand j'étais très jeune.

— Comme moi?

Ramsey regarda le petit visage très attentif levé vers lui.

— Non, Emma, je n'ai jamais été aussi jeune que toi.

Il la vit rire de bon cœur et en fut réchauffé des pieds à la tête, tandis que Molly se tournait vers lui en souriant.

— Tu sais, je suis contente que tu n'aies pas le même âge que moi, aujourd'hui, ajouta Emma.

Elle posa une main légère sur sa cuisse blessée.

— Ce n'est plus chaud.

— Non. Je suis à la température de la pièce, maintenant.

La petite lui tapota le bras puis se précipita dans la cuisine pour aider sa mère.

La soirée passa agréablement, sans que fussent évoqués ni l'épée de Damoclès pendue au-dessus de leurs têtes, ni le père criminel de Molly. Ils jouèrent à un jeu de questions et réponses, puis Ramsey donna une leçon de lecture à Emma en utilisant la boîte de lettres et de chiffres qu'il avait achetée chez le libraire de Dillinger.

La petite avait l'esprit vif. Elle ne tarda pas à écrire le nom de Ramsey, celui de sa mère et le sien.

— Donnez le meilleur professeur du monde à l'enfant la plus intelligente de la Terre, et voilà ce que vous obtiendrez, conclut Ramsey.

Il se pencha avec admiration sur le dernier mot qu'Emma venait d'écrire : *Toilettes.*

Puis, avec Molly, il alla coucher la fillette.

— Tu veux que je laisse une lampe allumée, ma chérie?

— Non, maman. Tu vas dormir avec moi?

— Oui. Si Ramsey se réveille et s'ennuie, il pourra nous parler à travers la cloison.

Emma ferma les yeux en souriant. Debout à côté du lit, Ramsey et Molly contemplèrent l'enfant qui avait changé leur vie.

— Vous avez vu, Molly, elle a écrit très lisiblement mon nom. C'est incroyable, non? Et puis aussi « Toilettes »!

— Elle a l'intelligence de sa mère, remarqua Molly, le regard rieur.

— Et les cheveux?

— De son père.

La réponse fut brève, puis Molly se tut. Pourquoi Santera n'était-il pas revenu dès l'annonce de l'enlèvement de sa fille? Ramsey se posait la question pour la centième fois. Non, il ne parvenait pas à imaginer qu'un père pût agir ainsi, même après un divorce.

— Descendons, dit-il. Maintenant qu'Emma est couchée, vous allez me parler de Santera.

— Je devrais d'abord appeler Mecklin et Anchor. J'ai oublié de le faire.

— Non, vous n'avez pas oublié. Mais c'est sans importance. Allez-y, téléphonez-leur. Ils ont peut-être du nouveau.

— Ça m'étonnerait...

Lorsqu'elle demanda Mecklin, on la fit attendre. Elle regarda un moment son téléphone puis raccrocha brutalement.

— Ils essaient de me repérer, les salauds!

— Sans doute. On appellera demain. Ils n'ont pas eu le temps de vous localiser, ne vous en faites pas.

— Vous deviez vous douter qu'ils agiraient ainsi, non?

— Du calme, Molly, nous ne sommes pas des gangsters en cavale.

— Je ne veux pas qu'ils me prennent Emma, qu'ils la mettent entre les mains de médecins, de psys, de je ne sais qui. Vous non plus, vous ne vouliez pas de ça, il me semble.

— Bien. Je vais recontacter Dillon Savich, mon ami, à Washington. En plus d'être un agent du FBI, c'est un expert en ordinateurs. Comme je vous l'ai dit, il est marié à un autre agent, Sherlock. Ce sont eux qui ont arrêté le Toasteur, à Chicago. Ça vous dit quelque chose ?

— C'est ce type qui a tué plusieurs familles ?

— Oui. Russell Bent.

— On ne va pas le revoir dans la rue, celui-là, j'espère.

— Dans ce cas précis, vous pouvez faire confiance au système, Molly. Russell mourra dans l'hôpital psychiatrique où il est interné.

— Il ne risque pas de s'échapper comme ce tueur, à Boston, qui s'est fait la belle parce qu'on lui avait enlevé ses chaînes pendant un interrogatoire avec des psychiatres ? La presse l'appelait le Tueur à la corde, si je me souviens bien.

— Oui. Et effectivement, il a fallu le coincer une seconde fois.

— Il est joli le système...

— Soyez un peu plus objective. Je vous l'ai dit : rien n'est parfait. L'erreur est humaine. Cependant, la plupart du temps, notre système judiciaire fonctionne très bien.

Molly soupira, se leva et s'approcha des portes-fenêtres donnant sur une pelouse qui descendait en pente douce vers le torrent, grossi à cette saison par la fonte des neiges. Sous la clarté de la lune à demi pleine, les cristaux de neige scintillaient dans la nuit.

— Que c'est beau... Vous n'appelez pas Dillon Savich ?

— Si. Vous m'avez distrait. Je vais lui expliquer ce qui se passe et lui dire qui vous êtes. Il ne fera rien sans mon feu vert. D'accord ?

Molly acquiesça d'un signe de tête. Ramsey utilisa le téléphone de la maison en mettant le haut-parleur. A la troisième sonnerie, quelqu'un répondit et Ramsey déclina son identité.

— Tu sais qu'ici il est une heure du matin ? demanda Savich, d'une voix alerte. Bon, ça ne fait rien. Où es-tu ? Tu te décides à m'expliquer ce qui se passe ?

— Tu es au courant de l'enlèvement d'Emma Santera ?

— Oui. Mais attends, tu ne vas pas me dire que tu es embarqué dans cette histoire ?

Ramsey confia à Savich la version intégrale de ce qui lui était arrivé depuis la découverte d'Emma.

— Pour l'instant conclut-il, nous sommes en sécurité. Mme Santera ne veut pas être localisée.

— Même pas par le FBI ? Ou la police locale ? C'est tout de même curieux, non ?

— Je sais. Mais sois patient. Tu peux me dire ce qui se passe chez vous ? Que raconte Anchor ?

Ramsey entendit le rire de Savich.

— Bud Anchor est furieux. Il hurle qu'il va arrêter Mme Santera et la faire juger pour avoir entravé son enquête. Je vais avoir du mal à me taire, Ramsey, mais je tiendrai le coup tant que tu le jugeras nécessaire. Essaie quand même d'imaginer ce qu'on dirait ici si on apprenait que tu es mouillé dans cette affaire et que tu me demandes en même temps de te tenir au courant de l'enquête !

— Vous avez trouvé le propriétaire du pick-up ? On a transmis à la police de Denver et à Anchor les informations que tu m'avais données.

— Le mois dernier, la femme d'un fermier de Loveland, dans le Colorado, a signalé le vol de ce véhicule. Puis le mari l'a contredite en affirmant avoir vendu son pick-up sans le dire à sa femme. Que faut-il en penser ? Qu'il l'a vendu aux kidnappeurs ? A mon avis, ce doit être ça.

— Sûrement, soupira Ramsey.

— Tu devrais refaire surface, Ramsey. Y a-t-il eu une nouvelle tentative de kidnapping ?

— Pas depuis que nous sommes ici.

— Mais il y a toujours un risque. Je suis d'accord avec toi quand tu dis qu'il ne s'agit pas d'un simple enlèvement. Tu aurais une idée plus précise ? demanda Savich.

— Peut-être. Ecoute, laisse-nous nous cacher encore un moment. Je te recontacte vendredi, à moins qu'il ne se passe quelque chose d'ici là. Merci, Savich. Je te revaudrai ça.

— J'y compte bien.

— C'est Sherlock que j'entends ? Embrasse-la pour moi.

— Pas question ! Tu es trop le genre d'homme qu'elle aime. Dur, sans pitié, surtout depuis ta démonstration machiste dans ton tribunal, il y a quelque temps. Non, elle n'a droit qu'à mes baisers. Sois prudent, Ramsey. Et n'hésite pas à m'appeler si tu penses que je peux t'être utile.

— Merci.

Ramsey raccrocha.

— Vous avez tout entendu?

Molly hocha la tête.

— Bien. Maintenant, parlez-moi de votre père.

La voyant faire un signe négatif, Ramsey insista :

— Ecoutez, votre père n'est pas n'importe qui. Je ne pense pas qu'il soit directement impliqué dans cette affaire, mais il est fort possible qu'on ait voulu le faire chanter en enlevant Emma.

Molly fit courir ses doigts sur les rideaux de la fenêtre.

— Si c'était le cas, il me l'aurait dit.

— Il n'en est peut-être pas conscient. Mais vous, vous ne croyez pas que ce soit la seule explication possible? On a tellement l'impression d'avoir affaire à tout un gang!

Molly tira lentement les rideaux puis resta là, face aux fenêtres aveugles, tête baissée et muette.

Ramsey remarqua qu'elle était pieds nus et que le vernis à ongles de ses orteils commençait à s'écailler.

— Quand lui avez-vous parlé pour la dernière fois?

— La semaine dernière.

— Vous lui avez raconté ce qui se passait?

Elle hocha la tête.

— Dites-moi, Molly. Depuis quand n'avez-vous pas vu votre père?

— Ça ne vous regarde pas. C'est sans rapport avec cette histoire. Cessez de me questionner là-dessus.

— Je cherche simplement à nous protéger tous les trois. Croyez-moi. J'ai le droit de savoir, insista-t-il en massant sa jambe.

— Je vais vous répondre, bien que ce soit sans intérêt : je ne l'ai pas vu depuis trois ans.

Ramsey fit basculer le fauteuil vers l'avant et se leva, le regard fixé sur elle.

— Trois ans? Pour quelle raison?

— Il était venu à Denver pour l'anniversaire d'Emma, expliqua Molly en se retournant. Enfin, c'était le prétexte. En réalité, il voulait voir mon mari. Il était furieux après lui.

— Et il a vu Santera?

— Oui. Ce qui a valu à Louey deux côtes cassées, un rein endommagé et des hématomes partout qui ont laissé des traces pendant des mois. Heureusement, il n'en avait pas sur le visage!

— Qu'avait fait Louey?

— Je ne veux pas parler de ça. De toute façon, cela n'a rien à voir avec notre histoire.

— Qu'en savez-vous?

— Ecoutez, je suis divorcée depuis deux ans. Mais je n'ai pas menti à Emma quand je lui ai dit que son père se faisait du souci pour elle. Il m'a appelée en apprenant son enlèvement avant même que j'aie eu l'intention de le contacter. Evidemment, j'ai été surprise. Il ne l'a pas vue depuis le divorce.

« Il m'a téléphoné juste après l'un de ses concerts à Berlin. Quelqu'un de Denver l'avait informé de la disparition d'Emma et il voulait savoir si on l'avait retrouvée. Quand je lui ai dit que non, il m'a paru très affecté et puis, au bout d'une minute, il a ricané en disant que mon père donnerait sa chemise pour la récupérer et que je n'avais pas à m'inquiéter. Ensuite, il m'a parlé de sa tournée et de la journaliste allemande du *Berliner Zeitung* qui l'avait comparé à Bruce Springsteen. Selon lui, les Européens l'appréciaient davantage que les Américains, et il envisageait de passer une bonne partie de l'année en Europe. Il m'a aussi fait un récit détaillé de ses conquêtes. Mais ça, je pense que ça ne vous intéresse pas. En fait, après m'avoir demandé des nouvelles d'Emma, il n'en a plus parlé.

« La femme-policier qui écoutait la conversation me regardait, effarée. Fan de Louey, elle est tombée de haut quand elle a entendu ce que cette belle voix sensuelle était capable de raconter. Lorsque j'ai raccroché, elle m'a tapoté amicalement l'épaule. J'ai fondu en larmes. Elle a renouvelé son geste en croyant que les succès féminins de Louey me rendaient malheureuse.

— Je me souviens de la presse au moment de votre divorce, dit Ramsey. Nulle part il n'a été question d'infidélité, de drogue ou d'autre chose. Non, on a juste eu droit à une histoire d'incompatibilité d'humeur, ou quelque chose de ce genre. Et, trois jours plus tard, on n'en a plus entendu parler.

— Mon père a fait jouer ses relations. En l'occurrence, c'était une bonne chose. Je lui en ai été très reconnaissante.

Molly baissa les yeux sur ses mains, remarqua une trace de moutarde laissée par les hot dogs sur son index et la lécha.

— Molly?

— Louey rejette sa fille, reprit-elle. Une enfant cadre mal avec son image de tombeur de femmes. Le plus drôle, c'est qu'elle est aussi douée que lui sur le plan musical. Peut-être même plus.

— J'aimerais bien savoir qui l'avait prévenu de l'enlèvement d'Emma.

— J'étais trop préoccupée pour lui poser la question. Il connaît beaucoup de monde dans les médias. Je pense qu'il doit s'agir de l'un de ses copains journalistes.

— Vous en connaissez un qui lui soit particulièrement dévoué?

— Oui. James Hicks, du *Denver Post.* Pourquoi?

— Oh, c'est une information comme une autre! Alors, maintenant, êtes-vous prête à appeler votre père pour lui annoncer que vous avez retrouvé votre fille?

— Je devrais le faire, effectivement. C'est lui que j'ai informé le premier de la disparition d'Emma. Il m'a aussitôt envoyé un homme et deux femmes pour la rechercher. Les flics en étaient malades. J'ai dit aux gens de mon père, qui ne cherchaient qu'à m'aider, tout ce que je savais. Je les ai revus plusieurs fois. Je ne sais pas très bien ce qu'ils ont fait. On a passé en revue différentes pistes possibles, mais s'ils ont trouvé quelque chose, je ne l'ai pas su.

— Vous les avez prévenus quand vous êtes vous-même partie à la recherche d'Emma?

— Non. Je dois en effet appeler mon père. Au moins, lui, il n'essaiera pas de localiser l'appel.

Elle marqua une pause puis ajouta :

— Je me demande s'il a découvert un rapport entre lui et le kidnapping? Si c'est le cas, il n'hésitera pas à commanditer un assassinat.

11

« Commanditer un assassinat... » Que cette expression lui était venue facilement !

Combien de fois l'avait-elle entendue pendant son enfance ?

— Très bien, dit-elle. Je vais téléphoner. Mais, attendez une minute ! Comment réagiront les hommes qu'il va nous envoyer s'ils vous prennent pour le kidnappeur ? Ils vous suivront et essaieront de vous supprimer. Oh, Seigneur, tout est possible ! J'en ai mal au crâne, Ramsey.

— Comme moi j'ai mal à la jambe ; on fait la paire... Ecoutez, s'ils nous voient ensemble, il n'y aura pas de problème. Allez. Prenez votre portable et venez vous asseoir à côté de moi. J'ai envie d'entendre ce que votre père a à dire.

Elle vint s'installer sur le bras du fauteuil et composa le code régional, puis celui d'un quartier résidentiel de Chicago. Evidemment, Mason Lord ne vivait pas n'importe où. Ramsey vit la main de Molly se crisper sur l'appareil.

A la deuxième sonnerie, un homme à la voix de velours répondit.

— Miles ? C'est moi, Molly.

— Oui, Molly. Vous avez des nouvelles d'Emma ?

— Elle va bien. Je l'ai récupérée. Merci de votre sollicitude. J'aimerais prévenir mon père.

— Un instant. Mon dieu, ce qu'il va être soulagé ! Il était tellement anxieux !

Molly regarda Ramsey.

— Vous avez entendu ?

— Oui.

— Molly ? Emma est sauvée ?

— Bonsoir, papa. Oui, elle est avec moi. Je l'ai retrouvée. Elle va bien.

— Je ne comprends pas. Ceux que j'ai lancés à sa recherche ne m'ont donné aucune nouvelle. La police de Denver est-elle au courant ?

— Oui. Et que je me sois passée d'eux ne leur plaît pas beaucoup.

— Raconte-moi tout.

— Tu sais, je suis partie à la recherche d'Emma quand j'ai constaté que ni la police ni le FBI n'obtenait de résultats. Je pensais que tes gens t'avaient averti. Et puis, voilà, je l'ai retrouvée. Elle était avec l'homme qui l'avait sauvée. Elle va bien. Nous allons rester cachés encore un moment.

— Pourquoi ? Viens ici. Tu sais très bien que je suis en mesure de vous protéger toutes les deux.

— C'est trop tôt, papa. Plusieurs personnes sont impliquées dans cette affaire. Je ne veux prendre aucun risque. Je cacherai Emma tant que quelqu'un continuera à la rechercher.

La main de plus en plus crispée sur le portable, Molly ajouta :

— Il ne s'agit pas d'un simple kidnapping.

— Il y a pourtant eu une demande de rançon.

— Oui, mais j'avais déjà retrouvé Emma quand elle

a été faite. C'est un leurre. Tu y comprends quelque chose ?

— Absolument pas. Je vais voir avec Buzz. Nous avons déjà évoqué la possibilité d'une vengeance à mon égard. Mais l'important c'est qu'Emma soit avec toi. Enfin, je respire !

Molly imagina son père passant délicatement ses doigts dans ses cheveux avec une légèreté calculée.

— Nous n'avons encore aucune preuve d'une éventuelle vengeance, précisa-t-il. En attendant, c'est une hypothèse qui ne me plaît pas du tout... Combien de personnes as-tu repérées ?

— Quatre. Quatre hommes. Mais nous avons réussi à les semer. Nous sommes en sécurité.

— J'appelle immédiatement Buzz Carmen. Il est encore à Denver. Que sais-tu de ces hommes ?

— Nous avons obtenu quelques informations en relevant le numéro d'immatriculation de leur pick-up. Apparemment le véhicule a été vendu par un fermier de Loveland, dans le Colorado. Sans doute aux kidnappeurs eux-mêmes. J'aimerais que tu vérifies cette information de ton côté, papa.

Molly communiqua à son père le numéro minéralogique du pick-up ainsi que le nom du fermier.

— C'est noté, fit Mason Lord. Je suppose que tu ne me diras pas comment tu as appris tout ça.

— Non. Je ne peux pas.

— Bien. Mais viens à la maison, Molly.

— Je te rappelle demain. Ne t'inquiète pas, ces types ne nous trouveront pas.

— Je peux savoir qui a retrouvé Emma ? Es-tu certaine de pouvoir faire confiance à cet homme ?

— Il n'y a pas plus fiable que lui. Crois-moi. A demain.

Molly éteignit le portable et le posa sur la table.

— Au moins vous ne l'appelez pas Parrain, observa Ramsey.

Molly se leva et lui adressa un sourire épanoui et chaleureux qui dévoila de belles dents, très blanches. Fils de dentiste, il faisait toujours attention à la dentition des gens, et il songea que son père aurait sûrement apprécié celle-ci.

Lui-même était sous le charme. D'autant plus qu'avec un tel sourire Molly lui donnait l'impression de se libérer de ses angoisses.

— Mon père est un homme très séduisant, dit-elle. C'est un Irlandais dont la peau très claire contraste avec des cheveux noirs, épais, lisses, à peine grisonnants sur les tempes. Il a des yeux si bleus qu'ils fascinent les femmes. Le fait d'avoir une fille adulte et une petite-fille ne l'enchante pas vraiment, mais il s'en accommode. Ma mère m'avait conseillé de l'appeler par son prénom, mais je n'y suis jamais arrivé. « Mason » m'écorchait les oreilles. Quand je le lui ai dit, il m'a répondu en riant que je pouvais l'appeler papa. Et je n'ai jamais cessé de le faire, même après être partie, à huit ans, vivre avec ma mère.

— Je n'aurais jamais prêté à Mason Lord des qualités humaines, comme le sens de l'humour par exemple. Vous ne lui ressemblez absolument pas.

— Je suis le portrait de ma grand-mère. Une actrice des années 1950 qui n'a jamais eu beaucoup de succès parce qu'elle n'était ni belle ni photogénique. En revanche, elle avait un immense talent. Mais apparemment ce n'était pas suffisant.

— Vous êtes loin d'être quelconque, Molly.

Elle retrouva ce même sourire, éblouissant, pour lui répondre :

— Vous devriez voir ma mère. Elle, c'est une vraie beauté. On se retourne encore sur son passage, bien qu'elle ait aujourd'hui cinquante-cinq ans. Mon père et elle ont dû être effarés en voyant ce que je devenais.

Devant sa sincérité, il se demanda si elle se regardait dans un miroir de temps en temps.

— Où est votre mère? Comment s'appelle-t-elle?

— Elle s'appelle Alicia et elle vit près de Livourne, en Italie, sur les terres de sa famille. Après le divorce de mes parents, je passais neuf mois par an avec elle, et le reste avec mon père. Je ne suis revenue aux USA qu'afin de poursuivre mes études à Vassar. Ces huit dernières années, je n'ai vu ma mère qu'une fois par an.

— Elle a appris l'enlèvement d'Emma?

— Je ne pense pas. Il aurait fallu que la presse italienne en parle, ce dont je doute fort. Pour ma part, je n'ai pas voulu l'inquiéter.

— Votre père ne s'est pas remarié?

— Oh, si! Il y aura bientôt trois ans. L'heureuse élue s'appelle Eve et elle est de deux ans ma cadette.

— Vous m'avez dit qu'Emma était douée pour la musique. Elle joue déjà d'un instrument?

— Vous ne voulez pas que je vous parle d'Eve? Ça vaut mieux, remarquez; elle se lécherait les babines en vous voyant. Dans le dos de mon père, bien entendu. L'une des amies de ma mère m'a appelée un jour pour me raconter les exploits d'Eve Lord. C'est une femme qui n'est pas du tout du genre concierge! Enfin, pour en revenir à Emma, oui, elle joue du piano.

— Demain, je lui achèterai l'un de ces petits pianos portables, à deux octaves. J'aimerais l'entendre jouer.

— Merci, Ramsey.

— Pourquoi n'avez-vous pas vu votre père depuis trois ans?

Il la vit se raidir mais insista :

— Est-ce parce qu'il avait frappé votre mari?

— Vous savez mener un interrogatoire, n'est-ce pas?

— Oui. Mais ce n'est pas ce que je suis en train de faire. Je cherche simplement à comprendre ce qui se passe. Aidez-moi.

— C'est l'une des raisons, oui.

— Vous mentez. Votre voix vous trahit.

— D'accord, Louey m'avait dit qu'il m'arracherait Emma si je revoyais mon père. Il le qualifiait de salopard.

— Pourquoi?

— Il ne supportait pas que mon père sache qu'il... qu'il m'avait battue.

Ramsey se redressa et se serait levé d'un bond si sa jambe ne l'avait contraint à se laisser retomber au fond du fauteuil.

— Ce petit merdeux vous frappait?

— C'est arrivé, oui. Je lui ai dit que si ça se reproduisait, je le tuerais. Il ne m'a pas crue, je pense, mais quelque chose dans mon regard a quand même dû le faire réfléchir... Et puis, une de mes amies s'est rendu compte de la situation et a prévenu mon père. Mason est alors venu à Denver et s'est chargé de Louey en le prévenant que s'il recommençait, c'était lui qui le tuerait. Louey a compris qu'il était dans le pétrin et pour tromper un sentiment d'impuissance il a exigé que je cesse de voir mon père.

— Vous l'auriez tué?

— Probablement pas. Mais j'aurais claqué la porte. Il m'avait frappée en état d'ivresse, après la parution d'une mauvaise critique de son dernier CD. Le même jour, un journal m'avait contactée pour me proposer de publier des photos de moi. Mon mari était jaloux, ce qui était ridicule pour si peu, mais il s'est quand même défoulé sur moi.

— Je ne me souviens pas d'avoir entendu parler des blessures de Louey Santera.

— Mon père avait fait venir un médecin discret. Rien n'a filtré. L'année suivante, j'ai mis Louey à la porte.

— Pourquoi avez-vous attendu si longtemps?

Molly soupira, tout en réalisant qu'elle parlait de son ex-mari sans états d'âme.

— J'ai essayé de sauver la situation pour le bien d'Emma. C'était idiot. En fait, notre séparation officielle n'a été qu'une formalité. Louey s'était déjà installé chez l'une de ses petites amies. (Molly éclata de rire.) Mon père a fait en sorte que notre divorce ruine mon mari. Louey était fou de rage. Il a renouvelé sa menace au sujet d'Emma, mais je ne me suis pas laissé impressionner. Je l'ai encore menacé de le tuer s'il me prenait notre fille, et là, il n'en a pas douté une seule seconde.

— Qu'est-ce qui vous a empêchée de revoir votre père après votre divorce?

— D'habitude, je réponds à cette question en disant qu'Eve ne veut pas être vue en compagnie d'une belle-fille de deux ans son aînée. C'est exact, d'ailleurs. Essayez de vous contenter de cette réponse.

— Non. Quelle est l'autre vérité? La vraie?

Molly se mit à se frotter machinalement les bras.

— Pour la plupart des gens qui ont entendu parler de lui, mon père est un homme d'affaires important. Il est dans les communications, à Silicon Valley. Il possède des scieries dans le Nord-Ouest, une chaîne de restaurants dans le Sud, et bien d'autres choses encore. Il n'a jamais été condamné ni même jugé pour quoi que ce soit. Ses comptables se chargent de lui éviter des ennuis avec le fisc. Les gens comme vous savent qu'il règne en maître dans le racket, le jeu, la prostitution... Enfin, tout ce qui n'est pas la drogue; non, ça, il déteste la drogue! Ma mère avait eu la sagesse, après son divorce, de m'éloigner de lui. J'ai été élevée hors de son influence. Je me souviens des larmes de ma mère, chaque été, lorsqu'elle me voyait partir aux USA pour les vacances. A mon tour, je veux tenir ma fille éloignée de lui.

— « Commanditer un assassinat »... C'est bien l'expression que vous avez employée, n'est-ce pas?

— Oui. Elle m'est venue spontanément. Je ne suis pas tout à fait indemne, vous voyez. Alors, comment pourrais-je exposer Emma à ce genre de vocabulaire? Que deviendrait-elle si elle vivait chez mon père? Bon, maintenant, ça suffit. Je vous en ai assez dit, monsieur Hunt. De toute façon, il faut que nous dormions un peu. Emma va se réveiller à six heures et ne tiendra pas en place.

— Je sais. Il a fallu que je sois blessé pour qu'elle accepte d'attendre sept heures. Je sentais sa petite main me caresser le front en ouvrant les yeux... C'est une enfant formidable, Molly.

— Oui, c'est vrai.

— Nous allons la tenir à l'abri du danger.

— Je l'espère.

Au beau milieu de la nuit, un cri perçant réveilla Molly en sursaut. Elle se redressa, attrapa sa fille et la secoua.

— Réveille-toi, ma chérie. Allez, réveille-toi !

Ramsey se tenait déjà dans l'embrasure de la porte, le cœur bondissant, son Smith & Wesson à la main. Il vit Molly s'asseoir et prendre Emma sur ses genoux.

— Réveille-toi, mon trésor, ce n'est rien. Tu es avec maman et Ramsey.

Soudain, la petite se cambra puis se retourna et s'agrippa à sa mère en tremblant et en sanglotant. Ramsey vint s'asseoir près d'elles et les serra toutes les deux dans ses bras. Puis, relâchant son étreinte, il s'appuya contre la tête du lit et repoussa les cheveux d'Emma derrière son oreille.

— Tout va bien, Emma, tout va bien. Il n'y a pas de méchant ici. Seulement ta mère et moi.

Aux sanglots de l'enfant succédèrent des hoquets. Ramsey regarda Molly. Son regard était voilé par les ombres de la nuit, mais sur ses traits se lisait une douleur profonde, comme celle que lui-même ressentait.

Ils entendirent une petite voix chantante mais blanche :

— J'ai rêvé de lui, maman. Il m'a attachée au lit par les poignets et les chevilles. Avec de la ficelle. Il a dit qu'il n'avait même pas besoin d'une corde parce que je n'étais qu'une petite fille. Il a dit que j'étais parfaite, qu'il avait besoin de moi, seulement de moi. Et même qu'il avait plus besoin de moi que Dieu avait besoin de lui. Il m'a entourée de ficelle comme un paquet.

Elle se tut. La rage au cœur, les nerfs tendus, Ramsey et Molly attendirent, mais Emma resta silencieuse. Ils la tinrent serrée entre eux durant un long moment.

— Elle s'est rendormie, remarqua enfin Molly. Merci, Ramsey. Je vais la garder tout contre moi jusqu'à la fin de la nuit.

Ramsey s'éveilla de bonne heure, pensa aussitôt au cauchemar d'Emma, à sa voix blanche, aux mots terribles de l'enfant. Il se sentait capable de tuer ce monstre plutôt que de l'envoyer devant un tribunal. Drôle d'idée pour un juge... Franchement, il ne savait plus ce qu'il devait penser. Il se dirigea vers la porte restée ouverte entre les deux chambres et regarda dormir Molly et sa fille.

Mais Emma ne tarda pas à ouvrir les yeux.

— Ramsey? murmura-t-elle.

— Bonjour, Emma. Tu as bien dormi?

— Oh, oui! Maman est toute serrée contre moi. J'aime bien être comme ça avec elle, mais j'ai envie d'aller aux toilettes.

Ramsey entendit Molly rire en sourdine, et la vit embrasser Emma dans le cou en lui disant qu'elle avait la même envie. Ensuite, elle lui préparerait un bol de céréales avec de la banane et non l'une de ces pêches si peu appétissantes.

Ramsey retourna dans son lit, remonta la couverture sous son menton et se dit que si Louey Santera avait battu Molly, Mason Lord avait rudement bien fait de rosser ce petit con. Quand il se releva pour aller à son tour aux toilettes, il se demanda si Molly avait aimé son mari avant qu'il la maltraite.

12

Vibrante d'enthousiasme, Emma se mit à jouer sur le piano portable dès qu'elle le vit. Debout derrière elle, Ramsey l'écoutait bouche bée.

Elle avait attaqué une sonate de Mozart qui avait servi de thème musical à *Elvira Madigan,* un film sorti plusieurs années auparavant.

Clients et vendeurs s'attroupèrent autour de la fillette. Muets d'admiration, ils écoutèrent les sons extraordinaires qu'Emma réussissait à tirer de cet instrument rudimentaire.

Ramsey observa Molly qui suivait la mélodie en chantonnant, sans trahir le moindre étonnement.

Quand il déclara qu'il achetait le piano, la vendeuse observa :

— Cette enfant mériterait un vrai piano. Quel talent ! Elle joue depuis longtemps ?

— Depuis l'âge de trois ans, répondit Molly. Nous sommes venus ici passer quelques jours de vacances en oubliant d'emporter son piano portable. Mais celui-ci fera l'affaire.

— Elle m'a éblouie. Vous avez une petite fille ravissante et vraiment très douée.

— Oui, c'est une enfant exceptionnelle, renchérit Ramsey.

Il sentit Emma glisser sa main dans la sienne et serra la petite contre sa jambe, qui ne le faisait presque plus souffrir. Quatre cachets d'aspirine par jour lui suffisaient désormais. Curieux de savoir si Emma se souvenait de son cauchemar, il était tenté de lui poser la question. Mais n'était-il pas préférable de l'emmener chez un spécialiste? Sans doute pourrait-il se renseigner et trouver une adresse.

En ouvrant la portière de la voiture, il demanda tout bas à Molly :

— Vous pensez qu'Emma va bien?

— Je n'en sais rien. Je ne l'ai pas interrogée. Depuis cette nuit, je suis plus inquiète qu'avant.

— Je pourrais trouver l'adresse d'un psy dans le coin. Un psy pour enfants. Qu'en dites-vous?

Elle réfléchit puis secoua la tête.

— On ne peut pas prendre de risque. Contentons-nous pour l'instant de la choyer et de la rassurer.

Molly dut refouler une envie de pleurer en songeant que sa fille n'était pas à l'abri d'horribles cauchemars.

Malgré ses incertitudes, Ramsey acquiesça. Il regarda Emma, assise sur la banquette arrière de la Toyota, la grande boîte du piano serrée contre la poitrine. A quoi pensait-elle? Se jouait-elle un air de musique dans sa tête? Il pria qu'il en fût ainsi, du moins pour le moment.

Avant de démarrer, il remarqua une Honda Civic garée à cinq cents mètres du parking. Peu de voitures circulaient sur la 89, seule route menant de Truckee au lac Tahoe. Environ neuf kilomètres les séparaient de l'intersection avec Alpine Meadows Road. Il se contenta de regarder toutes les deux minutes dans le rétroviseur sans rien dire.

Finalement, quand il fut certain qu'ils étaient suivis, il s'adressa d'une voix calme à Molly :

— Regardez derrière nous et essayez de relever le numéro du troisième véhicule. Une Honda Civic grise, plutôt neuve. Soyez discrète. Ils ne doivent pas se savoir repérés.

Dans le visage de Molly, seul le regard changea. Ramsey y lut de la panique puis cette froide détermination qu'il avait déjà remarquée à l'instant où elle avait fait irruption dans le chalet, son arme pointée sur lui.

Emma regardait le paysage en serrant son piano contre elle, et ne semblait pas les avoir entendus.

Juste avant d'atteindre l'intersection avec la route secondaire, Molly parvint enfin à déchiffrer le numéro minéralogique de la Honda.

— Je lis : F-A-R-B-3-3-3. Trop facile à retenir ! Ce n'est possible. Vous êtes sûr qu'ils nous suivent ?

— Non, mais je ne veux prendre aucun risque. Vous avez votre revolver ?

— Bien sûr ! Que voulez-vous faire ?

— On tourne et on va voir comment ils réagissent. Ils sont deux, n'est-ce pas ?

— Il me semble. C'est vrai qu'ils s'appliquent visiblement à rester à distance. Mais je ne peux pas voir si ce sont les mêmes types. Je n'ai pas mon portable, je l'ai laissé se recharger.

— Ça ne fait rien. On transmettra le numéro dès notre arrivée.

Si on arrive à destination... Le doute que Ramsey n'avait pas voulu exprimer flotta dans l'air.

— Ramsey, dit Emma, je reconnais seulement un A et un R, parce que ces lettres sont dans nos noms. J'ai encore besoin de quelques leçons.

Ramsey lança un regard perplexe à Molly.

— C'est bien, Em, dit cette dernière. Moi aussi je vois un A et un R. Le F et le B sont des lettres plus difficiles. Ce soir, on t'apprendra à les reconnaître.

— Si on n'était pas allés acheter le piano, ils nous auraient pas vus. C'est ma faute, affirma la fillette dont le petit visage avait perdu ses couleurs.

— Emma, intervint Ramsey, ne dis pas de bêtises, ce n'est pas ta faute. Si tu répètes ça une seule fois, tu seras privée de hot-dogs pendant une semaine. N'aie pas peur, on te protège.

Molly se retourna.

— Tu sais, chérie, si quelqu'un essayait encore de t'enlever, je le tuerais. Même si c'était le Président. Tu comprends ?

— Oui, maman.

— Serre bien ta ceinture de sécurité, conseilla Ramsey.

— D'accord.

Ils tournèrent sur leur droite pour s'engager dans Alpine Meadows Road, entre le River Ranch Motel et une boutique de ski qui semblait fermée. En cette fin de printemps, seulement une demi-douzaine de voitures se trouvaient sur le parking du motel. Ramsey pria pour que la Honda poursuive sa route, droit devant elle.

Le soleil brillait et il allait sûrement faire quinze degrés dans l'après-midi.

— Emma, tu viendrais faire une randonnée avec moi, cet après-midi ? proposa Ramsey. Avec un peu de chance, on rencontrera des renards, des daims, des lapins, et une foule d'oiseaux.

Les vêtements qu'il lui avait achetés étaient parfaits

pour la montagne en cette saison. Mais essayer de la distraire se révéla un échec.

— Et vous, Molly?

— Je ne sais pas, on verra. Tu as faim, Emma?

— Je n'en sais rien, maman. Je n'arrive pas à voir les hommes dans la voiture. Tu crois que ce sont ceux du restaurant?

— Je l'ignore. Ils ne sont pas assez près pour qu'on puisse les reconnaître.

Ramsey regarda dans le rétroviseur. La Honda les suivait en gardant une certaine distance. Il n'y avait plus d'autres voitures entre eux.

— Bon, c'est clair maintenant : ils nous suivent. Je vais jusqu'à la station de ski où je pourrai faire demi-tour facilement. Ensuite, je file sur Tahoe. C'est à trois kilomètres, à l'est. Il n'est pas question que je les laisse approcher de notre refuge.

Ramsey remarqua que Molly tenait son Detonics, la main contre sa jambe. Caché sous son siège, son Smith & Wesson était chargé et prêt à fonctionner. A la station de ski, quelques dizaines de voitures étaient garées près des remonte-pentes. La neige était molle. Les gens devaient être soit des mordus de ski soit des amateurs qui ne se souciaient pas de choisir leur terrain. Lentement, il décrivit un arc de cercle sur le parking et reprit la direction de la route principale.

La Honda marqua un arrêt près des remonte-pentes puis redémarra comme l'avait prévu Ramsey. Il se demanda s'ils se savaient repérés.

Le pied au plancher, il fila vers le carrefour puis prit la direction de Tahoe, dans un silence total.

Mais comment allait-il semer la Honda dans une petite station comme Tahoe, dont les rues étaient bordées de restaurants, de magasins de ski et de souvenirs? Il pensa au centre commercial et aux allées qui l'entouraient. S'ils avaient une chance de s'en sortir, c'était là et pas ailleurs.

D'après ses souvenirs, la galerie marchande se trouvait sur la gauche, en entrant en ville. Evidemment il serait obligé de se séparer de la Toyota. A regret, mais il n'avait pas le choix. La Honda n'était pas visible lorsqu'il s'engagea sur le parking du centre commercial pour aller se garer juste devant l'entrée.

— Vite! Sortez!

Il se précipita avec Emma et Molly à l'intérieur du bâtiment.

— Allez directement vers le fond, dit-il à Molly. Puis sortez par la première porte que vous trouverez. Je vous rejoins dans quelques secondes.

Il les vit se frayer un chemin au pas de course parmi les clients du centre, puis, se tournant vers le parking, il observa l'arrivée de la Honda. Apercevant la Toyota, le conducteur s'arrêta. Ramsey n'eut pas besoin d'en savoir plus. En dix secondes, il traversa la galerie marchande comme une flèche, laissant derrière lui une foule éparse de gens agacés.

Dans l'allée où il déboucha, il se mit à courir et rattrapa Molly et sa fille à l'arrière d'un restaurant louisianais.

— Molly, entrez avec Emma dans ce restaurant et cachez-vous dans les toilettes. Dans cinq minutes, je serai avec la voiture devant l'entrée. Cinq minutes à votre montre. D'accord?

Il regagna en courant le centre commercial. Les deux hommes étaient invisibles. Il se dirigea à grands pas vers le parking : la Honda était garée en double file, juste devant l'entrée, mais sans ses occupants.

Il sourit.

A peine cinq minutes plus tard, il s'arrêtait devant le restaurant. Molly ouvrit la portière, et Emma se précipita sur la banquette arrière.

— Bravo ! Ça va, Emma ?

— Oui, Ramsey. Et mon piano aussi.

La petite avait retrouvé sa grande boîte et la serrait contre elle à s'en faire mal.

Ramsey s'arracha un sourire.

— Accroche-toi, mon ange, on démarre.

— Ils vont nous suivre ?

Ramsey regarda un instant Molly tandis qu'il reprenait la 89.

— Ils auront du mal. J'ai enlevé le bouchon du delco. Mais ils ont probablement un portable et vont s'en servir. Comme ils savent où nous sommes, nous ne pouvons pas retourner au chalet.

Dix minutes plus tard, ils prirent la direction de l'ouest.

— On ne partira jamais en randonnée, Ramsey.

— Mais si, Emma, si.

Au bout de trois heures et demie de trajet, ils empruntèrent le Golden Gate Bridge. Le temps clair offrait un panorama de carte postale. Seules quelques volutes de brouillard commençaient à flotter entre les arches du pont.

— Vous croyez vraiment que c'est une bonne idée, Ramsey ?

— Peut-être pas, mais j'en ai assez de fuir. Ici, je suis chez moi. Je vais demander de l'aide. Nous en avons déjà discuté, Molly, et vous n'étiez pas contre.

— Mais les types qui nous poursuivent ne vont pas tarder à savoir qui vous êtes. Et, à partir de ce moment-là, ils n'auront aucun mal à nous retrouver.

Ramsey jura entre ses dents.

— Vous avez sans doute raison. Je parierais même qu'ils savent déjà ce que je prends au petit déjeuner. Bon. On va simplement s'arrêter chez moi, le temps de me changer, de faire une valise et de prendre certaines dispositions. Et cet après-midi, on part pour Chicago. Désolé, Molly, mais c'est quand même chez votre père qu'on sera le mieux. A moins que vous ne vouliez aller directement à la police...

— Non! Je préfère encore aller à Chicago. Je ne peux pas livrer Emma à une cohorte de flics et de psychologues. Sans parler du FBI. S'ils sont tous comme l'agent Anchor, alors c'est le cauchemar!

— Anchor n'est pas spécialement représentatif. Cela dit, c'est décidé, on va à Chicago. Et, le moment venu, on appellera la police de chez votre père.

— J'aurais dû y aller plus tôt. Mon père est peut-être un criminel, mais il est plus apte à protéger Emma que les flics et le FBI.

— Alors on va se servir de lui.

Molly hocha la tête et sourit à Emma.

— Regarde de ce côté, ma chérie, l'île d'Alcatraz. Jusque dans les années 50, ce grand bâtiment que tu vois là a été une prison où l'on enfermait des gens vraiment très dangereux.

— C'est joli. Ça ne me dérangerait pas d'être en prison ici.

— J'ai lu qu'on donnait aux prisonniers quelque six mille calories par jour pour les engraisser et leur enlever l'idée de s'évader et de rejoindre le continent à la nage. On les gavait, je crois, de hot dogs et de haricots, et on les privait d'exercice.

Ramsey vit dans le rétroviseur le regard d'Emma briller.

— Les hot dogs n'étaient pas grillés, Emma, ils les faisaient bouillir.

— Beurk!

Tournant dans Scenic Drive, Ramsey s'engagea dans un très beau quartier de San Francisco : Sea Cliff.

— C'est ici que l'on vit le plus près de la baie. J'habite au numéro 27, juste là, au bout de la rue.

— Je me doutais que les juges fédéraux étaient grassement payés, remarqua Molly, mais pas à ce point. Cette maison a dû vous coûter une fortune.

— Elle a beaucoup de valeur, effectivement, mais je ne l'ai pas achetée; c'est une partie de l'héritage de mes grands-parents. Sans avoir votre fortune, je ne meurs pas de faim. La vue est extraordinaire. On reviendra, Emma, et on fera un barbecue. C'est aussi très agréable de s'asseoir dans le jardin et de contempler le brouillard. Il se glisse à travers le Golden Gate Bridge comme des doigts laiteux. J'ai toujours aimé le brouillard... Et puis, j'ai un piano pour toi, le piano de mon grand-père, un vieil homme sensationnel.

A l'instant où il ouvrait sa porte, Ramsey reçut en plein nez une odeur de nourriture pourrie. Qu'est-ce que cela signifiait? Il traversa le hall, entra dans le séjour et recula aussitôt.

La pièce était dévastée : sa chaîne stéréo dernier modèle était en miettes; les CD jonchaient le plancher; on avait saccagé tous les meubles. Comme un automate, il se dirigea vers la cuisine. L'odeur était pestilentielle.

Quelqu'un avait vidé le réfrigérateur par terre. Il y avait partout de la vaisselle brisée. L'argenterie avait été sortie des tiroirs pour être jetée sur le sol et, tout aussi violemment, on avait entièrement vidé les placards.

— Reste où tu es, Emma ! cria-t-il.

Molly s'approcha.

— Oh, non !

Quelques minutes plus tard, Ramsey put se rendre compte qu'aucune pièce n'avait été épargnée.

Quand il entra dans son bureau aux somptueux lambris de chêne qui donnait sur les Marin Headlands, il vit que son secrétaire — une pièce rare — avait été entamé avec une gouge, forcé, les tiroirs arrachés et brisés, les dossiers déchirés en mille morceaux. Sur le tapis de Tabriz, les livres gisaient, leur reliure arrachée. On avait lacéré à coups de couteau son fauteuil de cuir préféré. Les pieds sciés, le piano de son grand-père était tout de guingois, les touches enfoncées et les cordes sectionnées.

Qu'avait-on cherché ? Quelque chose le liant à Molly et Emma ?

— Je suis désolée, Ramsey, nous sommes la cause de ce désastre... commença Molly.

Il se tourna vers elle et la prit par les bras.

— Ecoutez, j'étais en train de m'apitoyer sur mon sort mais, après ce que vous venez de dire, Molly, je me rends compte que je n'ai perdu que des biens matériels. Oh, si je mets la main sur ces vandales, je me chargerai de le leur faire payer au prix fort ! Cependant, Emma est bien plus importante que tout ça. Vous me comprenez, Molly ?

Elle hocha la tête.

— Ils auraient tout de même pu fouiller sans rien casser.

— Certes, mais il y avait sûrement une raison et on va la trouver.

— Je l'espère.

Molly se pencha pour ramasser un atlas aux pages déchirées, au dos rompu. L'air perdue, elle tenta de lisser les pages.

Doucement Ramsey lui prit le livre des mains.

— Aidez-moi à rassembler quelques affaires et filons. Je donnerai quelques coups de fil d'une cabine publique.

Il ne trouva aucun vêtement intact, et son sac de voyage en cuir, cadeau de ses parents, avait été lacéré. A l'angle de deux avenues, il téléphona à une entreprise de nettoyage, à Dillon Savich, à une compagnie aérienne et, finalement, à Virginia Trolley, dans les bureaux de la police de San Francisco. Il ne fit qu'un seul arrêt : à sa banque.

Quand il ressortit, il annonça à Emma en souriant :

— Cette fois-ci, on y va, et on va s'amuser. Tu sais, maintenant, je suis aussi riche que ta maman. (Il tendit à la petite un billet de vingt dollars.) Garde ce billet, Emma. Cache-le bien.

Molly lui adressa simplement un regard interrogateur avant d'observer sa fille qui pliait soigneusement le billet et le glissait à l'intérieur du piano.

— On a déjà vécu beaucoup d'aventures, Ramsey, dit Emma en serrant le piano dans ses bras.

— On pourrait peut-être lui acheter quelques vêtements à l'aéroport, suggéra Molly.

Ramsey plissa le front.

— J'essaie de me souvenir... Non, je ne crois pas qu'ils aient des vêtements pour enfants à part des tee-shirts. Nous n'avons cependant pas le temps de nous arrêter en ville. On lui prendra un tee-shirt et le reste à Chicago. On pourra aussi penser à nous, par la même occasion.

13

Dans un silence absolu, un doigt bougea, caressa le métal, puis il y eut un bruit de papier qui se déchire. La poitrine de la cible explosa, le trou béant se dentela, et une odeur de papier carbonisé se répandit dans la salle.

Gunther hocha la tête et se retourna en marmonnant :

— Pas mal.

— Pas mal ? C'est tout ?

La femme s'approcha de la cible.

— C'est parfait, vous voulez dire.

Elle regarda Gunther souffler sur le canon de son Spanish Star 10, l'un des rares pistolets automatiques européens de ce calibre, ainsi qu'il le lui avait fait remarquer avec une fierté inhabituelle chez lui. Il ne connaissait personne qui fût en possession d'une arme semblable, et s'en félicitait d'autant plus qu'il n'imaginait pas qu'on pût s'en servir comme lui. Elle le vit répéter son geste bien qu'aucune fumée ne sortît du canon. Ce devait être une sorte de rituel, en souvenir des bandits armés d'un Far West de légende.

Il lui lança un regard agacé, mais sans faire de commentaire.

— Vous n'aimez pas être parfait, Gunther? demanda-t-elle.

Elle se rapprocha de lui, fit glisser ses doigts sur son bras, sur sa main, puis caressa le canon du pistolet.

Gunther restait muet. Il savait qu'elle cherchait à le rendre fou et il avait du mal à ne pas réagir, à ne pas la repousser, juste un petit peu. Mais il n'était pas stupide, il n'avait pas l'intention de poser ne serait-ce que le bout d'un doigt sur elle. Elle jouait avec lui, elle le provoquait, mais il continuerait à faire comme s'il ne voyait rien.

Il avait le sentiment que les jeux de sa femme amusaient M. Lord. Qu'il les encourageait même. Peut-être s'était-il caché dans l'ombre, au fond de la salle, pour les observer tout en mâchouillant l'un de ces cigares qu'il n'allumait plus depuis un an. Lentement, Gunther s'écarta d'elle, son arme au creux des paumes. Il aimait sentir le métal poli et froid sur sa peau.

En riant, Eve Lord se moqua de lui.

— Quelle façon vous avez de tenir votre arme, Gunther! Vous la confondez avec une femme?

— Pas du tout. C'est mon outil de travail et je ne l'oublie pas.

Poli, comme à l'accoutumée, il s'inclina brièvement devant elle avant de s'éloigner. Mais, au moment de sortir, il s'arrêta une seconde et précisa par-dessus son épaule :

— Mon outil est apprécié de M. Lord.

Après une seconde de surprise, elle éclata de rire.

— Ah, non! J'espère que sur ce point vous vous trompez!

Il serra les mâchoires, submergé par un embarras qu'il jugeait insupportable.

— Mais oui, Gunther, j'apprécie votre outil, annonça une voix douce. Allez donc le nettoyer, vous l'avez beaucoup utilisé aujourd'hui, et avec une adresse remarquable.

— Oui, monsieur.

Mason Lord suivit des yeux son homme de main qui quittait la salle, puis se tourna vers sa femme.

— Tu tourmentes ce pauvre Gunther, remarqua-t-il, le regard et le ton amusés.

— Je dois dire que je n'ai pas à me donner beaucoup de mal. Tu m'as apporté mon petit colt?

— Oui, mais j'aimerais que tu apprennes à te servir d'autre chose que de ce jouet ridicule.

Elle lui répondit d'une voix tranchante qui surprenait chez une femme au visage tellement angélique, avec sa chevelure blonde et ses yeux d'un bleu tendre, fragile, comme celui d'un ciel d'été.

— Si je suis assez proche de ma cible, il n'y a pas de problème. Je ne veux pas d'une arme comme celle de Gunther. Elle n'a rien d'élégant.

C'était exact. En outre, le recul du Spanish Star 10 la ferait tomber à la renverse. Mason lui tendit le petit colt, fit un pas en arrière, et la regarda cribler de six balles le torse de la cible.

Le regard brillant, elle se retourna et enleva son casque.

— Et je n'ai même pas besoin de caresser mon colt, remarqua-t-elle avec malice.

Il l'attira contre lui.

— Ça vaut mieux. Tes caresses me sont réservées, ma belle.

Si la réplique s'inscrivait dans leur jeu habituel, elle ne fut pas suivie de la réaction attendue. En temps ordinaire, Mason l'aurait déjà entraînée sur le premier canapé. S'écartant de lui, elle alla poser le colt sur le comptoir.

— Je me demande ce que fabrique ta fille.

— Je viens d'appeler Buzz Carmen, à Denver. Les flics essaient de la retrouver. Ils sont fous de rage. Mais Buzz et trois autres types sont partis à sa recherche. Je compte sur eux. Ce ne sont pas des amateurs, comme Molly. Bien sûr, il a dû admettre qu'elle avait quitté Denver sans qu'il s'en aperçoive. Mais il faut dire qu'il devait se tenir à distance à cause de la police.

— A mon avis, seul le kidnappeur a pu la retrouver. Tu as pensé à ça, Mason ?

— Molly n'est pas idiote.

— Je croyais qu'elle ressemblait à ta femme.

Il éclata de rire.

— Ah, non ! Elle est plutôt comme moi. (Il cessa de rire pour plisser le front.) Mais il faudrait qu'elle admette que je peux la protéger, elle et sa fille, mieux que personne.

— Même s'il n'est pas le kidnappeur, le type qui l'accompagne doit l'empêcher de venir ici, pour une raison ou une autre.

— Je voudrais bien savoir de qui il s'agit... Viens, allons demander à Miles de nous faire ses fameux margaritas.

Miles leur apporta les cocktails, puis, quelques minutes plus tard, il réapparut.

— Monsieur, Molly est ici, avec Emma et un inconnu.

Mason Lord se leva.

— Ce n'est pas trop tôt !

Il posa son verre sur la table de marbre tandis que Miles ressortait de la pièce. Il entendit alors une voix d'enfant nullement effrayée mais, en revanche, très étonnée.

— C'est vraiment une grande maison, monsieur Miles.

— En effet, Emma.

— Elle est encore plus grande que celle qu'avait papa. Le plafond est tellement, tellement haut!

Quand Emma, Molly et l'inconnu apparurent, Miles, derrière eux, jeta à Mason Lord un regard interrogateur.

— Vous pouvez disposer, Miles. Je vous appellerai si j'ai besoin de vous.

Molly se retourna et posa sa main sur le bras du maître d'hôtel.

— Pourriez-vous apporter un verre d'eau pour Emma, Miles?

Miles regarda l'enfant qui se tenait près de sa mère tout en donnant la main à l'inconnu.

— Tu préfères peut-être de la limonade? lui demanda-t-il.

— Oh oui, monsieur Miles!

Lorsque ses trois hôtes se tournèrent vers lui, Mason Lord trouva que la petite, qu'il n'avait pas vue depuis trois ans, était le portrait d'Alicia. Seuls ses cheveux, châtain foncé, évoquaient son père, ce petit voyou qui lui rappelait toujours Mick Jagger à ses débuts. Emma était grande pour son âge, osseuse, avec cette peau nacrée que seuls ont les enfants.

C'était lui qui avait demandé à Molly de venir se réfugier chez lui. Mais maintenant qu'elle était devant lui, avec sa fille et ce type, il se trouvait pris au dépourvu. Que pouvait-il lui dire? Trois ans. Ils ne s'étaient pas vus depuis trois ans, et c'était elle qui avait tenu à cette séparation. Il devait avoir présent à l'esprit que la situation avait changé. Irrévocablement changé.

— Bonjour, Molly.

— Bonjour, papa. Tu as l'air en forme.

Molly regarda Eve, assise sur un canapé de brocart jaune pâle comme un top model devant l'objectif d'un photographe. Sur un jean noir, moulant, elle portait un chemisier blanc, noué au-dessus du nombril.

— Bonjour. J'imagine que vous êtes Eve... Il me semble que nous nous sommes parlé, une fois, au téléphone, il y a déjà un certain temps.

— Oh, oui, je m'en souviens! Je suis ravie de vous rencontrer enfin, Molly.

— Papa, Eve, je vous présente Ramsey Hunt. C'est lui qui a sauvé Emma, avant que je les trouve tous les deux. Nous avons à nos trousses quatre ou cinq hommes. Et ils ont du métier! On ne sait pas ce qu'ils cherchent à faire, mais on voulait que tu le saches, papa.

Ramsey s'éclaircit la gorge puis s'adressa à son hôte :

— Nous avons décidé de venir ici, parce qu'ils savent maintenant qui je suis. On ne pouvait plus assurer la sécurité d'Emma. Nous avons affaire à des professionnels.

Mason Lord s'avança vers Ramsey, la main tendue.

— C'est un honneur et un plaisir de vous rencontrer, monsieur le juge.

Ramsey serra la main de Mason Lord.

— Merci. Nous sommes ici parce que nous estimons que vous êtes le mieux placé pour protéger Emma.

— Je sais bien que le juge Hunt ne vient pas me rendre une simple visite. Oui, oui, je sais très bien qui vous êtes ! Un homme fort célèbre. Quelle surprise d'apprendre que vous êtes le sauveur d'Emma !

Molly observait les deux hommes, tout en civilités, bien qu'à l'évidence l'un et l'autre soient en train de se jauger. Elle fit avancer Emma plus près d'elle. Si elle n'avait été convaincue de lui offrir, en venant ici, le plus sûr des refuges, jamais elle ne l'aurait rapprochée de son grand-père.

— Vous avez sauvé Molly et ma petite-fille, conclut Mason Lord d'une voix profonde et veloutée. Vous avez su persuader Molly de m'écouter. Je vous en remercie. Je ne laisserai ni un policier ni quelqu'un d'autre s'approcher d'Emma.

Ramsey lui retourna ses remerciements. Prenant Emma par la main, il ajouta à l'adresse de l'escroc qui désormais les protégeait :

— En fait, monsieur, c'est à elle-même qu'Emma doit son salut. Elle a échappé à son kidnappeur pour se cacher dans la forêt. Je l'ai découverte près de mon chalet. Puis, quelques jours plus tard, Molly nous a trouvés tous les deux.

Ramsey regarda un instant la petite qui, fascinée par une tête de rhinocéros nantie d'une belle corne luisante et exposée au-dessus de la cheminée, le tirait par la main. Il la retint en lui disant :

— Je me demande avec quoi on fait briller sa corne. Tu le sais, toi ?

— De l'eau et du savon. Maman dit qu'il n'y a rien de mieux.

— Je vais appeler Buzz, au Colorado, pour qu'il revienne ici sans plus tarder, annonça Mason.

— C'est sans doute préférable, admit Ramsey. J'imagine qu'on nous a traqués jusqu'à l'aéroport. On a dû montrer des pièces d'identité, et ils ont sûrement trouvé quelqu'un qui se souvenait de nous. Molly a pourtant acheté un billet pour elle seule pendant que je prenais celui d'Emma et le mien. Il est fort probable que ces types ne vont pas tarder à débarquer.

— Vous avez pris un taxi en arrivant?

— Oui, jusqu'à Michigan Avenue. Nous avions tous les trois besoin de vêtements pour être présentables. Ensuite, on en a pris un autre et nous nous sommes arrêtés au commissariat de Jefferson afin de brouiller les pistes. On est alors arrivés ici avec un troisième taxi. Mais ils nous retrouveront quand même. D'ailleurs, je ne serais pas étonné qu'ils soient déjà au courant de notre présence ici. Ce sont vraiment des pros et je pense, comme Molly, qu'ils ont toute une organisation derrière eux.

Mason Lord hocha la tête.

— Vous avez néanmoins bien fait de vous arrêter devant un commissariat. Ça les aura sûrement freinés un peu. Asseyez-vous, je vous en prie. Quant à cette histoire d'organisation, on en reparlera plus tard. Ah, voici Miles avec la limonade!

— J'en ai apporté pour tout le monde.

— Merci, Miles, dit Molly.

— Il y a aussi du gâteau aux pépites de chocolat que j'ai fait ce matin.

Miles regarda Emma tout en lui remplissant un verre.

— Tu aimes ce genre de gâteau?

— Oh oui, monsieur Miles! C'est celui que je préfère.

— Méfiez-vous, intervint Ramsey en riant, elle est capable de le manger entièrement, surtout qu'elle manque de friandises en ce moment.

Miles ébouriffa les cheveux d'Emma en dépit du

regard désapprobateur de son patron. Mason Lord observa sa fille qui essuyait les mains de l'enfant avec l'une des petites serviettes humides que Miles avait apportées. Où son maître d'hôtel avait-il appris ce genre de chose ? Il faisait penser à un steward, attentif au confort de ses passagers. Mason Lord resta silencieux jusqu'à ce que ses visiteurs eussent fini de boire et de manger de ce gâteau dont Miles ne lui avait pas parlé, et qu'il ne lui avait proposé ni au déjeuner ni maintenant. La veille, son dîner s'était achevé sur un flan de régime, sans calories ni lipides, qu'il avait trouvé bien insipide. Il glissa un regard vers sa superbe femme. Ignorant la belle pâtisserie, parfaitement impassible, elle avait les yeux fixés sur Molly. A quoi pensait-elle ?

Ramsey Hunt était grand, fort, très bien bâti, ce qui ne pouvait surprendre quand on se souvenait de son action en plein tribunal. A l'évidence, il faisait de la musculation, s'entretenait régulièrement, et devait être capable de se débarrasser de tout ce qui l'encombrait. Sans doute était-il considéré comme un homme séduisant, avec ses traits réguliers, son teint olivâtre et ses yeux verts qui, à vrai dire, n'avaient rien d'italien. Mais, aux USA, qui n'était pas un peu bâtard ? En ce qui le concernait, Mason Lord pouvait au moins affirmer qu'il avait dans les veines une bonne dose de sang irlandais. Quant à la belle Eve, tout en elle révélait une pure Suédoise. Elle lui avait raconté que son père s'était épris d'une comtesse allemande qu'il avait finalement renoncé à épouser à cause d'un manque évident de fantaisie. Eve était donc une authentique Scandinave. Cette fois-ci, il avait fait le bon choix.

Il redevint attentif à l'homme assis en face de lui. Qui aurait pu imaginer que c'était lui, le juge Ramsey

Hunt, de la neuvième cour fédérale de justice, qui avait retrouvé Emma? Combien de chances y avait-il eu pour qu'il devînt, un beau matin, le sauveur d'Emma?

— Monsieur le juge, vous avez dit avoir trouvé ma petite-fille dans la forêt. Vous a-t-elle suivi sans crainte?

— Emma était inconsciente.

Ramsey remarqua que l'enfant s'arrêtait de manger pour dresser l'oreille.

— Je vous raconterai tout quand Emma sera dans sa chambre, si vous le voulez bien.

— D'accord. Miles, donnez-leur trois chambres.

— Je dormirai avec Emma, papa, annonça Molly.

— Bien. Deux chambres suffiront, Miles.

Se tournant vers la jeune femme, Ramsey murmura :

— Votre père veut m'interroger. Vous pouvez vous occuper d'Emma?

La voyant réticente, il insista :

— Je vous en prie. Allez-y. Je dois informer votre père.

— Non, Emma est ma fille. Vous n'allez pas me tenir à l'écart si facilement.

— Monsieur Lord, il vaudrait mieux que je monte aussi un moment. Si Emma veut bien rester avec Miles, je redescendrai alors avec votre fille.

Mason Lord interpella sa fille :

— Qu'est-ce qui te prend? Emmène la petite, je veux parler avec le juge. Je tiens à le remercier encore de t'avoir amenée ici, contre ton gré. Tu manques de bon sens, Molly. Allez, conduis ta fille dans sa chambre.

Molly se leva. Elle tremblait. Comment pouvait-il,

se demanda-t-elle, retrouver en un clin d'œil son intolérable autorité? Mais, cette fois-ci, il n'était pas question de céder. Au lieu de baisser la tête, comme un chien battu, elle releva ostensiblement le menton. Elle en avait trop vu pour se laisser de nouveau dominer de la sorte. Elle s'appliqua cependant à rester calme, à dissimuler l'effort qu'elle devait faire pour lui résister.

— Je vois, dit-elle plutôt que de le laisser continuer. (Elle posa sa main sur l'épaule de sa fille.) Emma, ma chérie, tu as assez mangé? Alors, essuie-toi la bouche, on s'en va. Il vaut mieux ne pas s'attarder ici. Vous venez aussi, Ramsey? ajouta-t-elle en lui souriant.

— Tout de suite. Merci, Miles, pour le gâteau et le rafraîchissement. C'était délicieux.

— Tu ne parles pas comme ça, Molly! lança Mason Lord.

— Comme quoi, papa? Au revoir. Ce fut un plaisir de vous rencontrer, Eve. Vous faites une splendide belle-mère.

— Arrête! Où crois-tu pouvoir aller?

Mason Lord avait retrouvé cette voix froide et dure que Molly avait trop entendue durant son enfance. Elle se détourna de lui.

— On te quitte, papa. Il est clair que tu ne t'intéresses ni à Emma ni à moi.

— Idiote! Je veux simplement savoir ce qui s'est passé et connaître les intentions du juge.

— Ses intentions son aussi les miennes. Désolée, papa, mais ce n'est pas parce que je suis une femme que je n'ai pas droit à la parole. Je ne laisse pas les hommes diriger ma vie.

— Tu n'as pas eu besoin de moi quand Louey te battait?

Mason vit la petite se retourner et poser sur lui un

regard étonné. Bientôt, elle comprendrait ce qui lui échappait encore. Il remarqua qu'elle tenait la main de Ramsey en même temps que celle de sa mère. Molly avait-elle déjà pris le juge comme amant? En dépit de la présence de sa fille?

— Je ne vous laisserai pas sortir d'ici en les emmenant avec vous, dit-il à Ramsey. De plus, vous n'irez pas loin maintenant sans être reconnus.

Soudain, Eve abandonna sa pose étudiée et se leva en souriant.

— Reprenons donc de la limonade, proposa-t-elle avec une charmante voix d'hôtesse. Ça nous fera du bien à tous.

En l'absence d'Ingrid, la journée avait été très longue. Louey Santera se frotta les épaules que des contractures rendaient douloureuses. Le concert l'avait exalté, et les applaudissements de la salle résonnaient encore à ses oreilles; cependant, maintenant que c'était terminé, il aurait eu besoin des mains expertes d'Ingrid pour décompresser en douceur.

Mais il lui avait accordé sa journée pour aller voir ses parents à Francfort. Peut-être que l'une de ses groupies pourrait la remplacer? Il traversa la chambre et ouvrit la porte.

— Rudy! Viens voir.

Un jeune homme osseux, avec de l'acné et une maigre chevelure blonde et raide, apparut à l'angle du corridor.

— Oui, patron? fit-il d'une voix fluette.

— Trouve-moi une fille capable de me masser le dos.

Rudy réapparut cinq minutes plus tard en tirant par

la main une adolescente, petite et brune, qui ne devait pas avoir plus de seize ans. Elle avait l'air d'un bébé. Etait-elle l'une de ses groupies, l'une de ces gamines qui le suivaient comme des chiots ? Il lui semblait ne l'avoir jamais vue.

— C'est Karolina, monsieur. Elle dit que sa mère est masseuse et qu'elle-même sait s'y prendre.

Louey plongea son regard dans celui de l'adolescente dont l'expérience lui semblait improbable.

— Bonjour, Karolina. Tu peux m'aider ?

Elle lui répondit dans un anglais parfait :

— Je ne demande pas mieux, monsieur. Vous avez des nouvelles de votre fille ? J'ai lu dans le journal qu'elle avait été enlevée.

— Dans quel journal ? s'étonna Louey.

— Le *Berliner Zeitung*. Il y avait tout un article sur vous, et la dernière phrase concernait le rapt de votre enfant. Il paraît que ça s'est passé quelque part dans l'ouest des USA. C'est très triste.

Comment la journaliste avait-elle appris la nouvelle ? Elle avait passé son temps à l'écouter, à prendre des notes ou à nouer ses jambes autour de lui. Il se souvenait de lui avoir simplement dit quelques mots au sujet d'Emma. Elle avait dû appeler Denver.

— Vous parlez anglais mieux que cette journaliste, remarqua-t-il.

— Ma mère est américaine.

— Ah, je comprends ! dit Louey en se frottant les épaules.

Il la regarda recouvrir habilement la table de son drap de flanelle puis il se déshabilla. Quand il commença à baisser son bermuda, elle s'avança en tendant devant lui une serviette.

Allongé sur le ventre, il sentit les mains de Karolina pétrir ses épaules et ferma les yeux.

Jamais on ne l'avait aussi bien massé. Quand il se réveilla, deux heures plus tard, l'adolescente avait disparu.

En revanche, Rudy l'observait. Depuis combien de temps ? Avait-il ronflé ? Marmonné dans son sommeil ?

— J'ai un message de M. Lord pour vous.

— Oh, non !

Louey se redressa en se couvrant avec le drap jusqu'à la taille.

— Quand a-t-il appelé ? Que voulait-il ?

— En fait, c'est quelqu'un qui a appelé de sa part. Cet homme voulait simplement que vous sachiez qu'on avait retrouvé votre fille. Elle est en sécurité chez M. Lord. C'est tout.

Le jeune Rudy Brinker vit l'un des hommes les plus talentueux du monde se prendre la tête dans les mains, l'air brisé. Mais ce fut d'une voix mauvaise que Santera se mit à jurer. Alors, Rudy s'éclipsa et alla dans le hall frapper deux fois à la porte de M. Murdock.

L'homme qui lui ouvrit était bien l'individu le plus laid que Rudy eût jamais rencontré.

14

Mason Lord faisait tourner son cognac dans un ballon en cristal de Waterford, tout en regardant le liquide ambré déposer une légère brume sur les parois du verre. C'était un excellent cognac dont allaient s'imprégner sa langue et sa gorge. Chaque soir, une heure après le dîner, il s'en autorisait un verre.

Assise sur le canapé, Eve regardait l'un de ces jeux télévisés sans intérêt. Les goûts de la jeune femme lui avaient toujours inspiré du mépris, mais un mépris qui n'arriverait sans doute jamais à surpasser l'ardent désir qu'il éprouvait pour elle.

Elle le regarda, le temps d'un spot publicitaire.

— Que vas-tu faire d'eux, Mason?

Il avala la dernière gorgée de cognac, puis reposa doucement le verre sur la petite table de marbre.

— J'ai voulu qu'ils viennent, non? Tu m'as entendu le dire à Molly quand elle a appelé.

— Oui. Elle t'a donc obéi.

— Pas vraiment. C'est lui, Ramsey Hunt, qui a réussi à la persuader. (Il jeta un coup d'œil à sa Rolex en or.) J'attends qu'il redescende. Miles lui a spécifié de laisser Molly là-haut.

— Quand?

— En lui montrant sa chambre. Il lui a expliqué que

c'était ce qu'il devait faire s'il voulait bénéficier de ma protection.

Mason passa ses doigts dans ses cheveux au lieu de simplement les lisser comme à son habitude.

— Qu'est-ce qui ne va pas?

— Molly a besoin d'être reprise en main. Tu l'as entendue me parler? J'ai vraiment failli la gifler.

— Mais tu as su te retenir... Et ensuite, tu as cru bon de prétendre que tu étais prêt à l'écouter.

Eve marqua une pause. L'émission reprenait. Cependant, avant de la suivre de nouveau, elle précisa :

— Il t'aura suffi de la flatter pour lui faire courber l'échine.

— Elle n'a pas courbé l'échine, Eve. Elle a pensé à la sécurité de sa fille. Elle s'acoquinerait avec le diable s'il le fallait.

Il savait que c'était lui qui avait reculé. Sinon, elle serait déjà loin, avec cet homme sur ses talons. Il fallait qu'il fût son amant pour être si docile... Mason regarda sa femme, complètement absorbée par la télévision. Il se leva, traversa le spacieux séjour, sortit et alla ouvrir les portes-fenêtres qui donnaient sur un ravissant jardin anglais entouré de murs. L'air était suave et imprégné du parfum des jacinthes, des roses, et du jasmin qu'il avait lui-même choisi. Le silence était total. Peu de personnes savaient que six hommes surveillaient la maison. Dès l'arrivée de ses visiteurs, il avait fait renforcer la garde. Il se retourna en entendant Miles traverser le hall pour venir vers lui.

— J'ai fait des pâtes pour Emma, en forme de dinosaures. Elle les a adorées.

Mason Lord regarda sans rien dire ce serviteur qui lui était dévoué corps et âme depuis vingt-deux ans.

Engagé alors que Molly était encore une petite fille, jamais il n'avait prêté à l'enfant une attention particulière. Qu'est-ce qui attendrissait tellement Miles chez Emma ? Oh, bien sûr, elle était jolie, aussi jolie qu'Alicia ! Mais Miles n'avait pas non plus été particulièrement attentif à la mère de Molly.

Ramsey Hunt venait de descendre le grand escalier du hall. Vêtu d'un pantalon noir et d'une chemise blanche, il n'avait pas de cravate. C'était compréhensible pour un homme poursuivi depuis des jours et qui avait dû se soucier de sauver sa peau.

— Vous vous êtes arrangé avec Molly ? lui demanda Mason.

— Oui.

— Vous lui avez dit comment elle devait se comporter chez moi ?

Si l'absence de subtilité de son hôte donna à Ramsey envie d'éclater de rire, il se contenta cependant de répondre en souriant :

— Elle sait très bien ce qu'elle doit faire. Je crois que l'on peut se parler, maintenant.

— Vous êtes sûr que Molly ne viendra pas se mêler à notre conversation ? Elle n'est ni femme d'affaires ni stratège.

— Autant que je sache, elle est en train d'apprendre à lire à sa fille. Emma est une enfant très intelligente.

— Moi, je lisais *Moby Dick* à cinq ans.

— J'ai cru comprendre que Molly aussi a lu de bonne heure. C'est remarquable.

Mason Lord n'aurait su dire qu'il s'en souvenait. Il acquiesça cependant d'un signe de tête.

— Venez dans mon bureau, nous y serons tranquilles.

Il ferma la double-porte de chêne sur les bruits vulgaires de la télévision.

— Si j'ai bien compris, dès que vous avez su que Louey Santera avait frappé Molly, vous vous êtes précipité chez eux, commença Ramsey sans préambule. Vous avez eu raison.

Mason observa l'homme grand et fort qui se tenait devant son bureau, le visage ouvert, et une certaine admiration dans le regard.

— Je n'allais pas laisser ce petit con agresser un membre de ma famille.

La famille, c'était sacré pour Mason Lord, et Ramsey s'en réjouissait.

— Emma compte donc autant pour vous que Molly. A votre avis, qui est derrière toute cette affaire?

— C'est un kidnapping. Louey est riche, moins depuis son divorce, certes, mais il n'est pas à plaindre. Sa tournée européenne lui rapporte des millions.

— A mon avis, il ne s'agit pas d'un simple enlèvement. Nous avons un tas de personnes à nos trousses. Tous des professionnels. C'est beaucoup plus qu'un rapt d'enfant. Je suis prêt à parier une grosse somme là-dessus.

Ramsey fit une pause avant de poursuivre :

— Il faut que vous sachiez qu'Emma a été emmenée dans un chalet de montagne, dans les Rocheuses, et qu'elle a été frappée et violée. A ce propos, il serait bon qu'elle voie un médecin et un psy. Elle fait des cauchemars.

Mason Lord avait blêmi. Ramsey crut qu'il allait vomir ou exploser. Mais il retrouva peu à peu ses couleurs et son souffle.

— Ces ordures ont signé leur arrêt de mort.

— Je ne devrais pas, avoua Ramsey, mais je ressens la même chose.

— Vous êtes censé appliquer les précieuses lois qui protègent les salauds de ce genre.

— Je suis censé sauvegarder les droits de toutes sortes d'ordures.

Mason Lord eut un regard aigu, cependant Ramsey ne cilla pas.

— Bien que je me refuse à le croire, dit finalement Mason, vous avez sans doute raison de penser que c'est moi, ou Santera, qui suis visé dans cette affaire. Je vais y réfléchir. En fait, j'ai déjà évoqué cette hypothèse avec Buzz Carmen. Nous verrons bien.

— Je voudrais qu'Emma et Molly restent ici. Au moins, je les saurai en sécurité.

— Et qu'allez-vous faire de plus que moi ?

— Vos gens n'ont pas été très efficaces au Colorado. J'ai le bras long, vous savez.

— Sur qui comptez-vous ? Sur une brochette de flics et d'avocats de San Francisco ?

— Je préfère me taire. Vous ne m'approuveriez pas.

Mason Lord sentit le sang lui monter au visage. Il se leva lentement, les mains à plat sur son beau bureau d'acajou, mais n'eut pas le temps de répondre : les portes s'ouvrirent et Molly entra en lui souriant.

— J'ai raté beaucoup de choses ? Je suis désolée d'être en retard, mais Emma n'avait pas envie de s'endormir. On n'en finit jamais avec les enfants. Alors, quel est ton avis ? demanda-t-elle à son père.

Ramsey regarda Mason.

— N'hésitez pas, monsieur, Molly est astucieuse. Ce serait dommage de l'ignorer. Vous auriez dû voir comment elle a échappé à ces types.

Mason Lord entendit soudain le fond sonore de

l'émission que regardait Eve. Comment était-ce possible, dans ce bureau entièrement insonorisé ? Avait-elle monté le son exagérément ? Il scruta le visage de sa fille.

— Retourne auprès d'Emma.

— Ta petite-fille n'a pas besoin de moi pour l'instant. Elle est avec Miles. Nous devons parler.

— Va regarder la télévision avec Eve.

— Je ne connais pas Eve, je n'aime pas les jeux télévisés, et j'ai tout autre chose en tête.

Il aurait voulu lui lancer au visage qu'il était ici chez lui, qu'il était le patron, et qu'elle pouvait aller au diable. Mais devant toute la douleur, la défiance et la détermination qu'exprimait son regard, il y renonça.

— Soit !

Ramsey lui sourit en hochant la tête. Il lui restait à annoncer à Molly qu'il allait partir en la laissant avec Emma chez son père. Allait-elle le prendre à part ? De toute façon, il était bien obligé de l'avertir.

Molly lui tapota le bras, un sourire aux lèvres.

— Non. Ce n'est même pas la peine d'y penser, Ramsey. Je vous ai entendu tout à l'heure. Il est hors de question que je vous laisse ressortir d'ici seul.

Ramsey se tourna vers Mason Lord.

— Et voilà ! dit-il.

Dillon Savich regarda l'agent Sherlock, sa femme depuis six mois, deux semaines et trois jours.

— Tout ça n'a pas de sens, remarqua-t-il. J'ai pourtant demandé à Max d'attaquer le problème sous différents angles, mais aucune conclusion ne tient debout.

Max était l'ordinateur portable de Dillon, et son premier collaborateur. On disait au bureau que Dillon pouvait obtenir n'importe quoi de Max, et ce n'était pas qu'une légende. Sherlock caressa l'ordinateur.

— Tu le nourris d'hypothèses, alors qu'il aime les faits bien concrets.

— C'est vrai, Max?

Savich appuya sur une touche et une voix profonde se fit entendre :

— Exact, patron.

Sherlock éclata de rire.

— Je ne m'habituerai jamais à cette voix. Tu es dingue, Dillon. En plus, il faudra que tu la modifies, la prochaine fois que Max redeviendra Maxine.

— Tu veux que je copie la tienne?

— Pour que tu te mettes à m'appeler Maxine?

Savich leva les yeux vers sa femme en secouant la tête.

— Non, il n'y a pas de risque. Mais c'est vrai qu'une modification sera nécessaire. Tu devrais voir la tête de Jimmy Maitland quand je pose à Max une question programmée. La première fois, il a failli tourner de l'œil. Maintenant, il se penche en avant et ressemble à un môme qui attend l'apparition d'un dessin animé.

En fait, Sherlock avait déjà pu observer la réaction de son patron le jour où il avait entendu Max répondre : « Savich, je n'ai plus envie de prendre en considération autant de données confuses. » Maitland était sorti de son bureau en criant à tout le monde de venir écouter ça.

— Nous manquons d'informations suffisantes, observa Sherlock. Ramsey t'a donné un coup de fil, ce matin. Il t'a rappelé depuis?

— Non, mais au moins, maintenant, on sait où il est.

— Tu imagines Ramsey Hunt, un juge fédéral, hébergé par Mason Lord ? C'est ahurissant.

— J'ai déjà du mal à croire que cette Molly est sa fille... Tu sais, pour Ramsey, ce doit être un sacré bouleversement que de se retrouver chez ce type. Enfin, le principal, c'est que la petite soit en sécurité. J'ai entendu dire que la villa de Lord est une vraie forteresse. (Savich soupira.) Etant donné les moyens dont ce type dispose, je comprends que Ramsey ne se hasarde pas à filer. Ni à appeler le FBI, comme je le lui ai conseillé. Il m'a répondu que pour l'instant ce serait trop risqué. Il tient aussi à ce que la petite ne soit pas harcelée par la police et les psys ; en tout cas, tant qu'on ignorera qui a tout manigancé... Tu veux voir les photos prises par un satellite de l'armée ?

Sherlock lui sourit.

— Intéressant ?

— Vaguement.

Savich appuya sur quelques touches et, au bout d'un moment, apparurent des clichés de l'immense villa de Mason Lord. Puis, quand Savich eut appuyé sur une autre touche, l'angle de vue sur la propriété changea.

— Ça vient d'arriver. J'ai pu compter six vigiles différents. Maintenant, tu vas voir le patron.

Le séduisant visage de Mason Lord s'inscrivit sur l'écran.

— Pas mal, hein ?

— En effet. Et à côté de lui, qui est-ce ? Sa fille ?

— Non. Sa nouvelle femme... qui est plus jeune que sa fille.

Sherlock jura. Ils regardèrent d'autres clichés. Dillon appuya sur une dernière touche.

— Et voici Molly Santera et Emma, sa fille.

Sherlock resta silencieuse un moment avant de déclarer :

— Il faut qu'on s'accroche, Dillon.

Dillon Savich, agent spécial du FBI, chef de la brigade criminelle, se renversa au fond de son fauteuil et releva la tête.

— Que suggères-tu ?

— Je commencerais par aller voir ce fermier de Loveland. Tu sais, celui qui a vendu le pick-up qui leur a servi à poursuivre Ramsey.

Le regard fixé sur Sherlock, Dillon se pencha en avant.

— Tu penses que ce type sait à qui il a vendu son véhicule ?

— Logiquement, oui. Il faut l'interroger. D'autant qu'on n'a pas d'autres pistes pour l'instant.

— D'accord. Tu as raison. On va envoyer l'un de nos agents à Denver lui rendre une petite visite.

— Non. Anchor est déjà sur le coup. Je parierais qu'il a interrogé ce fermier sans rien en obtenir. A moins de s'en prendre plein la figure, il est du genre à en rester là. On dit que c'est un type à problèmes, un lèche-cul avec sa hiérarchie et un magouilleur sur le terrain. Non, allons-y nous-mêmes. On n'est pas du côté du FBI, mais de celui de la petite.

— Tu vois une différence ?

— En l'occurrence, oui, affirma Sherlock en caressant les haut-parleurs de Max.

Elle se souvenait que Dillon avait hurlé de joie lorsque Max avait pris la parole pour la première fois. Si ses souvenirs étaient exacts, on avait entendu : « Un grand hourra pour les Redskins ! »

— Ce n'est pas un simple kidnapping, ajouta-t-elle. L'affaire est bien plus compliquée, et on n'a pas la moindre idée de ce qui se passe. Mason Lord est peut-être le seul à le savoir... Il est possible que ce soit l'une des raisons qui aient poussé Ramsey à aller chez lui.

— Bon, je téléphone à Anchor pour lui annoncer qu'on arrive.

Savich fit pivoter son fauteuil, sortit son répertoire téléphonique et enfonça l'une des touches de son appareil. La ligne était occupée.

— Bon sang! jura-t-il. Les e-mails ne sont pas faits pour les chiens! Il faudrait rendre leur utilisation obligatoire dans tout le FBI, et peut-être pour le monde entier.

Sherlock secoua la tête en regardant son mari, prit le téléphone et appuya à son tour sur la touche. Quand on lui répondit, elle demanda à parler à l'agent Anchor.

— Les téléphones te haïssent, Dillon, chuchota-t-elle en attendant Anchor. Il serait temps que tu le comprennes. Dorénavant, c'est moi qui ferai tes numéros... Ah, bonjour, agent Anchor! C'est l'agent Sherlock, à Washington. Oui, ça va. Et vous? Bon. Je voulais vous parler de l'affaire Santera. Oui... Et le fermier qui a vendu son pick-up? Vous l'avez interrogé, n'est-ce pas?

Une seconde plus tard, elle fixait le téléphone comme s'il l'avait mordue.

— Vous plaisantez.

Elle écouta la réponse, hocha la tête, puis demanda :

— Quand? Comment? Vous avez une piste?

Elle posa encore quelques questions, attendit les réponses puis, lentement, raccrocha.

— Qu'y a-t-il? demanda Savich d'une voix tendue.

— Tu ne vas pas le croire : le fermier est mort. Il y a trois jours, l'un de ses enfants l'a retrouvé, juste après l'aube, la tête fracassée par un marteau. L'assassin a tout simplement abandonné son arme à côté de sa victime, mais sans laisser la moindre empreinte. Pour l'instant, ils n'ont rien. Ils attendent les résultats du labo. Anchor nous appellera dès qu'il y aura du nouveau. Il venait à peine d'être averti par la police locale. C'est arrivé dans l'étable. La femme du fermier leur a dit que son mari allait toujours traire ses vaches à la même heure.

— Et ce jour-là, quelqu'un l'attendait...

Sherlock regarda par la fenêtre.

— Il avait quatre gosses.

— On suppose évidemment que c'est lié à l'affaire Santera.

— Anchor est de cet avis. Que fait-on maintenant, Dillon ?

Savich appuya sur l'une des touches de Max dont il imita la voix gutturale pour répondre :

— On va mettre le paquet, Sherlock.

15

— Je vous le répète; vous ne sortirez pas d'ici sans moi. Nous sommes embarqués dans la même galère.

Ramsey sourit.

— Permettez-moi d'abord de vous complimenter. Vous vous êtes entêtée sans perdre votre sang-froid, et finalement votre père a cédé. Ce qui était très sensé de sa part. Maintenant, laissez-moi vous expliquer que je dois aller à Denver, m'impliquer officiellement dans cette affaire, travailler à la fois avec la police locale et le FBI. Et pendant ce temps, vous restez ici avec Emma.

Il vit la peur ternir l'éclat de son regard.

— Je sais me débrouiller, Molly. Je ne me ferai pas tuer, je vous le promets.

La colère chassa la peur dans les yeux de la jeune femme. Elle prit trois profondes inspirations.

— Très bien, approuva Ramsey, vous commencez à savoir vous contrôler. Quand ma mère était furieuse contre mon père, elle lui jetait quelque chose à la figure. Mon père a appris à bouger plus vite que n'importe qui.

— Je m'efforce de ne pas vous donner un coup de pied dans le tibia, Ramsey. Ecoutez-moi. Je sais que vous cherchez à faire au mieux, mais je ne veux pas que vous soyez le seul à être exposé au danger. C'est un pour tous, et tous pour un, lui dit-elle en souriant. Nous sommes les Trois Mousquetaires. Appelez-moi d'Artagnan.

— C'était le quatrième.

— J'ai oublié le nom des autres.

— Je me souviens d'Aramis. C'est tout. Mais, dites-moi, vous allez armer Emma ? Lui donner une épée ou un fusil pour qu'elle se batte à nos côtés ?

Molly s'éloigna de Ramsey en se frottant machinalement les bras. Puis elle les croisa devant elle.

— Nous avons pu protéger Emma parce que nous étions ensemble, dit-elle. Et puis, vous imaginez comment elle va réagir si vous partez ? Vous ne comprenez donc pas ? Emma a besoin de nous deux.

Ramsey jura entre ses dents et se passa la main dans les cheveux.

— D'accord. Vous avez raison. D'ailleurs, j'aurais eu du mal à m'éloigner d'elle. Mais il y a une chose à faire absolument : appelez Louey en Allemagne et priez-le de rentrer illico presto. Il est fort possible qu'il soit impliqué dans cette histoire. De quelle manière, je l'ignore, mais ça me paraît probable. Nous devons parler à toutes les personnes qui ont un lien avec vous.

— Je vais essayer de le joindre.

Molly se dirigea vers le téléphone. Trois minutes plus tard, le haut-parleur branché, ils écoutèrent la sonnerie retentir au Bristol Hotel Kempinski, à Berlin.

— Quelle heure est-il là-bas ? demanda Ramsey. Six heures du matin ?

— Quelque chose comme ça.

Molly demanda la chambre de Louey Santera.

Le téléphone sonna trois fois avant que quelqu'un décroche.

— La suite de M. Santera. Rudy à l'appareil. Que

puis-je faire pour vous ? Je vous signale au passage qu'il est très tôt ici.

— Bonjour, Rudy, je suis Mme Santera. J'ignore si Louey vous l'a dit, mais sa fille a été kidnappée. Vous me le passez, s'il vous plaît.

Il y eut un silence embarrassé.

— Maintenant, Rudy.

— Oui, madame.

Au bout de quelques minutes, Louey Santera prit l'appareil.

— Molly, c'est toi ? Qu'est-ce qui se passe, bon sang ? Je croyais qu'on avait retrouvé Emma.

— Oui, elle va bien, mais cette affaire est loin d'être terminée. Il faut que tu rentres immédiatement. Aujourd'hui même.

— Impossible. J'ai encore trois concerts.

— Ecoute, Louey, c'est important. Il s'agit de la vie de ta fille.

— Bon Dieu, comprends-moi ! Je pourrai peut-être revenir à la fin de la semaine, mais certainement pas avant. Je...

D'un autre poste, la voix de Mason Lord se fit entendre, posée, tranquille :

— Aujourd'hui, Louey.

— Qui est-ce ?

— Ton ex-beau-père, annonça celui-ci. Comment te sens-tu ? Il est tôt là-bas, n'est-ce pas ?

— A qui le dites-vous ! Ainsi, Molly est retournée chez papa ?

— Je te conseille de rappliquer au plus vite. La Lufthansa a un vol direct Francfort-Chicago.

— C'est impossible. Je...

— Aujourd'hui, Louey. Il y a un tas de choses dont nous devons parler.

On entendit une voix de femme :

— Qui est-ce, Louey? Pourquoi respires-tu si fort?

Molly éclata de rire.

— Emmène-la avec toi. Personne ne t'oblige à jouer les solitaires.

Elle raccrocha.

— J'admire l'autorité de votre père, remarqua Ramsey, prêt à hurler de rire.

— Oh, ça! dit Molly avant de bâiller. Il s'y entend pour terroriser les gens!

— J'aime vos cheveux, avoua Ramsey de but en blanc, se surprenant lui-même.

— Comment? Vous aimez mes cheveux?

— Oui. Vous avez une chevelure luxuriante. Toutes ces boucles me plaisent. Ce sont de bons cheveux.

— Les vôtres ne sont pas mal non plus.

Ils se regardèrent et rirent de bon cœur. Puis la porte s'ouvrit et Mason Lord entra.

— Qu'est-ce qui vous arrive, tous les deux? Pourquoi riez-vous?

Molly se contenta de secouer la tête.

— On ira chercher Louey à l'aéroport? demanda-t-elle.

Mason Lord regarda tour à tour sa fille et Ramsey.

— C'est notre juge qui devrait aller le chercher. Histoire de déstabiliser ce petit con.

— Je le ferai avec plaisir, annonça Ramsey. J'ai pas mal de choses à dire à M. Santera. Et je compte bien prendre mon ton de procureur.

— A propos de ma fille et de ses cheveux... On dirait qu'elle se prend pour Annie, la petite orpheline, avec cette tignasse. Elle a les cheveux de sa grand-mère.

Ramsey était choqué. Cette fois, Mason Lord allait l'entendre. Il s'avança vers lui et lui jeta à la figure :

— Pourquoi ne pas dire à Molly que vous êtes heureux de la revoir, après trois ans de séparation? Pourquoi ne pas lui dire qu'elle est intelligente et qu'elle a du cran, et qu'avec une fille comme elle vous êtes l'homme le plus heureux du monde?

Mason Lord pivota sur ses talons et se dirigea vers la porte. Ramsey savait qu'il était allé trop loin. Son hôte fulminait, prêt à exploser. Mais quand il se retourna avant de sortir, sa rage n'éclaboussa que sa fille.

— Ne perdez pas votre temps en couchant avec elle! lança-t-il d'une voix sourde et mauvaise. Louey disait à qui voulait l'entendre qu'elle ne valait rien au lit. Bien sûr, quand j'ai appris qu'il racontait ça, je lui ai fait ravaler ses propos, mais voilà ce qu'il en est!

Au lieu d'accuser le coup, Molly prit une voix amusée :

— Ah! Pour ce genre de choses, on peut croire Louey sur parole, n'est-ce pas? C'est un expert en la matière. Mais, tu vois, papa, ce qui compte pour moi, c'est de ne pas avoir contracté de maladie avec lui.

Mason Lord se figea un instant puis disparut.

— Vous faites un sacré duo, tous les deux! Mais vous n'êtes plus une enfant, Molly. Qu'il vous blesse encore, je n'en doute pas, mais laissez tomber. Pensez à ce qui est réellement important. Ah, voilà justement ce qui doit compter le plus pour vous!

— Maman, pourquoi grand-père est en colère?

Emma se tenait dans l'encadrement de la porte, les cheveux en bataille, les rubans de sa chemise de nuit rose frôlant le plancher. Elle serrait dans ses bras le piano, presque aussi grand qu'elle.

— Elle aurait besoin d'une poupée, remarqua Ramsey.

— Ton grand-père n'est pas vraiment en colère, ma chérie. Il est fatigué parce qu'il est tard et qu'il vieillit. Les personnes âgées s'énervent facilement quand elles sont fatiguées.

— Oh, en voilà une blague! lança Ramsey.

— Chut, Em! Ramsey essaie d'être drôle, mais il faut que je lui donne quelques leçons. Allez, retourne dans la chambre, je vais te border.

— Je vous accompagne, dit Ramsey en s'avançant vers la petite pour la prendre dans ses bras. Il pèse une tonne, ton piano. Il faudrait que je lui supprime une octave.

Emma tourna la tête et regarda Ramsey attentivement.

— Tu peux être amusant. Pas autant que maman, mais c'est pas mal. Elle a déjà commencé à t'apprendre?

— Non, merci, j'ai trouvé ça tout seul.

Emma s'abandonna contre lui. La tête sur son épaule, elle se mit à sucer son pouce.

Ramsey se dit que la chambre, pourvue d'un grand lit, avait dû être celle de Molly. Tout un mur était occupé par des rayonnages croulant sous les livres de poche et les grands formats, rangés pêle-mêle. Des dizaines de photos, souvent encadrées, couvraient le mur d'en face. La plupart avaient été rangées avec amour sur des tableaux de liège.

— Maman prend des photos, expliqua Emma tandis que Ramsey la déposait sur le lit. Toutes celles-là, elle les a prises quand elle était jeune.

— Je vois.

Ramsey posa un baiser sur le front d'Emma, puis repoussa les mèches qui balayaient son visage.

— Tu vas dormir maintenant, mon ange. Sans te faire aucun souci, n'est-ce pas?

— Tu ne partiras pas, Ramsey?

S'il avait déjà décidé de rester, un imprévu pouvait encore le contraindre à revenir sur sa décision.

— Tu ne sais pas si tu dois me dire la vérité, c'est ça? murmura la petite. Ne t'en fais pas. Tout le monde ment. Sauf maman. Elle, elle ne ment jamais.

— Vraiment?

— Oui. Maman, tu viendras bientôt te coucher?

— Oui, ma chérie. Dans un petit moment. Avant, je dois encore discuter un peu avec Ramsey.

Molly éteignit la lumière, mais laissa la porte entrouverte. Les trois appliques, disposées à intervalles réguliers dans le corridor, envoyaient un rai lumineux jusque dans la chambre.

— Je ne partirai que si j'y suis obligé, chuchota Ramsey à Emma. Mais avant, je t'avertirai.

La fillette resta silencieuse.

Molly suivit Ramsey dans sa chambre.

— Si elle a un cauchemar, nous l'entendrons, dit-elle calmement.

— Maintenant que nous sommes seuls, expliquez-moi ce que l'on devrait faire.

— Casser la figure de Santera.

— Et ensuite?

— Je n'en sais rien. Il s'est passé tellement de choses.

— Je crois que nous devrions commencer par emmener Emma voir un médecin puis un psy.

— Oui. Mais je ne veux pas qu'elle voie son

pédiatre habituel. C'est un homme. Je préférerais une femme.

— Vous avez sans doute raison.

— Je chercherai des adresses demain. Où sont les types qui nous poursuivent, selon vous ?

— S'ils sont venus jusqu'ici, ils doivent enrager. Miles m'a dit que six hommes surveillent la maison, vingt-quatre heures sur vingt-quatre. Nous sommes plus en sécurité qu'à la Maison-Blanche.

— J'ai entendu Mason demander à Gunther de recruter trois hommes supplémentaires. Il ne veut prendre aucun risque.

— Il vous aime, vous et Emma.

— Oui, il nous aime comme il aime sa maison. Il a l'habitude de préserver ce qui est à lui.

— En l'occurrence, c'est mieux que rien. Par la suite, on verra. Demain je vais affronter ce cher Louey...

— Je vous souhaite bien du plaisir.

— Si Emma vous entendait, elle dirait que vous plaisantez.

— Mais la plaisanterie est faible à côté de ce qui vous attend.

Les lèvres pincées de Louey Santera trahissaient sa fureur. Mais, dès qu'il vit un reporter, accompagné d'un photographe, un charmant sourire et un haussement d'épaule enfantin masquèrent aussitôt son humeur massacrante.

— Salut ! dit-il au journaliste.

Tout sourire, il se tourna vers le photographe puis, apercevant Molly, lui fit signe.

Le reporter, ami de longue date de Ramsey, s'adressa d'un ton joyeux à l'artiste :

— Je crois savoir que vous avez abandonné votre tournée en raison de l'enlèvement de votre fille. Exact?

— Je n'ai pas pu me libérer immédiatement, précisa Louey, sur ses gardes. Mais j'ai fait de mon mieux.

— Est-il vrai que votre enfant est finalement saine et sauve et à l'abri chez son grand-père? Un grand-père qui s'appelle Mason Lord, n'est-ce pas?

— Oui. Et, en effet, j'ai appris qu'elle était chez lui. Grâce à Dieu, cette épouvantable histoire est terminée. J'imagine que vous avez dû aussi entendre parler du succès de mes concerts?

— J'ai entendu dire que vous aviez des problèmes avec M. Lord. Est-ce exact?

Un jeune homme, longiligne, le visage marqué par l'acné, vint se planter résolument devant le reporter.

— M. Santera arrive à peine d'Allemagne. Il aimerait retrouver sa petite fille au plus vite. Il est fatigué. Il vous a dit tout ce qu'il avait à vous dire. Au revoir.

— Allons, Louey Santera, insista le journaliste, dites-nous ce qui se passe. Votre enfant a été enlevée il y a plus de quinze jours, vous ne revenez pas un peu tard?

— Je n'ai pas de commentaire à faire sur ce point.

Alors que le jeune homme repoussait le reporter, le photographe prit la scène sur le vif.

Louey Santera blêmit. Ramsey en profita pour s'avancer vers lui en souriant.

— Monsieur Santera? Je suis chargé de vous accueillir. Je m'appelle Ramsey Hunt, et suis en ce moment chez M. Lord. Suivez-moi. Nous allons éviter la foule. Ah, oui, Molly m'accompagne...

— Déguerpissez! lança le jeune garde du corps de Louey Santera en écartant Ramsey.

Au-delà de l'apparence frêle et de la grande jeunesse

de ce type, Ramsey remarqua la précision des gestes, l'acuité du regard, la façon de se tenir prêt à l'attaque.

— Vous n'êtes pas très poli, lui lança-t-il.

Puis, en un mouvement subtil et fluide, il lui attrapa la main et lui tordit le pouce. L'autre en eut le souffle coupé.

— Maintenant, on se calme. Je ne suis pas reporter, moi. (Ramsey appuya un peu plus sur le pouce tordu.) Compris ?

— Laisse tomber, Rudy.

Le jeune homme hocha la tête, en dépit de la haine qui se lisait dans ses yeux noirs. Ramsey lâcha son pouce, tout en pensant qu'il n'en finissait pas de se faire des ennemis depuis quelque temps.

— Maintenant, sortons d'ici. Molly, saluez donc votre ex-époux.

— Bonjour, Louey. Quoi de neuf? Hé, je ne vois pas ta petite amie ! Elle n'avait pas de passeport ?

— Comment as-tu retrouvé Emma ?

Molly battit des paupières et, la main sur la hanche, rétorqua :

— J'ai séduit son kidnappeur.

Ramsey la regarda. Santera eut un éclat de rire mauvais.

— Encore l'une de tes plaisanteries ! Tu ne sais pas être sérieuse. Tu ne l'as pas retrouvée, n'est-ce pas ? Ce n'est que du bluff.

— Pourquoi dis-tu ça ? Tu penses que je ne suis pas assez maligne ? Pas assez gonflée ?

— Arrête, Molly, tu sais bien que tu n'es même pas fichue de distinguer la droite de la gauche. Que s'est-il vraiment passé ?

Elle se pencha vers lui.

— Tu sais quoi ? Je l'ai retrouvée, mais j'ai eu si

peur que j'ai commencé par coucher avec son agresseur. Et je l'ai tellement satisfait qu'il m'a rendu Emma sans problème.

— Ça suffit. Dis-moi la vérité.

— D'accord, Louey. J'arrête de jouer.

Elle prit le temps de se rapprocher un peu plus de Santera avant de lui murmurer à l'oreille :

— Ecoute, sale égoïste, j'ai retrouvé ma fille seule. Tu sais ce qui lui est arrivé ? Le type qui l'a enlevée l'a battue et violée. Qu'est-ce que tu en dis ?

— Ce n'est pas vrai. Je n'ai pas entendu parler de ça. Non, tu mens. Tu essaies de me faire passer pour un salaud.

— Tu en es un depuis toujours ! Tu appelles d'Europe pour te vanter de ton succès sur scène et de tes conquêtes féminines. Je te méprise ! Tu te fiches complètement d'Emma.

— Ah oui ? Alors pourquoi je serais ici ?

— Parce que mon père t'a fichu une trouille bleue. Tu lui obéirais même s'il te demandait de te passer de femme pendant une semaine.

— Ton père est un criminel, Molly. Il se prétend un homme d'affaires des plus honnêtes alors qu'il n'est qu'un escroc, et tu le sais. D'ailleurs tu ne vaux pas mieux que lui. Tu as profité de notre divorce pour vider mon compte en banque. Tu es une vraie...

— Bon, l'émotion des retrouvailles, ça suffit ! intervint Ramsey. Il est temps de partir avant que d'autres reporters ne débarquent.

Il se tourna vers le jeune garde du corps boutonneux de Louey Santera.

— Je vous laisse la charge des bagages de votre patron. Vous les déposerez chez Mason Lord, à Oak Park. Ensuite vous irez dans un motel ou ailleurs. Je ne crois pas que vous soyez sur la liste des invités de M. Lord.

Louey jeta un dernier regard au reporter qui l'avait assailli. Il le reconnaissait maintenant; il s'appelait Marzilac, ou quelque chose dans ce genre, et était attaché au *Chicago Sun-Times.* Pourquoi s'attardait-il? Que murmurait-il avec son photographe? Peut-être étaient-ils en train de prendre la décision de faire paraître un article et la photo? C'était bien sa chance. Et maintenant, il allait devoir affronter Mason Lord. Rien que d'y penser, son rein le fit souffrir.

— On y va, dit Ramsey.

— Obéis-lui, Rudy. Tu m'appelleras pour me dire où tu es.

16

Une heure et demie plus tard, Louey Santera faisait face à son ex-beau-père, assis à son bureau.

— Ce crétin, fulmina-t-il en désignant Ramsey, debout près de la porte, les bras croisés, m'a accosté à l'aéroport ! Il s'en est pris à mon garde du corps, et a failli lui casser le pouce. C'est même certainement lui qui avait convoqué ce reporter qui m'a posé des questions idiotes. L'abandon de ma tournée me coûte une fortune, alors que je ne peux rien faire pour vous. J'ai réfléchi et je ne vois pas qui a pu organiser ce kidnapping.

Mason Lord ne s'était pas levé. Le torse très droit sur son fauteuil, il jouait avec son stylo en or. Quand il estima en avoir assez entendu, il remarqua d'une voix calme :

— Tu as maigri, Louey. Tes yeux sont trop brillants, tes pupilles dilatées. J'espère que tu vas bien.

— Ça fatigue, une tournée. Les journées sont longues. Il m'est arrivé de prendre des somnifères pour arriver à dormir. Je ne voulais pas venir ici. Qu'attendez-vous de moi ?

— Tu ne t'es pas remis à la cocaïne, j'espère. Tu sais que je déteste la drogue. Je te l'avais dit quand tu étais avec Molly. Je n'ai jamais vu des pupilles dilatées par les somnifères.

— Je ne me drogue pas.

— Tu connais Ramsey Hunt? demanda Mason Lord en faisant signe à celui-ci d'avancer.

— Je vous ai dit que c'est le con qui...

— Tu n'as jamais entendu parler du juge Ramsey Hunt?

— Non. Qui est-ce? Le dernier gigolo de votre jeune femme?

— Ah, Louey! Tu ne crains jamais d'aller trop loin, n'est-ce pas? Je te conseille de réfléchir un peu avant d'ouvrir la bouche. Si tu mentionnes encore une fois ma femme, je demanderai à Gunther de te couper le bout de la langue. Ce qui serait embêtant pour un chanteur, non? Maintenant, puisque tu es aussi ignorant qu'irréfléchi, je vais t'apprendre que Ramsey Hunt est ce juge de la Cour fédérale de San Francisco qui a fait la couverture de *Newsweek* et du *Times Magazine* le mois dernier. Un vrai héros, dit-on. Tu ne te souviens pas de cette histoire de crime dans les milieux de la drogue de San Francisco? Et de la réaction du juge Hunt quand trois types ont fait irruption dans son tribunal pour tenter de faire évader les accusés?

Devant l'inertie de Louey, Mason Lord soupira.

— Je prie pour qu'Emma n'ait pas hérité de ton petit cerveau de nombriliste. Comment peux-tu être aussi ignorant de tout ce qui ne te concerne pas directement? C'est tragique!

— Je crois qu'il convient de distinguer l'ignorance de la stupidité, observa Ramsey.

— Dans le cas de Louey, il semble que ce soit la même chose.

— Emma a tout son talent, papa, observa Molly en

venant rejoindre Ramsey. Et du talent, il en possède, indéniablement.

Louey Santera se retourna brusquement vers Molly qui se tenait à côté de ce fichu juge. Un type trop jeune pour être un vrai juge. Depuis combien de temps Molly était-elle là? Il ne l'avait pas entendue entrer.

— Qu'est-ce que tu racontes? Emma n'est qu'une gamine. Quel âge a-t-elle? Cinq ans?

— Six. Ta fille a six ans.

— Et tu parles de talent?

— Demande-lui de jouer du piano. Elle est incroyable.

— Ça suffit! intima Mason Lord.

Les regards se tournèrent vers lui. Sûr de capter à nouveau l'attention de chacun, il se détendit lentement.

— Pourquoi vouliez-vous tant que je revienne? demanda Louey. Vous avez Emma. Que cherchez-vous maintenant?

— Nous sommes victimes d'une conspiration. Il ne s'agissait pas d'un simple kidnapping. Plusieurs hommes ont poursuivi Emma et le juge Hunt, du Colorado en Californie. Tu as une petite idée de ce qui se passe, Louey?

— Moi? Et comment? Emma est ma fille, bon Dieu!

— Et tout cas, nous avons un gros problème sur les bras, reprit Mason Lord.

Sa voix, lourde de sincérité, devenait progressivement grave et onctueuse.

— Cette conspiration n'est pas non plus la mienne. Ni celle de Molly, bien sûr. De plus, il y a dans cette affaire quelque chose de particulièrement contrariant. L'homme qui a enlevé Emma l'a battue et violée.

Louey se leva d'un bond, le visage blême.

— Non ! C'est impossible. Molly me l'avait déjà dit, mais je ne peux pas y croire. Non, ça n'a pas pu arriver à Emma ! Pas à elle ! Personne n'aurait osé la toucher.

Mason Lord se pencha légèrement en avant.

— Tu ne t'étais pas renseigné sur l'homme que tu avais engagé pour séquestrer Emma dans un chalet des Rocheuses ?

Louey se laissa retomber dans son fauteuil.

— Je n'ai engagé personne. Je ne comprends rien à tout ça. Nom de Dieu, c'est ma fille ! Je n'ai aucune raison de la faire enlever...

Molly intervint, la voix implacable :

— Vraiment ? Tu es capable de n'importe quoi pour de l'argent, Louey. Je parierais que tu es couvert de dettes et que tu es allé en Europe parce que tu ne pouvais pas payer. Je me trompe ?

Louey se retourna, l'aorte, à la base du cou, gonflée par la rage.

— Tu as du culot de me parler d'argent ! Tu m'as mis sur la paille alors que tu n'avais aucun droit à revendiquer. Tout ce que tu as su faire, c'est tomber enceinte. Bon sang, ce n'est pas moi qui ait voulu ce rapt !

Mason Lord se leva, plaqua ses mains sur son bureau et affirma d'une voix mielleuse :

— Je crois que Molly a raison. Tu dois de l'argent et tu n'as pas trouvé d'autres moyens pour payer ta dette. Qui as-tu engagé, Louey ? Qui t'a aidé ? Et pourquoi ces gens continuent-ils à poursuivre Emma ?

— Je n'ai rien à vous dire. Molly se trompe complètement.

— Gunther, viens ici.

L'impressionnant Gunther entra, les bras le long du corps, les mains comme des battoirs, désœuvrées et disponibles.

— Conduis M. Santera dans l'une des chambres d'amis. Son voyage l'a fatigué. Il vient d'arriver d'Allemagne et il a besoin de se reposer. Aide-le à se mettre au lit, et reste près de lui. Tu lui rappelleras que la vie est parfois difficile, que je lui ai pardonné une fois, que je peux être patient, mais qu'il ne faut jamais abuser de mes nerfs. Oh, et puis évite-lui d'appeler l'individu qui lui sert de garde du corps ! Fais en sorte qu'il se repose tranquillement.

— Je n'ai pas fait kidnapper Emma !

— Je te reverrai quand tu seras frais et dispos, ajouta Mason Lord.

Il regarda Gunther prendre dans sa large main le bras de Louey Santera et l'entraîner vers le corridor.

Ce dernier se retourna avant de sortir.

— Si c'est Molly qui a inventé tout ça contre moi, elle est devenue complètement folle. Elle me hait. Et pourquoi ce ne serait pas elle et ce juge, son nouvel amant, qui auraient tout combiné pour de l'argent ?

Gunther referma sans bruit les portes de chêne sur les accusations de Louey.

Ramsey siffla puis observa :

— Il m'arrive d'oublier le pouvoir ahurissant que les gens comme vous possèdent. J'ai quotidiennement affaire à des individus qui se prétendent aussi innocents que leur chère grand-mère ; bien sûr, on sait pertinemment qu'ils mentent comme ils respirent, qu'ils sont la plupart du temps des voyous, des escrocs, de la racaille en tout genre, ou pire encore.

« Mais il n'en reste pas moins que notre système judiciaire nous interdit de les brutaliser bien qu'ils transpirent la culpabilité et se foutent de nous. Nous sommes tenus de nous conformer à des règles de courtoisie qui peuvent paraître absurdes, et qui nous font perdre du temps. Au lieu d'utiliser des tours d'écrou métaphoriques, nous devons recourir au compromis et à la négociation. (Ramsey haussa les épaules.) Cela dit, reconnaissez que votre performance n'a eu d'autre résultat que de terrifier un petit bonhomme malingre. Evitez d'en faire trop, monsieur, vos menaces suffisent. J'aimerais lui parler en tête à tête. En revanche, je crois qu'il vaut mieux que Molly ne s'approche pas de lui. Elle sait trop bien se servir de son arme.

— Je sais que mes menaces sont efficaces, monsieur le juge, mais elles le seraient moins si, de temps en temps, je ne passais pas à l'acte. Parlez donc à Santera. Voyez ce que vous pouvez lui faire cracher.

Ramsey acquiesça puis se tourna vers Molly.

— J'ai soif. Vous aimeriez boire un verre de limonade avec Emma et moi?

— Volontiers. Et ensuite je donnerai quelques coups de fil.

Grande, mi-américaine, mi-chinoise, Eleanor Loo, la psychothérapeute recommandée par la nouvelle pédiatre d'Emma, avait une jambe dans le plâtre. Elle eut quelques difficultés à se lever en les voyant entrer dans son cabinet. Molly croisa les doigts quand, les présentations faites, le Dr Loo s'adressa à Emma en souriant.

— Excuse-moi, Emma, mais je me rassois. Je ne suis pas très à l'aise avec ce plâtre, il est lourd. Enfin, au moins, je ne souffre plus. Je me suis cassé la jambe en skiant. Si tu avais vu le vol plané que j'ai fait du haut d'un promontoire de trois cents mètres! On m'a dit que j'avais été très gracieuse. J'imagine que tu ne skies pas.

— J'apprends. Mais maman, elle, skie très bien.

Emma était debout, immobile entre sa mère et Ramsey, qui la tenait par la main.

— Tu n'as pris que trois leçons, ma chérie, l'encouragea Molly. Tu skieras très bien, toi aussi. Mais peut-être qu'un jour tu feras un vol plané, comme le Dr Loo. Ce sont des choses qui arrivent. Tu te souviens quand je me suis foulé les ligaments du genou ?

— Oui, maman, et tu as été en rééducation.

— J'en suis là également, précisa le Dr Loo. Et je dois attendre un an avant de remonter sur des skis. Ça me manque. Bien, Emma, viens donc t'asseoir à côté de moi.

Au lieu de s'avancer vers la psychothérapeute, la fillette serra plus fort la main de Ramsey.

— Emma pourrait peut-être s'asseoir sur mes genoux pour l'instant ? proposa-t-il.

— Bien sûr. Je crois savoir que tu es une petite fille très intelligente, Emma. Ta maman m'a expliqué que tu avais échappé toute seule à un homme méchant.

Emma s'était figée. Ramsey s'efforça de rester calme, alors qu'il aurait volontiers reproché au Dr Loo d'être entrée dans le vif du sujet un peu brutalement à son goût.

— Comment avais-tu préparé ta fuite, Emma ?

La petite fille eut enfin un mouvement : elle s'humecta les lèvres. Ramsey refréna l'envie de la serrer contre lui, de l'envelopper de ses bras. Il était inutile de chercher à la protéger contre une blessure intérieure, profonde et à vif. Il regarda Molly. Blême, les traits crispés, elle serrait les poings sur les bras de son fauteuil.

— J'ai pensé et pensé, répondit Emma, la voix fluette, à peine audible, mais le ton réfléchi.

Ramsey eut l'impression de recevoir un coup de poing dans l'estomac tant la voix d'Emma s'était faite fragile, murmurante. Comment même avaient-ils pu l'entendre?

La petite se tut. Le Dr Loo attendit puis reprit la parole :

— Tu as beaucoup pensé et c'était bien. Mais cela t'a-t-il pris beaucoup de temps?

— Toute la journée. Seulement, je ne savais pas comment détacher mes mains. Et puis il a oublié de m'attacher. Il est sorti fumer et j'avais les pieds et les mains libres.

— Qu'as-tu fait alors?

Ramsey sentait Emma se serrer si fort contre lui qu'il se demanda s'il ne devait pas intervenir. Il allait le faire lorsque la petite poursuivit d'une voix faible :

— J'ai sauté à bas du lit. Il était très sale. Je voulais me sauver tout de suite par la fenêtre mais j'ai pensé qu'il verrait très vite que j'étais partie. Alors j'ai d'abord mis l'oreiller sous les couvertures pour faire comme si c'était moi. Ensuite, je suis allée à la fenêtre qui se trouvait au-dessus du lavabo. J'avais peur de tomber, mais ça n'est pas arrivé.

— Tu étais pieds nus?

— J'avais pris mes baskets, mais je les ai mises après, quand j'étais dehors, pour courir.

— Tu t'es fait mal en sautant de la fenêtre?

— Oui, mais je n'ai pas fait de bruit; je ne voulais pas qu'il m'entende et m'attrape.

— Il buvait beaucoup?

— J'ai compté quatre bouteilles vides. Je m'ennuyais. Elles étaient vraiment grandes.

— Il lui a fallu combien de temps pour les boire?

— Cinq jours.

— Les cinq jours que tu as passés dans le chalet avant de t'échapper?

— Oui.

Emma avait retrouvé en partie sa voix habituelle.

— Est-ce qu'il buvait à certains moments de la journée? De la nuit?

La plainte déchirante qui remuait Ramsey jusqu'aux tripes se fit brusquement entendre. Tremblante, Emma chercha son souffle entre deux gémissements rauques.

— Non, non, mon ange. Non.

Sa joue contre la sienne, Ramsey la berçait en la serrant contre lui de plus en plus fort.

— N'aie pas peur. Tu es avec moi et avec ta maman. Si le Dr Loo avait été là-bas, elle aurait donné à ce pauvre type un bon coup de pied dans le derrière.

— Tu sais, Em, je crois qu'elle l'aurait frappé avec son plâtre, dit Molly. Et il aurait eu très mal.

Les gémissements cessèrent.

— Emma?

L'enfant, blottie dans les bras de Ramsey, ignora le Dr Loo.

— C'est vrai. Je lui aurais donné un grand coup avec mon plâtre.

Emma sursauta, releva lentement la tête, regarda sa mère, Ramsey, puis le Dr Loo.

— Maman voulait le tuer. Mais c'est Ramsey qu'elle aurait tué si je n'avais pas parlé.

— Tu as très bien fait, ma chérie, dit Molly. Vraiment très bien.

— Peux-tu encore répondre à une question, Emma?

— Je n'en ai pas envie, mais maman veut que je réponde. Ramsey aussi.

— Ça ne doit pas te rendre malade. D'accord?

— D'accord.

— L'homme qui t'a gardée pendant cinq jours dans ce chalet, c'était aussi lui qui t'avait enlevée?

— Oui.

— Comment s'y est-il pris?

— Maman faisait des photos dans le parc, devant la maison. Moi je jouais avec Scooter, le chien du voisin. Maman disait qu'elle m'achèterai un chien comme lui. Je lui lançais son bâton, mais j'avais du mal à lui apprendre à le rapporter. Maman m'avait dit que les dalmatiens sont mignons, mais pas très malins. Un moment, je lui ai lancé son bâton, puis j'ai attendu; comme il ne revenait pas, je suis allée le chercher. Un homme était en train de le caresser. Maman m'a appelée et je lui ai répondu que j'étais avec Scooter. Après, l'homme m'a souri et puis il m'a frappée sur la tête. J'ai essayé d'appeler maman mais je n'y arrivais pas.

Tout s'était joué en cet instant tragique, pensa Ramsey. Rassurée par la réponse de sa petite fille, la mère n'avait rien soupçonné d'anormal. Et puis, une seconde plus tard, tout avait basculé...

Ramsey vit Molly abattue, submergée par le remords. Il se chargerait bientôt de la réconforter, de lui assurer qu'elle n'était pas fautive. Il savait combien un sentiment de culpabilité pouvait s'enraciner et devenir corrosif.

Tendue, Emma se cacha brusquement le visage contre le torse de Ramsey. Il l'enveloppa de ses bras et posa un baiser sur ses cheveux.

Sur un signe du Dr Loo, Molly se leva.

— Merci, docteur.

— J'ai été ravie de vous rencontrer, madame Santera, monsieur Hunt. Tu me plais, Emma. Tu as du courage, un bon esprit, et tu récupéreras vite. Je souhaite que nous reprenions notre conversation lorsque tes mauvais souvenirs te laisseront un peu plus tranquille. Tu es d'accord?

Emma se tourna lentement vers la thérapeute.

— Je ne sais pas. Peut-être la semaine prochaine?

Ramsey observa le soulagement de Molly. Un instant plus tard, la petite descendit de ses genoux, alla vers sa mère et lui prit la main pour l'entraîner hors du cabinet du Dr Loo.

— Monsieur Hunt, un moment, je vous prie.

Il se retourna, souriant.

— Je me suis demandé un moment si votre approche était la bonne, avoua-t-il, mais maintenant, je n'en doute plus.

— Emma est très intelligente. Ça aide. Il n'en reste pas moins qu'il y a toujours des risques de dérapage au début. J'ignore quel a été votre rôle dans toute cette histoire, mais, à l'évidence, Emma a confiance en vous. Je sens que sa mère et vous l'avez beaucoup aidée. Maintenant, c'est à moi de la faire parler, de lui permettre de prendre de la distance, de disloquer son expérience tragique afin qu'elle ait la liberté de l'étudier comme un puzzle. A-t-elle déjà été interrogée par la police?

— Non. Ni Molly ni moi n'avons voulu remettre Emma entre les mains d'étrangers. Elle a fait quelques cauchemars très pénibles et nous avions peur qu'ils se multiplient.

— Je comprends. A-t-elle été examinée par un pédiatre?

— Oui. Elle a été battue et violée. Mais, du moins

en apparence, elle s'en remet plutôt bien. Ah, encore une chose ! Par deux fois, en sortant d'un cauchemar, elle a parlé de son kidnappeur. Elle a dit qu'il l'avait ligotée avec de la ficelle, parce que, pour une petite fille, avait-il précisé, cela suffisait. Il lui aurait dit aussi qu'il avait plus besoin d'elle que Dieu n'avait besoin de lui.

— Vous devriez communiquer cette information au FBI, si vous ne l'avez déjà fait. Ce peut être une piste.

— Je le ferai.

— Continuez ce que vous avez commencé avec Mme Santera, conseilla encore le Dr Loo. On se voit mardi ?

— Dans quatre jours ? Oui, très bien. Quoique...

Eleanor Loo tendit le bras pour prendre un grattoir. Ramsey la vit le glisser sous son plâtre puis lui sourire.

— Ah, on ne peut pas savoir comme il est bon de se gratter tant qu'on le fait sans difficulté ! Je crois comprendre ce que vous voulez dire. Vous pensez que je vais trop vite. Effectivement, je ne traîne pas. Mais, voyez-vous, il vaut mieux que la petite se vide de tout ce poison retenu en elle avant qu'il y ait un risque d'infection généralisée. Faites le rapprochement avec un lavage d'estomac. Cependant, n'ayez crainte, je me freinerai si je vois que le traitement est un peu trop violent pour elle.

La main tendue, le Dr Loo ajouta :

— Dites à sa mère qu'elle a été très bien. Dites-lui aussi que si elle continue à se culpabiliser, elle finira par être un fardeau pour sa fille. D'accord, monsieur le juge ? Oh, n'ayez pas l'air surpris ! Vous êtes un homme célèbre.

— Je transmettrai à Molly ce que vous venez de me dire.

Ramsey se dirigea vers la porte, non sans ajouter par-dessus son épaule :

— En ce moment, je suis avant tout un homme transi de peur, docteur Loo.

17

Venant de la cuisine, Molly vit Emma, debout près d'une table de marbre, un biscuit au chocolat à la main, le regard levé vers son père. Louey paraissait profondément déconcerté.

— Je me souviens de toi, dit Emma avant de s'interrompre pour mordre dans son biscuit. Tu es mon papa. Maman m'avait dit que tu viendrais me voir.

— Eh bien, tu vois, je suis là. Tu as bien grandi, tu sais.

— Tu ne m'avais pas vue depuis longtemps.

Emma scrutait le visage d'un homme qu'elle reconnaissait à peine et qui ne dissimulait ni sa fatigue ni sa nervosité.

— Maman dit que je grandis très vite.

— J'en ai l'impression, oui. Ecoute, Emma, il faut que je te laisse. J'ai des gens à voir, des choses à faire. Tu comprends?

— Oui, papa, je comprends.

Une heure plus tard, alors que Molly venait de coucher Emma, elle tomba sur Louey dans le corridor du premier étage. Il sortait de sa chambre. Lui emboîtant le pas, Gunther mâchouillait un cure-dents, les bras croisés sur le torse.

— Tu n'as pas passé plus de deux minutes avec

Emma, lui reprocha-t-elle. Tu ne l'avais pourtant pas vue depuis deux ans. Je pensais que tu lui demanderais de te jouer quelque chose sur son piano. Je t'assure qu'elle t'impressionnerait.

Bien qu'il eût de bonnes raisons d'avoir la peur au ventre, Louey paraissait plus accablé de fatigue que de frayeur.

— Ecoute, Molly, j'ai vu la petite. Que voulais-tu que je fasse, bon sang? Elle va bien, non? Bon, d'accord, la prochaine fois que je la verrai, je lui demanderai de me jouer un air ou deux sur ce piano ridicule.

— Et si ensuite tu lui disais que tu l'aimes? Tu es son père. Elle a besoin de toi. Oh, je sais, c'est quelque chose qui t'a toujours dépassé!

— Tu as voulu cette enfant, pas moi. Tu étais beaucoup plus drôle avant de devenir mère, Molly. Tu te souviens de ces photos de moi que tu avais prises pour *Rolling Stone*? Elles représentaient pour toi l'occasion de te lancer. Et toi, tu t'es contentée d'en rire, en disant qu'elles n'avaient rien d'exceptionnel quand le directeur du magazine t'a félicitée. Ensuite, tu n'as plus jamais voulu travailler pour eux. Quelle idiotie!

— Il y a quelque chose que tu oublies, Louey. J'étais enceinte et je vomissais mes tripes plus souvent qu'à mon tour. Je me suis remise à la photo depuis.

— Personne ne m'a jamais photographié aussi bien que toi.

C'était donc ça. Comme d'habitude, Louey ne pensait qu'à lui. Molly eut envie de le gifler, mais elle préféra sourire. La plupart du temps, elle ne parvenait pas à le détester. D'ailleurs, elle ne pensait pas très souvent à lui. Et quand cela lui arrivait, le sachant perpétuellement rongé par toutes sortes de peurs, elle éprouvait plutôt une vague répugnance. Parfois, ses angoisses réussissaient à être plus fortes que son incroyable vanité et, dans ces cas-là, il incarnait le mal, sans même s'en rendre compte. Alors, ce fut sans rancœur qu'elle lui fit observer :

— Tu es un excellent sujet pour un photographe. Il n'y en a pas deux comme toi pour impressionner la pellicule. Sois patient. Des photographes talentueux, il y en a des tas. Cependant, en ce moment, tu ferais mieux de penser à autre chose.

Elle s'interrompit un instant en secouant la tête.

— Passons, reprit-elle, je suis parfois stupide. Dis-moi ce que tu sais de l'enlèvement d'Emma; je peux peut-être t'aider avant que Mason ne devienne vraiment redoutable. Crois-moi, tu risques gros. Beaucoup plus qu'à Denver, il y a trois ans.

— Tu n'étais pas là quand il a débarqué, rétorqua Louey. Tu ignores ce qu'il a été capable de faire.

— Je me souviens qu'une fois, ici, au cours d'un été, je devais alors avoir douze ans, je me suis levée au milieu de la nuit pour aller grignoter dans la cuisine, comme je le faisais souvent. J'ai vu de la lumière dans son bureau; la porte n'était pas complètement fermée. Je me suis approchée. J'ai entendu des voix, j'ai poussé le battant et j'ai regardé...

Elle frissonna en revoyant la scène, mais elle ajouta simplement :

— Parle-lui, Louey. Dis-lui ce que tu sais. Quand il a quelque chose en tête, il va jusqu'au bout. Sa patience est énorme mais pas infinie, et lorsqu'elle est épuisée il n'y a plus de recours. Parle-lui. Ou parle-moi. De quelle façon es-tu impliqué dans cette affaire? Donne-moi les noms de tes créanciers, Louey.

Ramsey recula d'un pas sur le palier alors qu'il

venait de monter l'escalier pour aller se coucher. Il était tard. Molly et Louey Santera se faisaient face comme dans un western où deux cow-boys règlent leurs comptes. Il avait surpris les dernières paroles de Molly. Elle ne croyait pas à une implication directe de Santera dans le kidnapping de sa fille, mais elle ne voulait négliger aucune éventualité, et elle avait raison. Ramsey se demanda si Santera comprenait son jeu.

Louey jeta un regard furtif à un Gunther impassible qui se tenait appuyé contre le mur, les bras toujours croisés.

— J'ai vraiment fait la bêtise de ma vie en t'épousant. La petite oie blanche avait pour père un escroc de première, et ça, je l'ai découvert trop tard.

— Qu'est-ce que tu veux dire?

— Tu veux entendre la vérité? Allons-y. (Il la regarda en grimaçant.) Je voulais seulement te baiser, pas t'épouser. Mais ton cher père a été averti et ne m'a pas laissé le choix.

— Ce n'est pas vrai, Louey, et tu le sais. Il n'a pas su qu'on se voyait avant que je lui annonce notre mariage. Mais bon sang, cesse de me regarder comme si j'étais une imbécile, je te dis que c'est moi qui lui ai parlé de nous pour la première fois. Je me souviens de son étonnement. Non, je n'invente rien. Il a vraiment été surpris.

Louey éclata d'un rire mauvais qui faillit pétrifier Molly.

— Ce n'est pas vrai, répéta-t-elle.

Elle sentait s'écrouler les dernières illusions qui s'attachaient encore à son mariage.

— Tu inventes ça, après toutes ces années, uniquement pour me blesser, insista-t-elle.

— Mais non, ma petite Molly! Tu ne savais donc

pas que ton père nous faisait suivre? Eh oui, il voulait protéger sa fille contre ce camé de rockeur! Je suis certain qu'il a même su l'heure à laquelle tu as perdu ta virginité. Le lendemain, j'avais sa visite. Et ce jour-là, j'ai compris qui était vraiment ton père.

— Tu ne mens pas? Mon père t'a réellement contraint à me demander en mariage?

— Comment peux-tu penser que j'avais envie de me marier? Voyons, Molly, même toi tu ne peux être aussi stupide. J'ai toujours aimé les jeunes admiratrices. Tu me considérais comme un dieu, je n'allais pas te repousser. Mais il m'a fallu être patient et jouer avec toi avant d'obtenir ce que je voulais : te prendre ta virginité. J'adore les jeunes femmes vierges. Seulement dès que je suis arrivé à mes fins, j'ai trouvé ton père devant ma porte. (Louey haussa les épaules.) Je me souviens d'un de ses sbires, un type qui s'est fait buter quelque temps plus tard. Il m'a soulevé en me serrant le cou entre ses énormes mains, puis ton père m'a expliqué comment il voyait les choses : il m'a recommandé de te proposer sincèrement le mariage et d'être fidèle, sinon il ferait en sorte de me rendre repoussant. Je n'ai pas voulu mettre sa parole en doute, tu comprends.

— Sincère, tu l'as été, Louey, dit Molly en se demandant comment elle parvenait encore à lui parler calmement. Je me souviens très bien du jour où tu m'as demandée en mariage. En revanche, tu as eu un tas d'aventures. Mais ça je l'ai toujours su.

— Avec une femme comme toi, c'était inévitable. Un jour, j'ai d'ailleurs fini par appeler ton père pour le lui expliquer. Tu étais si peu intéressée par le sexe!

Il éclata de rire.

— Tu sais quoi ? Ton père m'a accordé sa bénédiction en échange de ma discrétion.

Submergée par l'humiliation et la colère, Molly serra le poing, prit son élan et frappa Louey en plein estomac. Le souffle coupé, il se plia en deux, les mains crispées sur le plexus solaire.

— Salaud, lança-t-elle d'une voix sourde. Tu es prêt à tout, n'est-ce pas ? Mais je peux te dire que si je n'ai pas connu d'autre homme que toi, il me suffit d'écouter mes amies pour être certaine que tu n'es qu'un porc. Je n'ai jamais eu de plaisir. Seulement, comme je n'avais aucune expérience, je ne pouvais pas comprendre pourquoi. Il n'y a en toi qu'égocentrisme et avidité. Tu as fait kidnapper Emma, n'est-ce pas ? Pour de l'argent. Tu es toujours à court d'argent. Tu t'es dit que mon père paierait pour qu'elle me soit rendue.

Essoufflée, Molly marqua une pause puis se frappa le front.

— Mais je suis idiote ! Complètement idiote ! Non, tu voulais que ce soit moi qui paie. Tu pensais que ce serait une façon de te rembourser après le divorce. Mais oui, c'est ça ! Je suis certaine que tu avais tout manigancé, non pas parce que tu avais des dettes, mais parce que tu voulais récupérer ton fric.

Elle le frappa de nouveau avec la même violence.

— Et tu as recruté un violeur d'enfants pour kidnapper ta propre fille ! Quelle sorte d'homme es-tu donc ?

Il était encore plié en deux quand elle lui administra un troisième coup de poing.

— Non ! réussit-il à dire. Non, ce n'est pas vrai. Arrête, Molly. Souviens-toi de la correction que je t'ai donnée il y a trois ans. Je peux recommencer.

— Essaie pour voir, espèce de larve.

Elle faillit ajouter quelque chose mais préféra secouer la tête avec dégoût avant de s'éloigner.

Ramsey resta immobile encore quelques instants. Puis, sans hésiter, lui, le juge Ramsey Hunt, s'avança d'un pas rapide vers Louey. Toujours courbé en deux, le regard du rockeur allait et venait entre Gunther et ses pieds nus.

— Alors, Louey Santera, quoi de neuf?

Ce dernier releva péniblement la tête.

— Qu'est-ce que vous voulez, connard?

Le visage souriant, Ramsey prit sa voix la plus douce :

— Je savais que Molly avait de la force, mais elle m'a tout de même surpris. Vous m'avez l'air bien secoué. Qu'est-ce que vous lui aviez fait?

— Elle a du nerf quand son père ou l'un de ses sbires est dans le coin. Elle savait bien ce qui me serait arrivé si j'avais seulement osé lui souffler au visage d'un peu trop près.

Sans se départir de son sourire, Ramsey attrapa Louey Santera par le col, le redressa et lui envoya son poing dans la mâchoire. Louey hurla, tituba en arrière et, quand Ramsey le relâcha, alla s'effondrer contre le mur.

— Vous savez que vous êtes une vraie ordure, Santera? J'ai hâte de vous voir foutre le camp. Et Molly a raison : Mason Lord est prêt à se rebiffer. Attention, Santera, j'ai le sentiment qu'à ce moment-là vous serez un homme mort.

— Ecoutez-le! Ce sont les juges qui parlent comme ça? Je vais déposer une plainte contre vous pour insulte et voie de fait. Je vais vous faire rayer du barreau, sale type. Oui, je vous aurai!

— Essayez de m'avoir maintenant, ça me plairait, Santera. Je suis à votre disposition. (Ramsey secoua la tête.) Je suis de plus en plus persuadé que vous avez fait enlever votre fille par un violeur d'enfants. Dans le genre gagnant, vous n'êtes pas mal, Santera. Vous allez en prendre pour un bon bout de temps, si vous êtes vraiment dans le coup. Et encore, à condition que vous ayez de la chance. Qui sait, on se verra peut-être à mon tribunal?

— Vous exercez à San Francisco, imbécile!

— Oui, mais j'ai beaucoup d'amis dans le milieu judiciaire. Dormez bien, termina-t-il alors en se retournant. Demain sera vite arrivé.

Ramsey gagna sa chambre en sifflotant. Déjà familiarisé avec les lieux, il s'avança vers le lit sans prendre la peine d'allumer, s'allongea et leva les yeux vers le plafond. Louey était-il réellement impliqué? Bien que l'homme semblât privé de tout sens moral, l'idée n'en restait pas moins ahurissante.

— Vous avez tout entendu, n'est-ce pas?

Ramsey se redressa dans un sursaut.

— Molly? Vous êtes ici? Dans le noir?

— Je vous attendais. Je vous ai vu le soulever et lui envoyer votre poing dans la figure.

— Entre vos coups et les miens, il s'est pris une secousse qui lui a peut-être arraché quelques grammes d'humanité. Comment avez-vous pu croire que vous l'aimiez?

— J'avais dix-neuf ans et je ne connaissais rien de la vie.

— Et lui était une star du rock...

— Oui. Il m'impressionnait énormément. C'est l'un de mes amis qui nous a présentés. Et puis vous l'avez entendu, je lui ai plu parce que j'étais une oie blanche.

Mais je n'ai pas couché avec lui le premier soir; c'est peut-être pour ça qu'il a voulu me revoir. En fait, je n'ai couché avec lui que le jour où il m'a fait fumer et boire. Mon dieu, c'est minable! Je l'ai suivi dans son lit sans m'en rendre compte.

Elle frissonna de dégoût avant d'ajouter :

— Je ne veux plus revenir là-dessus. Heureusement, j'ai eu Emma. Je crois que j'aurais dansé avec le diable s'il m'avait promis Emma.

— Je vous comprends.

Ramsey se leva. Il distinguait maintenant la silhouette de Molly, debout devant la fenêtre ouverte. Un croissant de lune jetait un rai de lumière blanche dans la chambre.

Elle se tourna vers lui.

— Vous avez vraiment tout entendu?

— Oui. Le frapper m'a fait du bien. C'est un type lamentable.

— Vous pensez qu'il est responsable de l'enlèvement?

— Je n'en suis pas complètement certain. Mais, s'il l'est, c'était sans doute pour vous soutirer de l'argent, et dans ce cas il doit se demander comment vous l'avez démasqué. Seulement, pourquoi tous ces professionnels? Qui nous poursuit? Souvenez-vous que la demande de rançon est arrivée alors que vous aviez déjà retrouvé Emma. J'ai l'impression que ces types veulent nous tuer. Pourquoi? Je n'en sais rien. Il n'y gagnerait pas un sou.

— Certes.

Soudain, ils entendirent un cri, un cri perçant qui les fit se précipiter dans le corridor et courir vers la chambre où dormait Emma.

Ramsey laissa Molly prendre la petite et la bercer dans ses bras.

— Calme-toi, mon bébé, il n'y a aucun danger. Respire bien. Voilà. Je suis avec toi, ma chérie. Ramsey aussi est ici.

Sans dire un mot, ce dernier alla s'asseoir de l'autre côté du lit et frotta le dos d'Emma.

— C'était encore cet homme horrible, Em?

Emma secoua la tête contre l'épaule de sa mère.

— J'ai entendu un bruit, alors je me suis réveillée, et je l'ai vu : il était derrière la fenêtre. Il me regardait en souriant. Il a toujours ses vilaines dents.

Ramsey se leva aussitôt, se dirigea vers la fenêtre à guillotine, regarda dehors mais ne vit rien. Puis il ouvrit et se pencha à l'extérieur. Il observa que la corniche était assez large pour qu'un homme pût l'emprunter. Mais il eut beau scruter les buissons, les arbres et les ombres, il n'aperçut aucun mouvement. Le silence était absolu et les gorilles de Mason Lord totalement invisibles.

Ramsey se retourna en entendant la petite voix cassée d'Emma :

— Il ne voulait pas partir. Il est toujours là, en train de m'attendre. Je savais qu'il reviendrait me chercher. Il nous a suivis. En Californie. Et puis ici.

Molly regarda Ramsey d'un air interrogateur, mais celui-ci lui fit un signe négatif.

— Tu es sûre, ma chérie, que tu l'as vu derrière la fenêtre?

— Oui. Il me souriait. J'ai eu très peur.

— Je te comprends, Em. Mais, tu vois, Ramsey et moi sommes toujours près de toi.

— Il ne reviendra pas, promit Ramsey. Ecoute, je

vais même descendre et le chercher avec les gardes de ton grand-père.

Il allait sortir quand Emma l'appela.

— Merci de me croire, Ramsey.

Il sourit puis chercha encore à la rassurer :

— Tu peux être certaine qu'on va l'attraper s'il est encore là.

La petite sembla sceptique. Pour sa part, Ramsey ne croyait pas à la présence de cet homme dans la forteresse de Mason Lord. Emma avait confondu cauchemar et réalité, mais cela ne coûtait rien de faire une petite ronde et, par la même occasion, de s'assurer de la vigilance des gardes.

Secouée par des hoquets, Emma suçait ses doigts.

— Je vais me coucher maintenant, ma chérie, dit Molly. On se serrera bien l'une contre l'autre.

— Et Ramsey, il peut revenir ici ?

— Oui, je resterai avec vous, dit celui-ci sans hésiter. Je vous tiendrai toutes les deux dans mes bras jusqu'à ce que vous vous endormiez. Mais je dois d'abord aller jeter un coup d'œil en bas.

Emma retira ses doigts de sa bouche et murmura :

— Fais bien attention, c'est un homme très méchant. Et qui fume.

— Un juge est toujours prudent, Emma.

Il l'entendit renifler puis lui dire :

— C'est presque drôle, Ramsey.

Miles frappa d'un doigt léger à la porte de la chambre avant de l'ouvrir doucement. Emma était serrée contre sa mère, Ramsey dormait dans le fauteuil, près du lit, un plaid remonté jusqu'au menton.

Il était plus de huit heures. Miles s'immobilisa, ne sachant que faire.

— C'est vous, Miles?
— Oui, monsieur Hunt. Dois-je revenir plus tard?
— Non. Il est temps que nous nous levions.
Ramsey se redressa et s'étira.
— Je me sens tout ratatiné, dit-il en se massant la nuque.
Il se levait quand Emma sortit sa main pour attraper la sienne. Molly se réveilla et chercha à s'asseoir sans déranger sa fille.
— Je suis réveillée aussi, maman. Je tiens Ramsey.
— Ah, oui, je vois! Miles?
— Oui, Molly. Vous...
Miles s'interrompit brusquement et se retourna.
— Oh! Bonjour, monsieur, dit-il en découvrant son patron. Comme vous pouvez le voir, Molly et le juge Hunt protégeaient Emma.
— C'est ridicule, rétorqua Mason Lord. Que faites-vous donc ici, Ramsey?
— Si vous vouliez nous laisser, nous pourrions nous lever tranquillement. Et pour répondre à votre question, sachez qu'Emma a eu un cauchemar et qu'elle a voulu que je reste près d'elle. Ça la rassure. Lâche-moi, maintenant, Emma, dit-il doucement à la fillette. Voilà, c'est bien.
Il se pencha sur elle, l'embrassa et lui caressa la joue.
Mason Lord se retourna et sortit. Ils l'entendirent lancer d'une voix aussi calme que froide :
— Bonjour, Louey. J'imagine que tu as un tas de choses à me raconter ce matin.
— Alors, elle couche avec lui?
— Mon Dieu, quel esprit vulgaire! Je te suggère de descendre et de prendre ton petit déjeuner. Ensuite, tu te prépareras à me faire le récit des derniers événements de ta misérable vie.

— Je vous l'ai dit, je n'ai pas fait kidnapper ma fille. Oui, ma fille, pas seulement celle de Molly. Ecoutez, vous devez me croire, je...

Fort heureusement, Miles referma la porte.

Ramsey appela le Dr Loo pour lui parler du cauchemar qu'Emma avait pris pour la réalité. Eleanor Loo proposa de les recevoir immédiatement.

Le juge allait entrer dans la salle à manger quand Mason Lord l'arrêta et l'entraîna à l'écart.

— Gunther vous a préparé la Mercedes pour aller chez la psy. Oui, je suis au courant. Et de votre tour d'inspection d'hier soir également.

— Nous n'avons trouvé aucune trace d'effraction. Ce qui n'a étonné personne. Emma a vu cet homme en rêve puis, à moitié réveillée, elle a cru le voir à la fenêtre. Ce genre de chose arrive à des adultes, alors pourquoi pas à une petite fille de six ans. Il est utile de voir le Dr Loo pendant qu'Emma se souvient encore de l'image de cet homme... Je n'ai pas voulu essayer de la faire parler sur le coup, mais maintenant, je pense qu'elle peut nous le décrire. Nous devrions même en profiter pour faire réaliser un portrait-robot.

— Non, pas de flics ici. Ils fouineraient dans tous les recoins. Je vais vous trouver un portraitiste qui ira vous rejoindre chez la psy.

Ramsey acquiesça puis alla retrouver Emma et Molly dans la salle à manger. La pièce, charmante, était de style colonial, avec des bow-windows donnant, à l'arrière de la villa, sur la pelouse et la piscine d'un bleu éblouissant. Sur la table en merisier, couverte d'une nappe brodée à la main, étaient disposés des plats en argent munis de couvercles.

Emma regardait le bol de céréales préparé par Miles.

— J'aime bien le Dr Loo, mais vous me croyez vraiment quand je vous dis que je l'ai vu?

— Tu ne l'as peut-être pas vraiment vu, mon ange, mais il t'est apparu d'une manière ou d'une autre et on aimerait que tu le décrives. Ça t'ennuie?

— Non.

Emma poussa un soupir que Ramsey n'aurait jamais imaginé aussi profond chez un enfant.

Molly se leva et vint se tenir debout derrière sa fille.

— Laisse-moi te faire ta natte. Tu seras mieux coiffée.

Ramsey but son café en observant les gestes sûrs et fluides de Molly. Il avait encore des progrès à faire s'il voulait l'égaler dans ce domaine. Dieu qu'il avait été maladroit la première fois qu'il avait natté les cheveux de la petite!

— Vous m'apprendrez? demanda-t-il à Molly.

La jeune femme attacha la natte avec un caoutchouc qu'elle dissimula ensuite sous un gros nœud jaune.

— Bien sûr. Quand vous voulez. Tu es d'accord, Emma? Ramsey peut s'exercer sur toi?

— Oh, oui! Je suis à sa disposition.

— Quelle confiance! dit Molly. (Elle embrassa l'oreille de sa fille.) Si tu as fini, ma chérie, on pourrait se mettre en route. Je vais demander à Miles de faire venir la voiture.

— Votre père m'a dit qu'elle était déjà dans l'allée, l'informa Ramsey.

Quand ils sortirent, cinq minutes plus tard, la Mercedes les attendait, garée dans la boucle de l'allée circulaire.

Au même moment, Louey Santera jaillit d'une haie, se précipita vers la voiture et ouvrit brutalement la portière.

— Oh, non ! jura Ramsey en secouant la tête. Il essaie de se sauver, l'idiot. Louey ! Revenez ! Vous ne pouvez pas vous échapper, la grille est gardée par deux hommes armés. Pour l'amour du ciel, cessez de faire le crétin ! Mason va vous arracher les ongles. Dites-lui donc la vérité et vous serez sauvé.

Louey lui signifia d'aller au diable, puis il mit le contact. Ce fut son dernier geste.

18

La voiture explosa dans une boule de feu. Flammes et débris métalliques fusèrent dans tous les sens. Molly attrapa sa fille, la plaqua sur le sol et la recouvrit de son corps. Ramsey se jeta sur elles en les protégeant de son mieux. Il sentit la chaleur intense des flammes, entendit le souffle du brasier et les morceaux de tôle heurter le gravier et l'asphalte des trottoirs. Et, soudain, il eut l'impression qu'un rocher venait de s'abattre sur son dos. C'était lourd, dur, brûlant. La douleur était intense. Il lui fallait se débarrasser de ce poids, de cette chose qui le cuisait à travers ses vêtements.

— Ne bougez pas, Molly.

Il roula sur le dos. Un morceau de siège fumant tomba à côté de lui. Aussitôt la brûlure cessa et la douleur diminua.

Quand il se retourna vers Molly, il vit qu'une tige métallique sortait de son bras comme une flèche, juste au-dessus du coude.

— Oh, Seigneur ! Ne bougez pas. Emma, ça va ?

— Oui, Ramsey.

— Bien. Restez immobiles toutes les deux. Le danger n'est pas écarté.

Il déchira la manche de sa chemise, prit une profonae inspiration et, sans prévenir Molly, arracha d'un coup la tige métallique plantée dans son bras.

— C'est bon. Ne bougez pas. Je vais vous faire un bandage.

Molly n'eut pas le moindre cri, et Ramsey admira cet incroyable stoïcisme. Les minutes suivantes parurent s'éterniser. Voyant qu'Emma commençait à s'agiter, il lui parla, racontant ce qui lui passait par la tête afin de l'apaiser. La voiture acheva finalement de se consumer; les dernières flammes se réduisirent en des volutes de fumée noire qui retombèrent en recouvrant tout le pourtour du véhicule. Dans l'insupportable odeur de caoutchouc brûlé, apparut une épave calcinée où se trouvaient les restes de Louey Santera.

Emma se retourna sur le dos dès que Ramsey se releva. Elle leva les yeux vers lui puis regarda sa mère qui se tenait le bras.

— Qu'est-ce qu'il y a eu? Pourquoi notre voiture a explosé?

Ramsey ne pouvait rien lui expliquer pour l'instant.

— Ne t'inquiète pas, Emma, dit-il.

Puis il aida Molly à se relever.

— Vous tenez le coup?

— Oui, ne vous en faites pas pour moi.

Le sang imprégnait son bandage de fortune et coulait le long de son bras.

— Nous avons tous les deux besoin d'un médecin, dit Ramsey.

— Oui. Votre blessure n'est pas trop grave?

— Non. Venez.

Le regard de Molly se posa sur la carcasse encore fumante. Elle devint blême.

— Oh, mon Dieu, Louey!

Se tenant le bras, elle courut vers l'épave.

— Louey !

Ramsey la rattrapa et la fit reculer.

— N'y allez pas. Il est mort.

Oui, Louey était mort. Et sous les yeux de sa fille ! réalisa brusquement Ramsey. Il se retourna. La petite était là, le regard fixé sur la carcasse de la Mercedes. Il se mit à genoux devant elle et la serra contre lui.

— Il y avait une bombe dans la voiture, mon ange. Elle a explosé quand il a mis le contact... Il ne se passera plus rien maintenant. Je te le promets.

Des voix se firent entendre en provenance de la maison. Quand Ramsey se retourna, tout le monde se tenait sur le perron et regardait, incrédule, les restes du véhicule. Le feu dévorait encore la tôle, ici et là, et, de temps à autre, une gerbe d'étincelles fusait brusquement.

Emma avait ramassé son piano. Le serrant de nouveau contre elle, bien qu'il fût en piteux état, elle regarda sa mère puis Ramsey.

— Je ne comprends pas.

— Il est mort, ma chérie.

— Oh...

Elle attarda son regard sur la carcasse calcinée.

— Je ne le vois pas, Ramsey.

— Je sais.

Il n'allait pas lui expliquer que ce qui restait de son père ne remplirait même pas une corbeille à papiers.

Bientôt, ils furent tous là, réunis autour d'eux dans un brouhaha de paroles réconfortantes accompagnées de petits gestes affectueux. Mason Lord tint même Molly contre sa hanche pendant un moment. Gunther avait sorti son revolver. Miles essayait de se rapprocher d'Emma. Les vigiles, jeunes, costauds, l'arme à la main, s'attroupèrent autour de l'épave.

Les yeux rivés sur Molly, Eve Lord remarqua :

— C'était vous trois qui deviez être dans la voiture. Pas Louey.

— C'est ce méchant homme qui a fait ça, affirma Emma. Il est venu pour me reprendre, et puis il a tué papa.

Elle baissa les yeux sur son piano disloqué puis le déposa doucement sur la pelouse.

— Regardez. Toutes les touches sont cassées.

Elle s'agenouilla sur l'herbe et appuya sur l'une d'entre elles. Il en sortit un son aigu mais à peine audible. Les traits figés, elle reprit son piano contre elle et se dirigea vers la maison. Molly la rattrapa et la souleva dans ses bras.

— J'appelle la police, annonça Ramsey à Mason Lord.

— Aucun flic ne mettra les pieds chez moi.

— Oh que si !

Ce fut le médecin personnel de Mason Lord, le Dr Theodore Otterly, qui vint recoudre le bras de Molly. Les dents serrées, la jeune femme ne laissa échapper aucun gémissement. Cependant, Ramsey, qui la tenait, un bras en travers de sa poitrine, la main sur son épaule, ressentit ses frissons de douleur et la tension de ses muscles. Emma serrait la main de sa mère dans la sienne. Le bras blessé était posé sur la table de la cuisine où le Dr Otterly avait disposé tout son arsenal.

Quand Molly tressaillit et s'empressa de respirer profondément, Emma lâcha un petit gémissement.

— Je sais, mon ange, dit Ramsey, c'est un moment difficile, mais ta mère tient bien le choc, tu vois. Si tu veux dire quelque chose, tu peux.

— Ça va, maman? demanda Emma d'une voix à demi étranglée par l'inquiétude.

Molly s'arracha un sourire.

— Mais oui, ma chérie. Tu sais, je suis une dure à cuire, comme Ramsey. Ça va, ce n'est rien. Crois-moi.

La sentant tressaillir de nouveau, Ramsey resserra son étreinte. Aussitôt, la jeune femme se laissa aller en arrière et s'appuya contre lui. Après l'avoir aidé à enlever sa veste et avoir tâté son dos à travers la chemise, le médecin avait déclaré à Ramsey qu'il commencerait par s'occuper de Molly. Au moins, sa blessure ne semblait pas grave et par conséquent ne l'empêcherait pas d'agir comme il comptait le faire. Les événements échappaient suffisamment à son contrôle pour que son corps ne se mette pas de la partie, lui aussi. Mais, bon sang, que la douleur était intense!

Mason Lord était debout, derrière eux, dans l'embrasure de la porte. Les bras croisés, il n'ouvrit pas la bouche. Miles, assis à côté d'Emma, lui tenait la main. Il savait que la police était arrivée. Il avait entendu les sirènes, les voix, les pas précipités.

— Ramsey, dit Emma, ton dos est tout noir. Enfin, ta chemise. J'espère qu'en dessous ce n'est pas pareil.

— Le Dr Otterly m'a prié de ne pas gémir et m'a dit qu'il s'occupait d'abord de ta maman. Ce qui signifie que ce n'est pas grave de tout, mon ange.

Le médecin fit le dernier point de suture sur le bras de Molly puis nettoya le sang en tamponnant la blessure à l'aide d'un coton imbibé d'alcool.

— Parfait, dit-il en se redressant. Encore deux piqûres, le bandage, et c'est terminé.

Molly se retrouva bientôt avec le bras en écharpe.

— Ça vous évitera le tiraillement des points de suture, expliqua le Dr Otterly.

Ce fut alors au tour de Ramsey. Aussitôt Emma lui prit la main.

— Je suis là. Ça va aller, Ramsey.

— Merci, mon ange. J'ai besoin de toi.

En dépit de la douleur, il parvint à rester immobile. Mais, une fois que le médecin eut réussi à lui enlever sa chemise et à lui nettoyer le dos, il eut l'impression que toute une année — une année très douloureuse — venait de s'écouler.

— C'est moins grave que je ne le pensais, observa le Dr Otterly. Votre veste vous a sauvé la peau. La brûlure frise le second degré : vous allez avoir des cloques, mais la cicatrisation sera relativement rapide. Il y a aussi des hématomes. Je vais vous mettre une pommade aux antibiotiques et un pansement que vous garderez pendant deux jours. Vous vous en sortez bien, monsieur le juge.

Le médecin rangea son matériel avant de reprendre :

— Si l'un de vous deux a un problème, n'hésitez pas à m'appeler. Ah! Je vous laisse une petite réserve d'antalgiques. Madame Santera, vous en aurez besoin pour les deux ou trois prochains jours.

En souriant à Emma, le médecin ajouta :

— Maintenant, petite demoiselle, j'ai quelque chose pour toi. Je pense que ça va te plaire.

Nullement convaincue, Emma recula d'un pas.

— Non, non, n'aie pas peur! la rassura le médecin. Je te propose simplement un jus d'orange.

Le Dr Otterly fit un signe à Miles qui s'éclipsa puis revint avec un demi-verre de jus de fruit.

— Tiens, Emma.

Devant ses réticences, Ramsey intervint :

— Comment veux-tu que ta mère et moi prenions

tranquillement soin de nous si toi tu n'es pas en grande forme?

La petite phrase anodine fit son effet : Emma vida le verre. Le Dr Otterly lui tapota la tête en adressant à Molly un signe de connivence.

— Em, tu m'accompagnes? dit alors cette dernière. Je monte. Je me sens un peu secouée tout à coup. Non, ce n'est rien. Simplement mon bras qui m'en veut un peu. J'ai besoin de m'allonger un moment. Tu viens?

— Ma fille n'aura pas de problème? demanda Mason Lord quand elles furent sorties.

— Je lui ai dit la vérité, monsieur. Le métal n'a pas touché le muscle, mais sa blessure est profonde. Je lui ai fait une piqûre d'antibiotique et une contre le tétanos. On peut tout de même dire que, étant donné les circonstances, elle et le juge ont eu beaucoup de chance.

— Qu'avez-vous mis dans le jus d'orange de sa fille?

— De votre petite-fille, vous voulez dire? Un léger sédatif. Dans quelques minutes elle aura envie de dormir.

Le Dr Otterly se tourna vers Ramsey :

— Ne jouez pas les héros. Prenez les médicaments que je vous ai laissés. Et, comme Mme Santera, reposez-vous.

Il regarda une nouvelle fois le dos du juge, fronça les sourcils et scotcha un dernier morceau d'adhésif sur le pansement.

— Ça devrait tenir comme ça. J'espère que vous avez un bon psychologue pour la petite.

— Oui. C'est une femme. Nous allions justement la voir quand c'est arrivé. Autre chose, docteur : j'ai été touché à la cuisse par une balle, il y a environ quinze jours. Vous pourriez jeter un coup d'œil?

— Et moi qui croyais que les juges avaient une vie plutôt tranquille! Baissez votre pantalon, voulez-vous?

Le Dr Otterly examina la cuisse de Ramsey puis conclut :

— Aucun problème. J'ignore comment vous vous êtes soigné, mais ça a marché. La cicatrice est à peine visible. Votre jambe a-t-elle récupéré toute sa force?

— Non, pas encore.

— Dans une semaine, vous pourrez de nouveau courir. Je vous souhaite bonne chance, juge Hunt. Appelez-moi si quelque chose n'allait pas.

Le Dr Otterly salua Mason Lord d'un signe de tête. Ramsey le remercia une nouvelle fois puis laissa Miles lui passer une chemise propre. Il ne sentit aucune douleur.

Mason Lord l'entraîna ensuite dans le séjour où Eve répondait aux questions de la police. Grâce à Dieu, Lord ne s'était pas longtemps opposé à la présence des policiers et avait même accepté de leur parler sans être entouré de ses avocats. Une attitude conciliante qu'il avait dû juger raisonnable alors qu'un meurtre venait d'être commis dans sa propriété. Ni Molly ni Ramsey n'avaient encore vu la police. Emma était à l'abri de leurs questions au premier étage. S'il n'avait tenu qu'à lui, Ramsey serait déjà monté lui aussi.

Trois policiers en civil se tenaient sur le bord de leur fauteuil, visiblement aussi mal à l'aise dans ce décor somptueux et en présence de la superbe Mme Lord que des hommes affligés d'hémorroïdes. Tous trois se levèrent lorsque Ramsey et leur hôte entrèrent dans la pièce.

Mason Lord se présenta, inclina brièvement la tête

en s'adressant à chacun d'entre eux, alla s'asseoir près de sa femme, puis, regardant ses mains, se mit à balancer la jambe.

L'un des policiers se tourna vers Ramsey.

— Monsieur le juge? Je suis Riley O'Connor. C'est un honneur et un plaisir de vous rencontrer, monsieur.

L'inspecteur O'Connor, plus âgé que Ramsey d'une bonne quinzaine d'années, était chauve et maigre comme une planche à clous. Ses yeux noirs brillaient d'intelligence et d'humour.

— Nous sommes ravis que votre blessure soit sans gravité.

Les deux hommes échangèrent une poignée de mains. Puis O'Connor présenta le brigadier Burnside et l'inspecteur Martinez.

Mason Lord s'éclaircit alors la gorge et demanda :

— Avez-vous obtenu toutes les informations que vous recherchiez, messieurs?

O'Connor leva un sourcil noir.

— Non, monsieur, notre enquête est à peine commencée. Nous avons sur les bras un meurtre d'une particulière violence. Mme Lord n'a pas eu le temps de nous informer amplement. Toutefois, j'aimerais m'entretenir d'abord avec le juge Hunt, puis avec vous, si vous êtes disponible, monsieur.

Mason Lord hocha imperceptiblement la tête, se leva et alla se servir un cognac.

— Bien, dit Ramsey. Dans ce cas, allons dans le bureau de M. Lord. S'il n'y voit pas d'inconvénient, bien sûr.

N'ayant pas le choix, ce dernier accepta, non sans trahir sa contrariété. Les deux autres policiers se levèrent pour retourner sur le lieu du crime où opérait l'équipe scientifique. Dans le corridor, Ramsey entendit Burnside remarquer :

— On m'a dit qu'il ne restait pas grand-chose du cadavre.

— Les trois autres ont eu une chance incroyable, répondit Martinez. C'est une drôle d'affaire, Tommy, crois-moi. Ce type, ce Gunther, n'a rien voulu nous dire. J'ai l'impression qu'on ne tirera rien des employés de Lord.

— Probablement. Et Hunt, que fait-il ici? Avec un type comme Mason Lord? On le dit tellement rigoriste.

Ramsey ne put entendre la suite. Rigoriste, disait-on de lui? Ce n'était pas pour lui déplaire.

A ses côtés, Riley O'Connor se mit à rire.

— On n'a pas fini d'en entendre! s'exclama-t-il. Désolé, mais tout va sortir au grand jour, maintenant. Les détails du kidnapping, votre fuite pour échapper à on ne sait qui, des Rocheuses jusqu'ici. On va avoir droit à une tonne d'hypothèses. Enfin, vous savez ce que c'est avec les médias... Les reporters font de vous un saint ou un diable, selon la façon dont vous les traitez. Quant aux photographes, je parierais que vous avez déjà eu envie d'en assommer plus d'un.

— Oh oui!

Ramsey n'avait pas oublié que c'était à cause des paparazzi qu'il était parti se réfugier dans les Rocheuses. Mais en découvrant Emma, il avait finalement réalisé qu'il n'avait eu jusque-là que des problèmes mineurs.

— Cependant, ajouta-t-il, il est bon qu'on entende parler de toute cette affaire. Laissez la presse s'en donner à cœur joie.

— Pourquoi?

— C'est une façon de protéger Emma. Ceux qui la

recherchent feront peut-être marche arrière si un complot est invoqué publiquement.

— Un complot?

— Attendez quelques instants, dit Ramsey en souriant.

Ils entrèrent dans le bureau, et Ramsey referma la double porte derrière eux. Son dos commençait à lui faire mal. Il dut grimacer car O'Connor déclara :

— Je crois savoir que vous avez reçu un sacré coup dans le dos.

— Oui. Un morceau de siège en flammes m'est tombé dessus. Mais, à plat, sans pénétrer dans la peau. Mme Santera, elle, a eu le bras ouvert. Elle est avec sa fille.

A peine eut-il terminé sa phrase que l'on frappa à la porte. Il alla ouvrir. Molly apparut, le bras en écharpe, l'auréole de ses cheveux roux accentuant la pâleur de son visage; son regard était cependant calme et ses yeux d'un vert limpide. Pour la première fois il remarqua avec plaisir quelques légères taches de rousseur dessinant un arc de cercle à la racine du nez.

Elle semblait prête à s'effondrer. Il fit un pas vers elle puis s'immobilisa.

— Que faites-vous ici, Molly? Emma va bien?

— Oui. Il n'y a pas de problème. Elle s'est endormie, sinon je ne serais pas descendue. Miles la surveille. Je voudrais parler à l'inspecteur en même temps que vous. Ce serait idiot de l'obliger à répéter la plupart de ses questions pour n'obtenir que des réponses semblables. Et puis, si l'un de nous oublie quelque chose, l'autre s'en souviendra peut-être. Et ce sera du temps de gagné.

Elle s'avança vers O'Connor, la main tendue.

— Je suis Molly Santera.

— Comment? Vous voulez dire que la victime, Louey Santera, la star du rock, était votre mari?

— Mon ex-mari. Nous étions divorcés depuis deux ans.

— Molly, désirez-vous un cognac?

Elle secoua d'abord la tête puis se ravisa.

— Après tout, pourquoi pas? Si l'effet est celui d'une potion magique...

Ramsey versa du cognac dans trois ballons. L'inspecteur O'Connor en prit un en souriant, perdit finalement son sourire en regardant l'alcool, puis posa le verre sur une petite table.

— Merci. Peut-être plus tard.

Il sortit de sa poche un petit magnétophone.

— Je peux enregistrer?

Il mit l'appareil en marche, s'identifia en premier avant d'identifier Ramsey et Molly, indiqua la date et le lieu de l'entretien, puis commença par préciser :

— Comme je vous le disais tout à l'heure, monsieur le juge, la mort de M. Santera va attirer autant de reporters que le procès d'O.J. Simpson à Los Angeles. Et, quand tout ce qui concerne le kidnapping de sa fille sera étalé dans la presse, on ne sait pas ce qui peut arriver.

— Mais nous n'avons pas le choix... Je crois que vous devriez commencer par interroger Mme Santera. Molly, l'inspecteur O'Connor a besoin d'entendre tout ce que vous savez. La bombe n'était pas destinée à tuer Louey. C'est nous trois qui étions visés.

— Je sais, murmura Molly.

Elle but une autre gorgée de cognac, reposa son verre et s'éclaircit la gorge.

— Tout a commencé avec l'enlèvement d'Emma. Mon Dieu, Ramsey, quand je pense que c'est arrivé il y a seulement un peu plus de trois semaines. Tant de choses se sont passées depuis !

— Votre fille a été enlevée à votre domicile, madame ?

— Non. Dans le petit parc, juste derrière la maison. J'étais en train d'y faire des photographies. Je...

Molly s'interrompit brusquement, les mains crispées sur ses genoux.

Ramsey intervint d'une voix ferme :

— Ce n'est pas votre faute, Molly. Racontez simplement à l'inspecteur ce qui s'est produit.

Molly n'avait pas encore eu le temps de reprendre la parole que la porte s'ouvrit : Dillon Savich et Lacey Sherlock, agents spéciaux du FBI, entrèrent dans le bureau.

— Salut, Ramsey, lança Savich, je suis vraiment heureux de te retrouver entier. On a entendu parler de l'explosion, en chemin. Tu te souviens de Sherlock, n'est-ce pas ? Personne n'oublie Sherlock.

Dillon Savich regarda Riley O'Connor, sourit et lui tendit la main.

— Nous sommes du FBI mais ne vous en faites pas, nous n'avons pas l'intention de vous supplanter. Nous sommes des amis du juge Hunt, et nous ne cherchons qu'à aider.

Le Dr Loo se pencha sur le nouveau piano d'Emma, tout juste sorti de sa boîte, appuya sur deux touches et sourit.

— Tu sais jouer *Brille, brille, petite étoile* ?

— Il y a longtemps que je ne l'ai pas joué.

Ramsey regarda Emma en souriant.

— Tu pourrais peut-être nous faire entendre quelques notes? demanda-t-il.

Emma lui rendit son sourire, contempla le piano posé sur une petite table dont le vernis lui renvoyait son image, puis approcha lentement son doigt d'une touche. Mais, renonçant à l'enfoncer, elle se tourna vers le Dr Loo.

— Je ne peux pas jouer aujourd'hui. Je suis désolée, mais je crois que ça ne serait pas bien. Mon vieux piano vient juste de mourir.

Oh, non! se dit Ramsey, au bord des larmes. Devançant Molly, il souleva Emma et la serra dans ses bras.

— Tu as raison, mon ange, il faut d'abord que tu pleures ton vieux piano. Tu joueras pour le Dr Loo la prochaine fois.

Mise au courant des derniers événements par Molly, le Dr Loo passa sous silence la mort violente du père d'Emma.

— M. Lord, ton grand-père, nous a envoyé un portraitiste, annonça-t-elle à Emma. On aimerait que tu nous décrives l'homme qui t'a enlevée et que tu as vu à la fenêtre de ta chambre. Tu penses y arriver?

La petite parut anxieuse, puis hocha la tête.

— Je vais essayer, docteur Loo.

La réceptionniste fit entrer un homme âgé et chauve, un certain Raymond Block, que la police employait depuis vingt-sept ans.

— Ne vous inquiétez pas, dit-il en s'installant à côté d'Emma. J'ai l'habitude de travailler avec des enfants.

— Tu es prête, Emma? Ah! Attendez un instant, monsieur. J'ai besoin de me gratter sous mon plâtre.

Eleanor Loo prit le temps nécessaire pour se soulager. Puis, pendant trois quarts d'heure, M. Block dessina, gomma, retoucha, gomma de nouveau, rectifia encore.

— C'est lui ! s'écria finalement Emma.

L'artiste montra le portrait au Dr Loo, puis à Ramsey et Molly.

— Ça alors ! s'exclama cette dernière, les yeux écarquillés. Tu es certaine, ma chérie, que c'est cet homme qui t'a enlevée, et que tu as vu l'autre nuit ?

— Oui, c'est bien lui qui m'a volée. Et puis il est revenu et m'a regardée en souriant par la fenêtre.

Ramsey secouait la tête, ne sachant s'il devait rire ou pleurer.

— Eh bien ! Le moins qu'on puisse dire c'est que tu n'avais pas dû le rencontrer souvent près de chez toi, Emma. Non, je crois bien que cet homme-là vit dans un endroit beaucoup plus prestigieux.

Les indications d'Emma avaient abouti au portrait du président Clinton. A une différence près : l'homme avait les dents gâtées.

19

Deux heures plus tard, Ramsey et Molly étaient assis face à Dillon Savich et Sherlock dans la petite salle à manger attenante à la cuisine. Miles leur avait servi du café et un pain aux noix — comme Emma l'aimait — confectionné le matin même. Le majordome, ainsi que Gunther, se tenait en retrait, près de la porte donnant sur le couloir.

— Oui, dit Ramsey, la ressemblance avec Clinton était parfaite.

Sherlock, qui buvait le café jamaïcain de Miles, avala de travers.

Savich lui donna une tape dans le dos.

— Ressaisis-toi, Sherlock. Réfléchis : ce type portait peut-être un masque ; un masque qu'il n'aurait jamais enlevé... Ce ne devait pas être très confortable.

— Non, admit Molly tout en tendant un verre d'eau à Sherlock. Et s'il continue à le porter, c'est parce qu'ils veulent Emma vivante, et incapable ensuite d'identifier ce type.

Ramsey retira un gros morceau de noix de sa tranche de pain.

— Dans ce cas, remarqua-t-il, pourquoi auraient-ils cherché à nous tuer, tous les trois ?

Soudain, après une nouvelle gorgée de café, Sherlock frissonna.

— Ce café est délicieux, mais je crois bien qu'il va me tuer.

— De toute façon, tu ne devrais pas en boire. Ce n'est pas bon pour les femmes enceintes.

— Merci d'en parler!

Les mains plaquées sur son ventre, Sherlock se leva et se précipita vers la porte que Miles s'empressa d'ouvrir.

— Au bout, à gauche! lui cria-t-il.

— Mince, j'avais oublié! expliqua Savich. Vous n'allez pas le croire, mais dès que je parle de son état devant elle, elle a des haut-le-cœur. Autrement, elle va très bien.

Ramsey voulut faire un commentaire, puis finalement secoua la tête en souriant et tendit la main à son ami.

— Félicitations, Savich.

— De ma part également, ajouta Molly.

— Elle sera parfaitement remise dans deux minutes, et, dorénavant, je vous promets de faire attention à ce que je dis. Pauvre Sherlock. Elle a tant besoin de tout contrôler...

— Pourtant, elle t'a épousé, remarqua Ramsey.

Savich éclata de rire.

— Tu devrais lui en parler et attendre sa réponse!

— Vous êtes toute l'année au FBI, votre femme est enceinte, pourquoi avez-vous décidé de nous consacrer une semaine, au lieu de prendre des vacances? demanda Molly.

Soudain sérieux, Savich se pencha en avant, les coudes sur la table, le menton appuyé sur ses mains croisées.

— Ça fait un moment que je connais Ramsey. Nous avons eu l'occasion de collaborer étroitement lorsqu'il travaillait avec le procureur général, à San Francisco, et nous avons beaucoup de choses en commun. J'ai de l'admiration pour Ramsey, madame, et ce qui se passe ne me plaît pas. Quant à Sherlock, elle n'est agent spécial que depuis un an, mais elle est brillante, elle a du cran et, bien qu'elle soit enceinte, elle n'aurait jamais renoncé à venir. Ah ! Si vous pouviez éviter tous les deux de prononcer le mot tabou devant elle, ce serait très appréciable.

— Je pensais que c'était uniquement le fautif qui devait se l'interdire, remarqua Ramsey.

— Peut-être, je n'en sais rien. Au fond, vous pouvez essayer de le glisser, comme ça, dans la conversation. Ce serait l'occasion de faire une petite expérience.

— On verra, répondit Molly. En attendant, merci d'être venus, tous les deux.

— De rien. Mais quel pétrin ! Sherlock n'aime pas plus que moi ce qui vous arrive. Alors, ce type, il portait un masque, ou bien c'est le roi du grimage... Dans le premier cas, il fallait que ce soit un masque formidablement réussi pour qu'Emma ne l'ait pas remarqué. Moi, je pencherais plutôt pour la deuxième option.

— Moi aussi, dit Molly, ça me paraît plus vraisemblable. Mais, en dépit de la ressemblance frappante avec Clinton, Emma n'a pas oublié les dents gâtées. Elle est vraiment bien, ma fille.

— Moi qui ne suis pas son père, ajouta Ramsey, je dirais qu'elle a l'esprit mieux affûté que votre rasoir, Molly.

— Je vous avais recommandé de ne pas l'utiliser.

— J'ai eu de la chance de ne pas me trancher la

gorge avec. (Ramsey revint à Savich.) C'est vrai que tu n'as pas l'intention de supplanter la police locale?

— Exact. Nous sommes officiellement en vacances. Mais j'ai amené Maxine...

— Max a de nouveau changé de sexe, il y a trois jours, expliqua Sherlock en réapparaissant, une serviette mouillée à la main.

Elle s'essuya le front, mais son visage était souriant.

— C'est la deuxième fois depuis que je connais Dillon, précisa-t-elle.

— Ce n'est pas parce que Max cherche un moyen de s'adapter à la présence de Sherlock, poursuivit Dillon. Il a commencé ce genre de fantaisie il y a quatre ans. (Il regarda sa femme.) Ça va mieux?

— Oui. Ce n'était qu'un petit dérapage, comme tu dis. Bon, maintenant, on fournit à Maxine nos dernières informations et on attend de voir ce qu'elle va nous sortir.

Devant l'évidente perplexité de Molly, Sherlock précisa :

— Dillon est le chef de la brigade criminelle du FBI. Nous travaillons avec les polices locales, puis nous fournissons toutes les données dont nous disposons à Max-Maxine, rapports de police, profils, rapports d'autopsie, du labo, témoignages oculaires, etc. Il analyse les informations recueillies sous différents angles plus rapidement que n'importe qui. En un an, nous avons pu ainsi aider les polices locales à résoudre six énigmes criminelles.

— Ramsey, dit Savich, je vais demander à Anchor ce qu'ils ont trouvé dans le chalet où a été séquestrée la petite. Il devait bien y avoir des traces de leur présence. Et puis, je commanderai à Maxine la liste des individus déjà responsables d'enlèvements d'enfants *et* connus pour leur goût du grimage.

— D'après Emma, informa Ramsey, son agresseur fumait, buvait, et avait des dents gâtées. Une fois, en sortant d'un cauchemar, elle s'est même souvenue qu'il lui avait déclaré avoir plus besoin d'elle que Dieu n'avait besoin de lui.

— On sait aussi, ajouta Molly en baissant les yeux, qu'il a simplement utilisé de la ficelle pour la ligoter. Parce que... parce que c'était suffisant pour une petite fille.

— Ce sont des renseignements précieux, observa Savich.

Sherlock posa un instant sa main sur l'épaule de Molly.

— Dillon et moi sommes à votre disposition. Nous avons pris une semaine de vacances.

— Je leur ai déjà dit, précisa Savich en attirant sa femme sur ses genoux. Ils n'ont pas vraiment applaudi, mais quand ils nous verront à l'œuvre, on ne les tiendra plus. Je vais appeler la police de Denver : nous disposerons ainsi des résultats de l'analyse des débris de la Mercedes. En attendant, Sherlock peut traduire ce que vous savez en données utilisables par Maxine.

— Et, à partir de là, il nous suffira d'appuyer sur une touche pour qu'elle nous fasse sa petite cuisine, poursuivit Sherlock. Pourquoi ne pas commencer tout de suite? A votre avis, où Santera avait-il l'intention d'aller en prenant la Mercedes?

— Nulle part, affirma Molly. Il n'y avait pas réfléchi. Il était terrorisé, il a perdu la tête. Rien d'étonnant de sa part, d'ailleurs.

— Mais cette fois-ci, ce pauvre type y a laissé sa peau, dit Ramsey.

— Si c'est lui qui a organisé le kidnapping d'Emma, il n'a eu que ce qu'il méritait, observa Molly. Mais comment peut-on le prouver?

— Il faut suivre la piste de l'argent, dit Savich. Je vais demander un mandat de perquisition afin de passer au crible sa comptabilité. C'est là que l'on trouve toujours quelque chose.

— Vous n'avez pas besoin d'un mandat, intervint Mason Lord. Je me charge de vous transmettre ses comptes.

Le maître de maison se tenait sur le seuil de la cuisine, avec Gunther juste derrière lui.

— Je préférerais que vous n'interveniez pas, monsieur, lui répondit Savich. Laissez-nous faire notre travail. Ce sera sans doute un peu plus long, mais nous resterons dans la légalité. En l'occurrence, c'est particulièrement recommandé.

— Je connais très bien le comptable de Louey. Je lui parlerai. Il ne demandera pas mieux que de se montrer coopératif. Il l'a toujours été avec moi.

Sherlock regarda Mason Lord en se demandant comment il pouvait à la fois tant ressembler à son propre père et être si différent de lui. C'étaient deux hommes de pouvoir, mais l'un faisait appliquer la loi et l'autre y contrevenait sans cesse.

— Si M. Lord et le comptable de Santera sont de grands amis, dit-elle, il me semble que cette situation peut nous être utile. Qu'en pensez-vous, monsieur le juge? La démarche de M. Lord pourrait-elle être juridiquement acceptable? Des preuves, obtenues dans ces conditions, seraient-elles valables dans un tribunal?

— Certainement. Mais je tiens à vous préciser, monsieur, que toute violation de domicile est hors de question.

Molly se rendit soudain compte que son père s'était tenu jusque-là raide comme un piquet. Maintenant, elle le voyait se décrisper. Ses belles mains d'aristocrate se dénouaient, ses longs doigts se détendaient. La police acceptait sa coopération. Oh, bien sûr, il ne souriait pas! Mais elle perçut dans son expression un peu plus de chaleur qu'à l'ordinaire.

Le crâne rasé, Warren O'Dell avait tout d'un docker et rien d'un comptable, en dépit de ses petites lunettes cerclées de métal.

Lorsqu'il parlait, on lui voyait deux dents jaunies par la nicotine, et il avait des cals sur les paumes et à l'extrémité des doigts.

Tout en ne voulant voir que Mason Lord, il glissa un regard en coin vers Ramsey. Puis il changea brusquement d'attitude.

— Je vous connais, dit-il.

Ramsey lui sourit et se présenta.

— Ah, vous êtes ce juge fédéral de Californie qui a foncé sur les terroristes qui avaient investi son tribunal!

— Ils n'étaient qu'un petit groupe, précisa Ramsey.

Mason Lord s'éclaircit la gorge. Aussitôt, Warren O'Dell pâlit.

— Oui, monsieur, dit-il en désignant d'un geste large un canapé de cuir blanc. Je vous en prie, asseyez-vous. La nouvelle de la mort de Louey m'a accablé. J'allais vous téléphoner.

— Vraiment, Warren? Qu'est-ce qui vous a retenu jusqu'à présent?

Debout au milieu de son magnifique bureau, situé

au dix-neuvième étage d'un building de Michigan Avenue, O'Dell, visiblement terrorisé, donnait l'impression de vouloir se jeter par la fenêtre.

— J'étais sous le choc, monsieur. D'ailleurs, je n'arrive toujours pas à croire que Louey ait été tué dans une voiture piégée. C'est invraisemblable. J'ai entendu dire que vous aviez ouvert votre porte à la police...

La surprise n'épargna pas Ramsey. O'Dell considérait-il Mason Lord comme un dieu bénéficiant d'une totale immunité ?

— Il s'agit d'un meurtre, Warren. Je me conforme aux lois de mon pays, rétorqua Mason d'une voix ferme, comme s'il avait lui-même sollicité la venue des policiers. (Il se tourna vers Ramsey.) Le juge Hunt est l'homme qui a sauvé la fille de Molly.

— Ah, je vois ! Je n'arrivais pas à comprendre pourquoi monsieur le juge était ici. Je suis encore tellement remué par la disparition de Louey ! J'ai préféré donner à ma secrétaire un jour de congé.

— Je constate que vous avez entassé des cartons derrière votre bureau, Warren. Ne me dites pas que vous aviez l'intention de détruire certains documents. A moins que vous ne vous prépariez à prendre de longues vacances ?

— Pas du tout, monsieur. Je faisais simplement un peu de nettoyage.

— Je vais vous trouver quelqu'un pour vous aider.

— Ça ira, je vous remercie. Je n'ai besoin de personne.

Mason Lord éleva légèrement la voix pour appeler Gunther qui, de l'embrasure de la porte, fixait Warren O'Dell. Comme un insecte, pensa Ramsey.

— Oui, monsieur ?

— M. O'Dell a besoin d'aide. Tu vois ces cartons entassés derrière son imposant bureau d'acajou? Nous allons les prendre et y jeter un coup d'œil. Monsieur le juge, auriez-vous l'obligeance de feuilleter les dossiers?

— J'aimerais d'abord poser quelques questions à M. O'Dell.

— Croyez-moi, messieurs, il n'y a rien de...

Mason Lord leva la main. O'Dell s'interrompit instantanément.

— Nous avons ici un juge qui veut vous interroger, Warren. Vous allez lui répondre en toute honnêteté et sans rien omettre.

La transpiration faisait briller le crâne chauve du comptable. Suivant du regard Gunther qui déplaçait les cartons, il s'humecta les lèvres.

— Oui, monsieur, répondit-il.

Ramsey mesura soudain toute l'incongruité de la scène. Il avait devant lui un homme aussi puissant que criminel qui terrorisait un témoin potentiel et lui, juge fédéral, jouait le rôle de complice dans ce qui était probablement du chantage, ou au moins de la coercition. Mais qui allait s'en plaindre?

— Monsieur O'Dell, parlez-moi des finances de M. Santera, commença-t-il.

Warren O'Dell regarda de nouveau Gunther qui revenait vers le bureau, le revolver visible sous son manteau ouvert.

— Louey était ruiné, annonça-t-il finalement. Complètement ruiné. Il avait entrepris cette tournée afin d'éponger ses dettes. Mais puisqu'il l'a interrompue, il n'a pas pu se renflouer.

— Louey était ruiné? s'étonna Ramsey. Et il devait beaucoup d'argent?

— Il croulait sous les dettes. A cause de ce petit consortium, à Las Vegas. Je pense qu'ils avaient fait en sorte que Louey perde gros. Il jouait au poker. C'était un piètre joueur mais il ne voulait pas le reconnaître. Il se croyait le meilleur en tout. Il s'est fait prêter pas loin d'un million de dollars qu'il n'a pas pu rembourser. Ils l'ont laissé continuer en se contentant d'augmenter les intérêts. Puis ils l'ont menacé de s'en prendre à vous, monsieur, à votre fille, et à votre petite-fille.

— Des noms, O'Dell, demanda Ramsey. Des noms et ensuite des faits.

Mason Lord se leva et se dirigea vers le petit bar, un chariot en chrome et verre à trois plateaux aux bords dorés. Il prit une carafe, se versa deux doigts de cognac et se mit à siroter son alcool face aux fenêtres panoramiques.

— Je sais de qui il s'agit, annonça-t-il calmement.

— Ah? s'étonna Ramsey.

— Rule Shaker. C'est juste, Warren?

— M. Rule Shaker est le principal responsable, oui, monsieur. Louey lui avait refusé un contrat à long terme pour son casino. M. Shaker insistait, Louey continuait à refuser, même avec des dettes jusqu'au cou. Et puis il a choisi de faire sa tournée en Europe, où il était plus populaire qu'ici. Il aurait pu rembourser M. Shaker s'il avait donné tous les concerts prévus.

— On a dû vous dire que la bombe était destinée à Molly et Emma, et non à Louey, remarqua Ramsey.

— Oui, en effet. M. Shaker avait prévenu Louey que personne dans son entourage n'était à l'abri. Pour moi, c'est lui qui a fait poser cette bombe. Mais pour tuer la petite. Pas Louey. Il voulait lui prouver qu'il devait prendre ses menaces au sérieux.

— Vous pensez que c'est également M. Shaker qui a organisé l'enlèvement d'Emma?

— Oui, et c'était aussi l'avis de Louey. Il m'a appelé d'Allemagne; il ne savait que faire. Et moi non plus.

— Oui, dit Mason Lord d'une voix pensive. Rule Shaker a fait kidnapper Emma. Mais Louey est mort par erreur...

— Combien avait-il sur ses comptes? demanda Ramsey à Warren O'Dell.

— Environ trois cent mille dollars. Evidemment, il aurait fallu déduire les impôts et diverses charges mais, à la fin de la tournée, il aurait probablement pu rembourser la totalité de ses dettes.

— Où est cet argent?

— Je l'ignore.

— Vous êtes son comptable, remarqua calmement Mason Lord, en se retournant. Et comme Louey était absolument incapable de tenir des comptes, c'était d'ailleurs ma fille qui s'occupait du budget quand ils étaient mariés, il s'en est forcément remis à vous après le divorce. Alors dites au juge où est cet argent.

— Je vous jure que je n'en sais rien, monsieur. Louey ne voulait pas me le dire. J'ai les relevés bancaires : il avait tout retiré, mais sans me dire pourquoi.

— Quand a-t-il effectué ces retraits, monsieur O'Dell?

— Il avait réussi à obtenir une première avance de deux cent mille dollars sur sa tournée, si je me souviens bien. Il a retiré cet argent avant son départ. Il y en a eu une autre de cent mille dollars quand il était déjà en Allemagne, après les premiers concerts. Et elle a aussi disparu. Oui, il a tout retiré. Mais pour en faire quoi? Je l'ignore.

Mason Lord se tourna vers Gunther, silencieux près de la porte.

— Tu as tous les documents ?

— Oui, monsieur.

— Alors on va y aller. Vous avez d'autres questions à poser à Warren, monsieur le juge ?

— Oui. Où étiez-vous ce matin ?

Warren O'Dell sembla sur le point de s'évanouir. Il se gratta la gorge, avala sa salive de travers, toussa.

— J'étais couché. Chez moi.

— Avec quelqu'un ?

— Oui, mon amie, Glennis.

— Donnez-moi son numéro.

Quatre minutes plus tard, Ramsey parlait avec Glennis Clark, serveuse au Downtown Diner, sur O Street.

— Si vous n'êtes pas du genre à tromper un détecteur de mensonges, dit-il à O'Dell après avoir raccroché, et si Mlle Clark n'a aucune raison d'être votre complice, je pense pouvoir affirmer que vous dites la vérité.

Ramsey fit un petit signe de tête en guise d'au revoir et se dirigea vers la porte avec Mason Lord. Mais, au moment de sortir, il se retourna.

— De qui avez-vous si peur, monsieur O'Dell ?

— De M. Shaker. Il m'a déjà appelé en m'accusant d'être responsable de la mort de Louey. Il est hors de lui. Il ne reverra jamais son argent, vous comprenez.

— Pour un type comme lui, un million de dollars, ce n'est qu'une goutte d'eau dans l'océan. Quelle est la vraie raison de sa colère ?

Warren O'Dell hésita un instant puis finalement se lança :

— Il voulait Louey. Quand il a compris qu'il allait être remboursé et qu'il perdrait son seul moyen de pression sur Santera, il a fait enlever la petite. Seigneur, il me tuerait s'il apprenait que je raconte ça !

— Il voulait Louey ? Pour qu'il se produise dans son casino ?

— Entre autres.

20

Ce soir-là, après le dîner, ils passèrent tous ensemble dans le spacieux séjour pour prendre un café et goûter les tartelettes aux abricots confectionnées par Miles. Emma, qui voulait charger le lave-vaisselle, les supplia de ne pas l'envoyer se coucher tout de suite. Il était vingt et une heures passées quand elle suivit Miles dans la cuisine. Ramsey entreprit alors de faire le compte rendu de la visite chez le comptable de Louey.

Quand elle l'entendit rapporter que, selon O'Dell, Rule Shaker voulait Louey, Molly le regarda, effarée.

— Ce type est homosexuel? Il voulait Louey pour amant, c'est ça?

— Quelle histoire! s'exclama Sherlock.

Ramsey sourit. C'était exactement ce qu'il avait cru comprendre de prime abord lui aussi, et avec un étonnement semblable.

Savich se cala au fond de son fauteuil.

— A mon avis, c'est plus compliqué que ça. Allez Ramsey, crache le morceau.

Le sourire de Ramsey s'élargit tandis qu'il adressait un signe de tête à Mason Lord, témoin de sa conversation avec O'Dell.

— On a finalement découvert que ce n'était pas Shaker qui voulait Santera, mais sa fille. Melissa semble être le petit trésor de son père. Papa ne sait rien lui refuser. Elle convoitait Louey, Shaker s'est mis en campagne.

— Et l'a finalement tué, termina Molly, à la fois fatiguée et dégoûtée. Est-ce que j'ai bien compris? Shaker a tendu un piège à Louey dans son casino puis a fait kidnapper Emma en désespoir de cause quand il a vu qu'il échouait. Ensuite, il envoie trois gorilles à nos trousses, essaie finalement de nous supprimer, Emma et moi, et tue Louey par mégarde. C'est ça?

Elle se leva d'un bond, au risque de renverser sa chaise, et se mit à arpenter le séjour, les yeux rivés sur ses chaussures.

— Non mais c'est dingue! Qu'est-ce que c'est que ce malade?

Les yeux plissés, Mason Lord avait rivé son regard sur sa fille.

— Ressaisis-toi, Molly. Il n'est pas impossible que le kidnapping d'Emma soit l'œuvre de Louey. Dans l'espoir de me soutirer l'argent dont il avait besoin et de ne pas toucher à ce que devait lui rapporter sa tournée. Rule Shaker aurait alors voulu tuer Emma pour faire céder Louey. Ce n'était que du business pour lui.

— Mason a raison, intervint Eve en reposant d'un geste gracieux sa tasse de café. Ça s'appelle vouloir quelque chose à tout prix.

— A tout prix? répéta Molly, incrédule.

— Les affaires sont les affaires, insista Mason Lord.

— Non, contredit Ramsey. Louey n'avait rien à voir dans ce kidnapping. Vous ne comprenez donc pas? Une seconde équipe, travaillant pour quelqu'un d'autre, ne pouvait pas avoir le temps de se mettre en place. Emma a été enlevée, je l'ai trouvée, deux hommes sont venus au chalet et ont tenté de nous tuer, puis deux autres nous ont certainement pistés jusqu'ici. Personne ne savait où était Emma, à l'exception des auteurs du kidnapping. Toutes ces séquences sont étroitement liées.

Comme à son habitude, Mason Lord mâchouillait un cigarillo qu'il n'avait pas allumé.

— Bien, dit-il. Il est donc beaucoup plus simple d'exclure Louey de cette affaire d'enlèvement.

— J'ai mal au crâne, annonça Molly en se dirigeant vers la porte. Il est tard et je pense que je ne suis plus d'aucune utilité. Je vais me coucher.

— Je monte aussi, dit Ramsey. Sherlock? Savich?

Savich était assis près de la cheminée dans un imposant fauteuil de cuir, son portable sur une petite table, devant lui.

— Je dois encore parler un peu à Maxine de toute cette histoire.

— Quand elle aura digéré, ajouta Sherlock, elle voudra s'adresser à moi. Elle est volontiers féministe. Nous ne tarderons cependant pas à monter.

Mason Lord offrit sa main à Eve.

— Nous nous retirons, ma chérie?

— Certainement, Mason.

Les regards masculins suivirent le geste d'Eve quand elle lissa sur sa hanche sa robe de soie.

Avant de sortir, Mason Lord se retourna et remarqua d'une voix où pointait l'étonnement :

— J'ai chez moi un juge et deux agents du FBI. C'est une grande première...

Puis il s'éclipsa sans autre commentaire.

Ramsey aurait pu rire si la tension avait été moins sensible. Il se massa la nuque; Emma aurait certainement fait remarquer que son grand-père avait voulu plaisanter. Mason Lord connaissait ce Rule Shaker ou, au moins, en avait entendu longuement parlé. Que pensait-il réellement de toute cette affaire? Tout comme son personnel, il se montrait poli mais peu coopératif avec la police. Que comptait-il faire?

Savich se leva.

— Un peu d'exercice te tenterait? demanda-t-il à Ramsey. Si ton dos le permet, évidemment.

— L'exercice physique est bon pour le stress, remarqua Sherlock à son adresse. J'en fais souvent avec Dillon. Il aime beaucoup m'envoyer au tapis, sous prétexte de m'apprendre le karaté. Mais, depuis que je suis dans cette situation intéressante, il ne veut plus me voir en salle de gym. Allez vous remuer, tous les deux, ça vous fera du bien. Molly, je vous suis au premier étage.

Molly adressa à Ramsey un regard préoccupé. Il hocha la tête en lui souriant.

— Dites à Emma que je viendrai l'embrasser.

Il devinait qu'elle pensait à sa fille; celle-ci avait bien besoin d'être réconfortée après avoir vu son père partir en fumée sous ses yeux.

— Bon, d'accord, Savich. On y va.

Ils avaient sur place tout ce qu'il leur fallait. Gunther les conduisit au sous-sol de l'aile ouest où se trouvait un véritable gymnase ultra-moderne.

— Regarde ça! Tu crois que nous sommes à notre place ici? s'extasia Ramsey en sortant du vestiaire.

— Ecoute, que nous ayons à notre disposition le meilleur équipement du monde, les tapis les plus épais, de l'eau minérale qui vient de France, nous n'en sommes pas moins là pour transpirer, comme ailleurs. Avant toutes choses, laisse-moi te rescotcher ton bandage, si tu ne veux pas attraper les pires crampes.

Quelques minutes plus tard, les deux hommes débutèrent leur séance par cinq minutes de stretching, avant de commencer spontanément et en même temps à tourner l'un autour de l'autre, à préparer leur attaque, pleinement concentrés, l'équilibre parfait. Ce fut Ramsey qui se lança le premier, la jambe levée, avec une attaque du pied droit. Savich se déporta légèrement sur la gauche, lui attrapa la cheville, le repoussa et l'envoya au tapis. Mais Ramsey roula sur le côté et reprit sa position initiale en un éclair. Une douleur lui traversa le dos. Savich s'en aperçut aussitôt.

— Tu es un peu plus rapide que Sherlock, mais la différence n'est pas très sensible, Ramsey. Je crois que ton dos n'est pas encore prêt pour ce genre d'entraînement. On devrait se contenter d'un peu de compétition sur l'une ou l'autre de ces superbes machines.

Au bout d'une demi-heure, ils s'affalèrent sur le dos, les bras en croix, trempés mais avec une sensation de bien-être que quelques brasses dans la piscine allaient parfaire.

— Ah, ce n'est pas désagréable ! avoua Ramsey en se hissant hors de l'eau. J'avais oublié combien on se détend en remuant les fesses. Même mon dos apprécie.

— Tu prêches un converti.

Ramsey offrit sa main à Savich et les deux hommes s'assirent sur le bord en mosaïque bleue du bassin, dans la douce ventilation des lieux, couverts mais pleins de verdure.

— Pas mal, reconnut Savich. On se croirait dans une forêt tropicale.

— Sans boa constrictor, j'espère.

— Regarde, là-haut : une caméra. Ah, qu'est-ce que je croyais ? Que notre hôte nous accueillerait à bras ouverts et nous laisserait aller et venir à notre guise? Je suis sûr qu'il y a aussi des micros.

— Qu'importe. Je demanderai à Miles de me faire découvrir tout l'équipement. C'est sûrement du super matériel.

— Tu as vu des femmes parmi ses gardes du corps?

— Non. Je ne pense pas qu'un Mason Lord recrute volontiers des éléments féminins. Quant à Eve, je suis un peu surpris qu'il ait pris la peine de l'épouser, bien qu'il la regarde avec lubricité et l'immense satisfaction de la savoir à lui seul. Mais, à la réflexion, elle a dû exiger le mariage avant de coucher avec lui. Ce n'est pas une rêveuse.

— Oh, que non!

— En ce qui concerne Molly, elle ne s'en sort pas mal avec lui. Quand nous sommes arrivés ici, la peur qu'il lui inspirait, le malaise que suscitait le fait qu'elle eût besoin de sa protection étaient tangibles. Mais, à la première insulte, elle a riposté, et il a reculé. Et, crois-moi, maintenant que je le connais un peu mieux, je sais ce qu'il lui en coûte.

— Dis-moi, qu'est-ce qui se passe ici, à ton avis?

Ramsey se leva lentement. Il était presque sec; son dos commençait à lui faire mal mais il ne regrettait nullement de s'être donné un peu d'exercice. Attrapant une serviette de bain d'un moelleux qui trahissait son prix, il la mit autour de ses épaules et en prit un coin pour s'essuyer le visage.

— Qu'est-ce qui se passe ici? répéta-t-il en se séchant l'oreille. Je ne le sais pas plus que toi. Je manque de distance, j'ai trop participé au jeu. Je me dis cependant que seule une personne présente dans l'enceinte de cette propriété a pu poser la bombe dans la Mercedes. Nul ne peut entrer ici sans être repéré. Je me demande comment Mason Lord compte faire avouer le coupable.

— Que sais-tu exactement de Molly Santera ?

Ramsey sourcilla, plus troublé par le sérieux de Savich que par sa question.

— Je peux te dire qu'elle ne songe qu'à protéger sa fille, qu'elle est forte et courageuse, comme Sherlock, et qu'elle peut avoir une détermination inébranlable. Elle a aussi des cheveux magnifiques. Roux, mais d'un autre roux que ceux de ta femme. Ils me font penser à un coucher de soleil que j'ai contemplé un soir, en Irlande, dans le Connemara.

Ignorant l'élan romantique de Ramsey, Savich détourna le regard et demanda :

— Tu savais que, l'été de ses douze ans, on l'a accusée d'avoir laissé son frère se noyer ?

Ramsey en laissa tomber sa serviette et regarda Savich en secouant la tête.

— Non. Je ne peux pas croire une chose pareille. Ça ne lui ressemble absolument pas.

— Désolé, Ramsey, mais Sherlock a trouvé cette information dans un dossier vieux de quinze ans. Ne t'imagine pas qu'elle ait voulu jouer les fouille-merde. C'est simplement son professionnalisme qui la pousse à ne rien laisser au hasard.

— Je veux bien qu'elle compte mes grains de beauté si elle pense que ça peut faire avancer l'enquête. Mais, à mon avis, cette histoire de noyade, c'était forcément un accident. Jamais Molly n'aurait laissé sa chair et son sang mourir devant elle sans bouger. Non, c'est impossible. Même pour son salaud de père, elle viendrait à la rescousse.

Savich haussa les épaules.

— Bien sûr, il y a eu une enquête, mais elle n'a

conduit à aucune conclusion définitive. A l'époque, tout le monde s'est dit que Molly haïssait son frère parce qu'il était le préféré de leur cher papa. Il était l'héritier, le seul qui comptait. L'idée que Mason Lord ait épousé Eve pour avoir un autre fils me paraît très possible.

« Sa première femme, Alicia, et lui avaient divorcé alors que Molly allait avoir huit ans et son frère, six, continua Savich. Molly est partie avec sa mère en Italie et le fils est resté ici, avec son père. La noyade s'est produite alors que Molly était venue en vacances, comme chaque année. A dix-huit ans, elle est allée à Vassar. Puis, un an plus tard, elle s'est installée ici. Tu ne peux pas ignorer cette affaire. Molly était peut-être innocente, mais le point d'interrogation demeure, et il faut se le dire.

— Tu voudrais que je croie qu'elle a quelque chose à voir avec l'enlèvement de sa fille?

— Non. Mais en ce qui concerne Louey... Suppose qu'il n'y ait pas eu d'erreur, que c'était bien lui la cible.

— Ecoute : ils étaient divorcés, elle n'avait pas besoin de le tuer pour se débarrasser de lui. De plus, comment aurait-elle su qu'il essaierait de se sauver? Ce n'était pas prévu au programme. Il a fallu qu'il s'affole pour tenter ce coup.

Savich se leva et fit face à Ramsey.

— Elle l'aura peut-être convaincu que son père se préparait à le tuer, qui sait? Elle l'aura alors poussé à s'enfuir en prenant la Mercedes. Réfléchis. Nous connaissons à peine toutes ces personnes. Ne fais pas l'autruche simplement parce que cette femme a suscité chez toi de l'admiration, ou parce qu'elle a de beaux cheveux.

Ramsey sentit son cœur s'emballer et ses douleurs dorsales s'amplifier. Rien ne pouvait accréditer ce que suggérait Savich. Il avait vu Molly dans des situations périlleuses, et à aucun moment elle ne l'avait déçu. Et il se trompait rarement sur les gens.

— Je ne la vois pas fabriquer une bombe, dit-il. Je ne vois pas non plus comment elle aurait pu faire appel à quelqu'un en si peu de temps. Non, pour moi, ça reste invraisemblable.

— Pourtant, elle est la fille de Mason Lord. Mais je peux me tromper. Tu sembles bien la connaître, quoique depuis peu. (Savich soupira et se massa la nuque.) Ce qui est sûr, c'est qu'elle était bien placée pour faire entrer quelqu'un discrètement. Au besoin avec une bombe toute prête...

Ramsey secoua la tête, incrédule, puis se retourna et sortit. Son dos le faisait souffrir.

21

Il faisait nuit noire sous d'épais nuages porteurs de pluie. Cependant, en cette fin de printemps, un doux parfum de fleurs flottait dans la lourdeur de l'air. Ramsey se tourna sur le côté en ramenant la couverture sur lui. Il avait jeté son oreiller sur le plancher quelques heures plus tôt.

Il s'allongea de nouveau sur le dos. Puis, brusquement, il fut projeté dans une pièce sombre où s'agitaient des silhouettes floues, où s'entremêlaient des voix de plus en plus fortes. Soudain, la pièce s'éclaira : les images devinrent distinctes. Il reconnut son tribunal ; il se vit sauter par-dessus la barre, sa robe noire volant autour de lui, puis, la jambe tendue, arracher d'un coup de pied un semi-automatique des mains d'un homme. L'arme ricocha sur le plancher tandis qu'il entendait se briser un humérus et fuser un hurlement de rage. Les yeux de l'homme reflétèrent une douleur intense ; pris de panique, il avança vers son arme tout en tenant son bras cassé.

Ramsey l'attaqua de nouveau et, d'un coup de poing dans les côtes, l'envoya sur le plancher. Les cris de l'assistance résonnaient dans sa tête. Un deuxième agresseur pivota sur ses talons pour lui faire face, le semi-automatique levé, prêt à tirer. Ramsey se jeta à terre, fit un roulé-boulé puis se redressa et, sur une torsion des hanches, s'élança pour attraper le poignet de l'homme, évitant ainsi d'être dans la ligne de tir. De sa main libre, il le frappa à la gorge, lui écrasant la trachée artère, pendant que la mitraillette allait heurter la barrière séparant le public du banc de l'accusé.

Les cris fusaient de plus belle. Ils emplissaient la salle, s'insinuaient dans son cerveau. Ramsey vit un troisième homme se tourner sur lui-même en un mouvement lent et précis. Réalisant l'échec du commando, il leva son arme et se mit à tirer à l'aveuglette. L'un des avocats de la défense fut touché à l'épaule. Sa chemise impeccablement blanche se macula de sang, tandis que l'impact de la balle le projetait en arrière vers le premier rang du public où trois femmes s'étaient recroquevillées sur elles-mêmes. Ramsey sentit une balle passer à un centimètre de sa tempe. Il se jeta à terre, saisit une arme sur le plancher et, visant le tueur, appuya sur la détente. L'homme atterrit contre le mur dans une gerbe de sang. Les cris n'en finissaient pas de s'amplifier dans le prétoire.

Ramsey se redressa sur son lit en un sursaut, le front luisant de sueur. Il se prit le visage dans les mains. Mon Dieu, que de sang! On eût dit qu'il en pleuvait.

— N'aie pas peur, Ramsey.

Emma était venue s'asseoir à côté de lui. Ses petits doigts effleuraient son bras.

— C'était seulement un cauchemar, un vilain cauchemar, comme j'en fais moi aussi. Ne t'inquiète pas. Je reste jusqu'à ce que tu te sentes mieux.

— Emma, dit-il, surpris par le simple fait d'avoir pu prononcer un mot.

Il s'installa sur le bord du lit et, prenant l'enfant sur ses genoux, l'enveloppa de ses bras.

— Je t'ai entendu, expliqua-t-elle contre son épaule. J'ai eu peur pour toi.

— Merci d'être venue. J'ai fait un très mauvais rêve. J'ai revu quelque chose qui s'est passé il y a trois mois. Depuis plusieurs semaines, je n'en rêvais plus. Et puis, tu vois, ça a recommencé.

— C'est triste, Ramsey. Que s'est-il passé il y a trois mois ?

— J'ai dû tuer des gens.

Elle s'écarta un peu de lui et le regarda.

Les yeux habitués à l'obscurité, il put constater qu'elle l'observait avec confiance.

— Je suis sûre que tu étais obligé de le faire. Ils devaient le mériter.

Il plongea son regard dans celui de cette enfant, déjà témoin et victime de tant de souffrances. Il lui devait la vérité.

— Oui, ils le méritaient. Ils avaient fait irruption dans mon tribunal avec des mitraillettes, pour tenter de libérer des trafiquants de drogue qui venaient d'être jugés coupables. Ils se sont mis à tirer sur les jurés. Alors j'ai arrêté le carnage.

— Emma ? Que fais-tu ici, ma chérie ?

— Maman, Ramsey a fait un cauchemar. Je l'ai entendu. Je me suis dit qu'il avait besoin de moi.

— Je me sens mieux, Molly. Emma m'a aidé à revoir certaines choses différemment.

— On va t'aider à te rendormir, proposa la petite fille.

— Je crois que je sens la sueur, mon ange. Tu ne voudrais pas rester longtemps près d'un type qui transpire, n'est-ce pas ?

— Ça va, c'est pas trop pénible, tu sèches vite.

Emma se mit à bâiller tandis que sa tête tombait sur l'épaule de Ramsey. Il regarda Molly, debout dans l'embrasure de la porte, vêtue d'un long tee-shirt blanc sur lequel on pouvait lire, en lettres bleues : *Les flashes sont ma spécialité.*

— On peut rester toutes les deux sur la couverture, dit-elle. Je suis étonnée de ne pas vous avoir entendu, et de ne pas m'être aperçue tout de suite qu'Emma avait quitté le lit.

Elle s'installa près de Ramsey et lui prit Emma pour la coucher contre sa hanche.

— La prochaine fois, c'est moi qui ferai un cauchemar.

— Ça va bien, Ramsey?

— Oui, puisque tu es ici, mon ange.

— Raconte-moi tout ton cauchemar. Maman dit que ça aide de parler.

Quand il eut longuement décrit la scène, Molly s'étonna.

— Comment ont-ils réussi à entrer dans un tribunal avec des armes?

— Ils avaient soudoyé un garde, qui est aujourd'hui en prison.

— Ah, oui, je me souviens! C'était expliqué dans la presse. Enfin, c'est du passé. Comment va votre dos?

— Ça va. La brûlure n'est pas très grave.

— Tant mieux, Ramsey. J'en suis très heureuse.

Emma s'était endormie. Doucement Molly effleura l'épaule de Ramsey. Aussitôt, il se crispa et s'éclaircit la gorge.

— Pardonnez-moi mais je suis en sueur.

— Rassurez-vous, pas au point de mouiller la couverture.

Il entendit le souffle régulier d'Emma qui dormait maintenant d'un sommeil profond et, bien qu'il se trouvât haïssable, les mots lui échappèrent :

— Parlez-moi de votre petit frère.

Il la sentit se raidir. Puis, dans le silence, elle soupira.

— C'était un adorable petit garçon. Il venait d'avoir dix ans. Je savais qu'il nageait très bien, alors je ne l'ai pas particulièrement surveillé. Je crois que je pensais à un garçon ; un garçon de mon âge. Et puis je l'ai entendu crier. Le voyant couler, j'ai plongé et nagé le plus vite possible pour le secourir. Mais il n'a jamais repris connaissance.

Elle s'arrêta un instant et, comme Ramsey ne disait rien, elle poursuivit :

— C'est un journaliste qui a suggéré le premier que ce n'était peut-être pas un accident. De la part de la fille d'un criminel impitoyable, on pouvait s'attendre au pire... J'étais accablée. Teddy était mort et moi, on me présentait comme de la mauvaise graine.

— S'il y a une chose dont je suis sûr, Molly, c'est que vous me faites plutôt penser à du bon pain qu'à de la mauvaise graine.

Elle eut un rire où se mêlèrent mélancolie et soulagement. Puis, penchée vers Ramsey, elle posa un baiser sur son épaule.

Il s'endormit un moment plus tard, avec un sentiment de satisfaction.

— Rule Shaker a été interrogé, en présence de son avocat bien entendu, annonça Savich, le lendemain matin.

Ils avaient tous pris le petit déjeuner ensemble puis étaient passés dans le séjour.

— L'inspecteur O'Connor m'a appelé tout à l'heure. Il paraît que Shaker a été aussi coopératif que le Président avec le Congrès. Il a fait semblant de jouer le jeu, mais ne leur a absolument rien appris. Assis derrière son bureau, il n'a cessé de jurer, en fumant un Havane, que Louey Santera était simplement venu jouer dans son casino et que, s'il avait perdu des sommes importantes, il n'était pas le premier. Il a fait remarquer aussi qu'un homme d'affaires sensé ne tue pas quelqu'un qui lui doit de l'argent.

« Quand les flics ont émis l'hypothèse que Santera avait peut-être été tué par erreur, M. Shaker les a poliment informés qu'il n'avait pas l'habitude de rater une cible. Autrement dit, on ne pouvait pas l'accuser du meurtre et en même temps prétendre que l'opération avait foiré. Pour terminer, il a offert un cigare à O'Connor et à l'inspecteur de Las Vegas qui l'accompagnait.

Tout le monde semblait morose en écoutant Savich.

— Ah, ce Shaker ! Toujours le même con arrogant, déclara Mason Lord.

— L'inspecteur O'Connor est ici, annonça soudain Miles.

O'Connor traînait visiblement sa fatigue, avec sous les yeux des cernes qu'il n'avait pas deux jours plus tôt. Il ne put esquisser que l'ombre d'un sourire.

— Bonjour. Je ne me suis pas fait accrocher par la presse, grâce à vos hommes qui font du bon travail, monsieur Lord. Pas de violence, mais de la fermeté. Ah, j'imagine qu'on vous a déjà fait le compte rendu de mon échec à Las Vegas ! (Il se tourna vers Savich.) Vous avez du nouveau ?

— Moi non, mais Maxine va peut-être nous cracher quelque chose d'ici peu. Elle a travaillé toute la nuit.

Mason Lord s'éclaircit la gorge.

— Ma chère, voudriez-vous demander à Miles d'apporter le café ?

— Bien sûr, Mason.

Assise dans un élégant fauteuil à oreillettes, Eve Lord se leva. Moulée dans un jean blanc, une brassière nouée sous les seins, ses cheveux blonds et soyeux dans le dos, elle attira tous les regards en traversant la pièce. On crut entendre un soupir de luxure collectif.

— Vous pouvez continuer, inspecteur, dit Ramsey en souriant à O'Connor.

— Eh bien, je peux vous dire que nous sommes nous aussi allés voir le comptable de M. Santera, hier soir. Apparemment, il dit la vérité. Louey Santera avait retiré trois cent mille dollars de son compte. Mais impossible de savoir ce qu'il en a fait.

« Au sujet de la bombe, continua O'Connor, on a pu constater que c'est bien la clef de contact qui a servi de détonateur. Du travail de pro, à coup sûr. Monsieur, nous aimerions interroger de nouveau votre personnel. En commençant par Gunther. C'est bien lui qui avait sorti la Mercedes du garage, n'est-ce pas ?

— Exact. Il l'a sortie vers cinq heures du matin. J'étais également réveillé. Comme il était très tôt, il a commencé par la laver, puis il est venu la garer dans l'allée. S'il avait constaté quelque chose d'anormal, il m'en aurait informé. Je suis ici chez moi, je n'ignore rien de ce qui s'y passe.

— Evidemment, dit Molly, indifférente au regard que lui lança son père.

— Nous pensons, reprit O'Connor, que la bombe pouvait être dans la voiture depuis un certain temps. Et elle n'aurait été amorcée qu'au dernier moment, quand on a su qui devait emprunter la Mercedes.

Reste à découvrir qui était au courant, en dehors de Gunther.

Les choses étaient dites.

Mason Lord prit sa voix de velours :

— Nous sommes en présence d'une simple hypothèse, inspecteur. Néanmoins, je vais faire venir la personne qui s'occupe de mes voitures. J'en ai six, voyez-vous. Cet homme vit ici. Je sais que vous l'avez déjà interrogé, mais vous pouvez recommencer. Il n'est pas impossible, en effet, que Gunther lui ait dit pour qui il sortait la Mercedes.

— J'apprécierais un peu plus de coopération de la part de vos employés, monsieur.

Mason Lord regarda O'Connor, un sourcil levé, puis quitta son fauteuil et sortit sans rien ajouter.

— Monsieur le juge, avez-vous des observations à faire ?

— J'essaie de me souvenir si j'ai aperçu quelqu'un d'autre près de la voiture... Mais, non, je n'ai vu que Louey jaillir des buissons et ouvrir aussitôt la portière. Il portait une chemise bleue à manches courtes. Pas de veste. Il avait l'air complètement affolé.

— Bien entendu, nous avons fouillé ces buissons. Mais nous recommencerons. Autre chose ?

— Non. J'ai demandé à Mason Lord de me parler de Shaker, mais il a préféré être discret.

— Ce qui ne me surprend pas, remarqua Molly.

Se souvenant soudain du baiser de la jeune femme sur son épaule, Ramsey regretta qu'elle ne l'eût pas embrassé sur la bouche. Il avait rapporté à Dillon ce qu'elle lui avait expliqué au sujet de son frère. Savich avait regardé au loin, pensif, puis avait fini par hocher la tête.

— Moi non plus, admit O'Connor. Quelle que soit

la façon dont on puisse interpréter cette discrétion... En tout cas, ce qui est clair, c'est que Shaker ne laisserait pas remonter la piste d'un meurtre jusqu'à lui. S'il est coupable, nous avons peu de chance de le coincer. On a obtenu l'autorisation de vérifier ses comptes, dans l'espoir de prouver qu'il était en affaires avec Santera. Mais Las Vegas nous a déjà prévenus qu'il sait se débrouiller. Même le fisc n'a rien à lui reprocher.

O'Connor se leva.

— Je suis désolé, madame Santera. Nous ne sommes pas près de démasquer le kidnappeur de votre enfant. Je dois reconnaître que ça me démonte.

Molly se leva à son tour et lui fit face.

— En considérant les dernières informations, on peut peut-être estimer que le danger est écarté maintenant que Louey est mort. Je n'aime pas beaucoup ce raisonnement, mais il faudra que je m'y fasse. Reste que le monstre qui a violé Emma est encore dans la nature. Je veux qu'on le coince, et qu'il soit condamné au maximum de la peine.

— On fera tout pour y arriver, je vous le promets, assura O'Connor en prenant la main de Molly.

Elle le trouva néanmoins peu convaincu. Puis, quand il fut sorti, elle regarda autour d'elle et annonça :

— Je dois organiser un service religieux pour Louey. Je le dois à Emma. C'était son père.

Elle quitta la pièce en parlant tranquillement avec Sherlock.

— On nous laisse seuls, dit Ramsey. Ça me déprime.

— Miles n'a jamais apporté le café, observa Savich.

Comment va ton dos? s'enquit-il en s'appuyant au dossier du canapé.

— Pardon? Oh, ça va. Deux aspirines m'ont suffi, hier.

— Je n'ai pas voulu le dire à Molly, mais on n'a pas grand-chose. Maxine est de l'avis d'O'Connor : Shaker est certainement derrière toute cette affaire, mais elle a besoin de faits, et on en manque.

— Je suis quand même très heureux que tu sois venu. Allons voir si on peut se trouver du café.

— Tu sais, je crois que Sherlock et moi allons filer à Paris. Il nous reste cinq jours. Je suis sûr, ajouta Savich en riant, que Mason Lord sera soulagé d'être débarrassé de deux flics.

— J'aimerais tout de même bien qu'on mette la main sur le type qui a violé Emma.

— Personne n'a envie qu'un salaud de ce genre reste en liberté. Aucun de nous ne baissera les bras. Mais, pour l'instant, espérons simplement que la petite n'est plus en danger.

22

Il était très tôt et le silence régnait encore dans la maison. Ramsey commençait à faire sa valise, ouverte sur le lit. Quand il leva les yeux, il découvrit Molly sur le seuil de sa chambre.

— Alors, vous partez?

Il haussa les épaules en regardant son bagage.

— Finalement, oui. Je n'arrivais pas à dormir, alors je me suis dit que je ferais mieux de préparer ma valise... Vous savez que je voulais écrire un livre? J'ai l'impression que c'était il y a un million d'années.

— Vous ne m'en avez jamais parlé.

— J'étais parti m'isoler dans les Rocheuses avec ce projet. Rester chez moi était devenu impossible à cause des paparazzi. Un matin, j'en ai vu un passer la tête par la fenêtre de ma salle de bains pendant que je me rasais. J'ai failli me trancher la gorge. Ce jour-là, j'ai décidé de passer mes trois mois de congé ailleurs, et d'écrire enfin le roman auquel je pensais depuis un an.

— Quel genre de roman?

— L'histoire d'un juge fédéral. Je crois être bien placé pour dire certaines choses.

— Vous allez retourner au Colorado? Pour écrire?

— Sans doute.

Il joua avec un fil qui sortait de son sweater bleu

pâle, en pensant de nouveau au baiser de Molly sur son épaule.

— En fait, ajouta-t-il, je me demandais quand vous alliez retourner là-bas.

— Je ne sais pas. Je suis encore trop préoccupée. Que ce Rule Shaker ait tiré les ficelles, j'arrive à m'en convaincre. Mais il n'est pas le monstre qui a violé Emma. Et celui-là, je n'ai pas l'intention de l'oublier. J'ai pas mal d'argent; je suis prête à en dépenser une bonne partie pour essayer de le retrouver moi-même.

Elle semblait sur la défensive, comme si elle s'attendait à sa désapprobation.

— Je ferais la même chose à votre place. Pour ma part, dès mon arrivée à San Francisco, je vais alerter des amis qui passent beaucoup de temps sur Internet. Les pédophiles ont leurs réseaux. Ils se connaissent entre eux. On verra ce que ça donne. De son côté, Savich va maintenir la pression en contactant toutes les antennes du FBI.

Molly baissa les yeux et regarda la moquette en pure laine.

— Je ne peux que vous remercier encore, Ramsey. Emma va vous regretter.

Il se dit que ses jolies petites taches de rousseur semblaient danser à la racine de son nez.

— J'ai fait remarquer à Savich que si vous êtes aussi rousse que Sherlock, votre roux est bien différent du sien. Votre chevelure évoque pour moi un coucher de soleil que j'ai vu en Irlande.

Molly releva brusquement la tête et battit des paupières, intriguée.

— Un coucher de soleil en Irlande? Où, exactement?

— A Ballyvaughan. Il y a deux ans. Presque chaque

jour, j'allais jusqu'aux falaises de Moher. Il est impossible de décrire leur beauté spectaculaire. Si je vous dis qu'elles sont déchiquetées, sauvages, qu'elles tombent à pic dans l'océan, que les vagues viennent s'écraser contre elles en grondant, dans des gerbes d'écume, je ne vous aurai rien dit d'elles... Vous me comprenez? Vous ne pouvez pas vous imaginer ce que l'on ressent quand on est debout, au sommet de ces falaises, et que l'on regarde vers cet horizon marin, complètement désert.

— Je crois que je commence quand même à me faire une idée.

Ramsey se passa la main dans les cheveux.

— Molly, ce que vous êtes jolie...

— Parlez-moi de ce coucher de soleil.

Tandis qu'il tentait de dissimuler un certain embarras, elle sourit en regardant ses cheveux ébouriffés. Il ne s'était pas encore rasé, ce qui lui donnait l'air d'un dur, peu enclin à serrer une petite fille dans ses bras, à la réconforter en lui caressant le dos, la laissant s'abandonner contre son épaule. Et pourtant, c'était bien ainsi qu'elle le revoyait. Il était pieds nus, en jean et tee-shirt. Elle l'avait surpris alors qu'il avait décidé de partir.

Quoi de plus naturel? Leurs vies s'étaient simplement croisées. Brièvement. Brusquement. Le temps était venu de se séparer et, si elle pouvait le regretter, elle n'avait nulle intention d'essayer de modifier le cours des choses.

— Ce soir-là, j'étais sur les falaises de Moher. L'air était vif, sec, le ciel parfaitement clair. Pour une fois, il ne pleuvait pas. Je me suis assis et j'ai contemplé ce disque de feu qui semblait s'enfoncer peu à peu dans l'Atlantique. Je n'aurais pas été étonné de voir l'eau entrer en ébullition. Autour de moi, les gens ont soudain cessé de parler, de rire, de plaisanter, hypnotisés par ce cercle flamboyant qui disparaissait derrière l'horizon. Je garderai ce souvenir jusqu'à la fin de ma vie.

Il fit une pause, puis la regarda.

— Le lendemain, il a plu si fort qu'on a eu l'impression de payer pour ce spectacle extraordinaire. Vous savez, Molly, je viens de me dire que, vous et Emma, vous aimeriez peut-être voir ce genre de coucher de soleil.

— Emma et moi? En Irlande?

— Oui. En ma compagnie. Je n'ai pas envie de vous quitter.

Dans la lumière matinale, encore faible et grise, l'expression de Molly lui échappa. Mais, après un long silence, la jeune femme releva la tête et chercha son regard.

— Je crois que ça me plairait, oui. Et à Emma aussi.

Il éprouva une telle joie qu'il en fut surpris.

— Savich et Sherlock partent ce matin pour Paris, dit-il en lui souriant.

— Ce sont des gens très bien.

— Nous pourrions peut-être partir aussi sans attendre. Passer en même temps qu'eux quelques jours loin de tout ça. Ce serait très bien pour Emma, je crois.

— J'ai laissé nos passeports à Denver.

— Le mien est à San Francisco. On pourrait se retrouver à New York, ou ici. Mais le mieux serait peut-être que j'aille avec vous à Denver, puis que l'on parte pour l'Irlande de San Francisco.

Molly éclata de rire.

— Je vous connais depuis à peine un mois!

— C'est vrai, mais nous avons traversé en peu de temps plus d'épreuves que la plupart des gens n'en traversent en dix ans. Ou même en une vie entière.

— Vous pensez vraiment que mes cheveux ont la couleur de ce coucher de soleil?

— Oui, répondit-il avec un sourire qu'elle vit s'épanouir lentement.

— Votre dos va beaucoup mieux, il me semble?

— Absolument. Et votre bras?

— Il m'élance encore, de temps en temps. Mais c'est très supportable. Le fil des points de suture va se résorber tout seul, m'a dit le Dr Otterly. Que vous alliez faire de l'exercice avec Savich m'a beaucoup inquiétée. Vous auriez pu vous faire mal.

— J'ai fait attention. Et puis Savich m'a mis tellement de sparadrap que la peau ne risquait pas de se déchirer. J'ai même nagé... Mais c'est vrai, c'était bêtement téméraire.

La jeune femme secoua la tête en éclatant de rire.

— Je n'ai pas dit ça.

Il eut un petit sourire.

— Je me demande comment va Emma. Elle dort?

— Je l'espère. Elle se réveille souvent. Trois fois, cette nuit. Et cette fois-ci, elle a aussi rêvé de l'explosion.

— Il faudrait sans doute que l'on demande l'avis du Dr Loo avant d'emmener Emma en Irlande.

— On peut le faire ce matin.

Qu'elle acceptât ce voyage l'enchantait. Il le lui avait proposé sans aucune préméditation, et maintenant il avait l'impression que quelque chose en lui se dénouait. Peut-être avait-il pris son élan pendant plusieurs jours sans le savoir, en sentant combien il lui serait difficile de se séparer d'elle et d'Emma.

— A quelle heure a-t-elle rendez-vous ?

— A dix heures.

— Dans ce cas, attendons l'avis du Dr Loo avant de nous décider définitivement.

Molly resserra la ceinture de son déshabillé en soie couleur pêche, très seyant, qu'elle avait dû emprunter à sa jeune belle-mère. Il se demanda comment elle lui serait apparue si elle avait fait le geste contraire. Puis il la vit sourire.

— L'Irlande... Vous y êtes allé seul ?

— Non.

— Non, répéta-t-elle. J'imagine qu'il vous faut pas mal de volonté pour rester seul.

— C'est-à-dire ?

— Un tas de femmes vous trouveraient très séduisant, même avec votre dos brûlé.

— Merci. Allez vous recoucher, Molly. Il est trop tôt pour commencer la journée.

— Et vous, qu'allez-vous faire ?

— Je pense que je vais aussi me rendormir. J'émergerai dans une heure. Maintenant que nous avons ce projet, je me sens très détendu. C'est un miracle.

— Oh, à propos ! dit-elle en perdant son sourire. J'ai organisé un service religieux pour Louey, cet après-midi. Ici même. J'ai trouvé un pasteur presbytérien qui a accepté de venir.

— C'est bien. C'est bien pour Emma.

— Espérons-le.

— Emma, tu es prête à jouer *Brille, brille, petite étoile* pour moi ?

— Oui, docteur. Mais il y a longtemps que je n'ai pas joué du piano sérieusement.

— Ça ne fait rien. Je t'écoute.

Emma installa son piano sur la table basse. Le Dr Loo s'assit sur une chaise, Ramsey et Molly sur le petit canapé, en face d'elle.

— N'oublie pas les variations, Emma, recommanda Ramsey.

La petite prit sa respiration avec une étonnante application d'adulte, joua le thème central de la mélodie d'une main, en commençant par la gamme en fa, puis joua à deux mains. On eût dit du Mozart. Ensuite, elle donna à la mélodie un son jazz et, pour finir, une sonorité à la John Lennon.

A la fin du morceau, le Dr Loo se pencha vers Emma, prit ses mains dans les siennes et la regarda dans les yeux, visiblement ébahie.

— Merci, Emma. C'était magnifique. J'espère qu'un jour je viendrai t'écouter au Carnegie Hall.

— C'est quoi, le Carnegie Hall?

— La salle de concert new-yorkaise où les plus grands artistes viennent du monde entier donner des concerts. J'y ai entendu Liam McCallum jouer du violon. Une soirée extraordinaire! Toi aussi tu pourrais t'y produire, Emma.

— Oui, dit Molly, le docteur a raison.

— Mon père n'a jamais donné de concert à Carnegie Hall, murmura Emma, les yeux baissés sur son piano. Pourtant, maman disait que c'était un grand artiste.

— C'était vrai, intervint Molly, les larmes aux yeux.

Ramsey se pencha en avant.

— J'ai des CD de ton père, mon ange. Il ne s'est pas produit au Carnegie Hall, mais partout dans le monde on peut l'écouter. Sa musique restera toujours vivante.

— C'est ce que dit maman.

— Quand ta maman s'est-elle trompée pour la dernière fois? demanda Ramsey.

Il caressa d'un doigt léger la natte d'Emma qu'il se félicitait d'avoir enfin réussie.

La petite releva la tête et réfléchit.

— Il y a longtemps, je crois. Peut-être deux mois.

Ramsey éclata de rire.

— Maintenant, parlons de ce voyage en Irlande avec ta mère et Ramsey, proposa le Dr Loo.

— C'est comment l'Irlande? demanda la petite fille.

— L'Irlande est un très beau pays à la nature sauvage, qui se trouve de l'autre côté de l'océan. Un pays où tu peux voir les choses différemment; où tu peux cesser d'avoir peur, jouer du piano, courir dans les prés avec Ramsey, jouer au Frisbee avec ta maman, pique-niquer, t'asseoir sur des rochers, plonger tes orteils dans l'eau et être surprise par sa fraîcheur. Tu seras avec deux personnes qui t'aiment et veulent ta sécurité et ton bonheur. Alors, qu'en penses-tu?

Emma vint à reculons se réfugier entre les genoux de Ramsey.

— Le méchant homme ne sera pas là-bas?

Ramsey caressa ses petits bras maigres.

— Non. Jamais plus il ne s'approchera de toi. Je te le promets.

— Il est tout près, Ramsey, dit-elle en se tournant vers lui. Il a tué mon papa. Il veut me reprendre maintenant.

— Non, Emma. Il a très peur. Il se cache loin d'ici parce qu'il sait que la police le recherche. Ils feront tout pour l'attraper et alors il passera le reste de sa vie en prison. Jamais on ne le laissera s'approcher de toi de nouveau. Tu me crois?

Emma regarda Ramsey un long moment, en retenant son souffle. Puis elle finit par se tourner vers le Dr Loo qui lui sourit, hocha la tête, jeta un coup d'œil à sa montre avant de se lever et de prendre Molly à part.

— Ce sera long. Ne la bousculez pas. Vous et le juge Hunt vous êtes très bien débrouillés jusqu'à présent. L'Irlande me paraît une excellente idée. Cependant, j'aimerais revoir Emma demain. Quand avez-vous l'intention de partir?

— Nous ne partirons qu'avec votre accord. Pas avant.

— Votre fille va aussi bien que possible, mais elle devra vivre avec ce qui s'est passé. Vous devez le savoir et en tenir compte. Lorsqu'elle sera plus grande, il ne lui restera que des souvenirs flous, mais des souvenirs quand même. Ses sentiments changeront. Pour l'instant, elle ne comprend pas ce qu'est un viol. Elle sait que cet homme lui a fait quelque chose de mal, et de très douloureux, mais elle n'éprouve pour le moment que de la peur et un sentiment d'impuissance.

Elle s'interrompit un instant avant de reprendre :

— Un jour, elle devra se dire que ce qui est arrivé ne peut être effacé et qu'il ne lui reste plus qu'à s'en accommoder si elle veut éviter de gâcher le reste de sa vie. Ce ne sera facile ni pour elle ni pour vous. Il y aura des résurgences continuelles, sous une forme ou une autre. Elle a cependant de la chance d'avoir une mère comme vous. Elle a aussi énormément confiance dans le juge Hunt et, bien qu'ils se connaissent depuis peu, il existe entre eux une affection profonde et indéfectible.

— Ce sera difficile pour elle quand il retournera chez lui.

Eleanor Loo laissa s'écouler quelques secondes.

— Ce genre de problème finit toujours par se résoudre, observa-t-elle enfin, comme si elle se référait à un ordre immuable. Demain, je rencontrerai Emma sans vous. Je dois lui parler de ce qu'elle a subi, lui expliquer que cet homme était anormal, qu'elle n'est en rien responsable de ce qui s'est passé. Il ne faut surtout pas qu'elle culpabilise, qu'elle prenne cela pour une punition méritée.

— Comment pourrait-elle le penser?

— Les enfants, madame Santera, ramènent presque tout à eux. Et puis, nous ignorons encore comment cet homme l'a manipulée, terrorisée, brutalisée. Je dois comprendre ce qu'elle a subi à travers son regard. Bien que je sache que c'est inutile, je vous demande de ne pas vous inquiéter.

— Vous ne voulez ni de ma présence ni de celle du juge Hunt?

— Il est préférable que je sois seule avec elle. Vous seriez, je pense, très mal à l'aise. Le juge Hunt se fait déjà beaucoup de souci. Il vaut mieux que vous restiez à l'écart.

— Si vous le dites... Vous m'appellerez, n'est-ce pas?

— Bien sûr.

Le Dr Loo se tourna vers la petite fille en souriant, se pencha vers elle et lui tapota l'épaule.

— On se voit demain, Emma. En attendant, repose-toi bien. Et essaie de sourire au moins trois fois par jour à ta maman.

— Et à moi? demanda le juge.

— Au moins six fois à Ramsey. J'ai observé que les garçons ont besoin qu'on leur sourie plus souvent qu'aux filles. C'est quelque chose dont il faudra te souvenir, Emma.

Au début de l'après-midi, deux heures avant le service funéraire, Ramsey conduisit Emma dans sa chambre pour faire une petite sieste. Il la borda puis se redressa et lui sourit.

— J'ai beaucoup aimé ta variation jazz, mon ange. Tu sais que M. Savich chante et joue de la guitare? Oui, de la country. Il se produit dans un club avec un ami saxophoniste. Ce n'est pas Carnegie Hall, mais il m'a dit que c'était un endroit sensass. Tu sais, Dillon et sa femme nous proposent d'aller leur rendre visite.

— Je regrette qu'ils soient déjà repartis tous les deux. Sherlock m'a dit qu'elle espérait avoir une petite fille comme moi, et que son mari pensait la même chose. Ils trouvent que je suis super. Je leur ai répondu qu'ils se trompaient : je ne suis plus une petite fille très bien maintenant.

Ramsey regarda l'enfant pour laquelle il aurait volontiers donné sa vie. Il l'avait embrassée, complimentée sur sa façon de jouer, et voilà ce qu'il entendait! Effaré, il repoussait tendrement une mèche sur son front quand elle ajouta :

— Sherlock est devenue toute rouge. Elle était très en colère contre moi, mais elle m'a dit qu'elle ne l'était pas.

— Tu es merveilleuse, ma petite Emma. Comment peux-tu raconter des choses pareilles?

Ramsey se sentait des envies criminelles, mais il s'efforça de se calmer. Sa fureur ne risquait pas d'aider Emma. Il regretta un instant que le Dr Loo ne pût venir à la rescousse.

— Ecoute-moi, petit ange. L'homme qui t'a enlevée

est un malade, un grand malade. Ce qu'il pense, ce qu'il fait, tu n'en es pas responsable, Emma Santera. Il est capable de faire du mal à n'importe quelle petite fille. Pour lui, tu n'étais pas Emma. Tu comprends?

— Non, Ramsey. Je ne comprends rien. J'ai peur.

Il appuya son front contre le sien, puis posa un baiser sur le bout de son nez.

— Ecoute bien : le Dr Loo, ta maman et moi allons te débarrasser de tous tes mauvais rêves. Tu es une adorable enfant, Emma. Je ne pourrais pas m'éloigner de toi sans que mon cœur se déchire. Oui, tu vois à quel point je te trouve bien!

Elle lui adressa un large sourire et lui caressa la joue de sa petite main.

— Tu ne vas pas retourner chez toi, n'est-ce pas?

Il embrassa ses doigts de plusieurs baisers, qui lui laissèrent le goût du pain d'épice que Miles avait confectionné pour elle. Comment lui avouer qu'il ne pouvait prédire l'avenir?

Pourtant, à la petite fille dont la vie avait été saccagée, le père assassiné, il affirma sans l'ombre d'une hésitation :

— Jamais je ne te quitterai, Emma.

— Bon, dit-elle.

Puis elle bâilla.

— Emma? Tu voudrais être désagréable, pour une fois, avec moi? Après ta sieste, peut-être? Ou ce soir? Tu pourrais refuser de boire ton lait, de finir ton dîner, ou d'aller te coucher? Tu feras la mauvaise tête, d'accord?

— Si tu veux, dit-elle en souriant.

— Tu vas dormir maintenant?

— Oui.

Elle ferma les yeux, en rouvrit un à demi et ajouta :

— Peut-être que ce soir, je ne voudrai pas dormir.
— Très bien.

Il avait fait en sorte de lui occuper l'esprit alors qu'allait se dérouler le service religieux en mémoire de son père. Les gorilles de Mason Lord se chargeraient, espérait-il, de tenir à l'écart caméras de télévision et paparazzi. Ils avaient déjà prestement invité un reporter à ressortir comme il était venu : en escaladant le mur d'enceinte de la propriété. Il pria pour qu'Emma ne prête aucune attention aux questions impertinentes dont Molly et lui-même seraient assaillis, lorsqu'ils quitteraient le domaine de Mason Lord.

23

Melissa Shaker pleurait si fort qu'elle faillit rater une marche dans l'escalier qui menait au parking du casino. Depuis deux jours, l'incrédulité l'accablait. Comme il ne restait rien de Louey, il n'y avait eu, bien sûr, ni crémation ni enterrement. Mais son ex-femme aurait pu organiser autre chose que ce service religieux totalement minable.

Louey était parti, s'était volatilisé, et tout le monde s'en moquait. Sauf elle. En entrant dans le parking, elle trébucha et se retint à la rampe. Une voiture passa devant elle à vive allure. Klaxonnant comme un fou, le conducteur lui hurla de faire attention.

Elle s'essuya les yeux. Il n'y avait rien qu'elle pût faire, absolument rien. Son père lui avait juré qu'il n'avait pas tué Louey, mais son regard avait trahi sa culpabilité. Jamais, au grand jamais, elle ne lui pardonnerait.

— Mademoiselle Shaker.

Elle ne voulait pas de Greg près d'elle. Elle voulait être seule, aller s'enfoncer dans le désert et laisser le soleil la brûler. Elle se dirigea résolument vers sa voiture.

— Mademoiselle Shaker ! S'il vous plaît, attendez !

Vous connaissez les ordres de votre père. Surtout en ce moment.

Elle ralentit le pas. Il n'était pas question que Greg fût renvoyé alors qu'il cherchait simplement à faire son travail.

Sa petite BMW bleue, décapotable, était la réplique de celle que James Bond conduisait dans l'un des films de la série, mais avec un moteur plus puissant. Elle adorait cette voiture.

— Merci, dit Greg en arrivant au trot. Vous savez, je comprends votre chagrin.

— Merci, Greg, répondit la jeune femme en s'installant dans le cabriolet.

— N'essayez pas de me semer, mademoiselle. Je dois rester près de vous. Surtout pendant le week-end.

— Il n'a eu droit qu'à une petite messe minable, marmonna-t-elle.

Puis elle mit le contact.

La voiture explosa dans un enfer de flammes.

La nouvelle fut diffusée par la chaîne locale de Las Vegas, relayée par satellite, à midi vingt.

Melissa Shaker, vingt-trois ans, fille de Rule Shaker, propriétaire d'un casino de Las Vegas, a trouvé la mort ce matin à dix heures, avec un ami, dans l'explosion de sa voiture garée au sous-sol du Sirocco Casino. La police a indiqué qu'une bombe était à l'origine de l'explosion, mais on ignore encore s'il y a un suspect. Nous vous donnerons plus de détails dans le journal de dix-sept heures.

Ramsey laissa tomber sa fourchette. Il comprenait maintenant pourquoi la télévision marchait si fort dans la cuisine, et pourquoi elle retransmettait une émission de Las Vegas. A l'évidence, quelqu'un avait pensé à l'heure du journal local. Quelqu'un avait attendu ces informations.

Il y eut un silence ébahi, puis tout le monde se mit à parler en même temps. Il entendit Eve retenir une exclamation, dire quelque chose, mais sans qu'il pût distinguer ses paroles. Dans la cuisine, Miles laissa tomber une casserole. En revanche, au bout de la table, Mason Lord continuait de déguster son melon glacé, comme si de rien n'était, les joues simplement rosies.

Alors qu'elle parlait à Emma, Molly s'était interrompue au milieu de sa phrase. Elle regarda son père.

— Œil pour œil, dent pour dent, papa?

Mason Lord avala la bouchée de melon qu'il venait de prendre, reposa sa fourchette avec élégance, puis fixa sa fille.

— Il me semble que tu devrais éviter ce genre de propos, Molly. En particulier devant Emma.

Très réceptive aux changements émotionnels de sa mère, qui lui servait avant toute autre personne de point de repère, la fillette tira sa mère par la manche.

— Maman? Qu'est-ce qu'il y a?

Ramsey vit Molly se ressaisir. Ses yeux cessèrent de refléter un sentiment d'horreur, et elle parvint à adresser à sa fille un tendre sourire.

— Je trouve tout d'un coup que la quiche de Miles a un drôle de goût, ma chérie. Et toi?

Emma eut ce regard circonspect qui lui donnait l'air d'une adulte.

— J'ai vu Miles la faire, avec du bacon et des épinards. Il m'a laissé ajouter les œufs. Non, tu sais, elle est bonne.

Molly semblait assommée; elle avait beaucoup de mal à se maîtriser.

— Excuse-moi, Emma, tu as raison, bien sûr. Je ne

sais pas ce que j'ai. Peut-être que je ne me sens pas très bien.

Elle se tourna vers Eve, assise à sa droite, au bout de la table. Les traits figés, blanche comme un linge, la jeune femme regardait fixement son mari. Mais, soudain, elle retrouva son visage de madone pour poser son regard sur Emma.

— La recette de la quiche, c'est moi qui l'ai donnée à Miles. Je la tiens de ma mère, qui était une excellente cuisinière. Je suis désolée que Molly ne l'ait pas aimée.

— Il est temps de prendre le café, annonça Mason. Miles ?

— Je souhaiterais vous parler, monsieur, dit Ramsey en contrôlant sa voix. Pouvons-nous prendre le café dans le séjour ?

Eve intervint, le regard de nouveau braqué sur son mari :

— La journée est très belle. Mason nous a proposé une promenade sur le yacht. Vous pourriez peut-être lui parler plus tard, monsieur le juge.

Le téléphone sonna puis Miles apparut.

— L'agent Savich vous demande, monsieur le juge.

Ramsey jeta sa serviette sur son assiette, se leva et alla dans la cuisine où Miles l'attendait patiemment, le téléphone à la main.

— Nous sommes à l'aéroport, Ramsey. Nous venons d'apprendre ce qui s'est passé à Las Vegas. C'est incroyable. On peut au moins dire que notre bonhomme a des tripes. Tu veux qu'on fasse demi-tour ?

Malgré toute l'envie qu'il avait de voir revenir Savich et sa femme, Ramsey s'interdit ce genre d'égoïsme.

— Non. Occupe-toi de Sherlock. Mais fais-moi

savoir où vous êtes à Paris. Que je puisse sonner le rappel des troupes s'il le faut.

— Nous allons descendre dans un petit hôtel de la rive gauche que Sherlock connaît. Je te communiquerai le numéro de téléphone dès que possible. Mason a-t-il dit quelque chose? Tu l'as vu?

— Oh, oui! On était tous à table. Il n'a pas bronché. Ça ne l'a pas du tout dérangé de donner l'ordre de tuer alors qu'il avait chez lui un juge fédéral et deux agents du FBI.

— Ecoute, voilà ce que je pense : sauve-toi, Ramsey. Prends Molly et Emma et quitte cette maison de fous. Tu n'as pas besoin d'être mêlé en plus à une histoire de vengeance. De toute façon, tu ne peux rien faire.

— J'ai du mal à croire que tu me dises ça.

— Je le dis parce que j'aime bien Molly et sa fille. Il faut leur éviter de se retrouver en plein règlement de comptes. N'attends pas de connaître la suite. Sors de là.

— Tu as raison, bien sûr. Mais j'aimerais vraiment interroger Mason et faire passer les menottes à Gunther, ajouta Ramsey en se passant la main sur le front. Bon. Je vais t'écouter. Je dois d'abord penser à la sécurité d'Emma et de Molly. J'attends que tu m'appelles. Je te dirai ce qui se passe.

Ils se parlèrent encore quelques minutes, puis Ramsey raccrocha et se retourna. Miles était en train d'émincer du céleri; des pommes étaient déjà coupées en petits dés et des raisins en deux.

— Je prépare une salade Waldorf, expliqua-t-il.

— Vous étiez au courant, Miles?

— Vous savez très bien que je ne peux rien dire. Partez, monsieur. Prenez Molly et Emma, et partez. Depuis que Shaker a tué Louey, vous ne risquez plus rien.

— A moins que Shaker ne pense à se venger. Si c'est l'escalade, nous sommes les premiers visés.

Miles hocha la tête, éminçant un peu plus de céleri à coups de hachoir rapides et précis.

— Ça ne marche pas de cette façon, dit-il. Un coup dans un camp, un coup dans l'autre. Ils sont à égalité, maintenant. C'est la règle du jeu, et personne ne la brise.

Ramsey abattit son poing sur le comptoir.

— C'est écœurant !

Miles haussa les épaules.

— Il n'y aura personne pour regretter Louey ou la fille de Shaker. Laissez tomber. Emmenez Molly et Emma loin d'ici.

Incrédule, prêt à exploser, Ramsey sortit de la cuisine, les mâchoires serrées. Quand il pénétra dans la salle à manger, il ne regarda que Molly.

— Suivez-moi au premier, voulez-vous ?

— Oui. Bien sûr.

Constatant qu'Emma les fixait, interdite, un morceau de quiche au bout de sa fourchette, il se calma.

— Em, tu voudrais me faire plaisir ?

Il la vit retenir une question et se contenter d'acquiescer d'un signe de tête.

— Alors viens avec nous.

Cinq minutes plus tard, alors que sa mère allait discuter avec Ramsey dans sa chambre, Emma les attendait en feuilletant un livre pour enfants consacré à des élevages d'animaux.

— Je ne vois aucune raison de nous attarder ici, dit Ramsey sans préambule. Et vous ?

— Non. Moi non plus. Mon père est un monstre. Une fille de vingt-trois ans vient d'être déchiquetée sur son ordre.

— C'est la règle du jeu de son univers, Molly. Les médias vont rappliquer d'un moment à l'autre, si ce n'est déjà fait. Prenons un avion pour Denver aujourd'hui. Ensuite nous irons à San Francisco. D'accord?

— Ce doit être très beau, l'Irlande. J'ai vu des photos, dit Molly, rêveuse.

Ramsey vit alors une étincelle dans son regard.

— Je pourrais prendre mes appareils et me remettre au travail, poursuivit-elle.

Il comprit que ce pourrait être pour elle l'occasion d'un nouveau départ. Pour lui aussi, en l'occurrence.

— Oui. Emportez tout votre matériel. Vous prendrez une photo d'Emma pour moi?

— Les médias ne vont pas nous suivre?

— Je ne pense pas qu'on les intéresse suffisamment.

— C'est faux. Vous le savez.

— Eh bien, soyons plus malins qu'eux. Filons avant qu'ils nous mettent leurs micros sous le nez. Mais que fait-on du dalmatien d'Emma?

— Quel dalmatien? Elle n'a pas de chien.

— Au chalet, elle m'avait dessiné un chien.

— Oh! Ce devait être celui des voisins, Scooter. Elle l'adore.

— Vous partez, remarqua Mason Lord sans surprise ni regret dans la voix. Miles m'a dit que vous aviez demandé un taxi. Je comprends que vous n'ayez pas envie de prendre l'une de mes voitures, ajouta-t-il en souriant.

Ramsey avait déjà eu affaire à des hommes comme Mason Lord au cours de sa vie professionnelle. Des hommes pour qui commanditer un assassinat revenait à avancer un pion sur un échiquier. Il espéra que l'humour de Mason Lord avait totalement échappé à Emma.

— Effectivement, nous partons, répondit Ramsey. Molly est prête à retourner à Denver.

Il n'était pas question d'informer Mason Lord de leur projet irlandais.

— Eve voulait faire une promenade sur le lac Michigan, mais je savais que vous profiteriez de notre absence pour vous en aller.

— Nous partons quand même, bien que vous soyez restés. Merci de votre hospitalité, monsieur.

Eve vint rejoindre son mari en annonçant l'arrivée de l'inspecteur O'Connor.

Ramsey étouffa un juron. Il voulait s'éclipser au plus vite et n'avait pas prévu l'arrivée d'O'Connor.

Il se tourna vers Molly.

— Restez avec Emma. Je dois parler à l'inspecteur.

Il alla à sa rencontre dans le corridor.

— Je me préparais à partir, annonça-t-il. Mme Santera et sa fille viennent avec moi.

— Je vous comprends. Puis-je savoir cependant si vous avez appris quelque chose au sujet des meurtres de Las Vegas ?

— Nous étions tous à table quand j'ai entendu la nouvelle à la télévision. Je trouvais étrange qu'elle soit branchée sur Las Vegas. Et puis j'ai compris. Vous savez comme moi que le coupable n'est autre que Mason Lord. Je me suis laissé dire que désormais l'équilibre était rétabli, et que par conséquent il n'y aurait pas de riposte.

O'Connor siffla entre ses dents.

— Je me sens comme une mouche qui ne sait où se poser. J'imagine que Lord n'a pas reconnu les faits.

— Non. Il s'est abstenu de tout commentaire. Mais j'ai surpris dans son regard un éclair de satisfaction. C'est le monde à l'envers, ici.

— La police de Las Vegas n'a rien à se mettre sous la dent. A part les deux cadavres, tout semble en ordre.

— Vous vérifiez si l'un des hommes de Lord a fait un aller et retour Chicago-Las Vegas ?

— Oui, mais ça ne sera pas probant. Un tas de personnes vont passer quelques heures à Las Vegas. En outre, Lord, comme Shaker, n'est pas du genre à laisser remonter une piste jusqu'à lui. Ces types préservent leur territoire. J'interrogerai cependant tout le monde, et je ferai toutes les vérifications nécessaires. Comme ils l'ont fait à Las Vegas. Peut-être enverront-ils aussi quelqu'un ici.

— J'ai encore du mal à croire ce que m'a expliqué Miles. Si j'étais Shaker, je ne m'en tiendrais pas là. Je ne vois pas comment on peut se dire : Ma fille est morte, c'est le jeu, on arrête là...

— Shaker savait probablement qu'il mettait la vie de sa fille en danger quand il a fait poser la bombe dans la Mercedes. Ces types ne sont pas comme vous et moi. Ils sont tordus. Ce qui ne veut pas dire qu'ils soient pour autant idiots. Shaker devait se méfier, se dire que Lord s'en prendrait directement à lui. Là-dessus, évidemment, il s'est trompé.

— Disons qu'il ne voyait pas Lord aller si loin. Dans ce cas, pour lui, les choses ne sont pas à égalité.

— Ecoutez, rentrez chez vous. Pour vous, c'est terminé. Shaker ne peut pas se permettre une seconde erreur. Il a trop de choses à protéger... Mme Santera et sa fille peuvent retourner chez elles. La police de Denver les protégera. Je vous tiendrai au courant des moindres détails.

24

A dix-huit heures trente, un taxi s'arrêta sur Shrayder Drive, devant la maison de Molly : une petite maison ravissante, aux fenêtres encadrées de blanc et ornées de jardinières d'un bleu tendre. Des fleurs, il n'y en avait pas seulement aux fenêtres, elles poussaient à profusion : en plates-bandes le long de la clôture qu'elles prenaient d'assaut, et dans des pots suspendus à la balustrade de la véranda.

En face se trouvait le parc où Emma avait été enlevée pendant que Molly faisait des photos. Le long de la rue, tous les jardins étaient plantés d'arbres et de buissons fleuris, mais c'était chez Molly que l'on voyait les plus belles fleurs.

Silencieuse, Emma avait quelque chose d'un fantôme. Elle serrait son piano dans ses bras en regardant droit devant elle. On eût dit qu'elle se raidissait comme pour éviter d'attirer le malheur. Ramsey s'abstint de lui répéter qu'il n'y avait plus de danger. Ce n'était pas certain, et tous les deux le savaient. L'homme était toujours dans la nature et, si on pouvait le croire très loin, soucieux de se cacher, pour Emma il était toujours dans les parages, aux aguets, cherchant l'occasion de recommencer.

Ramsey se tourna vers le parc, observa les ondulations du terrain, les buissons, les massifs de fleurs, les bosquets d'ormes et de pins. Il se demanda où l'homme avait attendu le moment propice pour enlever la petite.

Il vit le regard de Molly fixé sur un bouquet d'arbres, à l'angle ouest du parc. C'était donc là que le drame s'était joué. La jeune femme avait les traits tendus, le visage soudain émacié. Même sa superbe chevelure rousse, retenue sur la nuque par une barrette vert pâle assortie à son chemisier de soie, semblait aplatie et raide.

— Nous sommes à la maison, Emma, dit-elle doucement.

Elle voulait éveiller son intérêt, sans brusquerie, sans l'effrayer.

— N'oublie pas que l'on vient simplement pour prendre nos affaires, et qu'ensuite Ramsey nous emmène à San Francisco.

— Et après, il vient avec nous en Irlande?

Emma s'était collée contre sa mère. Molly se demanda ce qui s'était passé avec le Dr Loo, dans la matinée, au cours de leur entretien en tête à tête. Elle ne devait pas oublier de l'appeler.

— Oui, ma chérie. Il a envie de revoir l'Irlande et de nous faire profiter de ce voyage. Il m'a suppliée d'accepter. Comme je suis bien élevée, je n'ai pas pu refuser.

— Tu as vraiment supplié, Ramsey?

— Je sais le faire quand c'est nécessaire, Emma, lui répondit celui-ci en s'accroupissant devant elle. Je ne voulais pas te perdre de vue, te donner l'occasion de me rendre malheureux. Tu veux bien que je reste ici jusqu'à demain?

— Oui, c'est une bonne idée.

Elle franchit le portail et marcha jusqu'au perron, son piano serré contre elle.

— Le Dr Loo m'a montré l'Irlande sur un atlas, dit-elle par-dessus son épaule. Elle m'a dit que tout était si vert qu'il fallait se brosser les dents au moins deux fois par jour pour qu'elles ne deviennent pas vertes elles aussi.

— C'était une blague, non? demanda Ramsey.

Il fut ravi de lui voir un petit sourire malicieux.

— Le parc, en face, c'est là? demanda-t-il calmement à Molly.

— Oui. Avant, j'aimais beaucoup cette maison. Je l'avais choisie au lendemain de mon divorce. Avec Louey, nous vivions dans un tout autre quartier. Maintenant, je n'éprouve plus que de l'angoisse, et je sens que c'est la même chose pour Emma.

— Ça passera avec le temps, dit-il, conscient d'utiliser une formule banale et creuse. Si vous voulez, on peut repartir dès que vous aurez fait vos bagages.

— Ce serait mieux.

— Vous pouvez vendre, Molly, et, pourquoi pas, vous installer à San Francisco.

La proposition lui avait échappé.

— Ne vous méprenez pas, ajouta-t-il aussitôt, le regard fixé sur un rosier. Je n'ai pas voulu dire plus que ce que j'ai dit.

— Non. Bien sûr. Les hommes se gardent généralement d'aller jusque-là.

— Que dois-je comprendre?

— Rien. Pardonnez-moi. La journée a été longue. Et puis, vous savez, je ne suis pas sortie indemne de mon mariage avec Louey. Allons-y, Emma.

La petite attendit patiemment pendant que sa mère

sortait sa clef. Le verrou fonctionna comme à l'ordinaire.

— Le jardin est très joli, expliqua Molly, parce que quelqu'un est venu l'entretenir. A l'intérieur, l'une de mes voisines a arrosé les plantes. Mais ça doit quand même sentir le renfermé et...

Elle s'interrompit à l'instant où, pénétrant dans l'entrée, ils furent assaillis par une odeur insupportable.

Emma recula.

— Maman, c'est horrible ! On dirait qu'il y a plein de nourriture pourrie. Comme quand on est allés chez Ramsey.

Ramsey la rattrapa tandis qu'elle reculait.

— Reste ici, Emma. Ne bouge pas. Je vais voir avec ta mère ce qui se passe

— Oh non !

Ce qui avait été un séjour gai et très accueillant — plein de gros coussins en soie, d'aquarelles, de photos, de meubles restaurés et peints avec des couleurs chatoyantes — avait été entièrement saccagé. On avait même arraché les lierres de leurs pots qui gisaient, en morceaux, sur le plancher.

— Allons voir si vos vêtements et ceux d'Emma sont intacts, proposa Ramsey. Faites vos valises, prenez vos passeports, s'ils sont encore là, et filons. Nous appellerons la police depuis l'hôtel.

— Je veux aussi appeler mes voisins et un service de nettoyage. Qui a fait ça ? Pourquoi ? On n'en sortira donc jamais ?

— Mais si. D'ailleurs, c'est fini maintenant. Ce vandalisme date de plusieurs jours.

Une heure et demie plus tard, ils reçurent la police dans leur suite, au neuvième étage du Brown Palace.

Les pièces étaient spacieuses mais la climatisation en panne, aussi Ramsey avait-il dû ouvrir toutes les fenêtres en attendant le réparateur. L'air commençait à se rafraîchir un peu. Assise sur l'un des canapés, Emma regardait un dessin animé. Ramsey, Molly et l'inspecteur Mecklin, de la police de Denver, s'étaient réunis autour d'une table ronde, à l'autre bout du séjour. On leur avait apporté du café et des petits biscuits aux flocons d'avoine.

Molly s'adressa à Mecklin qui dévorait un gâteau.

— Comme je vous l'ai dit, une voisine venait arroser mes plantes. Il y a trois jours, tout était en ordre. Vous l'avez interrogée, non?

— Oui. Et si elle avait remarqué quelque chose depuis, on aurait déjà eu un coup de fil. Celui qui a fait ça a tranquillement attendu qu'on tourne le dos. Il y a cinq jours, nous étions encore devant chez vous.

On sonna à la porte. Le policier qui accompagnait Mecklin alla ouvrir; il revint avec un air stoïque sur son jeune visage, suivi de l'agent spécial Anchor, en complet et cravate noirs, chemise blanche et chaussures de golf Derby.

Molly faillit protester. La présence de Mecklin lui aurait amplement suffi.

— Bonjour, madame Santera. J'en suis toujours à me demander si je dois ou non vous arrêter.

— C'est charmant, agent Anchor.

Molly sentait la colère succéder à la tension, mais c'était bon de revivre, même à ce prix. Elle s'appuya au dossier de sa chaise et sourit à l'agent du FBI, en se disant qu'elle avait vu son père adopter ce genre d'attitude. La première fois que ce type tellement arrogant était venu chez elle, après le kidnapping, elle l'aurait volontiers fait rôtir.

— Et quel serait le chef d'accusation? Dites-moi : Le sauvetage de ma fille? Le fait d'avoir échappé à la mort? Ou celui d'avoir soustrait mon enfant à votre incompétence? Vous m'arrêteriez parce que j'ai fait tout le travail à votre place?

Elle avait fait mouche. Anchor était devenu rouge. Les bras raides le long du corps, il donnait l'impression d'être sur le point d'exploser. Molly en était ravie.

— Oh, mais j'y suis! s'exclama-t-elle encore. Vous voudriez peut-être m'arrêter parce que j'ai saccagé ma maison?

Anchor parvint à se maîtriser et même à arborer un sourire, crispé, certes, mais un sourire tout de même. Ramsey crut qu'il allait finalement cesser de se comporter comme un crétin.

— Votre attitude ne nous aide pas, madame Santera, décréta enfin Anchor.

Puis il regarda Ramsey, leva un sourcil, mais ne suscita aucune réponse.

— J'ai l'impression de vous connaître, remarqua-t-il alors.

— Rien d'étonnant, intervint Mecklin entre deux bouchées d'un second biscuit. Vous avez devant vous le juge Ramsey Hunt. Vous savez, celui qui a fait beaucoup parler de lui, à San Francisco et Chicago.

L'agent Anchor se figea. Lui qui avait l'habitude de tout prendre en main avait été méprisé comme un pantin par Molly Santera et ce juge Hunt.

— Que faites-vous ici?

— Eh bien, voyez-vous, rétorqua Ramsey en souriant, mon domicile, à San Francisco, a été saccagé comme celui de Mme Santera. Nous pensons qu'il doit y avoir un certain rapport. Qu'en dites-vous?

Allez-vous observer, tout simplement, que M. Shaker ne fait pas les choses à moitié?

— Je n'apprécie guère votre humour. Cela dit, je suis déjà au courant. Mais, pour moi, Mme Santera n'aurait pas dû prendre l'initiative de rechercher sa fille elle-même. Tout comme elle n'aurait pas dû tarder à revenir ici après l'avoir retrouvée. Je n'admets pas qu'elle ait entravé mon enquête. Et je n'admets pas non plus, ajouta Anchor, en regardant Molly, l'air dégoûté, qu'elle m'insulte. Si elle avait suivi mes conseils, son mari ne serait peut-être pas mort. Il lui reste, il est vrai, un juge bien en vie, lui...

Molly jeta un coup d'œil vers Emma, visiblement absorbée par la télévision. Puis, d'un seul et même mouvement, elle se leva et donna un coup de pied dans le tibia d'Anchor qui étouffa un cri de douleur, les mains crispées sur sa jambe.

— Je vous arrête, dit-il en se redressant. Pour agression sur un agent fédéral.

— Vous n'en ferez rien, intervint Ramsey. Si elle ne m'avait devancé, c'est moi qui vous aurais frappé. Cessez de vous comporter comme un crétin, agent Anchor.

Ramsey glissa aimablement sa main sous le coude de l'agent fédéral et lui dit à l'oreille :

— Je crois que vous agissez sous l'emprise d'un sérieux préjugé. Ecoutez-moi : Molly Santera et Mason Lord sont deux personnes distinctes. Mettez-vous ça dans la tête au plus vite. Soyez humain, asseyez-vous et essayons d'y voir clair ensemble. Si ce programme ne vous convient pas, j'appelle votre patron, ainsi que les agents Savich et Sherlock, qui se sont penchés sur cette affaire avec nous, à Chicago;

nous aurons alors une discussion. A vous de voir, agent Anchor.

Furieux, ce dernier pensa à la mort du fermier de Loveland qui risquait maintenant de ne jamais être élucidée. Au fait, aussi, que le kidnappeur de la petite courait toujours. Et tout cela parce que cette femme n'en avait fait qu'à sa tête. Ramsey Hunt se trompait. Elle était bien comme son père, et il l'avait compris dès le début. Où voulait en venir ce fichu juge? Quant à Dillon Savich, certes, il le connaissait!

L'inspecteur Mecklin se leva, sa cravate rouge et sa chemise blanche couvertes de miettes de biscuits.

— Arrêtez ce bordel. On ne va nulle part comme ça. Agent Anchor, asseyez-vous. Si le juge Hunt vous y autorise...

— Pensez à ma fille, agent Anchor, demanda Molly. Les enfants ont des oreilles. Il me semble qu'elle en a assez entendu.

Anchor regarda Emma qui mâchait un chewing-gum un peu trop vite. Père de deux enfants, il savait quand un gosse entendait des choses qui n'étaient pas pour lui.

— D'accord, dit-il en prenant une chaise.

Il y eut un silence de mort. Mecklin mordit dans un troisième biscuit avant de remarquer :

— Si tous ces événements sont liés, il n'y a qu'une seule et même personne derrière tout ça; et il faut qu'elle ait de l'argent, des hommes, du pouvoir. Ce dont Shaker ne manque pas.

— Pourquoi ce saccage chez moi? Juste pour s'amuser? demanda Molly.

— On peut supposer que c'est arrivé il y a deux ou trois jours. A peu près au moment où votre ex-mari sautait sur une bombe. Si tout est lié, on peut se dire que vous et votre fille étiez visées, mais dans l'intention d'amener M. Santera à se soumettre.

— Et Shaker aurait fait tout ça uniquement pour de l'argent ? Ou pour offrir Louey à sa fille ? C'est dingue.

Anchor se servit un café, en but une gorgée, ajouta un peu de crème, puis observa :

— Un type comme Shaker ne peut pas se permettre de laisser courir une dette d'un million de dollars. Une grande partie de son pouvoir repose sur la peur qu'il inspire. Et Dieu sait qu'il a les moyens d'impressionner les gens !

— Il est évident que Shaker est coupable, affirma Mecklin. On n'a pas besoin de chercher plus loin.

— Vous avez sans doute raison, remarqua Ramsey avant de se tourner vers Anchor. A moins que vous n'ayez fait une découverte, lui dit-il.

— Non. Mais je n'ai pas envie de m'en tenir là. L'ordinateur de Savich a-t-il trouvé quelque chose ?

— Rien de solide pour l'instant.

Anchor secoua la tête. La calvitie très avancée, il avait eu la bonne idée de se faire couper les cheveux à ras du crâne.

— Je me souviens qu'un jour, au cours d'une réunion à Washington, quelqu'un a demandé à Savich quel était, à cet instant, le sexe de son ordinateur. Personne n'a ri.

Après avoir décidé que l'agent Anchor était parfaitement borné, Ramsey n'appréciait pas spécialement de le voir se bonifier sous ses yeux. Rien ne garantissait cependant qu'il n'y aurait pas de rechute...

Emma s'était endormie, recroquevillée sur elle-même, son piano dans les bras. L'une des jambes de son jean laissait voir une chaussette rose. Ramsey en fut attendri mais, désormais habitué à la force de son affection pour elle, il n'éprouva aucune surprise. Puis il vit que l'autre chaussette était blanche. La journée avait été longue et mouvementée. Il se leva, sans quitter la petite des yeux.

— Nous sommes dans une impasse totale. Je crois que nous aurions pu nous abstenir de vous appeler. Nous avons tous perdu notre temps.

— Non, le contredit Mecklin en se levant à son tour. Nous ne faisons que poursuivre l'enquête. On tombera peut-être sur quelque chose en fouillant la maison. Tôt ou tard, on finira par coincer l'auteur du rapt. Celui-là, les fédéraux ne le lâcheront pas.

25

Il faisait quinze degrés à San Francisco où la brise soufflait sous un ciel dégagé. Ramsey prit une grande bouffée d'air frais et sourit, face à la fenêtre entrouverte de son bureau d'où l'on voyait, au loin, le Golden Gate Bridge. Il aimait Sea Cliff, qu'il n'était pas le seul à considérer comme le quartier le plus étonnant de la ville. Sa maison faisait partie des toutes premières villas bâties au-dessus des falaises, au nord-ouest de la métropole. A gauche, l'océan venait déferler dans la baie, gardée à droite par le Golden Gate qui reliait la ville aux Marin Headlands. Désertes, elles dressaient leur silhouette austère sous le ciel de l'après-midi. Les quelques taches vertes qui les parsemaient allaient disparaître avec l'été. On ne verrait plus alors qu'un brun uniforme qui donnerait l'impression que la vie avait disparu des Headlands. Et à l'approche du crépuscule, en venant s'accrocher à elles, le brouillard créerait le décor d'un palpitant film d'épouvante...

Dans chaque pièce, la police avait pris des photos et relevé des empreintes. Puis, grâce à la secrétaire et aux deux assistants de Ramsey, tout avait été nettoyé, redécoré et remeublé. Ramsey leur avait indiqué les couleurs et le type de meubles qu'il aimait. Le budget prévu avait été dépassé mais le résultat était si joli qu'il n'avait pas l'intention de râler. Et puis il trouvait amusant de se découvrir à travers le regard des autres. Son bureau, plein de cuir et de couleurs chaudes, avait quelque chose de plus imposant, de plus masculin maintenant. Ils avaient dépensé une petite fortune pour les fauteuils, le canapé de cuir et l'immense bureau d'acajou. Les murs étaient restés nus, le choix des tableaux étant toujours une affaire très personnelle.

On pouvait dire qu'en moins d'un mois ses collaborateurs avaient accompli des miracles

— Ramsey?

— Oui, Emma?

— J'aime ta maison. Je me sens bien près de l'eau.

Il se pencha vers elle en souriant, la souleva dans ses bras et l'emmena avec lui dans le grand fauteuil.

— On regarde la vue, d'accord? On essaie de communier avec la nature. Mais, au fait, où est ton piano?

— En haut. Je peux m'en passer pour l'instant. (Elle eut son grand soupir d'adulte.) Je me fais du souci pour maman. Je crois qu'elle ne va pas bien, même si elle dit le contraire.

— Qu'est-ce qu'elle a?

— Elle est malade. Elle t'a dit de descendre pour pas que tu t'en aperçoives. Je suis inquiète. Tu pourrais faire quelque chose pour elle?

— Oh, excuse-moi! Je ne me suis rendu compte de rien. Tu restes ici? Tu communies avec la nature?

— Oui. Un petit moment. J'ai l'impression que maman est verte.

— Je vais m'occuper d'elle. Tu ne bouges pas, d'accord?

— Je n'irai pas dehors toute seule, Ramsey.

— Bien.

Il l'embrassa sur le front, se précipita au premier et, en arrivant sur le palier, il entendit Molly dans la salle de bains attenante à la chambre d'amis. La porte n'était pas complètement fermée. Il la poussa et découvrit la jeune femme, agenouillée, en train de vomir dans la cuvette.

Il s'approcha d'elle, se baissa pour lui masser doucement les épaules, puis s'accroupit et repoussa ses cheveux en arrière. Elle se laissa basculer contre lui.

— Ça va mieux maintenant?

— Je ne veux pas parler. Je veux mourir, gémit-elle.

Il tira la chasse.

— Attendez. Je vous apporte de l'eau pour vous rincer la bouche.

— Emma vous a prévenu. J'aurais dû m'en douter... Mais vous auriez pu rester en bas. Je me sens humiliée.

Elle regarda le verre d'eau qu'il lui tendait puis se leva péniblement.

— Je vais me brosser les dents.

— J'ai un bain de bouche alcalin. Vous en voulez? Oui, Emma était très inquiète! Heureusement qu'elle m'a prévenu. Elle a plus de bon sens que sa mère.

— Sortez d'ici, dit Molly.

Elle le poussa dans le couloir et verrouilla la porte. Ramsey l'entendit se rincer la bouche. Cinq minutes plus tard, il la raccompagnait jusqu'à son lit. La chambre ne bénéficiait pas de la même vue panoramique que le séjour, mais la rangée de trois fenêtres permettait d'apercevoir le Golden Gate Bridge.

— Si je dois mourir ici, au moins j'aurai joui d'une belle vue pendant mes derniers instants.

— Non. Je vais vous imposer mon affreux visage et vous donner envie de réagir.

— J'ai dû manger quelque chose d'avarié dans l'avion.

Molly avait pris des lasagnes aux fruits de mer alors que Ramsey et Emma avaient choisi le poulet.

— C'est possible. A moins que ce ne soit le stress.

Il prit son visage entre ses mains, la sentit fiévreuse et fronça les sourcils.

— J'appelle mon médecin. Je vais voir ce qu'il en dit.

— Non, pas de médecin. De toute façon, je me suis vidé l'estomac maintenant. Ça va aller.

— Nous verrons, dit-il fermement.

Elle reconnut le ton qu'elle-même prenait avec un enfant lorsqu'elle voulait faire cesser une discussion.

Il lui apporta un verre d'eau et deux cachets.

— Prenez ça.

Sans lui demander de quoi il s'agissait, elle s'exécuta puis s'appuya aux oreillers.

— Comment va votre bras? se renseigna-t-il.

— Bien. Et votre dos?

— Je ne le sens plus, répondit-il en souriant. On voit encore vos points de suture?

— Quelques-uns, mais ils vont disparaître. Comment se porte votre jambe?

— Elle est complètement guérie. Je peux regarder? demanda-t-il en lui prenant le bras.

Elle le laissa remonter la manche de son chemisier crème. Il écarta le pansement avec précaution. La peau était normale, et si les derniers points de suture tranchaient encore franchement sur la blancheur du bras, la plaie se refermait bien. Il remit le pansement en place.

— On peut dire en tout cas que ce n'est pas votre blessure qui provoque les vomissements.

— Où est Emma?

— Certainement dans mon bureau, en train de contempler le pont. Mais je vais aller m'en assurer.

Au bout de cinq minutes, il revint avec la fillette.

— Regardez qui j'ai trouvé, le nez collé à une vitre?

— Ma petite princesse.

— Non, la mienne. Mais je veux bien la partager deux minutes. Regarde, mon ange, ta maman va bien.

— Je peux rester avec elle? Je vais essayer de la faire rire. Maman dit toujours qu'on se sent bien mieux quand on rit.

— D'accord. Mais si elle recommence à être malade, tu m'appelles, et je ferai venir quelqu'un qui lui plantera quelques aiguilles dans le corps.

— Promis.

Trois heures plus tard, Molly grignotait un toast et buvait de l'Earl Grey fumant. Elle n'avait pas encore retrouvé toutes ses couleurs, mais elle ne vomissait plus depuis une heure. Ramsey restait cependant prêt à appeler James Haversham, un interne de l'hôpital central de San Francisco.

A vingt et une heures, il annonça :

— Je crois que nous attendrons après-demain pour partir.

Emma et Molly étaient allongées sur le lit de la chambre d'amis, devant la télévision flambant neuve qui marchait en sourdine.

On sonna à la porte d'entrée. Ramsey s'apprêta à redescendre.

— C'est une amie de la police de San Francisco, expliqua-t-il. Je lui ai demandé de venir faire le point.

— En ce qui concerne le saccage de votre maison? demanda Molly, un gant de toilette mouillé sur le front.

— Pas seulement. Restez au calme toutes les deux. Si ta maman a besoin de quelque chose, Emma, tu viens me prévenir. Même si elle essaie de te retenir.

— Je ne sais pas, Ramsey, dit Emma, visiblement préoccupée. C'est ma maman. Elle est avec moi depuis que je suis née.

— Bien sûr. Mais, tu vois, en ce moment, elle ne sait plus très bien ce qui lui convient. Je compte sur toi, d'accord ?

Emma, encore incertaine, se redressa et prit son piano sur ses genoux. Molly gémit, une fois, deux fois, puis une troisième fois avec tant d'ostentation qu'elle fit sourire Emma.

Bravo, Molly ! se dit Ramsey avant de faire un petit salut et de disparaître.

Virginia Trolley, chaussée, comme toujours, de bottines noires, portait un blazer rouge avec un pantalon et un pull à col roulé aussi noirs que ses chaussures.

— Je suis heureuse que vous soyez de retour, Ramsey. C'est le cirque !

Il la fit entrer dans son bureau. Le feu dans la cheminée et les doubles rideaux en lourd brocart or pâle rendaient la pièce plus intime.

— J'aime beaucoup votre nouveau décor, vos nouveaux meubles... Vous avez dû vous ruiner ?

— L'assurance doit couvrir la majorité des frais.

— Tant mieux. Alors, maintenant que tout est neuf, que diriez-vous de m'épouser ? Ensuite on divorce, et je garde la maison.

— Il vous faudrait soudoyer un juge pour me l'enlever.

Il prit le thermos sur une petite table et lui servit une tasse de café.

— De toute façon, mon mari ne serait peut-être pas d'accord, soupira Virginia. Et si vous m'adoptiez?

— Vous êtes plus âgée que moi.

— Ah, l'âge! Encore un sujet de discrimination!

— Jusqu'à présent, personne n'a eu l'occasion de m'attaquer sur ce plan, chère Virginia. Alors, où en sommes-nous?

— Vous savez que tout le monde continue à vous appeler le juge Dredd. Ce qui vous va très bien, au fond, depuis que vous fréquentez la pègre... Les médias sont en effervescence. Je m'étonne qu'ils ne sachent pas encore que vous êtes rentré. Profitez-en. Ça ne va pas durer.

Ramsey informa Virginia de la présence de Molly et d'Emma.

— Et nous partons après-demain pour l'Irlande, conclut-il. Nous comptions le faire plus tôt, mais Molly a passé la journée à vomir. Elle va mieux, maintenant; je préfère cependant lui laisser le temps de se remettre. Elle a dû mal digérer les lasagnes aux fruits de mer qu'elle a mangées dans l'avion. Enfin, je préférerais ça à une gastrite, ou un ulcère. Encore que cela ne m'étonnerait pas qu'elle en ait un, après tout ce qu'elle a traversé.

Virginia Trolley abandonna son fauteuil, se dirigea vers les baies vitrées et souleva les doubles rideaux. Les nuages, bas et charbonneux, cachaient la lune et les étoiles. Elle soupira.

— Nous avons longuement discuté de ce qui s'est passé. Ce Rule Shaker est un sale type, Ramsey. Et un malin. S'il est derrière tout ça, on a aussi peu de chance de le coincer que de voir les Raiders remporter de nouveau le Super Bowl. Enfin, à première vue, ajouta-t-elle en souriant.

Ramsey alla s'asseoir derrière son bureau et se renversa dans le fauteuil, les bras croisés derrière la tête.

— J'espère néanmoins que c'est bien lui le coupable. Parce que, dans ce cas, nous sommes désormais hors de danger. C'est d'ailleurs ce que pensent le FBI et la police de Denver. Reste à coincer le tordu qui a enlevé la petite. En attendant, j'espère qu'on va pouvoir filer avant d'être repérés par les médias. Un petit tour loin d'ici nous sera salutaire. Vous avez du nouveau?

Virginia laissa retomber les doubles rideaux et se retourna.

— En ce qui concerne votre maison, nous n'avons aucune piste. Les voisins n'ont rien vu, et nous n'avons pas trouvé le moindre indice.

Marquant une pause, elle jeta un regard circulaire sur les lambris de bois sombre, les fauteuils en cuir, le plancher de chêne brillant : un beau bureau, très masculin.

— Le service de nettoyage a été très fier de participer à la remise en état de la maison du juge Hunt, remarqua Virginia. Le *Chronicle* aurait bien voulu avoir une photo de ce bureau. Il étincelle, non?

— Absolument.

— Des problèmes?

— Non, ça va. Pour le moment, en tout cas. Mais une surveillance ne serait peut-être pas de trop.

— Je suis de votre avis, admit Virginia. Je vais demander qu'une voiture passe toutes les demi-heures. Ah! Il faut que je vous montre ceci. Bien que ce soit sans doute sans importance. Un papier anonyme, bien sûr, trouvé sous la porte de votre bureau

Elle sortit une feuille de son sac et la lui tendit *Vous êtes un meurtrier. Vous allez mourir.*

Le texte avait été soigneusement écrit en noir à l'aide d'un feutre épais. Ramsey rendit le papier à Virginia.

— Ce manque de verbosité nous assure au moins que nous n'avons pas affaire à un avocat... affirma-t-il. Y a-t-il une raison pour y voir autre chose que les habituelles menaces de dingues ?

— Non. Ça ressemble à tout ce que vous avez reçu après votre coup de balai dans votre tribunal. Et de votre côté ? Rien d'autre ?

— Non, autant que je sache.

— Alors, oublions. Mais soyez prudent, juge Dredd. L'autre jour, j'ai entendu un agent du FBI expliquer à ses collègues qu'il avait exécuté une manœuvre à la Hunt. En d'autres termes, il avait balancé un coup de pied à je ne sais qui. Il a ajouté qu'il se serait senti plus classe s'il avait eu une robe noire. Désolée, Ramsey, mais vous faites désormais partie du lexique de la police.

Virginia Trolley découvrit soudain dans l'embrasure de la porte une petite fille serrant contre elle un piano portable si grand qu'il touchait ses genoux. Elle avait de magnifiques cheveux bruns qu'une natte dans le dos disciplinait avec quelque difficulté.

— Bonjour ! Tu es Emma Santera ?

— Oui, madame. Ramsey, maman recommence à vomir. Elle ne voulait pas que je te le dise, mais je suis inquiète. Tu peux faire quelque chose encore une fois ?

— Je monte tout de suite, Emma. (Ramsey se tourna vers Virginia.) Je vais appeler Jim Haversham. Il a une petite dette envers moi. C'est Savich qui m'a un jour donné l'excellent conseil de toujours compter un médecin parmi mes débiteurs.

— Savich? Votre ami du FBI?

— Oui. Ecoutez, Virginia, je vous retéléphonerai. S'il y a du nouveau, envoyez-moi un fax en Irlande. Nous allons passer deux jours à Dromoland Castle, près de l'aéroport de Shannon. J'ai oublié le nom du comté, mais je vais le rechercher et vous le transmettre.

— D'accord. Soyez prudent, en tout cas. Au revoir, Emma. Prends bien soin de ta maman et de Ramsey, d'accord?

— Oui, madame.

Au lieu de raccompagner Virginia à la porte, Ramsey se jeta sur le téléphone. Emma vint le rejoindre.

Quand il raccrocha, il prit la petite et son piano dans ses bras.

— Allons dire à ta maman qu'elle a de la chance : elle n'a même pas besoin d'aller à l'hôpital, un médecin va se déplacer pour elle.

Quarante-deux ans, divorcé deux fois, un fou de la voile qui s'évadait dès qu'il avait cinq minutes de loisir, le Dr James Haversham se redressa et, selon sa vieille habitude, se frotta la joue.

— J'ai besoin de faire quelques tests, annonça-t-il, le regard fixé sur Molly.

— Non. Pas question. Si je vais à l'hôpital, je serai morte avant d'avoir eu le temps de comprendre ce qui m'arrive.

James Haversham soupira.

— Bien. Dans ce cas, je ne peux qu'émettre une hypothèse : à mon avis, vous avez mangé une nourriture avariée. Ramsey m'a parlé de lasagnes aux fruits de mer. Cela dit, vous avez maintenant pratiquement tout rejeté. Pourtant, des spasmes subsistent, et ce sont eux qui ont provoqué de nouveaux vomissements. Je vais vous faire une piqûre et vous donner des cachets qui vous feront somnoler mais calmeront les spasmes et la nausée. Vos intestins auront besoin d'un peu de temps pour se remettre. Vous avez un début de déshydratation : buvez beaucoup ce soir et demain. Bon, je vous fais cette piqûre dans la fesse. Tournez-vous, s'il vous plaît.

— Ramsey, vous voulez faire sortir Emma? demanda Molly.

— Non, maman, protesta la petite. Tu as besoin de moi. Je te tiens la main.

— Vous avez également besoin de moi, je vous tiens l'autre.

— Parfait, dit le Dr Haversham, mais retournez-vous pour ne pas gêner ma patiente.

Ramsey et Emma se retrouvèrent face à la télévision qui diffusait une fois de plus *Mash*, le son coupé. Ils entendirent un petit cri puis la voix du médecin :

— Maintenant, prenez deux de ces cachets, madame Santera, et restez au lit jusqu'à demain soir. Buvez suffisamment de liquide pour aller aux toilettes tous les quarts d'heure. Mais si les vomissements reprenaient, vous êtes bonne pour les urgences, sachez-le. Parce qu'il y aurait alors autre chose qu'une simple intoxication alimentaire.

Molly secoua obstinément la tête. Elle ne s'arrêta même pas quand le Dr Haversham se pencha vers elle.

— Votre ravissante petite fille a besoin de vous. Attendez une autre occasion pour manifester votre entêtement.

— Vous avez raison, je sais, admit la jeune femme en soupirant. Merci d'être venu.

— De rien.

James Haversham allait sortir quand Molly lui demanda :

— Ramsey nous a dit que vous veniez jusqu'ici parce que vous aviez une dette envers lui. Peut-on savoir ce qu'il a fait pour vous ?

— Il m'a sauvé la vie.

— A quelle occasion ?

— Un soir, ma première épouse, sous l'emprise de l'alcool, allait frapper ma future seconde ex-femme, quand il est arrivé. Il a su distraire Melanie et lui donner envie de danser toute la nuit.

Molly éclata de rire.

— Ah ! Vous vous êtes débarrassé d'une sacrée dette.

Le Dr Haversham n'allait pas lui avouer qu'il avait inventé cette histoire de toutes pièces. Il se félicitait d'avoir su faire rire cette jolie femme. Cela lui serait aussi salutaire que les cachets et la piqûre.

— Oh, que oui ! Allez, soignez-vous bien, madame.

Déjà, elle s'assoupissait. Le docteur sourit et serra la main de Ramsey.

— J'ignorais que tu avais tant d'imagination, observa celui-ci. Cela dit, tu ne me dois plus rien maintenant.

— Oh, si ! Je te suis encore redevable de deux ou trois choses. Je me souviens de ces eaux froides dont tu m'as sorti à temps. Sinon, aujourd'hui, je ne renverrais plus l'ascenseur à personne.

Se penchant vers Emma, il posa machinalement sa main sur son petit front. Etouffant une exclamation, la fillette recula. Ramsey sourit et lui tapota l'épaule.

— N'aie pas peur, mon ange. Le Dr Haversham voulait simplement s'assurer que tu n'étais pas malade, toi aussi. Toucher les fronts, c'est sa manie.

James Haversham réalisa soudain qu'il avait devant lui une fillette ayant été kidnappée et violée. Il lui sourit.

— Tu me sembles en parfaite santé, et tu es très jolie. Surveille ta mère. D'accord?

— Oui, monsieur, répondit Emma.

Mais elle resta un peu en arrière, tout contre la jambe de Ramsey qui sentit sa petite main se glisser dans la sienne, tandis qu'elle retenait le piano contre sa hanche. Aussitôt, il la souleva dans ses bras avec son instrument de musique.

— On va raccompagner le Dr Haversham, Emma, puis on apportera de l'eau à ta maman.

— Elle n'aimera pas aller aux toilettes tout le temps.

— C'est toujours embêtant, mais elle ne peut pas faire autrement pour l'instant.

26

Le lendemain matin, Molly se sentait encore faible mais les nausées avaient disparu. Ramsey lui apporta trois toasts couverts de confiture de fraise. Avec Emma, il s'assit au pied du lit, et tous deux regardèrent Molly manger.

— Bon. Maintenant ça suffit, déclara-t-elle au bout d'un moment. J'ai mangé deux toasts ! Je suis remplie jusqu'aux amygdales.

— Tu n'as pas d'amygdales, maman.

— Je n'en ai plus, c'est vrai. Bien, je vais prendre une douche pour redevenir vraiment humaine. Ramsey, on pourrait peut-être partir aujourd'hui, non ?

— Non, Molly, vous avez encore besoin de repos. Prenez vos médicaments et buvez de l'eau. Ce soir, si vous avez été sage et si vous vous sentez beaucoup mieux, je vous emmènerai dans mon restaurant mexicain préféré.

Molly gémit en se tenant l'estomac.

— Je vois, on s'en tiendra au potage.

Après s'être habillée et séché les cheveux, la jeune femme n'eut qu'une envie : se laisser tomber sur le lit.

— C'est une femme qui a choisi cette parure, n'est-ce pas ? remarqua-t-elle en désignant les draps et les taies d'oreillers aux dessins fantaisie et aux couleurs vives.

Ramsey sourit.

— Oui. Probablement ma secrétaire. Mais elle me plaît. Tenez, buvez ce grand verre d'eau, puis faites un somme. J'emmène Emma à Cliff House. Il y a une plage magnifique là-bas. Elle verra des phoques, nous ferons des châteaux de sable et nous trouverons bien un chien pour jouer avec nous. Il y en a toujours plusieurs qui se promènent avec leurs propriétaires sur le rivage. Et j'ai un Frisbee spécial pour eux. Vous verrez, je vous la ramènerai pleine de sable et heureuse. Mais je veux retrouver cette bouteille vide en rentrant, insista-t-il encore.

Ils n'étaient sur la plage que depuis vingt minutes lorsqu'un énorme labrador, la langue pendante, vint donner un coup de tête dans la jambe de Ramsey.

— Envoyez-le balader si vous n'avez pas envie de jouer avec lui ! lui cria une jeune femme.

Mais Ramsey caressa la tête du chien.

— Tu veux t'amuser, mon vieux?

Il sortit de son sac marin, dans lequel se trouvaient aussi des sandwiches, des chips et des boissons, un vieux Frisbee jaune couvert de marques de crocs qu'il lança à une bonne trentaine de mètres. Le labrador se mit à galoper pour le récupérer.

— Bop ne vous lâchera plus, maintenant.

La jeune femme s'avançait vers Ramsey et Emma. La petite avait les yeux rivés sur le chien qui sauta en l'air pour attraper le Frisbee sans pouvoir l'atteindre.

— Il l'attrapera la prochaine fois, dit sa maîtresse. Il lui faut s'adapter à votre lancer. Quand vous en aurez assez, dites-le-moi. C'est votre petite fille ?

Emma glissa sa main dans celle de Ramsey.

— Oui. Elle s'appelle Emma.

— Je me présente : Betty Conlin.

La jeune femme échangea une poignée de mains avec Ramsey puis s'accroupit devant Emma.

— Bonjour. Quel âge as-tu ?

Emma scruta un moment le visage de Betty Conlin.

— Bop revient, dit-elle finalement. Ma maman est restée à la maison. Elle est couchée. Nous sommes venus ici pour que je joue et que j'oublie des choses. Aussi pour que maman puisse mieux se reposer.

— Je vois, affirma Betty avec sincérité.

Elle se releva en souriant, puis appela son chien :

— Ici, Bop !

Avant même que Ramsey lance de nouveau le Frisbee, Bop était reparti comme une flèche. Il attrapa le jouet grâce à un joli saut de près d'un mètre.

— Bravo, mon vieux ! lui cria Ramsey en riant. Bien joué !

Emma jouait dans le sable, à quelques pas de lui. Un grand soleil semait des diamants à la surface de l'océan. Les vagues, en s'échouant sur le rivage, créaient un bruit de fond sur lequel s'inscrivaient les voix humaines. Il ne manquait que Molly. Ramsey regarda Emma qui jetait un coup d'œil attentif à Betty Colin. Ah, si une femme cherchait à l'accaparer, Emma ne manquerait pas de le protéger ! Mais, voilà, pour le moment, ils ne pouvaient avoir le chien sans sa maîtresse. Bop revenait à vive allure. Il s'amusa à disputer le Frisbee à Ramsey, puis le lâcha et repartit en courant. Ramsey lança le jouet moins en hauteur mais en visant une distance plus longue. La main en visière, il observait les réactions du chien quand le Frisbee fut pris dans un souffle d'air ascendant et vola plus loin que prévu.

Il se retourna un instant vers Betty en l'entendant dire quelque chose, hocha machinalement la tête et reporta son attention sur Bop qui finit par attraper son jouet en sautant dans les vagues. Les gerbes d'eau que le labrador fit jaillir autour de lui en retournant vers la plage ressemblaient à des bouquets de minuscules diamants étincelant sous le soleil.

Ramsey se retourna, le sourire ébloui.

— Tu as vu ça, Emma?

Constatant que la petite avait disparu, il sentit la panique le submerger.

— Qu'y a-t-il? s'étonna Betty Conlin en caressant son chien.

— Emma. Emma...

Ramsey balaya la plage du regard. Il entendit un cri du côté de Cliff House, mais ne vit qu'un garçonnet qui se battait avec sa sœur.

— Emma! hurla-t-il.

Oh, Dieu, non! Ce n'était pas possible. Elle ne devait pas être bien loin. Il n'avait eu que quelques instants d'inattention, tourné vers le chien, le soleil dans les yeux.

Soudain, il remarqua un homme vêtu d'un long manteau marron qui s'éloignait d'un pas vif vers l'extrémité sud de la plage. Son habit, curieusement gonflé, devait cacher Emma. Comment cet individu avait-il pu être si rapide?

Ramsey se lança à sa poursuite, sans chercher à l'interpeller ou à crier. L'homme trébucha puis se dirigea vers les vagues. La tête d'Emma apparut entre les pans du manteau.

— Ramsey! Ramsey! hurla-t-elle.

— Lâchez-la! cria Ramsey, sur le point d'attraper l'homme.

L'inconnu regarda par-dessus son épaule, comprit qu'il avait échoué, laissa tomber Emma et remonta la plage en direction du mur de béton qui la bordait. Ramsey continuait de le poursuivre quand il entendit un cri. Il se retourna d'un bloc et vit Emma, allongée sur le sable, immobile. Deux petites filles s'étaient approchées, par curiosité. Une femme courait vers elles. Il fit demi-tour, écarta doucement les enfants et s'agenouilla à côté d'Emma. Les yeux fermés, des mèches de cheveux collées sur les joues, elle s'était repliée dans la position fœtale.

— Emma, mon ange, c'est Ramsey. Tu n'as rien? Ça va?

La fillette eut un gémissement sourd, puis se tourna vers lui et plongea son regard dans le sien.

— Il t'a fait mal?

— Un peu. Il m'a couvert le visage et m'a donné un coup sur la tête.

Le salaud l'avait frappée, puis tout simplement emportée sous son manteau. Ramsey regarda vers le mur de béton, vit des dizaines de personnes, mais l'individu en manteau marron semblait s'être volatilisé.

Serrant Emma dans ses bras, Ramsey l'embrassa en réalisant qu'en quelques minutes il avait bien failli la perdre.

— Cet homme voulait enlever la petite? demanda la mère des fillettes.

— Oui. Vous savez dans quelle direction il est parti?

— Non, je regardais votre fille.

Betty arriva en courant.

— Ça s'est passé tellement vite, dit-elle. C'est affreux.

Bop avait le Frisbee dans la gueule et poussait Ramsey pour l'inciter à jouer avec lui.

La jeune maman rassembla prestement ses deux petites filles.

— On part, dit-elle.

Les enfants rechignèrent mais leur mère, les tenant fermement par le bras, les fit avancer.

— Vous voulez que j'appelle la police? proposa Betty Conlin.

— Non.

Ramsey se releva lentement, serrant Emma contre lui. Il posa un baiser sur ses cheveux.

— Je suis désolé, Emma. Désolé. (Il se tourna vers la jeune femme.) Je laisse le Frisbee et les sandwiches à Bop.

Evidemment la police aurait pu interroger tout le monde, sur la plage et sur la promenade maritime. Mais, avec Emma qui tremblait dans ses bras, il voulait rentrer au plus vite. Il l'installa contre lui dans sa vieille Porsche et conduisit, un bras autour de ses épaules.

Puis, de son bureau, il appela Virginia Trolley sans avoir un seul instant lâché Emma.

— Virginia? C'est Ramsey. Un type vient de tenter d'enlever Emma. Sur la plage. Du côté de Cliff House. Il a abandonné la partie quand il a vu que je le rattrapais. Je n'ai pas pu le poursuivre parce que je devais m'occuper d'Emma. Il portait un long manteau marron, de vieilles baskets blanc et noir, un bonnet marron et des lunettes de soleil. Il avait l'allure d'un homme de quarante ans. Sa taille? Je dirais, un mètre soixante-quinze. Non, pas plus. Oui, un Blanc. Vous pouvez envoyer une voiture là-bas pour essayer de trouver quelqu'un qui l'ait repéré? Oui, merci. On se voit dans quelques minutes.

Il raccrocha, Emma toujours contre lui.

— Maintenant, mon ange, laisse-moi regarder ton crâne.

— Et maman?

— Tu as raison. Allons d'abord voir comment elle va.

Mais Molly n'était pas dans sa chambre.

Ramsey regarda le lit, incrédule. La bouteille d'eau était vide. Il appela et alla même regarder dans la douche.

— Molly!

— Où est maman, Ramsey?

— Je n'en sais rien, Emma. Je n'en sais rien.

Il redescendit précipitamment, la petite accrochée à lui comme un coquillage à son rocher.

— Molly? Molly?

Qu'avait-il bien pu lui arriver, bon sang?

Il courut dehors. Un couple âgé, des voisins, lui fit signe en passant devant la maison. Il répondit tout en tournant son regard vers l'autre côté de la rue. Mais les trottoirs étaient déserts.

Emma frissonnait, pleurait, laissait échapper des sanglots sourds, douloureux.

— Calme-toi, Emma. Ta maman est probablement sortie pour faire une petite promenade. C'est tout.

Il continua de lui prodiguer des paroles réconfortantes dont lui-même ne croyait pas un traître mot. Où était Molly? Jamais il n'avait éprouvé une telle angoisse.

Accompagnée d'un jeune policier, Virginia Trolley vint garer sa Plymouth blanche devant chez lui.

— Molly a disparu, annonça-t-il. Tout simplement disparu.

Virginia Trolley lut l'inquiétude sur son visage, vit la petite fille en pleurs dans ses bras.

— Allons donner quelques coups de fil, dit-elle calmement. Ça va s'arranger, Ramsey. Venez.

Pendant que Virginia prenait le téléphone, Ramsey s'installa dans son fauteuil de bureau et berça Emma.

Ils entendirent alors un cri de femme.

— Maman !

Emma s'échappa des bras de Ramsey, courut dans l'entrée et ouvrit la porte. Molly faillit perdre l'équilibre, suivie du policier qui tentait de l'attraper.

— Maman !

La jeune femme se laissa tomber sur les genoux. Emma enfouit sa tête dans son cou en pleurant.

— Désolé, elle ne voulait pas dire qui elle était, expliqua le policier à Virginia.

— C'est bon, Joe. Maintenant que Mme Santera est revenue, vous pouvez aller à Cliff House rejoindre les collègues et interroger les gens.

Ramsey se leva. Il attendit qu'Emma se calme un peu et que Molly se redresse.

— Que vous est-il arrivé ? demanda-t-il, visiblement furieux et prêt à exploser.

Molly découvrit la femme policier. Pendant quelques instants, elle ressentit un tel soulagement qu'elle en resta muette.

— J'ai eu un coup de téléphone, finit-elle par expliquer, la voix faible et tendue. Il y a une dizaine de minutes. Je dormais profondément. C'était un homme. J'ai eu l'impression qu'il parlait à travers un mouchoir. J'étais tellement endormie que je n'ai pas compris tout de suite ses propos. Il a répété. Il parlait de la plage. Il disait qu'il l'avait enlevée et que je ne la reverrais jamais.

— Maman, murmura Emma, toujours blottie dans les bras de sa mère.

Quelques instants plus tard, Molly se releva. Continuant à étreindre son enfant, elle vacilla. Ramsey se précipita vers elles et les serra toutes les deux contre lui.

— Grâce à Dieu, vous n'avez rien.

— Non. Que s'est-il passé ?

Avant de répondre, Ramsey entraîna la mère et la fille vers le canapé, les fit asseoir, les enlaça, puis leur embrassa successivement le front.

— C'est fini, dit-il. Nous sommes de nouveau ensemble... Un homme avait réussi à se saisir d'Emma. Mais je l'ai vu s'enfuir avec elle et je me suis lancé à sa poursuite. Il l'a alors relâchée et a disparu en courant. Virginia fait interroger les gens sur la plage.

Il marqua une pause, sans cesser de les étreindre toutes les deux.

— Je ne comprends pas qu'il vous ait appelée il y a une dizaine de minutes, alors que j'avais déjà récupéré Emma.

— Il voulait sans doute terroriser Mme Santera, observa Virginia. Qui veut un verre d'eau ?

Ramsey faillit répondre que Molly souhaitait sûrement boire, mais il y renonça. Il se sentait soudain bizarre, comme si son esprit faiblissait.

— J'ai été stupide, dit-il à Virginia. Je vous avais demandé d'assurer une certaine surveillance, mais comme ça, tout en me disant que c'était fini. Jamais je n'aurais cru que ce type recommencerait.

— Nous avons tous été stupides, renchérit Molly.

Moi aussi je nous croyais hors de danger. Cet individu est vraiment un malade.

— Probablement, observa Virginia. Bien. Vous allez me raconter exactement ce qui s'est passé. Je commence par vous, Ramsey.

Virginia l'interrogea avec une infinie patience et une voix feutrée. Ce n'était pas la première fois qu'elle rencontrait ce genre de situation, songea-t-il. Et, la plupart du temps, le dénouement n'était pas aussi heureux.

Emma s'était assise sur ses genoux, la joue sur l'épaule de sa mère. Il continuait à les enlacer toutes les deux.

— Maintenant, à vous, madame Santera. Oh, excusez-moi ! Je ne me suis pas encore présentée. Je suis Virginia Trolley, de la police de San Francisco. Ramsey et moi, nous nous connaissons depuis un certain temps.

— Appelez-moi Molly.

Virginia acquiesça.

— Donc, cet homme vous a appelée aux alentours de... quinze heures dix, estima-t-elle après avoir consulté sa montre. Que vous a-t-il dit exactement ?

— Il m'a dit qu'il avait Emma, que cet imbécile de juge l'avait laissée seule sur la plage pour flirter avec une jeune femme et jouer avec son chien. Il m'a dit qu'il n'avait eu aucun mal à l'enlever et qu'elle ne lui échapperait pas une seconde fois. Que je ne la reverrais jamais. Il a ri, puis il a continué en me disant qu'il allait passer devant la maison en voiture, que je pourrais peut-être le voir avec ma fille, et qu'il la laisserait me faire un signe. Après ça il a raccroché. J'ai fixé le téléphone un bon moment, complètement assommée. J'ai alors pensé que si je sortais, je pourrais peut-être arrêter sa voiture. Je suis donc sortie, et j'ai couru. Jusqu'à Sea Cliff. Je m'étonne que personne n'ait signalé une folle à la police.

— Il a appelé alors que j'avais déjà récupéré Emma, remarqua de nouveau Ramsey, songeur. Juste pour effrayer Molly?

— Oui, pour la terroriser. Il voulait éprouver un sentiment de puissance en dépit de son échec.

Ramsey commençait à se remettre les idées en place. Visiblement, Molly était aussi en train de se ressaisir. Restait à découvrir comment Emma allait réagir.

— Emma m'a dit qu'il lui avait donné un coup sur la tête.

Molly caressa l'épaule de sa fille.

— Tu as toujours mal, ma chérie?

Emma se redressa sur les genoux de Ramsey, leva le bras et toucha son crâne au-dessus de l'oreille gauche.

— Non. J'ai seulement une petite bosse.

— Je t'ai vue sortir la tête de son manteau.

— Oui. Et je l'ai mordu à travers sa chemise. Très fort. Tu m'avais dit qu'il fallait toujours se défendre et je l'ai fait.

— Où l'as-tu mordu? demanda Virginia. Sur le côté? Lequel?

— Le côté droit. Je crois qu'il a eu mal.

— Bravo! dit Ramsey. Bravo!

Prenant le visage d'Emma entre ses mains, il posa un baiser sur le bout de son nez et attarda un regard ému sur ce petit visage qui lui était devenu si cher.

— Oh, Emma, je suis tellement désolé...

Le front appuyé contre celui de l'enfant, il se sentit de nouveau envahi par la panique et ce sentiment d'impuissance dévastateur qu'il avait éprouvés sur la plage.

Lentement, Emma approcha sa main de sa joue et la caressa.

— Tu n'as rien fait de mal, Ramsey. Il a été tellement rapide. Je construisais mon château de sable et, tout d'un coup, il m'a frappée sur la tête.

Virginia se tourna vers la fenêtre et dut s'éclaircir la gorge avant de demander par-dessus son épaule :

— Emma, tu as mal à la tête?

— Non, madame, je sens seulement un peu la bosse.

— Vous devriez peut-être rappeler le Dr Haversham, Ramsey.

— Je vais le faire. C'est le seul moyen d'être totalement rassurés.

— Je suis comme maman. Je déteste l'hôpital.

Ramsey et Molly échangèrent un regard.

— Cette fois-ci il ne portait pas de masque. Mais il avait encore ses dents gâtées, précisa soudain Emma en regardant Virginia.

— Tu as remarqué autre chose?

— Il avait cette drôle d'odeur. Comme la première fois.

— Quel genre d'odeur?

Virginia sortit un calepin et s'apprêta à prendre des notes tandis qu'Emma réfléchissait puis haussait les épaules.

— Je ne sais pas... Forte. Pas agréable.

— Une odeur d'alcool? suggéra Ramsey.

— Je ne sais pas.

Il prit Emma dans ses bras, l'emmena jusqu'au petit bar et déboucha une bouteille de whisky qu'il approcha du nez de la fillette.

A peine eut-elle respiré le goulot qu'elle eut un mouvement de recul.

— Oui, Ramsey. Une odeur comme ça. Oh, je n'aime pas!

— Je te comprends.

— Et il avait des dents gâtées? insista Virginia.

— Oui, madame. Noires. Dégoûtantes. Je me souviens aussi qu'il lui en manquait une.

Emma ouvrit la bouche et désigna l'incisive supérieure gauche.

— Bien... Est-ce qu'il t'a dit quelque chose, Emma?

La petite fille secoua la tête. Ramsey retourna avec elle s'asseoir sur le canapé à côté de Molly.

— Essaie de bien te souvenir, Emma. Que faisais-tu quand il t'a donné un coup sur la tête?

— Je tassais du sable pour faire le mur de mon château.

— Et alors, que s'est-il passé?

— J'ai entendu un bruit. J'ai levé les yeux mais j'ai reçu ce coup et je ne me souviens plus...

— Ça va, ma chérie. Tu as bien renseigné Virginia... En somme, ça s'est passé en un éclair, conclut Molly.

Tandis qu'Emma glissait sa main dans celle de sa mère, Virginia Trolley referma son calepin puis hocha la tête.

— Il a commis une erreur, il est dans le parages, on va peut-être réussir à le coincer cette fois-ci. Ramsey m'a dit que tu avais déjà échappé à ce pauvre type. Tu es formidable, Emma! Je crois qu'on peut compter sur toi pour que tu prennes soin de Ramsey et de ta maman. Tu es d'accord? Je ne les trouve pas en grande forme en ce moment.

— Je m'occuperai d'eux, madame l'inspecteur.

— On pourrait peut-être refaire un portrait de cet homme, Emma, suggéra Ramsey. Tu sais, comme l'autre jour. Mais cette fois-ci tu le décrirais comme tu viens de le voir, sans son masque.

— On peut essayer, Ramsey.

— Je vais vous envoyer quelqu'un immédiatement. Tu es une bonne petite fille, Emma. On se reverra plus tard.

— Maman, je ne te laisse plus aller seule dans la salle de bains. Ramsey viendra aussi.

Depuis le hall, Virginia entendit l'éclat de rire fragile, un peu tendu, de Molly. Mais, au moins, elle riait...

27

Quand elles pénétrèrent dans Dromoland Castle, Molly et Emma restèrent bouche bée devant le hall circulaire, en pierres grises, les hautes fenêtres, les tapisseries anciennes et le sourire de leurs hôtes. Autrefois forteresse des O'Brien, Dromoland était désormais une bâtisse à tourelles, de style gothique, convertie en hôtel depuis le début du siècle. Il était entouré du parc le plus somptueux qu'elles aient jamais vu. Ramsey avait réservé la suite Speath ; la spacieuse chambre carrée donnait sur un jardin à la française aux pelouses impeccables qui descendaient vers un étang. Aux deux grands lits devait s'ajouter un lit de camp. Mais quand Tommy, le souriant garçon d'étage, l'apporta, la panique s'inscrivit sur le visage d'Emma. Ramsey demanda alors au jeune homme de remporter le lit. Emma dormirait avec sa mère.

Pendant deux jours, il tomba des cordes. Le troisième, la pluie cessa et le soleil fut si éclatant qu'il devint impossible de lever les yeux vers lui. Emma, qui n'avait fait aucun cauchemar depuis leur arrivée, portait un jean bleu, un chemisier blanc, des Nike, ses baskets préférées, et une paire de chaussettes écossaises que Ramsey lui avait achetée dans l'un des cottages au toit de chaume du village d'Adare, dont la plupart abritaient des magasins pour touristes.

La matinée s'achevait. Au bord de l'étang, Emma donnait à manger aux canards. A deux mètres d'elle, Molly, à demi accroupie, en appui sur un genou, cherchait en fonction du soleil le meilleur angle de vue pour terminer la série de photos qu'elle avait commencée. Elle avait son Minolta, une pellicule 400 ASA, de trente-six poses, mais rien pour mesurer l'éclairement. Toutefois, elle avait déjà mitraillé Emma sous des angles, des éclairages si variés, et devant tant d'arrière-plans différents qu'il y avait peu de risques qu'elle ait tout raté. Seulement, elle tenait à faire au moins une photo parfaite : celle qu'elle destinait à Ramsey, l'homme qui avait sauvé sa fille, l'homme qu'elle commençait à connaître aussi bien qu'elle-même. Ce matin, il y avait plus de lumière que d'ombre sur Emma et le paysage. Des canards au plumage blanc, plus brillant que la peinture d'une Corvette flambant neuve, entouraient Emma qui riait en leur jetant de la mie, choisissant à chaque fois son canard. Mais l'un d'eux, particulièrement rapide et malin, s'était mis à sauter et battre des ailes devant ses congénères, et il tentait maintenant d'attraper la boule de mie de pain qu'Emma tenait au bout des doigts. Molly s'empressa de régler la vitesse d'ouverture du diaphragme afin d'éviter le flou. Etant donné l'intensité de la lumière, elle savait que sur la photo l'eau et les canards ressortiraient aussi bien que le visage d'Emma. Mais c'était le mouvement qu'elle ne voulait pas rater. Le mouvement dans toute sa fluidité. Son essence. Elle tenait aussi à capter toutes les nuances de ton sur le visage d'Emma, ainsi que l'exacte couleur de l'ombre sur son chemisier. Elle voulait que l'on puisse retrouver dans cent ans la merveilleuse gaieté de sa fille, telle qu'elle l'observait ce matin-là, et que l'on pût croire entendre son rire et en ressentir la chaleur communicative. Elle prit un, deux, trois clichés, recula sur ses talons avant de recommencer, puis s'assit sur la pelouse, à demi renversée, en appui sur un coude, prête à continuer. Le canard agressif parvint à chaparder la mie qu'Emma destinait à un autre. Impressionnée par le bond du voleur, Emma sauta de plaisir en applaudissant, et le volatile audacieux s'élança de nouveau vers elle, le cou tendu vers le pain qu'elle avait décidé de lui offrir. Molly avait tout fixé sur la pellicule. Pour la dernière série de clichés — la fin du rouleau —, elle se retrouva sur le dos, l'objectif presque à la perpendiculaire. Puis elle se redressa, posa son Minolta SLR sur ses jambes, et éprouva une sensation de bien-être et de complicité. Elle était habituée au poids de l'appareil, à son contact, à cette façon de le poser sur ses genoux. Les nouveaux appareils, automatisés, étaient évidemment intéressants et certains si performants qu'ils devaient sans doute être capables de faire aussi le café pour le photographe. Mais elle n'avait pas besoin de ce café-là. Son Minolta avait encore de beaux jours devant lui.

Elle se sentait satisfaite, prête à parier qu'elle aurait au moins un cliché parfait, sinon deux. Pendant quelques instants, elle regretta tout de même de ne pas avoir emmené de trépied. Puis elle rejeta cette idée, en se souvenant combien il était pénible de se déplacer avec des accessoires.

Du coin de l'œil, elle perçut tout à coup un brusque mouvement sur sa gauche, parmi un bouquet de pins. La panique s'empara d'elle en voyant un homme, légèrement penché derrière un arbre, en long manteau marron, une casquette assortie sur la tête. Il semblait les regarder, Emma et elle. Affolée, elle se leva d'un bond et allait attraper le bras d'Emma quand l'homme émergea du bouquet d'arbres en tirant des clubs de golf dans un sac en cuir. Molly relâcha son souffle. Ah, les Irlandais et leur golf! Une vraie drogue, apparemment. Il y avait des greens partout, y compris sur les terres du château. Remarquant qu'elle le regardait, l'homme enleva sa casquette pour la saluer.

Molly lui répondit, soulagée certes, mais pas moins atterrée d'avoir cédé si vite à la panique. En outre, elle était persuadée de réagir de la même façon à chaque apparition inattendue d'un étranger, et ce jusqu'à ce que le ravisseur d'Emma soit sous les verrous. Pour le moment, il courait toujours et n'avait pas renoncé à poursuivre la petite.

Elle savait que Ramsey était au téléphone. Entre autres, avec Virginia Trolley pour lui demander si elle avait du nouveau. La description qu'Emma avait faite de son agresseur, sans son masque cette fois-ci, avait abouti au portrait d'un homme d'une quarantaine d'années, le menton pointu, des favoris épais, les yeux gris clair, très écartés, et de grandes oreilles, légèrement décollées. Emma avait expliqué qu'il portait un bonnet parce qu'il n'aimait pas ses oreilles. Mais le détail le plus frappant était bien sûr ses dents gâtées. Molly espéra qu'il ne s'était pas mis dans l'idée de faire un tour chez un dentiste.

Personne ne pouvait évaluer la justesse de la description d'Emma. Mais ils n'avaient rien de plus solide pour le moment. Le portrait était entre les mains de la police de San Francisco et du FBI.

Seulement, quand ils rentreraient, ce type serait

encore aux aguets. Le portrait-robot les protégerait peut-être, mais jusqu'à quel point? Molly se dit qu'elle abandonnerait Denver et emmènerait Emma dans une ville où personne ne les connaîtrait. Elle et sa fille changeraient de nom et se fondraient dans l'anonymat. Le monstre ne réussirait jamais à les retrouver. Elle avait l'argent de son divorce, elle était une bonne photographe, deviendrait encore meilleure, et prendrait de nouveaux contacts professionnels. De toute façon, en dehors des gens de *Rolling Stone*, personne ne pouvait se souvenir d'elle et de ses photos de Louey. Six ans avaient passé.

Elle vit Emma modeler la mie qui lui restait en forme de pomme, puis la jeter au canard impitoyable.

— Tu sais, Emma, lui cria-t-elle, tu pourrais travailler chez un traiteur, plus tard!

Comprenant qu'il n'y avait plus de pain, les canards s'arrêtèrent de cancaner et regagnèrent l'étang en se dandinant, battant des ailes et se lissant les plumes.

— C'est quoi un traiteur, maman?

— C'est quelqu'un qui prépare des repas pour des occasions exceptionnelles. Tu goûterais des tas de bonnes choses différentes, tu inventerais des plats, tu serais créative, comme tu viens de l'être en modelant une pomme dans la mie. Tu serais une artiste.

— Et je devrais aussi nourrir les gens?

— Tu plaisantes, Emma?

Emma réfléchit puis, avec un petit sourire, décréta :

— Non, je ne crois pas.

— Voyons, ma chérie, personne ne viendrait te manger dans la main... Enfin... pas comme tu peux l'imaginer.

Molly promena un instant son regard sur le magnifique décor qui les entourait. Puis elle glissa ses mains autour des épaules de sa fille et l'attira contre elle. Que pensait Emma ? Que ressentait-elle ? Molly mourrait d'envie de le savoir. Elle se retenait cependant de l'interroger par crainte d'entendre des choses horribles et d'être prise de court.

— Il fait très beau aujourd'hui, ma chérie, dit-elle d'une voix empreinte de tout l'amour que lui inspirait sa fille. Que dirais-tu de retourner à Bunratty Castle ? On pourrait pique-niquer là-bas. L'autre jour, avec la pluie qui tombait, nous ne sommes pas restés plus de dix minutes. Ramsey dit que la visite est formidable sous le soleil.

Emma s'essuya les mains sur son jean.

— Cette fois-ci, je voudrais essayer d'escalader toutes les marches jusqu'en haut, sans que Ramsey me porte. Oh, oui, maman, on y va ! Tommy dit qu'il y aura bientôt beaucoup, beaucoup de touristes. Mais pour le moment, il n'y en a pas trop.

C'était la fin mai. Un mois plus tôt, Molly prenait des photos dans un parc, essayait de parfaire son art, avait une vie active plutôt bien remplie. Emma se préparait à entrer en primaire à l'automne. Et puis son enlèvement avait tout bouleversé. Le cours de leur vie leur avait échappé.

— Oui, on a beaucoup de chance d'être venus à cette époque de l'année, ma chérie.

Soudain, Emma montra à sa mère une petite bague d'argent ciselé, ornée d'une pierre mauve, qu'elle portait au majeur gauche.

— Regarde, c'est un cadeau de Tommy. Il m'a dit que c'était celtique.

Molly prit la main d'Emma et se pencha sur la ravissante bague d'enfant.

— C'est très joli. Il te l'a donnée ce matin ?

— Non, hier. Il m'avait dit qu'il avait un cadeau pour moi si je mangeais toutes mes céréales.

Un frisson d'angoisse figea Molly. Elle avait vu Tommy parler à Emma, mais à quel moment lui avait-il donné la bague? Essayait-il de gagner sa confiance afin d'abuser d'elle? Etait-il l'un de ces monstres? Le souffle coupé, elle s'admonesta l'instant d'après. Elle devenait ridicule. Cet adolescent d'à peine dix-sept ans, à la tignasse rousse, au visage couvert de taches de rousseur, était un gentil garçon. Elle prit quand même Emma par la main et la serra très fort.

— Maman, tu me fais mal.

— Pardon? Oh, mon Dieu! Excuse-moi, Em. Regarde, voilà Ramsey. On va lui demander s'il veut retourner à Bunratty.

Ils quittèrent Dromoland une heure plus tard avec, sur la banquette arrière, à côté d'Emma, un panier contenant des sandwiches au fromage et au jambon, tout simples, sans mayonnaise, moutarde, tomates ni laitue. Comme le remarqua Molly, les palais irlandais devaient mal s'en accommoder. En revanche, chips et cidre ne manquaient pas.

Les routes étaient si étroites que si deux voitures se croisaient, l'une d'elles devait se garer sur le bas-côté.

— Je commence à maîtriser la conduite à gauche, observa Ramsey en dépassant un véhicule. Dans l'est de l'Irlande, plus peuplé qu'ici, les routes sont meilleures. Mais on finit par s'habituer à toutes ces bizarreries.

Un seul car avait déversé ses touristes à Bunratty. Ils eurent presque tout le parc pour eux. Emma escalada seule les marches des principaux escaliers du château.

— On a réussi à l'identifier, annonça Savich.

La main de Ramsey se crispa sur le téléphone. Il était minuit en Irlande, sept heures du matin à Washington.

— Ramsey? Tu es là? Ah, ces foutus téléphones! La communication est pourrie.

— Oui, ça va. Je t'entends. Vous l'avez vraiment identifié?

— Oui. Il n'est pas encore sous les verrous, mais on sait qu'il s'appelle John Dickerson, alias Sonny Dickerson, alias père Sonny. Il a quarante-huit ans, et c'est un ancien pasteur. Il s'est fait virer parce que, selon sa hiérarchie, il se livrait trop ouvertement à son vice. Tu te souviens que l'Eglise se contentait de changer ses pédophiles de paroisse après les avoir soumis à une rééducation psychologique et spirituelle?

— Oui. Grâce à Dieu, ils les remettent maintenant à la justice.

— Depuis qu'ils ont compris qu'ils étaient incurables. Mais celui-là, ses derniers paroissiens ont pu le démasquer au bout d'une semaine. Malheureusement, il avait eu le temps de molester une petite fille dans l'église, alors que sa mère était aux toilettes. En même temps se déroulait la répétition d'une cérémonie de mariage. Ils ont tous accouru en entendant les cris de la mère. Il est sorti de prison depuis à peine un an, sous contrôle judiciaire. Mais il ne s'y est jamais soumis. A cause du manque de flics, des cas plus importants, enfin, la routine, il n'avait pas vraiment été recherché.

— Il correspond à la description d'Emma?

— J'ai une surprise pour toi. J'ai introduit son portrait, comme s'il s'agissait d'une photo, dans ce que nous appelons le Programme Algorithmique de Reconnaissance Faciale. Un programme dont le grand public n'a pas encore entendu parler. Je l'ai découvert grâce à un ami qui a participé à sa mise au point pour Scotland Yard. Quelques modifications m'ont suffi pour l'adapter aux méthodes de travail du FBI.

« Grâce à lui et Maxine, on a pu comparer le portrait à toutes les photos de violeurs d'enfants déjà répertoriés. La comparaison porte sur les détails du faciès : distance entre les yeux, longueur du nez, dimension des lèvres, etc. Nous avons effectué deux cents comparaisons. En moins d'une heure, nous avons repéré le père Sonny. Et, bien sûr, il correspond en plus à toutes les autres caractéristiques dont nous disposions. Il fume et boit beaucoup, a des dents gâtées, et il est sorti de Folsom depuis huit mois. Son dossier médical de taulard indique qu'il a refusé tout soin dentaire en disant, je cite : "Je ne veux pas que l'un de ces connards me vrille la gueule avec sa fraise." C'est un cas sérieux, Ramsey. Très sérieux. Ils ne l'ont relâché que parce qu'ils n'avaient pas le choix.

— Il s'en prend aux garçons aussi?

— Oui. Il n'a pas de préférence particulière. Du moins, il n'en avait pas. Si Shaker l'a recruté pour enlever Emma, et faire céder Santera, il est évident que depuis la mort de Louey, ce type n'est plus payé par Shaker.

— J'imagine qu'il ignorait la vraie personnalité de ce type quand il l'a engagé pour enlever Emma. Il ne doit pas avoir envie de le rencontrer maintenant, sinon pour lui dire deux mots!

— Autrement dit, à San Francisco, le père Sonny a agi pour son compte... Il a eu l'audace d'essayer de la reprendre sous ton nez. Enfin, je dirais plutôt qu'il a complètement perdu les pédales.

— Oui. Ça devient une complète obsession.

Contrairement à son habitude, Savich jura.

— Fixation, obsession, quels que soient les termes que pourraient employer les psys, il n'en reste pas moins que notre bonhomme est toujours dans la nature. D'après nos spécialistes de la pédophilie, il n'est pas rare qu'un type de ce genre se mette en tête que, quelque part, un enfant salvateur l'attend. Aux yeux de cet ancien pasteur, il est possible qu'Emma soit cet enfant capable de purifier son âme, de le guérir, et même de le rendre à Dieu. Cependant, en général, une fois qu'ils en ont fini avec un gosse, ces individus en choisissent un autre et entament une nouvelle quête. Pourquoi veut-il reprendre Emma ? Parce qu'elle lui a échappé ? Cherche-t-il à se rassurer sur son pouvoir ? Se prouver qu'il peut avoir la situation en main ? Dominer ?

— Ou peut-être croit-il encore qu'il a vraiment besoin d'elle pour réaliser sa purification ? Tu sais qu'il lui a dit avoir plus besoin d'elle que Dieu n'avait besoin de lui ? J'ai vraiment envie de tuer ce salopard !

— Tu es loin d'être le seul ! Tout le monde ouvre l'œil à travers le pays. Il finira par refaire surface, quelqu'un le verra, et le reconnaîtra. On l'aura. Ta copine, Virginia Trolley, a mis toute la police de San Francisco sur le pied de guerre. A part ça, comment va Emma ? L'Irlande lui plaît ?

— Oh, oui ! Entre nourrir les canards de Dromoland et visiter les châteaux, elle s'amuse comme une folle. Ses cauchemars ont cessé depuis notre arrivée. Tu sais, je m'inquiétais de la voir continuellement si sage, si posée. Eh bien, en ce moment, c'est une petite fille comme toutes les autres, Savich ! Cet après-midi, elle s'est mise à pleurnicher et a désobéi à sa mère. J'en ai eu chaud au cœur d'entendre cette petite voix geignarde, parfaitement agaçante. Molly dit que c'est difficile de ne pas la gâter après tout ce qu'elle a subi. On essaie cependant de faire attention.

Ramsey marqua une pause avant d'ajouter :

— Molly a pris un tas de photos d'elle ce matin, pendant qu'elle donnait à manger à toute une bande de canards sous un soleil magnifique.

— Et?

— Je ne sais pas pourquoi je te raconte ça.

Ramsey songea au beau visage de la petite puis, soudain, la revit dans la forêt, blessée, allongée sur le ventre. Une rage presque incontrôlable, qu'il ressentit jusque dans les os, faillit le submerger. Sa main s'était crispée sur le téléphone.

— Ce n'est pas juste, Savich. Une chose pareille ne devrait jamais arriver à un enfant.

— Mais ça arrive. Souvent. Et je ne t'apprends rien. Tu as rencontré plus d'un cas du même genre depuis le début de ta carrière juridique.

— Certaines personnes, à San Francisco, me reprochent d'avoir parfois la main trop lourde pour des crimes de cette espèce. Mais je ne serai jamais d'accord. Comme l'a compris aujourd'hui l'Eglise, ces individus sont irrécupérables. Alors c'est de notre devoir de les maintenir à l'écart des enfants jusqu'à la fin de leur vie.

Les deux hommes parlèrent ensuite de Paris et de la réaction persistante de Sherlock dès qu'elle entendait le mot « enceinte ».

— Figure-toi qu'il m'a échappé dans un restaurant trois étoiles de l'île Saint-Louis, raconta Savich en riant. Elle a bien failli vomir dans son assiette. Le serveur était ahuri. Il a pris la serviette qu'il avait sur le bras, s'est mis à l'éventer fébrilement, et puis l'a conduite aux toilettes. Juste à temps pour qu'elle se soulage dans le premier lavabo.

— Les toilettes étaient si chics que j'ai été un peu gênée, précisa Sherlock qui avait pris le combiné.

— Il n'y en a plus pour très longtemps, non? demanda Ramsey.

— Encore un mois, paraît-il. J'aimerais bien scotcher la bouche de Dillon, mais je tiens quand même à ses baisers... On s'agite beaucoup ici. Comment va Molly?

— Ça va. Elle prend énormément de photos. Même de moi. Je lève les yeux et elle est là, effectuant des réglages, prenant des positions acrobatiques, marmonnant je ne sais quoi au sujet de la lumière et du reste. Elle dépense une fortune en pellicule. Tu veux lui parler?

Molly se glissa hors de son lit et vint rejoindre Ramsey. Emma dormait profondément. La jeune femme prit le téléphone, écouta Sherlock, lui répondit, puis éclata d'un rire franc et joyeux qui enchanta Ramsey.

Elle chantonnait lorsqu'elle se glissa dans son lit, aux côtés de sa fille.

28

Ramsey se brossa les dents, reboucha le tube de dentifrice et mit la brosse, poils en l'air, dans un verre sur le lavabo. Puis, penché à l'intérieur de la petite cabine de douche, il commençait à ouvrir les robinets quand il entendit un bruit derrière lui. Il se redressa et se retourna vers la porte de la salle de bains.

En long tee-shirt, les cheveux ébouriffés, Molly le surprenait dans toute sa nudité, le regard braqué sur son sexe.

— Molly?

— Oh! Excusez-moi, Ramsey. Je ne vous ai pas entendu, et je...

La voix lui manqua brusquement. Elle avait cependant parlé sans détourner le regard, et ne semblait pas prête à le faire.

— Je crois que je reviendrai, dit-elle finalement.

— Dans cinq minutes, la place sera libre.

— Je peux attendre, précisa-t-elle en sortant précipitamment.

Une fois seul, Ramsey se regarda et constata un début d'érection prometteur. Chez lui, il n'y avait vraiment que cet organe qui manifestât une indépendance totale. Mais, après tout, quoi de plus naturel pour un homme? D'ailleurs, il avait déjà eu des érections en présence de Molly, et particulièrement les matins où il se réveillait dans la même chambre qu'elle. Elle avait dû s'en apercevoir, et si elle n'en avait pas encore eu une preuve absolue, ce matin, c'était chose faite ! Il eût néanmoins préféré la situation inverse. La surprendre plutôt que d'être surpris. Comment aurait-elle réagi s'il était resté là, devant elle, les yeux fixés sur son pubis. Et puis une autre question vint le titiller : comment l'avait-elle trouvé ?

En dehors des quelques exercices qu'il avait faits avec Savich dans la salle de gym de Mason Lord, il ne s'entretenait plus depuis un bon mois. Certes, il avait beaucoup marché, et le stress lui avait remué le sang, mais ce n'était pas la même chose. Il sentait que son corps réclamait son entraînement habituel. Tout en faisant quelques assouplissements, il se demanda s'il était facile de trouver une salle de gym en Irlande. A défaut, il pourrait toujours multiplier les randonnées, et installer Emma sur ses épaules comme on soulève des haltères.

Il sifflota en s'imaginant demander à Molly : « Alors, Molly, qu'en pensez-vous ? Avez-vous aimé ce que vous avez vu ? » Et il sifflotait encore quand, une fois habillé, il sortit de la salle de bains.

— C'est tout à vous, Molly, dit-il en lui souriant.

Elle s'appliqua à le regarder droit dans les yeux.

— Merci.

En fin d'après-midi, à l'heure où l'énorme soleil allait s'enfoncer dans l'Atlantique, assis au sommet des falaises de Moher, Ramsey prit la main de Molly, la porta à ses lèvres et embrassa ses doigts, l'un après l'autre. La jeune femme se figea, tel un daim pris dans la lumière de projecteurs.

— Emma ne nous regarde pas, dit calmement Ramsey. Elle ne voit que le vendeur de bagues celtiques. Je crois qu'elle voudrait que nous en lui achetions une autre. Je garde un œil sur elle, ne vous inquiétez pas. Mais j'en profite pour vous poser une question, Molly. Il me semble que nous devrions nous marier. Qu'en pensez-vous ?

D'un bond elle fut sur ses pieds et recula de trois pas. Il se tourna et leva les yeux vers elle. Puis il regarda dans la direction d'Emma, qui s'était approchée d'un couple et de leurs deux petites filles.

Les bras serrés autour d'elle, Molly secouait la tête. Avec ses cheveux décoiffés par le vent, se mêlant au halo flamboyant du soleil crépusculaire qui resplendissait derrière elle, elle était tout simplement superbe.

Sans le regarder, d'une voix basse, tendue, elle remarqua :

— Vous vous faites un devoir de m'épouser parce que je vous ai regardé ce matin, le cœur plein de désir ? C'est complètement idiot. Vous n'êtes pas le premier homme que je vois nu. Je dois admettre, il est vrai, que vous êtes le plus séduisant de tous ceux...

— Combien en avez-vous vu ?

— Deux.

— Vous me ravissez.

— Deux, avec vous.

— Je reprends ce que je viens de dire.

— Ne soyez pas ridicule. J'ai vu un tas de photos d'hommes nus, un tas de films où ils l'étaient presque. Vous égalez les plus beaux, et il faudrait que vous soyez aveugle pour ne pas le savoir.

Elle s'interrompit brusquement, consciente de trop

en dire, et pinça les lèvres avec des airs de maîtresse d'école.

— Excusez-moi, mais j'ai trop l'image de votre nudité en tête pour prolonger cette conversation.

Il jugea préférable de ne pas insister, d'autant qu'il risquait d'être sérieusement troublé, ce qui, en public, pouvait devenir vite très gênant.

— D'accord. Sur ce sujet, on s'en tient là. Du moins pour l'instant. Mais j'aimerais tout de même rectifier quelque chose : ma demande en mariage n'a rien à voir avec le fait que vous m'ayez surpris nu ce matin. D'après vous, dans la situation inverse, vous seriez-vous sentie obligée de me demander de vous épouser ?

— Oh, Seigneur ! J'aurais simplement eu envie de disparaître dans un trou de souris. Je n'ai pas votre beauté, Ramsey. Je suis tellement osseuse !

Il regarda son visage, sa splendide chevelure.

— Arrêtez ! Ne vous dénigrez pas comme ça. C'est insupportable.

Molly baissa la tête.

— Je ne dis que la vérité.

— Non, vous dites n'importe quoi.

Il se tourna vers le soleil qui avait commencé sa descente vers les flots.

— Asseyez-vous donc, proposa-t-il sans la regarder. Je ne veux pas que vous ratiez ce spectacle.

— Alors vous n'auriez pas dû me dire ce que vous venez de me dire. Le spectacle passe un peu au second plan, maintenant.

— Je croyais avoir une idée géniale en conjuguant deux moments exceptionnels.

Molly se retourna et regarda Emma. Elle jouait avec

les deux petites filles sous l'œil vigilant des parents. Molly leur fit signe. La mère lui répondit.

Alors lentement, avec précaution, elle s'assit en tailleur, ses mains aux ongles courts et larges, comme ceux de Ramsey, à plat sur ses cuisses. Elle portait un jean et des bottines noirs, et un anorak d'un jaune vif que le vent de l'océan faisait gonfler dans son dos.

Les yeux fixés sur le soleil rouge qui commençait à embraser les flots, elle demanda :

— Vous êtes-vous déjà marié, Ramsey?

— Oui. A vingt-deux ans. Au début de mes études de droit.

— Vous l'avez complètement éreintée? s'inquiéta-t-elle, cynique.

— Non. Elle venait de terminer son entraînement dans les marines et elle devait s'embarquer pour je ne sais quel pays perdu d'Afrique. On a voulu se marier avant son départ.

— Et alors?

— On s'entendait bien. Elle était toujours par monts et par vaux, souvent dans des endroits dont je n'avais jamais entendu parler, mais ça marchait entre nous. Elle voulait des enfants. Moi aussi. Et puis tout s'est arrêté. Brutalement.

Son corps revivait le choc qu'il avait ressenti, la tension et la froide moiteur qui l'avaient envahi le jour où, sortant de son tribunal, heureux d'avoir remporté une victoire qui s'annonçait difficile, il avait vu venir vers lui un homme et une femme en uniforme. Il avait tout de suite compris — oh, oui, tout de suite! — que Susan était morte.

— Son hélicoptère est tombé dans le désert koweïtien, à la fin de la guerre du Golf, en 91. Elle devait rentrer la semaine suivante.

— Oh, mon dieu!

— Les emmerdes, qui n'en a pas?

— Non. Ne réagissez pas en macho.

Ramsey se tourna vers elle et lui lança, la voix vibrante d'une réelle colère :

— Pourquoi? Au moins, maintenant, je suis capable de prononcer son nom sans bégayer ou sans que les sanglots m'étranglent. Et vous, Molly, mieux que quiconque, vous savez ce que je veux dire quand je parle d'emmerdes...

— Vous avez dû beaucoup l'aimer.

— Oui. Mais c'est déjà une vieille histoire. Et il faut dire qu'on ne se connaissait pas vraiment. Elle était trop souvent absente. Quand elle rentrait, on passait notre temps au lit. Oh, nous nous parlions, bien sûr! Mais, sincèrement, je ne me souviens que de rares conversations. Je vous connais beaucoup mieux que je ne l'ai connue. Par exemple, je crois que je n'avais jamais fait attention à la façon dont elle utilisait son tube de dentifrice. Vous, je sais que vous vous en servez en appuyant au milieu. Je ne pourrais pas non plus dire ce que Susan aimait porter au lit. Vous, vous aimez les chemises de nuit fluides, en soie. Je vous ai vue caresser de plaisir celle que vous n'avez pu vous empêcher de glisser dans vos bagages, alors que vous ne portez en ma présence que ces longs tee-shirts de coton qui vous couvrent du cou aux orteils. Je sais aussi que vous appréciez le Muesli au petit déjeuner. Mon corps, Susan l'aimait; elle me le répétait à chacune de nos retrouvailles. Mais jamais elle ne m'a regardé comme vous l'avez fait ce matin. Vous vous êtes léché les babines, Molly. Pas une seconde vous n'avez relevé les yeux. J'ai pu me prendre avec plaisir pour un bel étalon. C'est tout de même étrange d'être marié pendant quatre ans et de si mal connaître son partenaire.

Ramsey regarda de nouveau le soleil, puis Emma qui riait avec les deux autres enfants. Depuis la tentative d'enlèvement sur la plage, pratiquement sous son nez, il la surveillait automatiquement toutes les quinze secondes.

— Vous savez, je n'ai pas mieux connu Louey. Comme votre femme, il était souvent absent. Et quand il était à la maison, il se comportait comme un crétin... Enfin, maintenant il est mort. Depuis, quoi... une semaine? J'ai l'impression qu'il y a beaucoup plus longtemps que ça. J'ai également le sentiment de vous connaître depuis toujours.

— Parce que nous avons été précipités dans une série d'épreuves. Beaucoup de pression et pas une seule pause.

— Oui, c'est sans doute pour cette raison...

Molly scruta le visage de Ramsey avec son œil de photographe.

— Vous êtes vraiment méticuleux avec votre tube de dentifrice. J'ai vu que vous le rouliez à la base. Quand vous êtes seul, vous dormez nu?

— La plupart du temps.

— Ecoutez, Ramsey, mon père est le plus grand des escrocs, et vous, vous êtes juge fédéral.

— J'ai un bon rapport avec votre père. Cela dit, question rapport, je préférerais votre belle-mère. Mais, bon, je fais avec ce que l'on me donne.

— Ah! Eve, c'est quelque chose, n'est-ce pas? observa Molly en souriant.

— Certes. La plupart du temps, je jurerais qu'elle a voulu épouser un homme fortuné et puissant. Et, à d'autres moments, j'ai l'impression que ce n'est pas du tout ça. Je ne serais pas étonné qu'on découvre un de ces jours ce qui la motive vraiment.

— Mon père la traite comme de la merde.

— C'est son problème, avec les femmes. Mais je sens que les choses vont bouger.

Ramsey tourna son regard vers Emma. Avec les deux autres petites filles, elle s'apprêtait à manier un cerf-volant. Le père donnait des directives. Ramsey sourit en songeant combien, grâce à sa mère, Emma était habile à ce jeu-là. Il la revoyait dans la prairie avec son dragon volant, juste avant que ces deux individus armés se manifestent. Comme cette scène semblait lointaine ! C'était il y a un siècle, avec un autre Ramsey Hunt. Il se secoua.

— Revenons à nous deux, Molly. Personne ne choisit sa famille. Quand il faut s'en accommoder, on s'en accommode. C'est tout.

— Parlez-moi de la vôtre.

— Mon père est dentiste. Quand il vous rencontrera, il commencera par examiner votre denture ; comme on le fait avec les chevaux. Avec vous, ce sera le coup de foudre. Ce n'est pas un homme compliqué : donnez-lui une belle dent, et il est en extase. Ma mère, elle, est un ancien professeur d'histoire. Elle a pleuré quand je lui ai annoncé que j'allais faire du droit. Elle ne prend pas les avocats pour des gens fréquentables. Elle s'est cependant sentie mieux quand je lui ai promis d'être irréprochable. Puis elle a été définitivement rassurée lorsque je suis devenu juge. Maintenant elle me traite comme si je faisais partie de la Cour suprême. C'est une femme bien, ma mère ; mais sans l'apparence de votre belle-mère... J'ai deux frères. L'un est militaire de carrière : général, trois enfants.

L'autre, rédacteur de discours politiques. Il vit à Washington avec sa charmante femme et deux enfants.

A la même seconde, tous deux se tournèrent vers Emma. Leurs regards se croisèrent, ils se sourirent.

— Je crois que je ne me déferai jamais de cette habitude, remarqua Molly. Ma fille sera une petite vieille que je dresserai encore mes antennes.

— Vous voulez d'autres enfants, Molly?

— Peut-être. J'aimerais en avoir deux, ou même trois.

Ramsey se rendit compte qu'il avait retenu son souffle.

— Moi aussi, dit-il en riant. J'ai trente-quatre ans, ce qui fait de moi un jeune juge, avec une longue carrière en perspective. En revanche, le temps m'est compté si je veux être père. On dit qu'après quarante ans ce n'est pas conseillé.

Molly lui donna un petit coup dans la jambe.

— Vous voulez dire que vous aurez trop de ventre, et que vous serez bien trop raplapla pour vous occuper de vos enfants?

Penché vers elle, il lui prit le menton et embrassa ses lèvres. Puis il se recula et la regarda attentivement.

— Vous avez aussi de très beaux yeux. Et, en ce moment précis, un regard un peu brumeux qui me plaît beaucoup.

Soudain des applaudissements fusèrent derrière eux. Ils se retournèrent : Emma courait avec le cerf-volant en forme de lutin qui ondulait dans les airs. Elle le dirigeait à la perfection, exactement comme Molly le lui avait appris. Les cheveux au vent, elle riait aux éclats, tandis que l'ombre rougeoyante du soleil flottait au-dessus de l'océan avant de disparaître.

Le visage de Ramsey reflétait de la tendresse et une joie paisible. Les yeux sur Emma, il observa :

— Nous avons su l'aider. Nous saurons désormais résoudre n'importe quel problème. N'hésitons pas.

— Vous pourriez m'embrasser encore, Ramsey?

— Avec le plus grand plaisir.

Il l'embrassa plus longuement cette fois-ci, mais sans se laisser aller. S'il eut envie de sentir ses lèvres s'entrouvrir, il songea en même temps que ce serait peu raisonnable, là, sur les falaises de Moher, avec Emma et son cerf-volant irlandais à quelques pas d'eux. Il se redressa, malgré tout le désir que lui inspirait Molly. Jamais sans doute il n'avait désiré une femme autant qu'elle. A vrai dire, il ne se souvenait absolument pas de ce qu'il avait éprouvé dans les bras de sa femme. Susan appartenait au passé. Un passé chargé de tendres souvenirs, mais un peu plus flou chaque jour depuis qu'Emma et Molly étaient auprès de lui. Avec elles, il avait découvert de nouvelles perspectives, et il éprouvait des sentiments neufs dont la richesse et la force arrivaient parfois à le submerger. Il donna de nouveau un baiser à Molly, mais très léger, comme pour s'assurer simplement qu'il ne rêvait pas, qu'ils étaient bien ensemble. Puis il lui sourit, sans rien dire, en essayant de deviner ses pensées.

Elle connaissait et acceptait la raison qui motivait sa demande en mariage. Il voulait Emma, mais ne pouvait la garder sans que maman fût de la partie.

— Vous avez envie de vous prendre éternellement pour un bel étalon, n'est-ce pas? préféra-t-elle lui dire.

Ramsey aimait son humour, d'autant plus précieux qu'il était trop souvent étouffé par les difficultés de la vie. Mais si elle acceptait de l'épouser, il saurait lui donner chaque jour l'occasion de plaisanter et de rire.

— Comment comptez-vous le vérifier? demanda-t-il.

Elle retrouva son œil de photographe en scrutant son visage. Puis elle pencha la tête de côté.

— Le sexe fait partie de la vie. Je sais que vous aimez mes cheveux. Et mes yeux. Mais je suis vraiment osseuse, vous savez. Vous croyez que vous aurez envie de faire l'amour avec moi?

— C'est le genre de chose qu'implique un mariage, non? Alors, j'essaierai.

Elle aurait volontiers laissé courir sa main sur sa cuisse, mais elle se contenta de rire. Puis, l'instant d'après, elle redevint sérieuse.

— Mais pas en présence d'Emma, Ramsey...

— Il faudra trouver un moyen. Ou bien s'abstenir pour le moment. J'ai parlé au Dr Loo du besoin qu'a Emma de dormir avec vous, ou même avec nous deux. Elle m'a dit que ce n'était jamais recommandé de laisser un enfant dormir avec ses parents; cependant, dans son cas, les circonstances sont particulières. Mais, selon elle, Emma devrait d'elle-même demander à dormir seule dès qu'elle sera prête... Alors, Molly, vous m'épousez?

Molly se leva, essuya son jean et remarqua :

— On dirait que la famille plie bagages. Allons rejoindre Emma et lui annoncer qu'elle va avoir un nouveau papa.

Elle s'éloigna puis se retourna à demi.

— Oui, monsieur le juge, ajouta-t-elle, le visage radieux. Je vais mettre un terme à votre détresse.

— Molly! Dites-le! Je veux vous entendre le dire! lui cria-t-il.

Plusieurs personnes l'entendirent, lui, et regardèrent

Molly. Consciente de ces regards curieux braqués sur elle, la jeune femme éclata de rire en secouant la tête.

— Je vous épouse ! finit-elle par lui répondre. Oui, avec le plus grand plaisir, Ramsey !

On entendit des applaudissements et quelques exclamations éloquentes d'hommes qui reçurent un coup de coude de leur femme.

Ramsey rattrapa Molly.

— C'est merveilleux. Plus que merveilleux. Nous allons constituer une vraie famille maintenant, et j'adore cette idée.

Il regarda Emma et ses petites camarades.

— J'ai l'impression que le père va lui faire cadeau du cerf-volant, dit-il. Allons remercier ces gens de s'être occupés d'elle.

Mais il commença par s'immobiliser, se tourner vers Molly et la prendre dans ses bras.

— Je vous ai déjà dit que vous êtes la plus belle femme que j'aie jamais vue ? Que je vous trouve même un peu plus belle chaque jour ?

— Non. Vous m'avez simplement parlé un peu de mes yeux et beaucoup de mes cheveux.

— Ils couronnent votre beauté, Molly, c'est vrai.

Il enroula autour de son doigt une épaisse boucle rousse en lui souriant.

— On dirait des petits ressorts en soie. Oh, oui, vous êtes belle ! Et je pense que vos petits os font aussi partie de votre beauté.

Se tournant dans la direction d'Emma, il la vit traîner son cerf-volant derrière elle, fatiguée, essoufflée, mais heureuse.

— Vous êtes sûre de m'aimer suffisamment, Molly ?

— Suffisamment, oui.

Elle baissa la tête et, du bout de sa bottine, donna

des petits coups dans l'herbe. Puis, relevant le menton, elle lui adressa un regard troublé à travers ses cils.

— J'aime surtout votre corps.

L'espace d'un instant, elle s'attendit à ce qu'il la prenne contre lui. Mais il se retint.

— Parfait, lui dit-il avec un grand sourire. C'est un bon début. Marions-nous, Molly, dès que nous serons rentrés. Nous pourrons faire un arrêt au Nevada. En attendant, commençons par la lune de miel. Qu'en pensez-vous ?

Qu'est-ce que l'amour, de toute façon ? se demanda-t-elle en hochant lentement la tête.

Ils n'eurent ni le temps de vivre une lune de miel irlandaise ni d'apprendre à Emma qu'elle allait avoir un nouveau papa. A la réception de Dromoland Castle, deux messages téléphoniques et un fax de Savich les attendaient.

Ils firent le voyage Shannon-Chicago en classe affaires où, disposant de trois sièges contigus, ils installèrent Emma entre eux. Trois coussins sous la tête, recouverte d'une couverture, la fillette dormait, son piano contre elle. Elle l'avait un peu oublié pendant le séjour irlandais, mais elle l'avait vite repris et serré contre elle dès qu'ils avaient plié bagages à la hâte, après que Ramsey eut juré, et sa mère pâli.

Molly remarqua que les lacets d'une basket de sa fille étaient défaits. Elle les fixa un bon moment sans bouger, puis finalement se pencha vers Emma et lui retira sa chaussure. La petite portait des chaussettes écossaises, lavées par sa mère dans la soirée.

Molly n'avait pas encore dit grand-chose. De nouveau, leur vie leur échappait. Et, dans cette situation, la jeune femme se félicitait en définitive de se sentir le corps et le cerveau engourdis.

A voix basse, afin de ne pas réveiller Emma, elle finit par observer :

— J'ai tellement de mal à y croire... Je ne peux pas m'empêcher de penser que c'est une erreur, qu'Eve s'est complètement trompée.

— Je sais.

— Ils vont pouvoir coincer Rule Shaker maintenant ?

— Je n'en sais rien. Pour l'instant on a trop peu d'informations. Ecoute, ton père est encore en vie. Dieu seul sait comment il a tenu le coup jusqu'à présent. Mais en tout cas, c'est bon signe.

— Il a peut-être pu donner le nom du tireur à la police.

Les yeux fixés sur l'écran de cinéma encore éteint, situé juste devant eux, Molly marqua une pause avant d'ajouter :

— Et s'il est mort, à cette heure-ci ?

Ramsey saisit le téléphone sur le bras de son siège.

— Non ! dit-elle en posant sa main sur la sienne. Pour le moment, je préfère penser que tu as raison. Il a repris connaissance, donné le nom du type qui a tiré sur lui, et quand nous arriverons tout sera fini.

Ramsey n'y croyait pas du tout.

— Souviens-toi, Molly. En tenant compte de la trajectoire de la balle, on peut supposer que le tireur était probablement posté sur le toit d'un immeuble de quatre étages, de l'autre côté de la rue. Ton père n'a pas pu le voir. Savich m'a dit que selon les premiers rapports de la balistique, la balle, une 7,62 mm, venait d'une arme d'embuscade ; quelque chose comme un

SIG-Sauer SSG 2000, qui est un fusil courant dans l'armée.

Il s'abstint de lui préciser que la balle avait traversé la poitrine de Mason Lord, en le projetant contre une voiture garée le long du trottoir. Sous la violence de l'impact, la vitre de la Buick Riviera avait explosé.

— Gunther était juste devant ton père. Il n'a pas été touché.

Emma grogna dans son sommeil. Ramsey lui massa doucement les épaules et le dos. La petite se colla contre sa main et retrouva son calme.

— Nous devons lui parler, dit Molly. Elle n'est pas stupide. Elle a bien compris qu'il s'est passé quelque chose de grave.

— Je sais. Elle se réfugie dans le sommeil. A la première occasion, on appelle le Dr Loo.

— Il n'est pas mort, Ramsey. Je le sens.

Ce dernier ne répondit pas, continuant de masser le dos d'Emma. Puis il se laissa aller dans son siège et ferma les yeux. Ils étaient à peine remis de leur décalage horaire quand ils avaient appris la nouvelle; ils allaient en subir un nouveau, en sens inverse.

Il tenait cependant à se marier au plus vite. Emma avait besoin de savoir qu'il ne la quitterait plus. Qu'elle était maintenant sa fille. Mais à la femme qu'il allait épouser, assise là, à côté de lui, il ne savait plus que dire exactement. A quoi devaient-ils encore s'attendre?

— Ramsey?

— Oui, Molly?

— On sera obligés d'attendre que cette affaire soit éclaircie.

Il hocha la tête en soupirant.

29

L'inspecteur O'Connor les attendait chez Mason Lord, en compagnie de Miles qui leur annonça dès leur arrivée que Gunther et Mme Lord étaient à l'hôpital.

— Entrez donc. M. Lord n'est pas encore sorti d'affaires, mais il s'accroche. Je suis consterné, Molly.

— Merci de votre sollicitude, Miles. C'est une épreuve pour tout le monde. Je vous suis reconnaissante de garder la maison.

— Bonjour, monsieur le juge, madame Santera, dit O'Connor en sortant du séjour pour s'avancer vers eux. Je suis vraiment désolé que vous ayez dû revenir en de telles circonstances. On ne s'y attendait pas. Personne ne sait ce qu'il faut en penser. Je me suis permis, madame, de vous attendre ici. J'espère que vous ne m'en voulez pas.

— Pas du tout, inspecteur.

Molly s'accroupit devant Emma.

— Tu veux aller avec Miles à la cuisine manger une petite friandise ?

— J'ai fait des biscuits aux pépites de chocolat, juste pour toi, Emma, annonça celui-ci. Ils sortent à peine du four.

Emma adressa à sa mère un long regard, chargé de

patience. Molly lut tant de tourment au fond de ses yeux qu'elle eut envie d'envelopper sa fille de ses bras et de pleurer.

— Ton grand-père est à l'hôpital, ma chérie. Il a été blessé, comme on te l'a expliqué. Maintenant l'inspecteur O'Connor aimerait nous parler. Il a besoin de savoir ce que l'on pense de tout ça.

— Bien, maman. Je vais avec M. Miles.

— Merci, Emma, je viendrai très vite te rejoindre. Moi aussi j'ai envie d'un biscuit.

Après un second regard long et douloureux, Emma se tourna vers le majordome. Molly attendit pour se relever que sa fille se dirige vers la cuisine, tenant la main de Miles, et son piano de l'autre côté.

— Allons dans le séjour, dit-elle à O'Connor.

— La balistique a confirmé, commença à expliquer l'inspecteur, que la balle était bien une 7,62 mm, mais arrondie, pour tireur d'élite. Vous savez probablement, ajouta-t-il en se tournant vers Ramsey, que cette forme augmente le poids de la balle par rapport à la taille, renforce son impact et lui permet une trajectoire plus basse. Ce qui est particulièrement important sur une longue distance.

— On a quelque chose sur le tireur?

— Ça s'est passé sur le toit d'Ames Building, audessus du quatrième étage. On a trouvé là-bas deux mégots, un thermos de café et, merveille des merveilles, un petit rond humide.

— Un petit rond humide? répéta Molly, perplexe. C'est ça, la merveille?

— Il a craché, madame. Le tireur a craché. Avec un peu de chance, on va connaître son ADN. Ce qui veut dire que si on le cravate, on aura la preuve absolue de sa culpabilité. Le labo pense qu'il s'agit d'un fumeur avec une mauvaise toux sèche. Son vice va peut-être le perdre. Etant donné que M. Mason est un homme important, si l'on fait abstraction de ses associations et affaires douteuses, l'événement est de taille. La presse commence à comprendre que ce n'est pas ici que ça se passe. Mais les journalistes vont tout de même se pointer dès l'aube, vous pouvez me croire. Et ils ne tarderont pas à découvrir que vous êtes de retour, monsieur le juge. Heureusement que vous êtes arrivés avant eux.

— Que disent les médecins de l'état de santé de Mason ?

O'Connor jeta un coup d'œil à sa montre.

— Il est bientôt minuit. J'ai averti le chirurgien que vous seriez ici à peu près à cette heure. Je vais le lui confirmer. Il fera le point avec vous.

L'inspecteur O'Connor sortit son portable et appela l'hôpital. Après avoir été baladé d'un poste à l'autre pendant cinq minutes, il eut finalement le chirurgien et tendit l'appareil à Molly.

Ramsey l'observa pendant qu'elle écoutait le médecin. Bizarrement, elle semblait impassible.

— Il est vivant, annonça-t-elle en rendant le téléphone à O'Connor. Le Dr Bigliotti estime qu'il a cinquante pour cent de chances de s'en tirer, s'il passe la nuit. Il a déjà repris connaissance. Et il a murmuré au policier qui le veille que c'était Louey Santera qui lui avait tiré dessus.

— C'est une plaisanterie, dit O'Connor. Son traitement lui a fait perdre la tête.

— Le médecin aussi pense que c'est du délire. Mon père n'a rien dit d'autre... Il paraît que les reporters ont envahi l'hôpital. Une infirmière a même chopé une journaliste déguisée en femme de ménage ; elle cherchait la chambre de Mason Lord.

— Avez-vous une petite idée de ce qui s'est passé? demanda O'Connor à ses deux interlocuteurs. Quelque chose qui pourrait nous mettre un peu sur la voie?

Molly et Ramsey se contentèrent de le regarder. L'inspecteur n'eut aucun mal à comprendre qu'ils étaient tous en plein brouillard.

Le chuintement du distributeur d'oxygène troublait les très rares instants de silence dans la salle de réveil du Chicago Memorial Hospital, sur Jefferson Avenue. Mason Lord avait le visage blafard, des tubes dans la bouche et le nez, des perfusions dans les deux bras, et sa vessie se vidait dans une poche en plastique qui pendait sur le côté du lit. Assis tout près de lui, avec un magnétophone sur les genoux, un policier tenait un polar dans une main. Il salua Molly et O'Connor d'un bref mouvement de tête mais, quand il vit Ramsey, son salut fut empreint d'une particulière déférence. Excessive, se dit Molly.

La salle de réveil était immense, impersonnelle, remplie d'appareils ultramodernes. Derrière de simples rideaux, six autres malades gémissaient et leur plaintes se mêlaient au bruit du régulateur d'oxygène, aux voix des parents qui essayaient d'apporter leur réconfort, aux jurons venant du lit le plus éloigné, aux bruits de pas précipités d'une infirmière.

Mason Lord, aussi figé qu'un cadavre, serait mort sans respiration artificielle. Molly lui caressa la joue. Sa peau était atone, humide et froide.

Elle eut conscience à cet instant-là de tenir à lui. Peu importait ce qu'on pouvait lui reprocher. Il était avant tout son père. Elle voulait qu'il vive. Au bout de cinq minutes, l'infirmière leur demanda de ressortir.

Une fois dans le couloir, Molly demanda à O'Connor :

— Quelqu'un a-t-il prévenu ma mère? Elle vit en Italie.

L'inspecteur se gratta l'oreille puis secoua la tête.

— Il me semble que non, madame.

— Je l'appellerai tout à l'heure.

Il était près de deux heures du matin. Molly avait tenu à venir jusqu'à l'hôpital, pour voir le visage de son père, s'assurer qu'il était vivant. Oui, la vie était là, blottie dans son corps, sommaire en quelque sorte, mais encore présente.

Ils filèrent vers Oak Park sans rencontrer de circulation. Au volant, Ramsey dut faire un effort pour rester vigilant. La fatigue commençait à le faire loucher. Et Molly n'était pas plus fraîche. Alors il se dit que s'ils avaient eu le temps de se marier avant d'être rappelés ici, la nuit de noces se serait résumée à un baiser sur l'oreille de Molly. Si elle avait eu la force de lui tendre son oreille... S'il avait résisté à l'envie de s'écrouler sur son lit...

Ils allaient enfin atteindre les grilles du domaine de Mason Lord, lorsqu'ils virent un homme jaillir d'une voiture noire, garée en haut de l'allée. Un reporter, bien sûr.

— Il ne manquait plus ça! jura Ramsey en se penchant par la vitre. C'est le juge Hunt. Ouvrez le portail! Vite! Il y a un reporter.

— Ah, quelle vermine, ces types! gronda le garde.

Il parvint à ouvrir les grilles à l'instant où le journaliste arrivait sur la voiture.

— Attendez!

Ramsey s'engouffra dans l'ouverture du portail. L'intrus voulut l'imiter mais y renonça devant le sourire agressif du garde et regarda, penaud, les hautes grilles du domaine se refermer.

Miles, comme Gunther, avait un alibi. Warren O'Dell également, et même chose pour Eve Lord. Sa mère était justement venue lui rendre visite, et à l'heure où on avait tiré sur Mason Lord, les deux femmes prenaient le thé au bord de la piscine.

Les médias s'en donnaient à cœur joie. La jeunesse, la beauté, la fortune d'Eva lui valaient la sympathie et le soutien de millions de gens encouragés par la presse et la télévision, toujours avides de parler de personnalités séduisantes et riches, surtout dans des circonstances tragiques.

La mère de Molly avait exprimé sa sympathie mais ne comptait pas se déplacer.

— Pourquoi viendrais-je, ma chérie? Je n'ai aucune envie de lui tenir la main sur son lit d'hôpital, et encore moins d'être assaillie par les paparazzi. Mais tu me donneras de ses nouvelles, Molly.

Rien de surprenant, s'était dit Molly. La nouvelle Mme Lord aurait pu être sa fille, et son ex-mari était sorti de son existence depuis maintenant plusieurs années.

Entre la vie et la mort, Mason Lord paraissait presque oublié. L'attention générale était centrée sur sa jeune et ravissante épouse, susceptible de devenir veuve d'un moment à l'autre. De toute façon, quel reporter aurait risqué sa peau en cherchant à interroger les proches de la victime?

Lord avait passé le cap fatidique de la première nuit. Il y avait eu une alerte, une baisse de tension alarmante que les médecins avaient réussi à stopper. Molly et Ramsey n'étaient pas retournés à l'hôpital dans la matinée. Ils étaient restés avec Emma et, au cours d'un flash spécial d'informations diffusé par les trois chaînes locales, ils avaient observé la façon dont Eve s'était frayé un chemin parmi les journalistes.

— J'aimerais bien savoir ce qu'elle pense, dit Molly.

— L'inspecteur O'Connor également.

Emma entra d'un pas lent dans le séjour.

— Viens, ma chérie. Dis-nous ce que Miles nous prépare pour le déjeuner.

Son piano dans les bras, l'air perdue, Emma s'immobilisa.

— Maman, on rentre bientôt à la maison ?

Molly s'interrogea. Que voulait dire « à la maison », désormais ?

— Où voudrais-tu aller ? demanda Ramsey en lui faisant signe de venir s'asseoir sur ses genoux.

Sans se faire prier, la fillette posa doucement son piano sur le plancher, à côté du canapé, et laissa Ramsey l'installer sur ses genoux.

— Où ? insista-t-il.

— A la maison. A San Francisco.

— Ah, bien sûr ! Que dirais-tu, Em, si ta maman et moi, on se mariait ?

La petite se tourna vers Ramsey et leva lentement le bras pour lui caresser la joue.

— Mon papa vient juste de mourir, Ramsey, remarqua-t-elle, avec toute la désarmante candeur dont peut être capable un enfant. Il n'était pas souvent avec nous, mais c'était quand même mon papa.

— Et il le sera toujours, mon ange.

— Non, je ne crois pas.

Elle s'appuya contre lui, la joue sur son épaule.

— Mais j'ai peur, Ramsey.

— De quoi, mon ange?

— Si tu te maries avec maman, quelqu'un voudra peut-être te tuer aussi.

— Oh, Emma! Rassure-toi. Personne ne me fera de mal, affirma Ramsey en serrant la petite dans ses bras.

— On a déjà tiré dans ta jambe, et, quand mon papa a sauté sur la bombe, tu as eu mal au dos.

— Ce ne sont finalement que des petits bobos. Et un grand gaillard comme moi peut en supporter beaucoup comme ça. Ne t'inquiète pas, Emma. S'il te plaît.

Elle se pencha pour prendre son piano.

C'est son armure, songea Ramsey, tout en se demandant ce qu'il lui restait à faire.

— Tu sais quoi, Emma?

Soudain craintive, elle caressa une touche au lieu de le regarder.

— Lorsque la famille sera de nouveau réunie et que tout ira mieux, je crois que nous retournerons en Irlande. Tu voudrais que l'on passe notre lune de miel à Bunratty Castle?

Elle leva les yeux de son piano, accorda à Ramsey un petit sourire et se pressa contre son torse.

— Je ne sais pas, Ramsey. Tu penses que maman sera heureuse?

— Je peux la rendre folle de joie. Demande-lui.

— Maman, tu crois que Ramsey sera en sécurité avec nous?

Molly eut l'impression de recevoir un coup dans le ventre. Elle sourit à sa fille dont le piano commençait à glisser dangereusement.

— Oui, ma chérie. Tu sais, Ramsey a raison. Il est grand et fort, et nous on a quelque chose dans le crâne. Nous serons le cerveau des opérations. Ne t'en fais pas, nous saurons le protéger!

Emma hocha lentement la tête.

— Qui a tiré sur grand-père ?

— On l'ignore, pour l'instant. Mais il est en vie et on s'occupe bien de lui à l'hôpital.

— Il me semble que c'est l'heure de ton rendez-vous avec le Dr Loo, Emma, rappela Ramsey.

— J'espère qu'on va pouvoir éviter les journalistes, dit Molly, la voix anxieuse.

Une demi-heure plus tard, ils entraient dans le cabinet d'Eleanor Loo.

— Docteur Loo, Ramsey et ma maman vont se marier. Qu'est-ce que vous pensez de cette nouvelle ?

— Eh bien, je vais envoyer ma secrétaire acheter une bouteille de champagne ! Toi, Emma, tu boiras une limonade.

Eleanor Loo se tourna pour décrocher le téléphone, parla à sa secrétaire puis se réinstalla derrière son bureau.

— Nous allons pouvoir porter un toast. Toutes mes félicitations, madame Santera, monsieur le juge. Maintenant, Emma, raconte-moi ce qui te tracasse.

— J'ai peur que Ramsey se fasse tuer comme mon papa.

— Je comprends, Emma. Mais, tu sais, tant de choses peuvent arriver à chacun de nous, à tout moment, partout dans le monde. Tu te souviens de la mort tragique de la princesse Diana ? Je n'oublierai jamais quel choc ce fut, à quel point on a pu se rendre compte que personne n'est à l'abri du pire. La vie, il faut la vivre jour après jour, en essayant de profiter du présent. Ça s'apprend. C'est une attitude à adopter. Tu comprends ?

— Mais pour nous c'est différent. Des gens

méchants nous poursuivent. Ce n'est pas seulement de la malchance.

— Tu comprends tout et trop bien, observa le Dr Loo. Alors, soit, regardons les choses de cette façon : Ramsey et ta maman veulent te donner un foyer. Ils veulent que vous formiez une famille tous les trois. Ils t'aiment et ils tiennent à ce que tu saches qu'ils seront toujours là pour toi.

Emma soupira, attarda un regard attentif sur Ramsey puis sur sa mère. Elle revint ensuite au Dr Loo et sourit.

— Je pense que Ramsey fera un bon papa. Il est déjà plein d'amour pour moi.

— N'est-ce pas?

— Oui. Il est devenu fou à San Francisco quand ce méchant homme a voulu me reprendre.

Molly avait expliqué au docteur ce qui s'était passé sur la plage.

— Tu as eu peur?

— Oh oui! Mais ça n'a pas duré longtemps. Et Ramsey dit que c'est moi qui ai encore réussi à m'échapper toute seule.

— Comment as-tu fait?

— Il m'a donné un grand coup sur la tête, mais je ne me suis pas endormie. Je l'ai mordu dans le ventre, sur le côté. Il a un ventre un peu gros. Je l'ai bien mordu, vous savez. Alors il a sursauté et son manteau s'est ouvert. Ramsey m'a vue et l'homme a été obligée de me lâcher. J'aurais voulu que tu l'attrapes, ajouta-t-elle en se tournant vers Ramsey.

— Moi aussi, mon ange.

Le Dr Loo resta seule avec Emma pendant un moment, puis elle fit servir le champagne et une limonade pour la petite. A ses félicitations s'ajoutèrent celles de son personnel et des deux patients suivants.

L'un était un homme âgé, affligé d'un tic à la paupière.

— Monsieur le juge, dit-il, j'ai vu une photo de vous dans un journal. Une photo un peu floue. Vous serriez dans vos bras une petite fille.

— C'était moi! s'écria Emma en agrippant son piano de toutes ses forces. Et Ramsey était en colère.

— Je n'ai vu absolument personne, affirma Mason Lord à l'inspecteur O'Connor.

Grimaçant soudain de douleur, il inspira profondément et appuya sur le bouton qui permettait au malade de s'injecter lui-même une dose de morphine.

O'Connor attendit que le reflet de la douleur s'estompe dans le regard de Mason Lord.

— Pas de filature, pas d'avertissement? Rien?

— Non. Je sortais, avec Gunther, du bureau d'un ami. On venait de bavarder un peu ensemble. C'est un homme sympathique. Un politicien.

— Son nom, monsieur?

— Quentin Kordie. Le sénateur. Ne cherchez pas de ce côté, inspecteur. Kordie n'a pas pu avoir envie de me tuer. Il n'y a que de l'amitié entre nous.

— Bien. Maintenant, monsieur, pourriez-vous me dire qui savait où vous trouver?

A l'évidence, Mason Lord s'était déjà posé la question. Molly souffrit de voir son regard trahir l'effort douloureux qu'impliquait le fait de passer une nouvelle fois en revue le nom des quelques personnes qui étaient toujours au courant de ses allées et venues.

— Un certain nombre de gens étaient informés, dit

finalement Mason. Mais uniquement dans mon entourage, bien entendu.

Il marqua une pause, le temps de se réinjecter de la morphine.

— S'il y a un traître chez moi, je me charge de le démasquer, inspecteur.

— Non, monsieur. C'est l'affaire de la police. Nous sommes en présence d'une tentative d'assassinat.

— Dans ce cas, vous savez d'où ça vient. De Rule Shaker, affirma Mason en secouant la tête, incrédule. Je ne l'imaginais pas aussi crétin.

L'inspecteur O'Connor quitta sa chaise.

— Il me semble, monsieur, que si M. Shaker a été, comme vous dites, assez crétin pour chercher à vous tuer, alors vous avez un sérieux problème. Je peux facilement imaginer ce qu'il a en tête depuis qu'il sait que vous avez survécu.

Debout face à la baie vitrée de son bureau, Rule Shaker regardait le désert qui s'étendait à perte de vue. Il avait refusé d'avoir sous les yeux les rues de Las Vegas. Cette ville clinquante, il voulait la voir le moins possible.

Le désert, c'était la propreté, l'air pur, la chaleur aussi. Des heures brûlantes dont toute vie, humaine et animale, cherchait à s'abriter. Dans cette vaste étendue ocre, pas une seule âme n'était en vue. Lentement, il se retourna lorsqu'il entendit Murdock lui dire :

— Rudy est toujours au motel d'Oak Park. Il attend vos ordres.

— Laisse-le attendre. On me dit que Lord ne cesse de reprendre des forces.

— En effet, admit Murdock en décroisant les jambes.

Il avait grossi depuis qu'il était rentré d'Allemagne. Suivre Louey Santera, selon les consignes de son patron, n'avait pas été une partie de plaisir. Depuis son retour il se gavait de poulet frit et se retrouvait déjà avec trois kilos de trop.

— Que puis-je faire, monsieur?

— Je réfléchis. Pour le moment, laissons-le gémir sur son lit de douleur et penser à ses transgressions.

— Pour Mason Lord, il n'existe rien de tel, dit Murdock.

Il observa son patron, l'homme qui l'avait sorti du ruisseau six ans plus tôt et enrôlé dans sa garde rapprochée. Oui, il était devenu l'un des membres de ce groupe que tout le monde, dans le milieu, connaissait, et le respect admiratif dont il bénéficiait lui fournissait une raison supplémentaire de perdre ses kilos superflus.

M. Shaker n'avait ni la taille ni l'air aristocratique de Mason Lord. La nature ne lui avait pas permis d'atteindre un mètre soixante-quinze. Cela dit, mince, musclé, il avait du ressort. Elégant, il faisait venir la plupart de ses costumes de Savile Row. Mais, avec ce teint basané, des lunettes teintées, un regard qui faisait froid dans le dos et lui donnait l'air d'un terroriste du Moyen-Orient ou d'un fondamentaliste religieux, un menton éternellement bleui par la barbe, il avait tout du gangster des films de Hollywood. Loin d'être physiquement impressionnant par sa taille et sa carrure, M. Shaker respirait effectivement le danger par tous les pores de sa peau. Et comme il n'y avait rien de tel pour attirer les femmes que le danger excite, pensait Murdock, M. Shaker avait plus de prétendantes qu'il ne pouvait en satisfaire. Quoique... Murdock venait d'apprendre que son patron avait honoré deux femmes dans la nuit. A cinquante-huit ans, ce n'était pas mal!

Ah, honorer une femme! Murdock aimait cette expression, et il aurait volontiers honorer les femmes à la manière de M. Shaker. S'il arrivait à perdre ses trois kilos, elles viendraient peut-être s'offrir à lui, comme elles l'avaient fait en Allemagne. Non, en Allemagne, elles cherchaient à se servir de lui pour approcher Louey Santera, ce vers de terre.

— Il croit aux transgressions, dit Shaker. Mais pas aux siennes. Attendons de voir comment la situation évolue. Dis à Rudy de rester en alerte. Moi, je vais monter dans mon hélicoptère et faire un tour au-dessus du désert. Il est temps de disperser les cendres de Melissa.

— C'est ce qu'elle souhaitait, monsieur?

— Melissa avait vingt-trois ans. Elle ne savait même pas que la mort existe.

30

Méfiant envers la police, Mason Lord faisait assurer sa sécurité vingt-quatre heures sur vingt-quatre par un relais de trois équipes, chacune composée de deux gardes du corps. L'un restait dans la chambre, l'autre devant la porte.

« Je ne peux pas être sûr que quelqu'un travaille pour moi si ce n'est pas moi qui le paie, avait expliqué Mason à O'Connor.

— Très bien, avait approuvé l'inspecteur. C'est autant d'économisé par les contribuables. Et Dieu sait si, à Chicago, ils ont besoin de respirer un peu. »

La plupart des reporters finirent par se lasser et quitter les abords de l'hôpital. Seuls les paparazzi continuaient à faire le siège, dans l'espoir d'un rebondissement sanglant. L'un des administrateurs de l'hôpital les assimila à une invasion de sauterelles, plus dangereuses que les vrais insectes. Ils campaient également devant la propriété de Lord. L'un d'eux réussit à prendre un cliché d'Emma qui, assise à l'ombre d'un buisson de rhododendrons, jouait sur son piano. Prise de loin, rendue un peu floue par l'agrandissement, la photo permettait tout de même de reconnaître la fillette sans difficulté. La légende était explicite : *La petite-fille du roi de la pègre.*

Quand Mason Lord vit le journal, il sembla perdre patience.

— Cette fois-ci, je ne peux pas rester indifférent, confia-t-il à Gunther. Ils sont allés trop loin. Trouve le nom du paparazzi.

Le même jour, en sortant du séjour après le déjeuner, Eve Lord entendit Ramsey dire à Molly :

— Nous n'avons plus rien à faire ici. Les jours de ton père ne sont plus en danger. Le responsable, nous le connaissons, mais ce n'est pas nous qui pouvons l'arrêter. Quant au tireur lui-même, la police se charge de le retrouver. Les chances sont minces. Ce qui peut signifier une recrudescence de violence, et je ne veux pas que nous soyons ici à ce moment-là. Surtout avec Emma. Marions-nous, et rentrons chez nous.

Eve vit Molly — cette femme qu'elle trouvait quelconque, mal fagotée, avec sa crinière rousse et son corps osseux — lever les yeux vers le bel homme qu'elle-même aurait volontiers mis dans son lit. Elle le dévora un instant du regard, se mit à rire, puis se suspendit à son cou. Bien que surpris, Ramsey l'enlaça aussitôt, la pressa contre lui et, alors que Molly nouait ses jambes autour de sa taille, la fit tournoyer dans un éclat de rire.

— Chez nous ! Comme j'aime entendre ça, Ramsey !

Elle l'embrassa une, deux, dix fois.

Doucement, il la relâcha puis se pencha sur elle pour embrasser ses lèvres. Le regard amoureux, les mains sur son torse, elle donnait l'impression d'être prête à le déshabiller.

— Je vois que nous n'en sommes plus au stade d'une simple amitié, remarqua Eve après s'être éclairci la gorge.

— En effet, dit Ramsey en se redressant. Vous pouvez nous féliciter, Eve. Molly et moi allons nous marier, précisa-t-il, encore tout imprégné du goût de Molly et de la chaleur de son corps.

Jusqu'à ce moment, ils n'avaient encore rien dit à Eve, et lui annoncer ce mariage alors qu'elle avait failli être veuve durant les dernières heures avait quelque chose de légèrement indécent.

— Toutes mes félicitations, dit la jeune femme en posant son regard sur la taille de Molly. Vous êtes déjà enceinte ?

— Non. Pas du tout. En dormant dans la même chambre qu'Emma, nous aurions eu du mal à en arriver là, non ?

— Si j'en crois mon expérience, je dirais que les hommes trouvent toujours le moyen de parvenir à leurs fins. Un jour, mon ancien fiancé m'a coincée dans la penderie, avec sa famille à moins de deux mètres.

Ramsey éclata de rire.

— Il mérite une médaille ! s'exclama-t-il en serrant Molly contre lui. Emma est-elle toujours en train de manger des biscuits aux pépites de chocolat dans la cuisine ?

Eve enfilait des gants de cuir d'un blanc crème, assortis à sa robe de soie.

— Non, pas aux pépites de chocolat, mais au beurre de cacahuètes. Sa dernière toquade. Je vais voir votre père, Molly. Lui avez-vous déjà fait part de votre décision ?

— Oui, hier soir.

— Je vois. Je suis la dernière à être informée. Vous serez encore ici à mon retour ?

— Ça dépend, lui répondit Ramsey. Auriez-vous l'intention de rapporter de quoi fêter la nouvelle?

— Bien sûr, dit Eve. Gunther! Je suis prête.

— Nous devrions faire nos bagages, attraper Emma par la main et sauter dans le premier avion pour Reno. J'avais pensé à Las Vegas, mais je nous vois mal nous marier avec Shaker dans les parages. Il y a aussi le problème des photographes. Je ne veux vraiment plus voir une seule photo d'Emma dans les journaux. Elle est tombée sur celle du *National Informer*, et elle a lu quelques lignes de l'article avant que j'aie pu le faire disparaître. Espérons qu'elle n'a pas eu le temps de lire qu'elle joue aussi bien du piano que son père, victime d'un meurtre prémédité. Si nous nous marions ici ou chez mes parents, à Harrisburg, tu imagines la meute de journalistes qu'on attirerait! Ils arrivent toujours à te débusquer, quelles que soient les précautions que tu prends.

— Oh, mon Dieu! Mon Dieu!

Miles sortait en courant de la cuisine, un torchon à la main.

— Heureusement que vous êtes ici, tous les deux! C'est incroyable. On a encore tenté de tuer votre père, Molly. Oh, Seigneur! Où est Gunther? Et Mme Lord?

— Il n'a pas été touché?

— Non. Le coupable est l'un des gardes qui avaient été engagés pour assurer sa protection. Il a tiré d'un immeuble voisin, à environ cent cinquante mètres de la fenêtre de la chambre. La balle a traversé la vitre et a atteint l'infirmière qui prenait la tension de votre père.

— Cent cinquante mètres? C'est beaucoup, observa Ramsey.

— Comment va l'infirmière?

— Elle est vivante, mais avec une oreille en grande partie arrachée. Il y a du sang partout. C'est pourquoi les médecins ont cru que votre père avait reçu la balle.

— Nous devons nous rendre sur place, dit Ramsey en serrant la main de Molly dans la sienne. Miles, voulez-vous surveiller Emma ?

— Bien sûr. Sans problème.

Miles cessa de tordre son torchon. Pour protéger la petite, il devait se calmer. Quand Ramsey et Molly sortirent, il s'était ressaisi et tenait fermement Emma par la main.

O'Connor, qui venait d'Oak Park, et deux autres inspecteurs attachés au commissariat du quartier étaient déjà auprès de Mason Lord.

— Qu'ils entrent, dit O'Connor.

Les présentations furent rapidement faites. Miles n'avait pas exagéré : il y avait du sang partout.

— L'oreille, c'est comme le cuir chevelu, ça pisse le sang facilement, expliqua l'un des inspecteurs en montrant l'une de ses oreilles.

Molly constata qu'il lui manquait le lobe, se dit que si cet homme avait eu envie de porter une boucle, c'était impossible, et faillit éclater d'un rire nerveux. Alors, elle glissa sa main dans celle de Ramsey.

Devant ses yeux trop brillants, il l'attira doucement contre lui.

— Ça va aller, lui dit-il, les lèvres effleurant ses cheveux. Respire lentement. Voilà, comme ça.

Une vitre était brisée. Deux techniciens, dont une femme pourvue d'une pince à épiler, s'appliquaient à extraire la balle logée dans le mur, à vingt-cinq centimètres du sol.

O'Connor paraissait las et tracassé.

— L'infirmière, Mme Thomas, prenait la tension de votre père, et se tenait juste à côté de lui, expliqua-t-il avec sa concision habituelle, en regardant Molly. A un moment donné, M. Lord s'est affaissé contre ses oreillers. Mme Thomas s'est immédiatement penchée sur lui, et elle le tenait par les épaules quand le coup de feu a été tiré. Si votre père n'avait pas eu cet affaiblissement soudain, si l'infirmière n'avait pas fait paravent, et elle l'a même doublement protégé en le plaquant complètement sur les oreillers, il est probable que cette fois-ci votre père aurait encore été blessé, sinon tué.

Molly se pencha sur Mason.

— Papa, je suis venue avec Ramsey. Grâce à Dieu, tu n'as pas été touché.

— Non, Molly. Je dois être le salaud le plus chanceux de Chicago. Quant à Mme Thomas, c'est un joli chèque qui va récompenser son courage.

Ils se tournèrent tous vers la technicienne qui annonçait l'extraction de la balle.

— Elle est presque entière. En tout cas, telle quelle, facile à identifier.

— Parfait, dit l'un des inspecteurs. Nous la comparerons à celle récupérée sur Jefferson Avenue après le premier attentat. Seriez-vous le juge Ramsey Hunt ?

— Oui. A mon avis, les balles vont être identiques. Mais, malheureusement, elles ne nous apprendront rien de plus.

— Nous saurons au moins que le tireur est le même, observa O'Connor.

Molly regardait le carreau brisé.

— Il a carrément fait éclater la vitre, dit-elle. Je me souviens que nous avions tous évoqué la possibilité d'un attentat à partir d'un immeuble voisin, mais sans y croire. La distance nous semblait trop importante.

— Je ne reproche rien à Gunther, annonça Mason après un long mutisme.

Les sept personnes présentes se tournèrent aussitôt vers lui.

— Je te revois observant cette fenêtre, Molly, continua-t-il de sa voix posée et détendue. Je me souviens même que c'est toi qui, la première, a pensé au danger. Mais nos cerveaux oublient de suivre les progrès de la technologie. Nous devenons vieux et négligents, Gunther.

Mason se rejeta contre ses oreillers et ferma les yeux.

Pâle et tendu, Gunther n'avait jamais paru aussi désorienté, songea Molly.

— Nous avions tout de même écarté le lit de la fenêtre, précisa-t-il. Il fallait un tireur de première pour tenter ce coup. Ça, au moins, c'est sûr, et je ne connais pas plus de cinq ou six types de cette trempe.

— Nous comptons sur vous pour nous indiquer leur identité, dit O'Connor.

Il marqua une pause, le temps de passer sa main sur son crâne chauve.

— Vous savez, poursuivit-il, si M. Lord n'était pas retombé sur ses oreillers à cet instant précis...

Gunther hocha la tête.

— On vous prépare une autre chambre, monsieur, dit-il alors à son patron. Personne n'en connaîtra le numéro, et il y aura au moins un kilomètre entre la fenêtre et les immeubles environnants.

Mason eut un éclat de rire qui le fit tousser. Essayant de dominer sa douleur, il resta un moment silencieux.

— Gunther, tu sais bien qu'un secret n'est jamais bien gardé à partir du moment où plus d'une personne est au courant. Mais c'est sans importance parce que je rentre chez moi.

— Dis-moi ce que tu ressens, Emma.

— Quand je pense à quoi, docteur Loo?

— Au retour de ton grand-père à la maison, par exemple. Il est revenu ce matin. Comment va-t-il?

— J'ai entendu Miles dire qu'il est fatigué et faible. Eve n'a pas voulu que je m'approche de lui, parce que les enfants font du bruit. Mais moi, je n'en fais pas tellement. Je crois qu'elle ne m'aime pas beaucoup. J'ai vu le visage de mon grand-père sur sa civière : il était tout gris et vieux. C'était la première fois que je le trouvais vieux. Avant, il ressemblait à un acteur, comme ceux des vieux films que maman aime bien regarder.

Emma marqua une pause, le temps de mettre son piano sur ses genoux, puis ajouta :

— Ce matin, il avait vraiment l'air d'un monsieur très âgé. Je n'ai rien dit. Il y avait des gens partout. Et tout près de lui, trois docteurs, je crois.

— Comment ta maman réagit?

Emma réfléchit. D'un doigt léger, elle effleura les touches de son piano. Pour une fois, ses cheveux n'étaient pas nattés. Ses boucles, moins serrées que celles de sa mère, balayaient en partie son visage.

— Maman est très calme. Je pense qu'elle a peur. Ça fait longtemps maintenant qu'elle a toujours peur. A cause de moi. Elle ne veut jamais me laisser seule. Ramsey non plus. Quelquefois, ajouta Emma en soupirant, j'aimerais être seule. Mais je sais qu'ils se font du souci s'ils ne me voient plus.

Elle releva la tête, repoussa ses cheveux, puis

regarda la porte fermée derrière laquelle l'attendaient Molly et Ramsey.

— Je suis quand même heureuse qu'on se marie.

Le Dr Loo ne put retenir un sourire. En dépit de tous ses malheurs, cette enfant avait de la chance. L'amour que lui manifestaient sa mère et Ramsey garantissait sa guérison.

— Quand allez-vous vous marier tous les trois ?

— J'ai entendu maman dire qu'il fallait qu'on reste ici encore un ou deux jours. Et puis après, ajouta-t-elle en baissant la voix, je crois qu'on va se sauver.

Eleanor Loo aurait éclaté de rire si Emma n'avait eu ce soupir d'adulte. Il aurait été plus bénéfique pour la fillette de se mettre dans une bonne colère.

— Tu veux te sauver, Emma ?

— Oh, oui, docteur Loo ! Je veux être le garçon d'honneur de Ramsey et la demoiselle d'honneur de maman.

— Alors, dis-moi, qu'est-ce qui te préoccupe ?

— Grand-père veut qu'on se marie chez lui ; Eve veut qu'on s'en aille. Elle va sans doute gagner.

— Pourquoi ?

— Parce que grand-père est malade. Il ne peut pas gagner s'il est couché... C'est maman qui l'a dit à Ramsey. Ils parlaient tout doucement, mais je me suis approchée pour les entendre.

— Demain tu me diras s'il y a du nouveau, d'accord ? Tu as eu des cauchemars ces derniers temps, Emma ?

Emma fit un signe de tête négatif, puis descendit de sa chaise, le piano contre elle.

— Mais je pense encore à lui, docteur Loo.

— Et que crois-tu ?

— Il va revenir. A San Francisco, il y aura des policiers pour nous garder. Hier, Ramsey a parlé au téléphone avec une femme policier, Virginia. Ramsey m'a dit que l'homme s'appelle Sonny Dickerson. Il m'a montré sa photo. C'est vraiment lui. Je l'avais bien décrit.

Eleanor Loo avait également vu la photo.

— Oh oui! Tout à fait. Mais, dis-moi, es-tu sûre, dans ton cœur et dans ta tête, que ta maman et Ramsey sauront te protéger?

Emma prit le temps de réfléchir, le nez baissé sur ses baskets. Elle portait ses chaussettes préférées, les écossaises que Ramsey lui avait achetées en Irlande. Le Dr Loo lui tapota doucement le bras.

— Je suis sûre dans mon cœur, mais pas dans ma tête.

— Ça vaut mieux, Emma. Tant que ce Sonny Dickerson sera en liberté, tu dois être aussi vigilante que ta maman et Ramsey. Dis-toi quand même qu'avec la police à proximité tu peux avoir moins peur.

— J'ai demandé à Ramsey de m'apprendre encore à lire. Peut-être qu'un jour un livre parlera de cet homme.

— En effet, c'est bien possible. Ton idée est excellente.

— Maman dit que j'ai fait tant de progrès que je pourrai lire des choses sur les crimes et les châtiments avant la rentrée scolaire.

Molly regarda son père, légèrement surélevé dans son lit de malade, un journal sur les genoux, ses lunettes posées dessus. Il était contrarié. Cependant, décidée à emmener Emma loin de cette maison le plus tôt possible, Molly n'avait pas l'intention de céder.

— Tu te marieras ici, dit-il sur ce ton légèrement dédaigneux qu'il employait toujours avec sa fille.

Résolue à ne pas discuter, celle-ci secoua la tête et remarqua simplement :

— Tu m'as déjà vue me marier une fois. Ce n'est pas la peine de recommencer.

— Nous aimerions mettre Emma en sécurité, intervint Ramsey.

— Elle le sera tellement plus à San Francisco? demanda Mason, sarcastique. Ce salaud avait réussi à l'embarquer sous votre nez.

— Mason, il faut penser aux parents de Ramsey, remarqua Eve. Ce serait injuste à leur égard.

— Reste en dehors de tout ça, Eve, rétorqua Mason sans un regard pour sa femme. Ce ne sont pas tes affaires.

Eve sourit, comme si de rien n'était.

— Je vais aller prendre un thé. Ah! Ramsey, une voiture viendra vous chercher à quinze heures. Si vous maintenez votre décision.

Elle jeta un coup d'œil à sa montre, avec un sourire léger mais très amusé.

A quinze heures cinq, ils quittèrent la propriété, sans effusion aucune entre Molly et son père. Reporters et paparazzi étaient au courant, probablement grâce à une indiscrétion de l'agence de location de la limousine. Mais la presse ne suivit en fait qu'une voiture vide, aux vitres fort heureusement teintées.

— Maintenant, allons-y, Gunther, dit Ramsey, ravi. L'idée était excellente. Bien joué.

Je suis mariée, se dit Molly, face au reflet de son visage dans le miroir. Remariée. Mais, cette fois-ci, je n'ai plus rien d'une adolescente immature et stupide.

J'ai épousé un homme bien, et je le trouve tellement séduisant qu'il m'affole. En outre, il tient à Emma comme à sa propre vie.

Elle sourit à son image, se farda légèrement les lèvres et, lentement, enfila la chemise de nuit en soie pêche que Ramsey venait de lui offrir.

« Finies les tentes de coton », lui avait-il murmuré à l'oreille.

Elle sortit de la salle de bains sans éteindre immédiatement la lumière, afin que sa silhouette pût se dessiner, gracieuse et suggestive, à contre-jour.

— Oh, maman, tu as l'air d'une princesse de conte de fées ! s'écria Emma, émerveillée. Ramsey et moi, on t'attendait. On a cru que tu n'allais jamais ressortir. Oh, j'ai envie de me marier pour porter une chemise de nuit comme la tienne !

Vibrante d'enthousiasme, Emma semblait aussi peu disposée à dormir qu'un chiot qui a envie de jouer. Tant pis pour la nuit de noces. Ce n'était que partie remise. Chaque chose en son temps. Molly serra si fort sa fille dans ses bras qu'elle lui arracha un petit cri de protestation.

— Nous sommes mariés, nous sommes tous les trois ensemble, ma chérie, dit-elle en glissant ses doigts dans les cheveux d'Emma. Nous avons beaucoup de chance. Et notre homme me plaît infiniment.

Ramsey était encore en complet sombre, chemise blanche et cravate. Une cravate qui tranchait sur le reste de sa tenue, avec ses entrelacs pourpres, roses et jaunes dansant sur la soie. A sa carrure athlétique s'ajoutait un sourire à damner une nonne.

— Ramsey m'a promis de ne pas grossir, maman.

— C'est exact. Mais si vous voulez toutes les deux m'aider à tenir ma promesse, vous avez intérêt à me trouver rapidement une salle de gymnastique. Eh bien, Emma, nous voilà mariés ! Tu es contente ?

Molly avait perçu un rien de tension dans sa voix. La tête penchée sur son épaule, elle l'observa. Il ne pouvait douter qu'Emma l'adorait, mais elle comprenait qu'il eût envie de se l'entendre dire.

La petite s'écarta de sa mère, s'avança vers Ramsey et lui tendit les bras. Il la souleva et la pressa sur son cœur. Mais, voulant plonger son regard dans le sien, la fillette se rejeta légèrement en arrière.

— Tu es le meilleur homme du monde, Ramsey.

— Merci, Emma. Pour moi, tu es la petite fille la plus formidable de la terre. Et regarde ta maman. Elle n'est pas mal non plus. Je crois que je me suis trouvé une princesse de conte de fées, dit-il en se tournant vers Molly. Emma et moi, nous te réveillerons toutes les heures pour te dire combien tu es belle.

— A priori, ça ne me déplaît pas, reconnut Molly en s'avançant vers le lit. En attendant, on joue à la bataille ?

— Non, maman. Tu sais que je préfère le gin rummy.

— Tu gagnes toujours au gin rummy, ma chérie. Tu ne veux pas faire plaisir à une jeune mariée ?

— D'accord. On joue avec cinq cartes.

Ramsey hurla de rire. Emma parut très satisfaite d'elle-même, et gagna la première manche avec trois valets.

— Le mariage n'a rien changé, observa-t-elle. Je gagne comme en Irlande. C'est bon.

— Triste vérité, dit Ramsey en recommençant à battre les cartes

31

Juste après minuit, Ramsey réveilla doucement Molly en lui mordillant l'oreille.

— Un autre jeu peut commencer, lui murmura-t-il.

— Oh... Je ne voudrais pas rater le coup d'envoi. Mais où est Emma?

Il se souleva à demi, en appui sur un coude.

— Notre petite chérie dormait si profondément qu'elle menaçait de ronfler. Je suis allé la coucher dans l'autre chambre. Si elle se réveillait, on l'entendrait tout de suite, la porte est entrouverte. Mais alors, attention : ni toi ni moi ne devons laisser échapper un cri. D'accord?

Molly laissa courir ses doigts sur le visage de Ramsey qu'elle parvenait à discerner dans la pénombre.

— Tu es beau, Ramsey. Quand je t'ai surpris dans la salle de bains, à Dromoland, j'ai vraiment eu envie de te sauter dessus.

Il l'attira contre lui et grogna de plaisir, les lèvres dans sa chevelure.

— Je ne demandais que ça. Tu as pu t'en apercevoir. Je tremblais de désir.

Elle fit descendre sa main le long de son dos et, à la hauteur des reins, s'aperçut qu'il était entièrement nu.

— Oh, je me sens trop habillée! dit-elle en lui mordillant l'épaule.

En quelques secondes, il la débarrassa de sa somptueuse chemise de nuit.

— Tu veux que je la mette sur un cintre pour ne pas la froisser? demanda-t-elle.

Il prit un air si horrifié qu'elle lui donna une tape sur le torse en riant. S'allongeant sur elle, il respira son parfum, sentit la texture de sa peau contre la sienne, la douce fermeté de son ventre.

— J'avais tellement imaginé ces instants que j'ai failli en perdre la tête, avoua-t-il. Je dois dire que je ne me connaissais pas tant de concupiscence. Et si tu savais ce que je ressens maintenant... Je suis dans un drôle d'état.

Elle se cambra contre lui, chercha sa bouche et murmura en l'embrassant :

— Moi, j'ai envie de te manger.

— Non, c'est moi qui vais te dévorer.

Les lèvres sur ses seins, il ajouta :

— Tu pourras faire un tas d'autres choses, Molly. Mais plus tard. Beaucoup plus tard.

Elle ouvrit ses jambes. Il lui répondit par un grognement, couvrit son visage de baisers, caressa ses seins, puis laissa sa main descendre sur son ventre et soupira.

— Le juge fédéral que je suis ne peut pas faire tout ce qu'il veut parce qu'une petite fille est dans la chambre voisine. Ah, Seigneur, ce que c'est difficile de résister!

Molly frottait son pied contre sa jambe.

— Ce n'est déjà pas mal. Continue.

Il frissonna en s'écartant d'elle, le temps de plier les genoux, puis il repoussa ses mains tandis qu'elle tentait de le plaquer contre elle. Le regard sur son corps, il la fit s'ouvrir un peu plus, posa ses lèvres sur son ventre, descendit progressivement. Sa bouche, ses doigts caressèrent sa tiédeur, pénétrèrent en elle et, aussi rapidement qu'il lui avait retiré sa chemise de nuit, il la fit frémir, sursauter, perdre son souffle.

— Ramsey, oh, non, c'est trop... Je ne vais pas pouvoir m'empêcher de crier...

D'une main, il la bâillonna, étouffa son cri au creux de sa paume. Elle crut qu'elle allait mourir, mais pour rien au monde elle n'aurait voulu que cesse l'incroyable et bouleversant émoi qu'elle ressentait. Quand elle se laissa retomber sur le dos, tremblante dans les ondes de ce plaisir débridé qui continuait à la traverser, il vint en elle et la pénétra de plus en plus profondément jusqu'à ce que leurs corps fussent soudés. S'immobilisant, il savoura à cet instant l'idée qu'il ne se trompait pas, qu'il était exactement là où il devait être, que Molly serait sa femme et son amante jusqu'à ce que la mort les sépare. Jamais il n'avait réalisé que le sentiment d'un lien aussi fort pût exister. Il avait voulu garder Emma, la protéger, et il continuait à le vouloir. Il y avait eu la petite d'abord. Molly ensuite. Mais maintenant il ne savait plus. En revanche, son étonnement ne faisait aucun doute. Pas une seconde il n'aurait imaginé l'exaltation que Molly lui apportait, cette sensation qu'il n'y avait plus qu'elle à l'intérieur de lui-même. Il trembla au sommet du plaisir, dans la chair de cette femme qu'il connaissait seulement depuis deux mois, cette femme qui avait été l'épouse d'un rocker, et dont le père était un gangster. La vie n'offrait-elle pas toujours son lot de surprises?

Molly releva lentement les paupières, pas tout à fait convaincue de survivre à un mouvement si violent.

Rien n'arriva. Elle battit des cils. Toujours rien. Elle se concentra sur son retour à une vie qu'elle connaissait. La vie d'avant le plaisir vertigineux qu'elle venait d'éprouver.

— Je vais tenter de parler maintenant, annonça-t-elle. Pas de bouger, juste de parler. Ah, on dirait que j'y arrive ! Oui, ça va. C'était vraiment pas mal du tout, Ramsey.

Il était toujours en elle. Quelle sensation incroyable ! Refermant les yeux, elle songea que leur rencontre avait quelque chose de fabuleux. Tandis qu'elle soulevait ses hanches, il marmonna dans ses cheveux :

— Je trouve ton appréciation un peu molle. C'est presque une insulte.

— Bon, alors c'était mieux que pas mal. Disons : très bien. Peut-être même : superbe.

Toujours en érection, il ne dit rien pendant quelques instants puis remarqua :

— Tu as besoin d'un point de comparaison, il me semble. Mais je ne crois pas pouvoir recommencer tout de suite. Je n'ai pas encore retrouvé tous mes esprits. Accorde-moi au moins cinq minutes.

Allongé sur elle, il avait posé sa tête sur l'oreiller.

— J'ai oublié de penser à ton dos, dit-elle en passant ses mains à l'endroit des blessures. C'est complètement cicatrisé ?

— Oui. Ça va.

— En effet, c'est tout lisse. Et ta jambe ?

— Elle est comme neuve. Parle-moi de ton bras. On ne voit plus les points de suture ?

— Pratiquement plus. Il ne reste qu'une légère cicatrice. Ramsey, ça t'ennuierait si je te disais que j'ai l'impression de tout aimer en toi ?

Devant son silence, elle commença à s'agiter.

— Non, répondit-il, toujours incapable de bouger.

Pour ma part, je ne doute absolument pas de tout aimer en toi.

Réussissant finalement à se séparer d'elle, il se souleva de manière à poser un baiser sur ses lèvres.

— Il y a si longtemps qu'en regardant ta bouche je cherchais à en deviner le goût. J'avais envie de faire l'amour à ta bouche. J'avais aussi envie de sentir tes lèvres sur moi.

Il s'écoula à peine vingt minutes avant que Ramsey retrouve suffisamment ses esprits pour que leurs ébats reprennent, cette fois-ci orchestrés par Molly. Il crut en mourir. Il s'en fallut de peu. Mais ce merveilleux risque, il était prêt à le reprendre n'importe où, n'importe quand.

Vers quatre heures du matin, il sentit une petite main sur son épaule. Par miracle, il avait eu la présence d'esprit de remettre son caleçon et d'inciter Molly, pourtant à demi consciente, à passer sa chemise de nuit.

Il souleva Emma et l'installa de l'autre côté du lit, contre sa mère. Dans son sommeil, Molly tendit le bras et posa une main sur le torse de Ramsey.

— Emma est ici, murmura-t-il.

Elle retira aussitôt sa main et sourit dans l'obscurité. La fillette glissa son petit bras autour de sa taille et lui susurra :

— Je sais que tu es belle, maman, même si je ne peux pas te voir.

— Merci, ma chérie. Mais renonce à me réveiller toutes les heures pour me le répéter.

Au moment de se rendormir, elle revit le magistrat à l'instant où il les avait déclarés unis par les liens du mariage. Elle revit Emma, radieuse, annonçant à la femme du magistrat — qui lui avait vendu un bouquet pour dix dollars — qu'ils étaient maintenant tous les trois inséparables, et que c'était merveilleux. Pendant que cette dame acquiesçait, Ramsey et elle avaient eu le temps de s'embrasser discrètement.

Elle tomba dans un sommeil profond, avec tant de satisfaction au cœur qu'elle en oublia l'ex-pasteur Dickerson. Pourtant, tout ce qu'il avait fait jusque-là permettait de croire qu'il préférerait mourir plutôt que de renoncer à Emma.

Alors qu'ils prenaient leur petit déjeuner dans leur chambre, Molly se pencha vers Ramsey par-dessus la table et demanda à voix basse :

— Tu sais à quoi je pense?

Emma, assise par terre, s'exerçait à écrire son nom sur un cahier que sa mère lui avait acheté à la boutique de l'hôtel.

— Non. Mais tu as tellement l'air d'avoir envie de rire que ce ne doit pas être sérieux.

— Tu te trompes. Je suis très sérieuse. Tu sais, c'était tellement bien, cette nuit, que l'Etat devrait taxer des moments pareils. Comme un produit de luxe.

Ramsey faillit s'étrangler. Il avala rapidement une gorgée de café qui lui brûla le palais. Puis, troublé par le souvenir des réactions de Molly, il fut à deux doigts de tomber de sa chaise.

Emma leva les yeux de son cahier.

— Quel est mon nom de famille maintenant, maman?

Oubliant son trouble, Ramsey changea de regard et prit un ton clairement possessif.

— J'aimerais que tu t'appelles Emma Hunt, mon

ange. Qu'en penses-tu? demanda-t-il sans quitter Molly des yeux.

— Tu pourrais me l'écrire, Ramsey?

Il lui prit son crayon et s'exécuta. Emma s'appliqua à recopier son nouveau nom, puis déclara :

— C'est joli. Oui, ça me va.

Elle leur montra le résultat de ses efforts.

— Parfait, jugea Ramsey. On peut lire très facilement, et je trouve qu'Emma Hunt sonne très bien.

Ravie, Emma reprit ses exercices. Ramsey baissa la voix :

— Excuse-moi, Molly. Nous n'avions jamais discuté de cela, mais je tiens vraiment à ce qu'elle porte mon nom. Je veux qu'elle soit ma fille, sur le plan légal, comme sur tous les autres.

— C'est un cas de conscience pour moi, tu sais, expliqua Molly en détachant un quartier de pamplemousse. Louey n'a pas souvent été présent, mais il était tout de même son père. On ne peut pas faire comme s'il n'avait jamais existé.

— Laisse-moi te poser une question : s'il était encore en vie, aurais-tu la même attitude?

Elle avala le quartier de pamplemousse puis prit un toast.

— S'il était encore là, avoua-t-elle à voix basse, je dirais que c'est un minable et que, de toute façon, il ne s'est jamais intéressé à sa fille. J'ajouterais peut-être même qu'elle n'a aucune raison de porter son nom, dans la mesure où il n'a aucune signification pour elle... Mais, comme il est mort, le nom de son père devient un point de repère. Pourquoi ne s'appellerait-elle pas Emma Santera Hunt? Nous devrions demander l'avis du Dr Loo.

— Emma n'oubliera jamais que Louey était son père.

— Oui. Sans doute. Tu ne manges pas ton bacon?

— Je te le donne. Tu as besoin de prendre des forces. Moi, j'en ai à revendre. D'ailleurs, plus un homme se laisse aimer, plus il en acquiert. Ses muscles se gonflent, sa puissance s'accroît. Je meurs d'envie de te le prouver.

— Qu'est-ce que tu en dis, maman?

Prête à se jeter sur Ramsey et à le rendre fou, Molly détourna aussitôt son regard.

— Ah! Montre-moi, ma chérie. Tu as encore écrit ton nom six fois! Et à chaque fois, c'est mieux. Oh, oui, c'est formidable! Mais, cet automne, quand tu entreras à l'école, tu seras Emma Santera Hunt.

— Mlle Emma Santera Hunt. Je ne serai pas Mme avant d'avoir dix-huit ans.

Molly regarda Ramsey qui lisait dans ses pensées.

— Moi, je serai Mme Molly Hunt.

— Nous serons tous des Hunt, remarqua Emma joyeusement, avant de plisser le front. Je ne connaissais pas ce nom avant que Ramsey me trouve.

Ramsey appela ses parents. Ils parlèrent chaleureusement à Molly et Emma, quoique la jeune femme perçût leur déception dès qu'ils furent remis de leur surprise. Elle accepta avec Ramsey l'idée d'une réception en leur honneur, vers la fin de l'été.

— D'ici là, tout sera réglé, affirma Ramsey en raccrochant. Tu verras que ma mère traite ses belles-filles comme des femmes parfaites, et ces trois fils comme des enquiquineurs.

— C'est une femme sensée. Il faudrait aussi que j'appelle ma mère.

Ils regagnèrent San Francisco, le lendemain, dans l'après-midi. L'été était assez avancé pour que la température soit déjà très fraîche. Le brouillard s'insinuait à travers le Golden Gate Bridge et envahissait la baie.

En sweater, et tandis que son piano attendait sur une chaise de la cuisine, Emma fit le tour du jardin, se penchant sur les fleurs qui poussaient allégrement à l'abri de la solide clôture de séquoias. Une voiture banalisée était garée de l'autre côté de la rue.

— Je vais lui installer une balançoire, annonça Ramsey.

Molly l'entendit s'approcher d'elle. Il l'enlaça et posa sa bouche sur son oreille.

— Je pourrais peut-être suspendre un pneu à la branche basse de ce pin, juste en face.

Elle pivota vers lui.

— J'ai envie de te faire l'amour.

Et là, au milieu du bureau, ils s'étreignirent, contraints toutefois de se rappeler qu'Emma pouvait entrer à tout moment. Ils étaient encore essoufflés, dans les bras l'un de l'autre, quand ils l'entendirent crier depuis la cuisine :

— Maman, Ramsey a toute une pièce remplie de conserves !

— Des conserves ? De toutes tailles, j'imagine. Tu as l'intention de nous corrompre ?

A la fin d'un dîner sichuanais, qui avait permis à Ramsey de déguster son plat chinois préféré — du bœuf épicé accompagné d'aubergines à l'ail —, Molly regarda Emma reposer sa fourchette.

— Je crois, Em, qu'il est temps de reparler de ce que nous semblons avoir oublié tous les trois.

La petite releva aussitôt la tête.

— Je vais être très directe. Ramsey se fait du souci parce que cet horrible bonhomme est toujours dans la nature. Nous avions espéré qu'il serait déjà arrêté mais ce n'est pas le cas. Ce qui signifie, Em, que tu dois être extrêmement prudente. Quand nous sortons, ne t'éloigne surtout pas de nous. Prends la main de Ramsey ou la mienne si nous avons tendance à marcher devant toi. Tu comprends ? C'est tout à fait clair ?

Ramsey sourcilla. Jamais il n'aurait abordé le sujet de cette manière, sans préambule. Il eut le sentiment qu'ils étaient tous les trois sur un volcan en éruption. A peine parvint-il à avaler sans s'étrangler la gorgée de café bien corsé qu'il venait de prendre.

— Oui, c'est clair, maman. D'après le Dr Loo, cet homme pense que je peux l'empêcher d'aller en enfer. Ce n'est pas vrai, mais il le croit si fort que pour lui c'est la vérité.

Ramsey s'étonna d'entendre des propos aussi cohérents dans cette petite bouche d'enfant.

— Elle a sans doute raison, observa Molly.

— Mais, s'il croit ça, pourquoi m'a-t-il fait si mal ?

— Selon M. Savich, les médecins qui travaillent avec le FBI pensent qu'il te fait porter le poids de ses péchés, et te punit plutôt que de se remettre entre les mains de Dieu.

— Je ne comprends pas, maman.

— Personne ne comprend vraiment, intervint Ramsey. C'est un malade qui ne sait pas ce qu'il fait et qui est donc dangereux. A nous d'être très prudents.

— Je sais qu'il n'est pas loin. Il attend.

— Oui, c'est sans doute vrai, ma chérie. J'aimerais pouvoir l'attraper à cet instant même. En attendant, la vie ne sera pas facile. Fais toujours très attention et reste près de nous. Maintenant, approche-toi de la fenêtre qui donne sur la rue. Il y a une voiture bleu clair garée juste en face. Dans cette voiture se trouvent des policiers qui surveillent la maison pour empêcher cet homme d'approcher.

— Je les vois, maman.

Ramsey s'éclaircit la gorge. Les conseils et les paroles raisonnables, à la façon de Molly, ne purent cependant franchir ses lèvres.

— Emma, pourrais-tu venir ici, une minute? J'ai besoin que tu sois près de moi. Je ne me sens pas très bien.

La fillette se précipita vers lui. Il eut à peine le temps de repousser sa chaise pour l'installer sur ses genoux et la serrer contre lui.

— Ça va aller, Ramsey, affirma-t-elle en lui tapotant les bras. On va se sortir de là. Je te le promets.

— Je t'aime, Emma Hunt, lui murmura-t-il, le visage contre sa natte.

— Je t'aime aussi, Ramsey. Très fort.

Elle continua de lui prodiguer des gestes de réconfort avec toute la conviction dont elle était capable.

Le vendredi, ils partirent pour quelques jours jouer les touristes le long de la côte. A Monterey, ils louèrent une chambre et commencèrent par visiter l'aquarium. Emma, fascinée par les méduses, les obligea à rester assis une demi-heure face à l'énorme réservoir où elles évoluaient.

Puis, à Carmel, ils traversèrent la ville à pied pour se rendre sur la magnifique plage, au bout d'Océan Avenue, avant de reprendre la voiture et de descendre pique-niquer à Big Sur.

Pendant plus de trois jours, ils réussirent la plupart

du temps à oublier Sonny Dickerson. Ramsey avait téléphoné à Virginia Trolley dès leur arrivée à l'hôtel et lui avait donné leur numéro. Molly appela chez son père, qui se remettait progressivement. Miles les regrettait, en particulier Emma. Mason dormait, mais souhaitait leur parler, expliqua Eve en demandant à Molly de rappeler dans la semaine.

— La garce, dit cette dernière d'une voix calme, en raccrochant.

Ramsey oublia un instant la partie de black jack qui l'opposait à Emma. Il lui avait appris à jouer deux jours plus tôt mais, déjà, elle le battait, et la fierté qu'il en ressentait dépassait de beaucoup sa surprise.

— Eve a plus d'emprise sur ton père lorsqu'il n'y a pas dans les parages une belle-fille plus âgée qu'elle, une petite-fille qui la surpasse aux cartes, et un homme séduisant et intelligent qui ne lui prête aucune attention, lança-t-il par-dessus son épaule. Ah, non, Emma! Je ne peux pas croire que tu joues le seize. Tu aurais dû attendre.

Emma parut si songeuse, si repliée sur elle-même, que Molly eut peur. Puis elle finit par comprendre que sa fille était tout simplement très concentrée.

— Ecoute, Ramsey, dit finalement la petite avec le plus grand sérieux. J'avais bien compté les cartes. Je savais qu'il restait deux trois et deux as. J'ai oublié combien il y a de deux.

Ramsey gronda, se pencha en avant, souleva Emma et, se laissant retomber sur le dos, la tint à bout de bras en la secouant. Elle éclata de rire.

— Molly! cria-t-il. Est-ce que je peux la jeter dans le réservoir des méduses? Ce serait amusant d'aller la regarder se faire des amies, non?

— Je me souviens maintenant, Ramsey. Il reste un deux. Ça serait bête de garder le seize.

— Non, il n'y a plus de deux, dit Ramsey en reposant la fillette par terre. Regarde, je te le prouve.

Mais, des douze cartes restantes, la toute dernière était un deux de cœur.

Le lendemain après-midi, ils se promenèrent sur Monterey Wharf. Ramsey adorait l'odeur de la jetée, ce mélange de sel, de bois et de créosote destiné à rendre les planches imputrescibles. Une multitude de mouettes, réclamant de la nourriture avec plus d'insistance que les mendiants d'Union Square, à San Francisco, faisaient un joli tintamarre. Des nombreux étals de poissons se dégageait une odeur de saumure si forte qu'elle faisait pleurer quand on s'approchait.

Ce jour-là, les algues pourrissantes, couvertes de mouches, sentaient aussi particulièrement mauvais. Le spectacle n'était pas franchement appétissant. Mais il y avait les lions de mer, gras et hardis, qui venaient brailler près des pilots de bois tandis qu'une bonne dizaine d'enfants, fascinés, harcelaient leurs parents pour les nourrir.

On trouvait aussi de multiples magasins de souvenirs et, comme chaque été, les touristes affluaient. En dépit d'un soleil éclatant, il faisait agréablement frais au bord de l'océan. Emma portait un tee-shirt acheté à Carmel, ses baskets et les socquettes écossaises, ses préférées, que sa mère devait laver chaque soir, en regrettant que Ramsey n'en eût pas acheté une douzaine de paires.

Celui-ci portait volontiers Emma par mesure de sécurité. Mais, la petite, indépendante, finissait toujours par lui adresser un regard implorant en lui disant : « Ramsey, laisse-moi marcher. Je resterai à côté de toi. »

Elle le tenait par la main, tantôt en lui faisant accélérer le pas, tantôt en l'obligeant à ralentir. L'un des lions de mer attira particulièrement son attention. Enorme, il sollicitait à grand bruit toute personne qui lui semblait facile à convaincre, et l'on comprenait aisément comment il avait pris tant de poids. Ramsey se renseigna auprès d'un des pêcheurs pour savoir depuis combien de temps l'animal avait élu résidence dans la baie.

— Deux ans, répondit l'homme. Un sacré mendiant. Il n'arrête pas de bouffer. On l'appelle le Vieux Chester. Ou l'Homo fringant. Eh oui, que voulez-vous, à quelques encablures de San Francisco, faut pas s'étonner ! On doit pas leur donner à manger, mais tout le monde le fait. Vous pouvez acheter des sardines, là, juste en face. Ah, ces mendiants ! C'est pas la honte qui les étouffe.

A l'entendre, on pouvait se demander qui mendiait, en définitive. Les touristes ou les lions de mer ?

— Bien, Emma. On va en acheter, de ces sardines. Et c'est toi qui les lui donnes, d'accord ? Mais ne t'approche pas trop de lui.

La fillette acquiesça, avec ce petit air d'extrême tolérance qu'elle savait prendre, et acheta trois sardines dans une serviette en papier. Ramsey se tint juste derrière elle tandis qu'elle suivait la file d'enfants et de parents. Elle éclata de rire quand le monstre marin se mit à braire puissamment.

Au même instant, Molly hurla le nom de Ramsey.

32

Ramsey pivota sur ses talons si brusquement qu'il faillit perdre l'équilibre, et vit Molly retenir à deux mains le sac qu'un gamin essayait de lui arracher. Aussitôt, il s'élança vers eux en hurlant :

— Arrête, petit con !

Emma.

Il se retourna. La fillette était occupée à nourrir son lion de mer, sans aucune conscience de l'incident. Des gens l'entouraient. Elle ne risquait rien. Mais, à l'instant où il allait revenir à Molly, il reconnut une silhouette qui se glissait à travers le groupe d'enfants et de parents. Il l'aurait reconnue n'importe où, aussi bien dans ses cauchemars que dans la réalité. Quelques pas de plus, et Dickerson pourrait attraper Emma. Sachant que sa manœuvre de diversion ne fonctionnerait plus très longtemps, il se mit à avancer plus rapidement. Il avait déjà le bras tendu lorsque Ramsey l'agrippa par le col, l'obligea à se retourner et le frappa en plein visage.

— Hé ! Qu'est-ce qui vous prend de cogner sur ce type ? Il ne faisait rien de mal !

— Ben oui ! Ça ne va pas ? On ne frappe pas les gens comme ça.

Une douzaine de personnes s'attroupaient en se

poussant autour de Ramsey. Mais personne n'avait encore essayé de se saisir de lui.

— Emma ! cria-t-il. Va rejoindre ta mère !

Dickerson, vacillant, crachait du sang et se frottait la joue en hurlant :

— Pourquoi m'avez-vous frappé ? Je suis un pasteur ! Pourquoi avez-vous agressé un serviteur de Dieu ?

— Ouais, mon vieux, c'est vrai, où tu te crois ? intervint un inconnu.

On repoussa Ramsey. Quelqu'un lui donna un coup sur l'épaule.

— Non, arrêtez ! C'est mon papa. Il voulait me sauver.

Personne n'entendit la petite fille. Tous étaient occupés à insulter Ramsey.

Il ne savait comment se défaire de cette mêlée. Dickerson s'approchait de nouveau d'Emma.

— Laisse-la tranquille !

Mais Dickerson, comme aimanté par Emma, ne l'avait sans doute même pas entendu.

— Désolé ! dit alors Ramsey.

Il se dégagea, envoya un coup de pied dans une cuisse, son poing dans une épaule, un autre coup de pied dans un ventre. Il était libre. Dickerson était à quelques pas d'Emma. Cette fois-ci, Ramsey se tut. Tout ce qu'il voulait c'était abattre ses mains sur le monstre et le réduire en bouillie. Une rage absolue, un besoin de pure vengeance le submergeaient. Dickerson, à deux pas d'Emma, avait sur le visage une sorte de ravissement, comme devant un magnifique spectacle. Se retournant brusquement, un homme se heurta à Ramsey, qui le repoussa avec violence. Dickerson, distrait, leva les yeux et jura. Mesurant le danger dans le regard meurtrier de Ramsey, il se mit à se frayer un chemin à travers la foule, le long de la jetée. Ramsey lui cria de s'arrêter. Il joua des coudes plus rapidement puis, les gens étant de moins en moins nombreux, il commença à courir, Ramsey à ses trousses, suivi d'Emma. Les voyant progressivement se rapprocher, Dickerson fit un écart et se jeta dans l'eau. Ramsey se retourna, attrapa Emma et s'adressa à une femme bien charpentée, entourée de gamins :

— Ce type est un ravisseur d'enfants, expliqua-t-il. Il a essayé d'enlever ma fille. Je vous la confie. Je ne peux pas faire autrement. Surveillez-la, je vous en prie.

Il jeta pratiquement Emma dans les bras de cette femme, puis plongea à la poursuite de Sonny Dickerson dans les eaux glacées de la baie de Monterey.

Frigorifié, il eut la sensation d'avoir la peau arrachée par le froid, les poumons ankylosés. Revenu à la surface, il chercha vainement Dickerson du regard. Pourtant, il aurait juré avoir plongé sur lui.

— Il revient vers la jetée, Ramsey! lui cria soudain Molly. Dépêche-toi! Mais fais attention! Oh, Seigneur, fais attention!

Le ressac, plus puissant que lui, le ballottait de droite à gauche parmi des rochers déchiquetés et dangereux. L'eau était si froide qu'il se sentait oppressé, les membres gourds. Il repéra finalement Dickerson alors que ce dernier se glissait entre des pilots visqueux.

Cette fois-ci, il n'était pas question de laisser échapper ce salaud. Ramsey croyait en la justice, par toutes les fibres de son corps, mais il savait qu'aucun avocat ne se chargerait de la défense de cet individu, à moins d'y être contraint. Il fendait les vagues rugissantes, droit vers Dickerson, quand celui-ci brandit soudain un revolver.

— Ne t'approche pas ! hurla-t-il.

Il but la tasse, faillit s'étouffer, cracha.

— Je suis sérieux, Hunt. Je te tue si tu m'y obliges.

Continuant à lutter contre les vagues, Ramsey cria à son tour, la voix forte et calme, le ton persuasif malgré sa rage :

— Ecoute, Dickerson, tu n'auras jamais Emma. La police, le FBI, tout le monde a ta photo. Ils veulent ta peau. Jamais plus tu n'enlèveras un enfant. C'est fini pour toi. Tu ferais mieux de te rendre.

Ramsey s'accrocha à un pilot gluant que sa main avait eu du mal à saisir.

— Allez, Dickerson, ne fais pas l'imbécile. C'est terminé.

— Tu mens. On ne me connaît pas. Je sais me déguiser comme personne. Elle a cru voir Clinton, la gosse. Génial, je suis génial !

— Tu n'avais pas de masque sur la plage. Emma a très bien su te décrire. Ne te prends pas pour un nouveau-né. Tu as un casier judiciaire. On a des empreintes, des photos, tout le tremblement. Tu es cuit. Rule Shaker savait-il que tu abusais des enfants quand il t'a recruté ?

— Je ne l'ai jamais rencontré. C'est l'un de ses hommes qui m'a engagé. Il m'a répété trente-six fois que je ne devais pas toucher à la petite, qu'elle devrait retourner chez elle quand le père aurait coopéré avec Shaker. J'étais d'accord. J'avais besoin de l'argent. Mais quand j'ai vu Emma, j'ai compris qu'elle m'était destinée. Une semaine, ce n'était qu'un commencement pour nous deux. Et puis elle a cru bon de me berner et de s'enfuir. Mais elle sera de nouveau à moi. Ce n'est qu'une question de temps.

— Les deux types qui sont venus au chalet pour me descendre, c'est toi qui les avais envoyés, n'est-ce pas? Tu m'avais repéré.

— Oui. Il fallait que je la récupère. Mais t'as réussi à leur échapper.

— Et finalement à te coincer.

Dickerson se mit à hurler de rage, chercha à s'éloigner, puis changea de direction pour se diriger vers une vieille échelle de bois qui aurait dû s'effondrer bien des années avant. Il était parvenu à se hisser hors de l'eau quand Ramsey lui attrapa le pied.

— Laisse-moi partir. Elle est à moi, tu comprends? Je n'ai qu'elle. Elle est toute ma vie. Il me la faut!

Il fit feu alors que Ramsey tirait de toutes ses forces sur son pied. La balle siffla à son oreille.

Une seconde plus tard, Dickerson recommençait. Cette fois, la balle toucha Ramsey à l'épaule et faillit lui faire lâcher prise tandis qu'il basculait à demi en arrière. A la douleur succéda aussitôt une sensation d'engourdissement, plus forte que celle provoquée par le froid de l'océan. Son bras ne répondait plus. Il entendit la voix de Molly, celle d'Emma, puis quelqu'un cria :

— Cet homme est blessé! Il saigne. Regardez!

Dickerson libéra son pied et donna un coup sur l'épaule de Ramsey. La douleur irradia alors tout son corps.

Comme dans le lointain, il vit Molly, le visage blême, lever un pied, prendre son élan et frapper Dickerson en plein visage au moment où il atteignait le sommet de l'échelle. Sonné, il bascula en arrière, se démena pour ne pas tomber, mais finalement glissa en faisant céder un à un sous son poids les barreaux de l'échelle vermoulue. Il s'affala dans les vagues en battant des bras, juste à côté de Ramsey, se démena frénétiquement, avala de l'eau, tentant encore de s'accrocher à l'échelle dont les barreaux pendaient maintenant dans tous les sens. Ramsey avait un bras autour de son cou et n'entendait pas le laisser filer. Dickerson agitait son arme, hurlait, buvait la basse, hurlait encore en gargouillant, commençait à faiblir. Restait à savoir lequel des deux aurait le plus de résistance.

Un bras hors d'usage, une douleur violente dans l'épaule, Ramsey commençait à sentir sa tête tourner. Mais pas question de lâcher Dickerson. Il resserra sa prise autour du cou de l'adversaire qui se tortillait désespérément en essayant de pointer son revolver sur lui. Ramsey tenta vainement de lever son bras ensanglanté ; la douleur était si intense qu'il en serra les mâchoires. Dickerson semblait insubmersible, sans doute à cause de la force du ressac qui avait tendance à l'écarter de Ramsey pendant que le revolver s'agitait dans les airs.

Quand Molly plongea de la jetée pour venir le rejoindre, il s'étonna à peine de la voir émerger à côté de lui. En revanche, il crut mourir de frayeur lorsqu'elle saisit le poignet de Dickerson d'une main et, de l'autre, lui arracha son arme.

Dickerson cria, hurla, mais peu importait. Molly avait le revolver. Le regard chargé d'une fureur mortelle, elle le pointa sur le visage de Dickerson, à quelques centimètres de Ramsey qui se rendit compte, au même instant, que pour rien au monde il ne souhaitait que Molly devienne une criminelle, quelles que fussent les circonstances.

— Ne tire pas, Molly. Tu risques de m'atteindre. Je le tiens. Regarde, je lui sers le cou. Il ne peut pas s'échapper. C'est terminé pour lui. Je t'en prie, ne tire pas.

Il vit sa rage refluer. Dickerson en profita pour se soulever et réussit à lui envoyer son coude dans l'estomac. Alors qu'il recommençait, le mouvement du ressac s'inversa et les poussa, accentuant ainsi le coup de Dickerson. En revanche, le bras qui l'étranglait n'eut plus la même prise. Aussitôt il en profita pour se libérer et tenta d'arracher le revolver à Molly.

Une balle partit, presque à la verticale. La jeune femme se débattait, se hissait autant qu'elle le pouvait hors de la vague, mais Dickerson s'acharnait sur elle. Ramsey rassembla ses dernières forces pour se rapprocher d'eux. Dieu qu'il avait été idiot d'épargner la vie de cet homme ! Et maintenant il n'avait même plus l'énergie nécessaire pour tenir le coup. Il entendit Emma crier son nom.

Puis deux hommes apparurent dans les vagues et tentèrent eux aussi de s'emparer du revolver. Quand un nouveau coup de feu partit, personne ne sut qui tenait l'arme. Il fut cependant évident qu'il y avait une victime : Dickerson, inconscient, flottait sur le ventre dans un nuage de sang.

— Eh bien ! Il était temps que vous arriviez, dit Ramsey aux deux policiers. Je vais tourner de l'œil.

Le lieutenant McPherson de la police de Monterey, dont le visage se dessinait clairement depuis deux minutes devant les yeux de Ramsey, expliqua calmement :

— N'ayez aucune inquiétude, monsieur le juge. Vous êtes à Monterey, dans une chambre d'hôpital. Le médecin et l'infirmière viennent juste de ressortir. Vous allez très vite vous rétablir. Si je suis ici, c'est uniquement parce que j'ai pensé que vous souhaiteriez avoir des nouvelles de Dickerson. Il est encore sur le billard. Les médecins ne peuvent se prononcer pour l'instant Il a pris la balle en pleine poitrine.

— Je préférerais qu'ils le laissent crever, bougonna Ramsey.

Il ne pouvait pas bouger son bras. Baissant les yeux, il le vit en écharpe; il se souvint alors brusquement qu'il avait été conduit en salle d'opération en même temps que Dickerson, Emma et Molly près de lui. Il se rappela les petits doigts de la fillette caressant son front. Quant à Molly, elle avait soudé sa main à la sienne. Il gardait un souvenir plus flou de son réveil, avant qu'il n'arrive dans cette chambre particulière où, pour l'instant, il était seul avec le lieutenant.

— J'espère aussi qu'il va y rester, dit McPherson. Les contribuables y trouveraient leur compte. En ce qui vous concerne, monsieur le juge, vous allez vous en remettre.

— Vous avez une idée de ce qu'ils m'ont fait?

— Ils ont eu quelques bonnes heures de travail. Quand le chirurgien est ressorti, il a dit que vous aviez eu de la chance. La balle a traversé les pectoraux : rien que de la chair, du muscle, du gras. Mais vous allez déguster, parce que la balle a également brisé la clavicule et chatouillé une côte. Mais tout ça est réparable. Vous devriez être en mesure de virer quelques crapules de plus de votre tribunal dans trois ou quatre mois. Ah! Le chirurgien a ajouté qu'il était content que ce ne soit pas plus grave; il n'aurait pas voulu de complications avec un juge fédéral de votre pointure. Puis il est parti d'un gros rire qui lui a secoué le ventre.

Ramsey ne savait que dire. Par moments il avait la tête vide, mais finalement cet engourdissement le reposait. Il aurait tout de même aimé apprendre la mort de Dickerson. S'il survivait, s'il était jugé pour enlèvement d'enfant et tentative de meurtre, il pourrait encore s'en sortir. Et Emma ne serait jamais en sécurité.

Mais non, il voyait tout en noir! Dickerson ne serait tout de même pas libéré de sitôt. Emma avait le temps de devenir une adulte, d'accumuler les anniversaires, et de cesser ainsi de représenter une proie de choix pour les prédateurs de ce genre.

— Monsieur le juge, vous m'entendez? Vous voulez que j'appelle un médecin?

Ramsey s'était renversé sur les oreillers, les paupières fermées, sans s'en rendre compte. En rouvrant les yeux, il découvrit l'inquiétude de McPherson. Il l'avait entendu parler, il avait senti le rythme de sa voix, la compassion sous-jacente, la préoccupation qu'il exprimait, mais n'avait pas compris ses propos.

— Ça va, parvint-il à affirmer. J'ignorais que les oreillers étaient si confortables dans les hôpitaux.

— Détrompez-vous. C'est Mme Hunt qui les a fait apporter. En ce moment, elle est en train de se changer avec la petite. En fait, Mme Hunt a laissé faire Mme Rallis, qui est allée chercher les oreillers et les vêtements. Cette dame n'aimait pas voir votre femme et votre fille dans les blouses de l'hôpital. Elle a vu tout ce qui s'est passé. C'est une personne très connue à Monterey, et quand elle a dit que vous deviez avoir des oreillers plus agréables, personne ne l'a contrariée.

Ramsey souhaitait demander des nouvelles de Molly et d'Emma, s'assurer qu'elles allaient bien, mais les mots ne sortaient pas. Il les connaissait, savait ce qu'ils signifiaient et, pourtant, ne pouvait les prononcer. C'était une sensation étrange.

Il sentit le lieutenant lui tapoter légèrement le bras.

— On vous a administré quelque chose de puissant. Le médecin a dit que vous n'étiez pas du genre à vous détendre facilement. Alors il a jugé préférable de vous assommer. Vous avez entendu ce que je vous ai dit au sujet de Mme Hunt et de votre fille? Elles ne vont pas tarder à venir vous voir. Mme Rallis a voulu que votre femme prenne un café, et Emma un chocolat. J'ai essayé d'empêcher le médecin de vous faire cette piqûre, mais il a insisté. Vous pouvez parler, monsieur le juge?

— Non, je suis assommé.

McPherson se taisant, Ramsey en conclut qu'il avait simplement cru lui répondre.

Il sourit à Molly et Emma qui entraient dans la chambre. Emma portait un ensemble qu'il ne lui connaissait pas. Molly, pour sa part, en veste et pantalon de soie jaune pâle et hauts talons, sa splendide chevelure retenue sur la nuque par une large barrette dorée, ressemblait à une gravure de mode.

Il les trouva toutes les deux magnifiques et eut du mal à croire qu'il ne rêvait pas. Il aurait voulu leur crier qu'ils avaient enfin gagné la partie; crier à Molly qu'elle n'aurait jamais dû se jeter à l'eau comme elle l'avait fait, mais aussi la remercier de lui avoir sauvé la vie. Il les aimait plus qu'il n'avait jamais aimé personne, et mourait d'envie de le leur dire. Mais sa bouche se taisait. Où étaient donc les mots qui lui échappaient?

Il entendit McPherson parler :

— Non, il va bien, madame, je vous assure. Il se

réveille par intermittence. Le médecin veut qu'il se repose, et c'est ce qu'il fait. Vous êtes vraiment très chic toutes les deux. Comment vous sentez-vous? Puis-je prendre votre déposition, maintenant?

Ramsey entendit ensuite la voix de Virginia Trolley qui expliquait à McPherson que Molly avait d'abord besoin d'être totalement rassurée sur l'état de son mari. Au moins Virginia n'avait pas traîné et Ramsey était sûr qu'elle s'occuperait de tout. Elle commencerait même probablement par sanctionner les deux flics censés assurer leur protection. Apparemment, l'un d'eux avait dû aller aux toilettes, ce qui expliquait pourquoi ils n'étaient pas venus à la rescousse immédiatement. Mais son collègue, lui, où était-il à ce moment-là? Ramsey n'avait pas encore été en mesure de formuler la question.

Un sourire s'esquissa sur ses lèvres quand Emma s'approcha de lui. Il crut lui dire qu'il allait bien, mais l'expression d'Emma resta la même. Il sentit ses douces lèvres sur sa joue et l'entendit murmurer à son oreille :

— On l'a attrapé, Ramsey. Mme Rallis m'a juré qu'il ne s'échapperait pas de son hôpital.

Au lieu de rire comme il l'aurait voulu, il perdit conscience sur une dernière sensation : la caresse des doigts d'Emma sur sa main.

— Il va vivre, dit Molly. L'opération a duré des heures, mais il va vivre.

De l'autre côté du lit, Virginia Trolley soupira.

— Ils savaient qui il était, ce qu'il avait fait, et ils ne l'ont pas laissé partir... Maintenant il va y avoir un procès, et vous allez encore être plongés dans la boue.

— Ce n'est pas grave, Virginia, marmonna Ramsey, la voix un peu caverneuse.

En cette fin de matinée, il rêvait d'un café, et l'infirmière avait eu beau lui assurer qu'il en rendrait ses tripes, il se sentait tout de même prêt à prendre le risque de lui donner raison.

— Où est Emma?

— Je suis ici, Ramsey. Tu as mal?

— Non. Je suis costaud, comme je te l'ai dit. Je crois même que je résiste de mieux en mieux aux balles.

— J'ai eu peur qu'il te tue, Ramsey. L'eau était toute rouge. Je voulais venir t'aider, mais la grosse dame ne voulait pas me lâcher.

L'idée qu'Emma aurait pu se jeter à l'eau comme sa mère — et même atterrir sur Dickerson — faillit lui donner une crise cardiaque. Mais il trouva le moyen de répondre calmement :

— Ta maman m'a sauvé pour toi. Merci. Dites-moi, Virginia, que va-t-on faire de Dickerson?

— Votre ami Savich va bientôt arriver. Les kidnappings sont du ressort du FBI. Il veut l'interroger. Il sera accompagné d'un psychologue. Ils ont l'habitude d'entendre ce genre de cinglés. Ils devraient enrichir leurs connaissances. Vous êtes prêt à faire votre déposition à la police locale?

— Oui.

Ramsey répondit aux questions de McPherson et de son supérieur, Daniel Mapes. L'entretien dura un bon moment, mais fut interrompu quand Mapes constata que Ramsey donnait des signes de fatigue.

— Bon. On s'en tient là pour l'instant, monsieur le juge, dit-il. Si nous avons d'autres questions, nous reviendrons demain.

Molly s'avança vers le lit.

— J'ai cru qu'ils n'allaient jamais s'en aller. Tu n'as pas l'air en grande forme.

— J'ai besoin d'un café.

— Je sais. J'ai ce qu'il faut.

Il crut à un miracle en la regardant retirer le couvercle d'un gobelet en plastique. Il prit trois gorgées, eut envie de mourir, mais s'y refusa. La nausée finit par disparaître, remplacée aussitôt par la panique.

— Où est Emma?

— Ne t'inquiète pas. Elle est en train de raconter à Virginia la scène telle qu'elle l'a suivie, et ce point de vue d'enfant ne doit pas manquer d'intérêt. Maintenant, tu dois te reposer. Ça peut te paraître bizarre d'entendre que tu as eu beaucoup de chance quand tu es là, sur ce lit de douleur, mais c'est vrai. Tu n'auras pas de séquelles. Le chirurgien a dit que tu pourrais m'emmener danser demain soir. Enfin... disons mercredi.

Elle lui sourit, ferma la porte et vint grimper sur le lit. Elle l'embrassa sur l'oreille, le nez, la bouche.

— J'aimerais qu'on puisse jouer au docteur, soupira-t-elle dans son cou.

— Molly, pense à la réaction de l'infirmière si elle entrait et voyait une partie de mon corps pointer vers le plafond?

— Elle t'adore. Je pense qu'elle me prierait de sortir pour prendre ma place.

— Allez, ça suffit, les jeunes mariés! lança une voix d'homme.

— Ah, il vaut mieux que ce soit vous que l'infirmière! dit Molly en sautant à bas du lit.

Dillon Savich arborait un large sourire. En revanche, l'homme qui se tenait derrière lui semblait n'avoir jamais souri de sa vie. Longiligne, aussi sec qu'un pruneau, le crâne couronné d'un cercle de cheveux gris, il faisait penser à un moine du Moyen Age.

— Salut, Ramsey ! Je suis heureux de constater que tes forces te permettent d'embrasser Molly. Je vous présente Thomas Galviani, connu sous le sobriquet de l'Œil. Les pédophiles sont sa spécialité. Il est l'un des meilleurs au monde dans ce domaine.

Galviani, impassible, se contenta de hocher la tête puis serra la main de Ramsey.

— Savich pense que je suis trop sérieux, mais il se trompe. Je suis ravi de vous rencontrer, monsieur le juge. J'ai lu dans la presse le récit de votre exploit dans votre tribunal. Au bureau, tout le monde en parle encore. Je suis extrêmement satisfait que dans le cas présent un crime ait été prévenu. Félicitations.

— Merci, monsieur Galviani... Où est Sherlock, Savich ?

— Elle est en train de me maudire dans les toilettes. J'ai encore prononcé le mot interdit devant un médecin qui la trouvait pâlichonne.

— J'espère, dit Thomas Galviani, qu'elle pourra atteindre le terme sans vous flinguer.

Tous souriaient encore lorsque Sherlock apparut. Elle s'avança vers son mari et lui donna un coup de poing dans le bras. Puis elle félicita Ramsey et Molly avec enthousiasme.

— Je suis passée par la salle de réveil. Dickerson est encore dans les vapes. Ils nous avertiront dès qu'il émergera.

— J'aimerais l'interroger, dit Galviani. J'ai lu tout ce que nous avons sur lui depuis son premier procès. C'est un pédophile invétéré. Le genre de type qui peut violer un millier d'enfants dans sa vie. Pas le pédophile occasionnel qui fait une dizaine de victimes. Son profil est classique, à une exception près : il a frappé Emma en plus de la violer. Ce qui en fait également un sadique. Par ailleurs, cette enfant est devenue une obsession pour lui, et ceci arrive rarement chez les pédophiles. Il en a perdu l'instinct de survie au profit d'un comportement compulsif.

« Mais il n'est pas débile et, si rien ne pouvait l'arrêter, il devait tout de même savoir, plus ou moins consciemment, qu'il allait à sa perte. Il a vraiment fallu que ce soit plus fort que lui. J'ai aussi noté son goût pour le grimage et son habileté en la matière.

— Il s'en vante, observa Ramsey. Et c'est apparemment l'une des raisons qui ont conduit les hommes de Shaker à le recruter. Comme Emma devait être rendue à sa mère, il leur fallait quelqu'un qu'elle ne puisse pas reconnaître.

Galviani secoua la tête.

— Bon sang, il a dû s'imaginer qu'il était au ciel quand il a vu la petite !

— Je ne comprends pas ce rapport avec la religion. Pourquoi a-t-il dit à Emma qu'il avait besoin d'elle ?

— Je voudrais pouvoir en parler avec lui. Il me fait l'effet d'un chaudron plein d'un drôle de mélange en ébullition. Il y a d'une part cette idée de rédemption et, d'autre part, la violence qu'il lui a infligée sous prétexte qu'elle devait être punie pour lui. J'ai hâte de voir ce qu'il a dans le crâne. Mais avant tout, on ne peut que vous féliciter de l'avoir mis hors d'état de nuire.

— Quand vous aurez quelques éclaircissements, dit Molly, soyez gentil de nous en informer.

— Je n'y manquerai pas, madame.

L'Œil se frotta les mains.

33

Quand les questions des uns et des autres furent enfin satisfaites, Ramsey avait récupéré suffisamment de forces pour se lever. Il alla voir Emma qu'il trouva assise dans un coin de la cafétéria, en grande conversation avec Virginia Trolley.

Quand elle leva les yeux vers lui, elle laissa échapper un cri de joie et se précipita dans sa direction.

— Tout va bien, Emma, la rassura Ramsey alors qu'elle s'agrippait à sa jambe. Tu vois, je marche sans l'aide de personne. Une petite balle ne pouvait pas faire beaucoup de mal à un gaillard comme moi. Laisse-moi te prendre dans mes bras. J'ai envie que tu me serres contre toi.

— Attends, c'est moi qui la soulève, proposa Savich.

Dès qu'elle fut à la bonne hauteur, Emma ouvrit ses bras pour étreindre Ramsey. Il posa un baiser sur son oreille.

— Hum, tu sens très bon, Em. Quel est ce parfum? Oscar de la Renta?

— Non. C'est le savon de l'hôtel. Tu as voulu blaguer, Ramsey? lui demanda-t-elle en le regardant dans les yeux.

Molly s'adressa à Sherlock qui, resplendissante,

regardait son mari comme si elle le voyait pour la première fois.

— Ramsey adore Emma. J'espère qu'il arrivera un jour à m'aimer autant.

— Il est au nirvana, et il le sait, Molly, remarqua Sherlock sur le ton de l'évidence.

Continuant à observer son mari qui tenait Emma avec un air béat, elle ajouta :

— J'ai toujours beaucoup aimé Ramsey. Maintenant que vous êtes ensemble, tout ira bien pour lui. Molly, Dillon ne vous donne-t-il pas l'impression d'avoir tenu un enfant dans ses bras toute sa vie?

L'hôpital avait fait installer, la veille, deux lits de camp dans la chambre de Ramsey. Tous les trois ainsi réunis dormaient encore profondément quand le lieutenant McPherson entra sans s'annoncer.

Ramsey sauta aussitôt à bas de son lit, prêt à se battre mais bon pour un malaise. Il se laissa retomber sur le matelas, la respiration bruyante.

— Bon sang, que se passe-il encore?

— Rien de dramatique, dit McPherson, essoufflé. Mais je craignais qu'il ne vous soit aussi arrivé quelque chose. Attendez. Laissez-moi vous aider à vous recoucher.

— De quoi parlez-vous? demanda Molly, en aidant elle aussi Ramsey.

Emma s'était approchée du lit, résolue à le protéger.

— C'est Dickerson. On pense que quelqu'un a trafiqué sa perfusion. Peut-être avec du potassium. Il est mort.

— Je ne comprends pas, il y avait du personnel dans

la salle de réveil, dit Virginia Trolley en secouant la tête.

Elle restait complètement incrédule bien que McPherson lui expliquât la situation depuis dix minutes. Dès que Ramsey l'avait appelée, elle s'était habillée à la hâte et précipitée à l'hôpital. C'était la première fois qu'il la voyait sans maquillage, les cheveux en bataille, son blazer rouge froissé, et il la trouvait mignonne ainsi. Mais il n'était pas question de le lui dire sans risquer de se faire assommer.

— Comment quelqu'un a-t-il pu s'introduire dans la salle, poursuivit-elle, injecter un produit dans la perfusion et ressortir tranquillement sans être repéré ? Pourquoi aurait-on placé une surveillance particulière ? Il ne risquait pas de s'échapper et qui pouvait croire qu'il était menacé ? Ils viennent de boucler toutes les issues, mais c'est sans doute trop tard. L'enregistrement vidéo révélera peut-être une présence suspecte.

— D'après le lieutenant McPherson, une infirmière aurait remarqué quelqu'un en blouse blanche, rapporta Molly. Mais on ne va pas aller loin avec ça. Ici, une blouse blanche n'attire pas plus les regards qu'un uniforme au Pentagone.

— Exact, dit Ramsey. De plus, nous ne sommes pas en zone de haute sécurité. Le personnel n'était pas censé être en alerte.

Il ferma les yeux pendant une minute. Exténué, des douleurs insupportables à l'épaule, il était prêt à réclamer un sédatif à cor et à cri.

Soudain Emma glissa sa main dans la sienne. Il la vit l'observer, consciente de son malaise et ne sachant que faire.

Sans hésitation, il mentit :

— Ça va, Emma. Mais j'aime bien que tu me tiennes la main.

En la regardant, il pensa à l'incroyable soulagement qu'il ressentait au-delà de sa souffrance physique. Dickerson était mort, bien mort, et plus aucune menace ne pesait sur la petite.

McPherson s'éclaircit la gorge.

— Pour ne rien vous cacher, monsieur le juge, si je me suis précipité dans votre chambre, c'est aussi parce que vous êtes le premier suspect.

— Je ne me déplace pas avec beaucoup de facilité, en ce moment, vous savez. Je me demande comment j'aurais pu voler une blouse blanche, trouver du potassium, pénétrer nonchalamment dans la salle de réveil. C'était au-dessus de mes possibilités, même si elles sont étonnantes.

— Ramsey aime bien blaguer, dit Emma à McPherson.

— Je vois... C'est très bien que vous soyez ici tous les trois. Vous me facilitez la vie.

Moins d'une heure plus tard, et en dépit de la présence de cars de télévision sous leur fenêtre, ils se retrouvèrent tous les trois enfin seuls dans leur chambre, mais trop tendus pour se rendormir. Un peu plus tard, le téléphone sonna. Molly répondit. Puis, avec une drôle d'expression, elle tendit le combiné à Ramsey.

— Je ne comprends pas. C'est mon père et il aimerait te parler.

Ramsey voulut mettre le haut-parleur puis se ravisa en pensant à Emma.

— Je me rétablis, annonça Mason Lord, et si je ne me trompe, vous allez également survivre, Ramsey. Je crois aussi savoir que l'animal qui poursuivait Emma ne vous occasionnera plus aucun problème.

Malgré les pulsations violentes qu'il ressentait, Ramsey répondit calmement :

— Comment le savez-vous, monsieur? Je ne pense pas que la nouvelle ait déjà été diffusée.

Mason eut un petit rire.

— J'ai des amis partout, mon cher, dit-il d'un ton amusé. Je suis toujours informé très rapidement. En fait, on pourrait même dire qu'il m'arrive de l'être avant que les événements se produisent.

Qui avait liquidé Dickerson? Gunther? Ou un tueur local, recruté pour la circonstance par Mason? Deux secondes de réflexion avaient suffi à balayer l'étonnement. Mais Ramsey préféra se taire. Qu'y avait-il à dire, de toute façon?

— Désormais vous n'avez plus besoin de vous inquiéter, ajouta Mason Lord. J'espère vous voir pour Thanksgiving. C'est ma fête préférée. Personne n'attend de cadeaux, et on se régale autour d'un grand repas. Miles le prépare toujours très bien.

— D'accord. Nous viendrons.

Ramsey reposa l'appareil, regarda Molly et secoua la tête. Elle fronça les sourcils un instant. Puis il sut qu'elle avait compris.

— Je crois que je vais pouvoir me rendormir, annonça-t-elle en bâillant ostensiblement. Et toi, Em?

— Moi aussi, maman. Qu'est-ce que grand-père t'a dit, Ramsey?

— Il voulait s'assurer que nous allions bien. Rien d'autre.

— C'était gentil de sa part.

Emma embrassa Ramsey puis laissa sa mère la border.

Ramsey se retourna et ferma les yeux. La douleur lui déchirait l'épaule, il avait des picotements dans les doigts, mal au crâne, et il fallait encore qu'il fût tracassé par le coup de fil de Mason Lord.

— Sachant qu'il a fait achever Dickerson, murmura-t-il à Molly, comment suis-je censé réagir?

— Dis la vérité à McPherson. Personne ne fera tomber mon père pour ça. Je parierais même qu'il sera très heureux que la police soit avertie. A mon avis, il en rit déjà.

Ramsey la crut facilement.

— Bonne nuit, Emma, dit-il. Dormez bien, toutes les deux.

Tout est enfin terminé, songea Ramsey en montant les marches de leur maison de San Francisco, Emma à ses côtés. Tout est définitivement terminé. Il pensa à la mère de Dickerson, à Duluth, qui avait payé la crémation de son fils. Il y avait assisté, en compagnie de Savich, juste pour s'assurer que c'était bien Dickerson qui allait être réduit en cendres sous ses yeux.

— Maman avait besoin de rester au lit, dit Emma. Elle était très fatiguée. Je crois qu'elle n'a pas bien dormi la nuit dernière.

C'était le moins qu'on pût dire. Lui aussi avait eu une nuit courte, Emma ayant annoncé qu'elle dormirait dans sa chambre. Mais, bizarrement, il avait regretté de ne pas la sentir blottie entre eux, dans le lit, du moins aux premières heures du jour...

— J'espère qu'elle est réveillée maintenant, dit Ramsey. J'ai envie de la voir encore sourire. Elle a beaucoup souri depuis que nous sommes rentrés, hier.

Emma l'abandonna le temps d'aller chercher un jouet dans sa chambre. Il regarda Molly qui lui tournait le dos, allongée sur le côté. En simple culotte blanche, elle avait une jambe nonchalamment repliée, et aucune pose n'aurait pu être plus suggestive chez une femme. Sa crinière retombait en un flamboyant désordre sur des chairs d'albâtre qui invitaient à les dévêtir entièrement et à les couvrir de baisers. Ils avaient fait l'amour trois fois dans la nuit, et auraient sans doute recommencé au moment présent si Emma avait eu l'intention de rester dans sa chambre.

— Maman a repoussé la couverture, observa la fillette en allant vers le lit.

Doucement elle recouvrit sa mère. Molly bougea, se laissa tomber sur le dos, ouvrit les yeux et prit la joue de sa fille dans sa paume.

— Emma, ma chérie, tu as pris soin de Ramsey?

— Oui, maman. Il va beaucoup mieux. Il m'a juré que son épaule ne lui fait presque plus mal. Et puis, surtout, il ne s'inquiète plus pour moi.

— Emma, je me ferai encore du souci quand tu auras quatre-vingt-dix ans! la contredit Ramsey. Néanmoins, si l'on arrivait à se débarrasser de la presse, ce serait sensationnel. J'aimerais tellement vous présenter à tous mes collaborateurs!

Il vint poser un baiser sur le nez de Molly.

— Tu as bien dormi?

Elle lui adressa un long regard languide qui ne le laissa pas sans réaction.

— Oui. Pas le moindre cauchemar. J'ai plongé dans l'oubli. Ça change. Oh, il faudrait que j'appelle ma mère avant qu'il ne soit trop tard en Italie! Je lui ai promis de le faire. Elle s'est tellement inquiétée pour Emma!

Elle téléphona de la cuisine pendant que Ramsey coupait des carottes et des brocolis et qu'Emma mettait la table.

Souriante, elle coinça l'appareil au creux de son épaule, le temps de voler une carotte.

— C'est toi, maman ? Comment vas-tu ?

— Bien, ma chérie. Et vous ?

Molly raconta brièvement comment le kidnappeur avait été capturé, et lui annonça ensuite qu'il avait été assassiné à l'hôpital.

Il y eut un silence, puis sa mère lui répondit d'une voix empreinte d'affection :

— Ton père a toujours été très efficace. Ne vous a-t-il pas appelés peu de temps après la mort de cet homme pour vous dire que vous étiez désormais en sécurité ?

— Si, admit Molly après une seconae de stupéfaction. Tu sais, la police n'a pas encore trouvé la personne qui a mis le potassium dans la perfusion de Dickerson.

— Ils ne la trouveront jamais. Ton père recrute toujours des gens de confiance.

— Oui, je sais. Mais je me fais encore du souci pour lui. Il a failli être tué deux fois. Ce Rule Shaker ne doit pas être du genre à laisser tomber.

— Tu as raison. Je l'ai connu comme ça et je crains qu'il n'ait pas changé.

Molly se leva d'un bond, au risque d'arracher le téléphone du mur.

— Tu as connu Rule Shaker, maman ?

— Bien sûr ! A l'époque où ton père et lui se lançaient dans les affaires. Ils étaient alors très proches. J'aimais beaucoup la femme de Rule, Lorna. La pauvre est morte dans un accident de voiture, il y a une quinzaine d'années. J'ai toujours pensé que la vraie responsabilité de cet accident incombait à son mari.

— Mais, maman, aujourd'hui, papa et lui sont les pires ennemis. Shaker a voulu nous tuer, il a fait assassiner un fermier dans le Colorado, et il essayé d'éliminer papa deux fois !

— Ce sont des choses qui arrivent, Molly. Attends une minute.

Molly entendit sa mère s'exprimer dans son italien chantant :

— Comment, Maria ? Ah ! Oui, posez la théière sur la table. Ça ira très bien. Bonne nuit... Molly ? interrogea-t-elle en revenant à sa fille. De quoi parlions-nous ?

La jeune femme leva les yeux au ciel, agacée.

— Nous parlions des relations meurtrières entre mon père et Rule Shaker. Pourquoi n'ai-je jamais su qu'ils se connaissaient si bien ? Et pourquoi la police n'en a pas été informée ? Que s'est-il passé entre eux ?

— Je pense que la police est au courant. Leurs dissensions étaient de notoriété publique. Mais toi, tu n'étais encore qu'une enfant lorsqu'elles se sont produites. Peu de temps après, j'ai quitté ton père. Et Lorna s'est séparée de Rule un an plus tard.

— Sais-tu ce qui est arrivé ?

— Oui, et aujourd'hui je peux te l'expliquer. Tout ça n'a plus d'importance. Rule voulait que je couche avec lui. Moi, non seulement j'aimais ton père mais en plus je trouvais que Rule avait tout du gangster, et du gangster antipathique, comme on le conçoit à Hollywood. Mason, lui, c'était l'aristocrate. Il n'a d'ailleurs pas changé, si j'en crois les photos que j'ai pu voir dans les journaux.

— Tu ne m'as toujours pas dit ce qui s'était passé.

— Mason nous a surpris alors que Rule tentait brutalement de me convaincre. Ton père a estimé qu'en tant que femme j'avais ma part de responsabilité. Ce fut la fin de notre mariage et celle de ses relations avec Shaker. Une période difficile.

— Je me souviens que nous sommes allées en Italie. C'était peut-être juste après?

— Exactement. Mais tout cela est loin derrière nous. Vingt ans ont passé, Molly... Laisse-moi parler à Emma. J'aimerais que vous veniez tous les trois en Italie pour Thanksgiving. Je n'aurai pas à me soucier des cadeaux, mais il y aura un succulent repas. J'ai une excellente cuisinière. Vous viendrez?

— Il faudra que je te rappelle à ce sujet, maman.

— Ah! J'ai vu une photo de ton père en compagnie de sa femme dans *Time Magazine*. Il va survivre, si j'ai bien compris. Je m'en réjouis. Après tout, c'est grâce à lui qu'Emma n'est plus en danger.

— Mais il a fait assassiner Dickerson, remarqua Molly.

Prenant aussitôt conscience de son hypocrisie, elle ajouta :

— J'ai moi-même eu envie de le tuer. Tu as raison. Quoi qu'il puisse être, papa aura pour le moins évité à Emma un épisode judiciaire traumatisant.

— Mais en ce qui le concerne, il doit rester sur ses gardes, tu ne crois pas?

— Si, Rule Shaker n'a certainement pas l'intention de laisser tomber. Mais puisque papa le connaît bien il doit s'en douter.

— Je ne parlais pas de Rule. Espérons que ton père savait ce qu'il faisait.

— Que veux-tu dire?

— Je pense à sa femme. J'ignorais qui elle était. En fait, je trouve incroyable qu'il ait épousé cette personne. Les hommes sont bizarres, tu ne crois pas? Ils ont un pénis à la place du cerveau. C'est d'ailleurs ce que ma mère me disait toujours.

Molly secoua la tête.

— Je ne comprends rien à ce que tu racontes, maman. Pourquoi le fait qu'il ait épousé Eve te paraît si bizarre? Elle est beaucoup plus jeune que lui, mais il n'est pas le seul homme vieillissant à s'accrocher au bras une femme-trophée. Cependant, tu as raison, la plupart des hommes pensent avec leur queue.

— Voyons, Molly, ne sois pas vulgaire... Et puis, je ne parlais pas de la différence d'âge. Il y avait eu tant d'amertume entre ton père et Shaker. Ils se sont tellement fait concurrence. L'un gagnait, l'autre perdait, et leur rivalité croissait au fil des ans. C'est pour ça que je suis si surprise.

— Surprise par quoi?

Molly regarda Ramsey qui levait un sourcil noir.

— Par le choix de ton père, Molly. Pourquoi Eve? Quand je l'ai vue dans *Time Magazine*, au lendemain de la première tentative d'assassinat de ton père, je l'ai très bien reconnue. Tu ne sais donc pas qu'elle est la fille aînée de Rule Shaker?

34

Molly pénétra dans le somptueux bureau de son père en refermant doucement derrière elle les hauts battants de la double porte.

Lentement Mason Lord quitta son fauteuil, le sourcil levé.

— Que se passe-t-il, Molly? Je ne t'attendais pas. Tout va bien?

Il était impeccable, comme à son habitude. Peu de gens se seraient rendu compte qu'il avait maigri, que l'ossature de son visage était plus visible et son teint légèrement altéré. Quand on a reçu une balle en pleine poitrine, la convalescence est longue. Cependant, personne, ou presque, n'y aurait pensé en le voyant.

— Oh, oui, tout va bien! répondit Molly en souriant. Et toi, tu as plutôt bonne mine. Mais Miles m'a dit que tu es levé depuis déjà trois heures, et il se fait du souci. Il pense que tu te surmènes. Il m'a aussi appris que tu as mangé une grande tranche de gâteau au chocolat, hier soir.

— Exact. Il l'avait nappé de crème glacée à la vanille. Tu comprends, je commençais à moisir dans ce lit d'hôpital. Je me sens mieux ici. Où est Ramsey?

— Ramsey et Emma sont avec Miles et Gunther, autour d'une assiette de biscuits.

Molly fit une pause, sourit et ajouta :

— Je tenais à te voir seul, en fait.

— Pourquoi? A quel sujet?

Elle nota qu'ils avaient en commun le dessin des sourcils, eut l'impression de le remarquer pour la première fois et se promit de demander à Ramsey s'il trouvait la similitude évidente.

— En fait, je viens te rendre un grand service.

Comme elle s'y attendait, Mason parut surpris et lui désigna un énorme fauteuil de cuir.

— C'est mon favori, mais pour l'instant je ne peux pas m'y asseoir. J'ai trop de mal à me relever.

— Un peu comme une femme enceinte.

— La comparaison est hasardeuse. Alors, quel genre de service veux-tu me rendre?

Constatant qu'elle ne répondait pas immédiatement, Mason jeta un coup d'œil au journal dont il avait interrompu la lecture. Ce n'était pas la première fois qu'elle le voyait dérober son attention de cette manière agaçante. Mais si elle devinait son jeu, elle n'en avait pas moins envie de le féliciter. Elle le trouvait excellent acteur.

Elle le laissa parcourir la page qu'il avait sous les yeux. Puis, s'éclaircissant la gorge, elle expliqua :

— Maman m'a parlé de tes anciennes relations amicales avec Rule Shaker. Elle m'a dit aussi que tu ne lui avais pas épargné tes reproches quand tu l'avais surprise avec lui.

Mason releva brusquement la tête.

— Je parie qu'elle a joué les innocentes en te racontant que Shaker avait voulu la violer.

— C'est ce qu'elle m'a dit, en effet, en précisant qu'elle ne l'aimait pas, qu'elle le trouvait ordinaire, et que c'était toi dont elle était éprise. Mais tu ne l'as pas écoutée. Tu l'as mise à la porte. Moi, tu m'as laissée partir avec elle pendant que tu gardais mon frère.

Mason haussa les épaules, eut une petite grimace de douleur.

— Tout cela s'est passé il y a très longtemps. Je ne vois pas pourquoi elle te le raconte maintenant. En ce qui concerne Rule Shaker, je n'ai pas eu beaucoup de problèmes avec lui. Sauf ces derniers temps, bien sûr, ajouta Mason.

Le front soucieux, il regarda un coupe-papier aussi effilé qu'un stylet, puis revint à Molly.

— Shaker a gagné du terrain ces deux dernières années, mais ce n'est que temporaire. Il a toujours été jaloux de moi et de ce que je possède. A l'époque de notre jeunesse, il avait de mauvaises dents. Aujourd'hui, il doit les avoir toutes fausses.

Mason marqua une pause, le regard lointain, sans doute plongé dans le passé.

— Je l'avais accepté. J'en avais fait un ami, reprit-il au bout d'un moment. Je ne comprends pas comment j'ai pu me tromper aussi lourdement, jusqu'à ce jour où je l'ai surpris avec ta mère. Et voilà qu'il vient d'essayer de me supprimer à deux reprises ! Il faut que je lui règle son compte une fois pour toutes. Je déteste devoir constamment surveiller mes arrières. Gunther est inquiet. Lui non plus n'apprécie pas cette situation.

— Ce n'est pas Shaker qui a voulu ta mort.

Molly lut un étonnement chargé de mépris sur le visage de son père.

— Qu'est-ce que tu racontes ?

— Non, insista-t-elle d'une voix lente, comme devant un enfant obtus. Il n'a jamais cherché à te faire disparaître. C'est ta femme qui a voulu te tuer.

Blême, Mason Lord se leva d'un bond, puis vacilla

un instant, assailli par la douleur. Mais se souvenant qu'il détestait trahir la moindre faiblesse — en particulier devant Molly — il parvint à se ressaisir.

Il eut un geste de rejet absolu.

— Eve? Tu prétends qu'Eve a voulu me tuer? Tu essaies de l'accuser? C'est absurde, Molly! Complètement absurde! Et tu vas en avoir la preuve, ajouta-t-il, la main tendue vers son téléphone privé. Où peut te mener pareille accusation? Tu es jalouse d'elle, n'est-ce pas? Tu ne la supportes pas parce qu'elle est tout ce que tu n'es...

— C'est également elle qui a tué Louey.

Molly vit son père se redresser et la regarder en reposant le combiné.

— Non. C'est Rule. Par erreur. Toi, Ramsey et Emma deviez disparaître pour faire plier Louey. Sa putain de fille le voulait à tout prix. J'ai riposté parce qu'il s'attaquait à toi et Emma. Il avait voulu prendre ma fille, je lui ai pris la sienne. Retiens ton venin, Molly. Je ne veux plus rien entendre de ce genre. Je fais venir Eve.

— Eve est partie. Il doit y avoir dix minutes, précisa Molly, l'œil sur sa montre. Elle ne reviendra pas. Et toi, tu ne chercheras pas à la retrouver.

Molly aurait juré qu'un léger tremblement parcourait la main de son père. Mais il eut la voix ferme et ce ton froid qui lui était habituel.

— Tu peux t'expliquer, Molly?

Elle se leva, s'approcha du bureau et posa ses mains bien à plat sur l'acajou somptueux.

— Ecoute-moi bien, papa. Eve est la fille aînée de Rule Shaker. Après la mort de sa mère, elle a étudié en Europe, puis à Harvard. Mais elle n'est pas revenue vivre auprès de son père, et c'est sans doute pour ça que tu n'avais jamais entendu parler d'elle. Ta femme a un diplôme d'études commerciales, papa. C'est une spécialiste de l'analyse financière. Elle et son père avaient l'intention de te court-circuiter au maximum. Tu m'as bien dit que Shaker avait gagné beaucoup trop de terrain ces deux dernières années; ce n'était pas par hasard. Eve lui fournissait des informations à ton insu.

Molly observa l'instant précis où Mason commença à la croire. Elle vit son regard évoluer, se durcir, tandis que certaines images surgissaient, changeaient, se modifiaient dans son esprit.

— Mais tu ne tueras pas Eve, affirma-t-elle. C'est terminé. Tu ne tueras pas non plus Shaker, et personne ne cherchera plus à te supprimer.

Le sang au visage, Mason secouait la tête.

— Non, c'est impossible, je m'étais renseigné sur Eve. Tu me crois stupide? Je savais qui j'épousais. Elle est née en Suède, à Uppsala, une ville universitaire, au nord de Stockholm. Je sais tout de sa famille. Son père est ingénieur. Il lui a même fait cadeau de l'un de ses diplômes. Tu peux le voir dans notre chambre. Sa mère est professeur; elle enseigne le français. Eve a deux sœurs cadettes. Elle parle l'anglais comme toi et moi, parce qu'elle a eu une gouvernante anglaise. Je sais qu'elle n'est jamais allée à l'université, que...

— Elle s'appelle Janice Claire Shaker. Tu l'avais vue pour la dernière fois avec son père alors qu'elle n'avait que quatre ans. Tu ne dois même pas t'en souvenir. Et lorsque Rule Shaker et sa femme ont divorcé, elle est partie avec sa mère à Boston tandis que Shaker gardait Melissa, âgée de deux ans à l'époque. Ils se sont partagé les enfants comme toi et maman.

« A dix-huit ans, pendant sa première année universitaire, Janice a épousé un ingénieur suédois. Sa famille suédoise est en fait celle de son mari. Le diplôme accroché dans ta chambre lui appartient également. A un moment donné, elle, ou son père, a conçu l'idée de te berner. Et ils ont parfaitement réussi.

« Elle a reconnu le meurtre de Louey. Elle le haïssait et ne voulait pas qu'il touche sa sœur. La bombe, c'est elle-même qui l'a placée dans la voiture. Emma et moi n'étions absolument pas visées. Ensuite, quand tu as fait tuer Melissa, elle a voulu que tu paies ton crime. De toute façon, elle aurait peut-être cherché à te tuer un jour ou l'autre. Elle est imprévisible. Mais peu importe ce qu'elle aurait fait. Maintenant, tout est fini.

Molly vit son père se redresser malgré ses douleurs. Puis il se figea, les bras ballants.

— Si ce que tu me dis est vrai, dit-il d'une voix aussi douce qu'une pluie de printemps, si elle m'a trahi, comment pourrais-je m'en tenir là ?

Molly eût préféré un accès de fureur à ce calme froid. Sans savoir comment, elle parvint à trouver au fond d'elle-même la force d'afficher un large sourire.

— Tu t'en tiendras là parce que je te le demande. Je t'ai sauvé la vie, papa. Essaie de tuer Eve ou Shaker, et je te dénonce. Sans détenir une quantité de preuves irréfutables, j'en sais tout de même suffisamment pour te mettre dans une position très inconfortable. Et puis, je peux te jurer que tu ne nous reverrais jamais, Emma et moi. Il n'est pas question que ma fille se retrouve prise dans un affrontement entre toi et Shaker.

« Ta vie et celle des membres de ta famille ne sont plus en danger désormais. Eve et son père ont été formels. Ils savent tous les deux que je pourrais les faire arrêter. J'ai enregistré ma conversation avec Eve, et je leur en ai donné la preuve. Une copie de la bande est entre les mains de Savich, au FBI, l'autre dans le bureau du procureur, à San Francisco. C'est terminé. Tu peux me croire.

Molly crut que Mason allait la gifler lorsqu'elle le vit lever lentement la main ; cependant, elle ne bougea pas. Et, avec la même lenteur, il baissa le bras.

— Toi, ma fille, tu oses me menacer de cette manière ? dit-il d'une voix qui ressemblait à un murmure.

— Oui. Je n'ai pas d'autre moyen de vous protéger, toi et Emma. Je ne veux pas me dire que la vie de ma fille est en danger parce que c'est la guerre entre Shaker et toi. Et je ne veux pas non plus que Shaker, ou sa fille, te tue. J'attends que tu me promettes de les laisser en paix.

Mason regarda sa fille ; elle était le portrait de sa grand-mère maternelle, cette femme qui ne voulait pas de lui pour gendre, qui lui donnait toujours le sentiment de n'être qu'un voyou. En plongeant son regard dans le sien, elle l'avait démasqué. A l'époque, il avait lu ce qu'elle pensait de lui dans ses yeux gris-vert, et elle n'avait été que haine à son égard. Maintenant c'était Molly, sa petite-fille, son sang plus que le sien, qui voulait lui dicter sa conduite. Quelque chose ne tournait pas rond. Une femme, une simple femme ne pouvait pas se comporter ainsi avec lui.

Cependant, alors qu'il pensait la remettre à sa place, il s'entendit lui dire, d'une voix revendicatrice, certes, mais un rien geignarde :

— J'ai éliminé la vermine qui a violenté Emma, il me semble.

— Je ne l'ai pas oublié, répondit Molly, surprise et touchée par son ton. C'est pourquoi je n'ai pas encore appelé la police. Tu veux que je te dise, papa ? Il y a du bon en toi. Tu as voulu protéger ta famille, et c'est quelque chose de très important qui plaide en ta faveur. Alors, tu acceptes ? Tout est fini ?

Mason regarda ses mains dont la peau, distendue, se plissait ; puis il releva la tête. Molly se tenait calmement devant lui, sa crinière rousse tirée en arrière et retenue par une barrette dorée sur la nuque. Il reconnut chez elle les oreilles d'Alicia. Des oreilles qui lui avaient toujours plu.

— Tu es d'accord, papa ? répéta-t-elle posément.

La sonnerie du téléphone retentit brusquement dans le bureau. Molly jeta un coup d'œil à sa montre.

— Réponds, papa. C'est Rule Shaker. Juste à l'heure convenue. Allez, mets un terme à tout ça.

Elle avait peut-être raison, se dit Mason. En tout cas, il fallait qu'elle eût des tripes, qu'elle tînt à lui, pour se mettre en tête de le faire plier.

Et puis merde ! Après tout, pourquoi pas ? Il décrocha et dit à l'homme auquel il n'avait pas adressé la parole depuis vingt ans :

— Rule ? C'est Mason Lord.

Epilogue

— C'est un garçon ! cria Ramsey.

Molly et Emma sortirent de la cuisine en courant pour venir le rejoindre dans son bureau. Il mit le haut-parleur et reposa le combiné.

— Félicitations ! lancèrent en chœur Emma et sa mère.

Du haut de ses six mois, le dalmatien d'Emma, Kenny, se mit à aboyer comme un fou et sauta sur la jambe de Ramsey.

— Comment s'appelle-t-il ?

On entendit le rire rauque, ample et communicatif de Sherlock.

— Il s'appelle Sean Franklin Savich, et il a glissé en hurlant dans les mains de Dillon. C'est un gros bébé, plein de vigueur. Tout s'est très bien passé. Dillon s'en est sorti comme un champion. Il m'a obligée à bouger, jusqu'à ce que je le menace de l'assommer s'il ne me laissait pas m'allonger.

Emma voulut savoir quand elle pourrait jouer avec Sean.

— Bientôt, lui assura Sherlock, très bientôt.

Lorsque Ramsey eut raccroché, il s'assit dans son fauteuil de cuir brun et attira Molly sur ses genoux.

Puis il installa Emma sur ceux de sa mère, et les enveloppa toutes les deux de ses bras.

Il regarda alors paisiblement les trois tableaux néo-impressionnistes sélectionnés avec Molly au cours des derniers mois.

— Mes deux assistants et ma secrétaire m'ont fait savoir aujourd'hui qu'ils aimeraient revoir Emma, annonça-t-il en posant un baiser sur l'oreille de Molly. Ils ne l'ont pas vue depuis au moins un mois, me reprochent d'être égoïste. Alors, qu'en pensez-vous, les filles? Vous avez envie de m'accompagner à mon bureau? Emma, tu n'as pas école lundi. Tu voudrais venir?

— Mme Burger aura des barres au citron?

— Ah, la gourmandise est toujours persuasive! remarqua Ramsey en riant.

— Si la réponse est positive, tu peux compter sur nous, dit Molly avant d'embrasser l'oreille d'Emma.

Dès que la petite quitta les genoux de sa mère pour aller jouer avec Kenny dans le jardin, Ramsey annonça :

— J'ai reçu un appel d'O'Connor. Le suspect numéro un dans la tentative d'assassinat de ton père a été retrouvé dans une décharge du sud de l'Ohio. Il devait être mort depuis six mois. Rule Shaker ne laisse rien au hasard.

— C'est sûr. Eve avait dû le prévenir qu'on avait analysé la salive trouvée sur place. Voilà un crachat qui aura coûté une vie.

— Ce ne doit pas être une grande perte. Eh bien, cette fois, tout est réglé. Ton père doit être soulagé.

Les lèvres dans le cou de Molly, Ramsey jouait avec la petite boucle d'or qu'elle portait à l'oreille.

— Tu as décidé, Molly, pour Thanksgiving? C'est

Chicago ou l'Italie? Le temps passe et les avions vont être complets.

Elle lui adressa un sourire radieux.

— La question est réglée. Nous allons en Italie pour Thanksgiving, et à Chicago pour Noël. J'ai expliqué à mon père qu'Emma voulait un tas de super cadeaux et comptait sur lui. Il a poussé un soupir indigné, puis m'a avoué que Gunther lui avait déjà parlé d'une poupée G.I. Jane, avec toute sa panoplie de recrue des marines. Devine ce que j'en pense?

— Non. Je ne veux même pas essayer.

Molly sourit.

— Avec mon Detonics, bien à l'abri dans une boîte au-dessus d'une armoire, je n'ai rien à dire, il me semble. Ah! J'ai rappelé Mme Garcia. Elle m'a transmis les amitiés du Dr Loo qui se prépare à reprendre le ski au printemps prochain.

— Qu'a-t-elle dit au sujet d'Emma?

— Elle est très satisfaite. Elle trouve qu'elle ne cesse de faire des progrès. Elle ne se bloque pas, elle parle facilement et, à son avis, elle va bientôt aller franchement de l'avant. En tout cas, voyager ne lui fera que du bien.

— On peut remercier le ciel... Est-ce que je ne la gâterais pas un peu trop?

— Non. Elle a la tête sur les épaules. En fait, c'est toi qu'elle gâte. Tu t'imagines que ce matin elle est allée te faire des toasts pour t'éviter d'avoir froid aux pieds sur le carrelage!

— Il y a encore des miettes dans le lit, remarqua Ramsey en riant. Ah, oui, j'ai oublié de te dire quelque chose. Tu sais que les dossiers sont répartis entre les juges de district par tirage au sort. Eh bien, j'ai de nouveau à juger une grosse affaire de drogue ! J'espère que cette fois-ci, la conclusion sera différente.

— Je serai présente et je m'assurerai que personne ne bouge.

Il égrena des baisers sur son visage.

— Emma me gâte et toi tu me protèges, dit-il avant de se rejeter au fond de son fauteuil avec un sourire radieux. Qu'est-ce qu'un homme peut demander de plus ?

Remerciements

Je tiens à remercier Mme Alex McClure, qui m'a aidée avec fermeté et détermination à découvrir le fonctionnement du système judiciaire fédéral.

Cet ouvrage a été imprimé par la
SOCIÉTÉ NOUVELLE FIRMIN-DIDOT
Mesnil-sur-l'Estrée
pour le compte des Presses de la Cité
12, avenue d'Italie, 75013 Paris
en mai 2000

Imprimé en France
Dépôt légal : mai 2000
N° d'édition : 6826 - N° d'impression : 51234